Tradução
CHICO LOPES

COPYRIGHT © 2009, BY SYLVIA DAY
COPYRIGHT © FARO EDITORIAL, 2016

Todos os direitos reservados.
Nenhuma parte deste livro pode ser reproduzida sob quaisquer meios existentes sem autorização por escrito do editor.

Diretor editorial **PEDRO ALMEIDA**
Preparação **TUCA FARIA**
Revisão **PATRICIA CALHEIROS**
Capa e diagramação **OSMANE GARCIA FILHO**
Imagem de capa **TAWS13 | ISTOCK**

Dados Internacionais de Catalogação na Publicação (CIP)
(Câmara Brasileira do Livro, SP, Brasil)

Day, Sylvia
　　Marca da destruição / Sylvia Day ; tradução Chico Lopes. — Barueri, SP : Faro Editorial, 2016. — (Série marked)

　　Título original: Eve of destruction
　　ISBN 978-85-62409-58-5

　　1. Ficção norte-americana I. Título. II. Série.

15-10105　　　　　　　　　　　　　　　　CDD-813

Índice para catálogo sistemático:
1. Ficção : Literatura norte-americana 813

1ª edição brasileira: 2016
Direitos de edição em língua portuguesa, para o Brasil, adquiridos por **FARO EDITORIAL**

Alameda Madeira, 162 – Sala 1702
Alphaville – Barueri – SP – Brasil
CEP: 06454-010 – Tel.: +55 11 4196-6699
www.faroeditorial.com.br

Para os nossos soldados que estão servindo aos Estados Unidos: Obrigada. Vocês são respeitados e profundamente apreciados.

Para todos vocês em solo estrangeiro: Voltem para casa em segurança. Nós os amamos e sentimos sua falta.

Meu tempo no Exército foi profundamente enriquecido pelos soldados que cruzaram meu caminho. Da Companhia Foxtrot, 229º Batalhão de Inteligência Militar: Oglesby, Frye, Antonian, Doughty, Anderson, Edmonds, Calderon, McCain, Slovanik e Pat.

Christine: Você será sempre minha irmã do coração.

Amo vocês, caras. Nunca desistam.

Minha profunda gratidão vai para:

Minha editora, Heather Osborn, por me conceder o tempo de que eu precisava e por toda a torcida que ela faz por trás dos bastidores para apoiar esta série.

Nikki Duncan (www.nikkiduncan.com) pelo nome McCroskey e o entusiasmo por *Eva das trevas*.

Jordan Summers, Karin Tabke, Sasha White e Shayla Black por estarem sempre à minha disposição. *Vocês são excelentes, senhoras!*

Melissa Frain, da Tor, por gostar do primeiro livro o suficiente para clamar por este segundo.

Seth Lerner por violar uma das regras cardeais. Fiquei honrada.

Denise McClain e Carol Culver por me ajudarem com o diálogo em francês.

Giselle Hirtenfeld/Goldfeder, cujo primeiro nome eu dei a uma quimera neste livro. A verdadeira Giselle é um sonho com quem trabalhar.

Susan Grimshaw do Borders Group, Inc., de cujo sobrenome me apropriei para um lobisomem alfa. Longe de ser vilanesca (como meu Alfa se torna depois da perda de seu filho), Sue é uma de minhas heroínas. *Obrigada, Sue, por todo o apoio que você deu a mim e aos meus livros ao longo dos anos.*

Meu pai, Daniel Day, por sua ajuda no diálogo italiano. *Obrigada, papai!*

PRÓLOGO

PORTANTO, SE ALGUÉM MATAR CAIM, SOBRE ESSE ALGUÉM a vingança recairá sete vezes. E o Senhor colocou uma marca em Caim, a fim de que ninguém que viesse a encontrá-lo o matasse.
— **Gênesis, 4:15**

Anno Domini 2008
Classe R4AD08

Estudante/Origem:
Callaghan, Kenneth: Escócia
Dubois, Claire: França
Edwards, Robert: Inglaterra
Garza, Antonio: Itália
Hogan, Laurel: Nova Zelândia
Hollis, Evangeline: Estados Unidos
Molenaar, Jan: Holanda
Richens, Chad: Inglaterra
Seiler, Iselda: Alemanha

Número de Formados:
CLASSIFICADO
Número de Vítimas:
CLASSIFICADO
Status:
AGUARDANDO REVISÃO INTERNA

EVANGELINE HOLLIS DESPERTOU COM OS CHEIROS DO Inferno — fogo e enxofre, fumaça e cinzas.

Suas narinas arderam em protesto. Ela ficou ali, imóvel, desejando que seu cérebro se ajustasse às circunstâncias. Ao umedecer os lábios, sentiu o gosto da morte, o amargor cobrindo tanto sua língua quanto sua boca numa grossa camada. Seus músculos se mexeram numa tentativa de se esticar, e ela gemeu.

Que diabos? A última coisa de que se lembrava era de...

... estar sendo queimada por um dragão até tostar.

O pânico a atacou com a lembrança, rapidamente seguido por uma guinada dos pensamentos para a plena consciência. Eva saltou como uma mola de onde estava deitada, sugando o ar com tanta força que se tornou audível. Ela piscou, mas apenas a negra escuridão preencheu sua visão. Sua mão se estendeu para tocar seu braço, e as pontas de seus dedos encontraram ali a marca saliente. A Marca de Caim — uma triquetra cercada por três serpentes, cada uma delas engolindo a cauda da anterior. O olho de Deus preenchia o centro.

A marca queimava toda vez que ela usava o nome do Senhor em vão — o que era frequente — e toda vez que mentia, o que era menos usual; mas de vez em quando, necessário. Quando lidava com os lacaios de Satã, jogar sujo nivelava os poderes em disputa.

Onde estou, porra? Em sua posição aprumada, o fedor da fumaça se amplificava no ar. Ela franziu o nariz.

Será que estou no Inferno? Como agnóstica de longa data, Eva ainda lutava com os conceitos de Deus, Céu, Inferno, almas... Nada disso podia ser explicado racionalmente.

Além do mais, se existisse um Deus misericordioso e um Céu, ela deveria estar lá. Eva fora amaldiçoada com a Marca de Caim havia apenas seis semanas, e ainda não recebera o treinamento adequado de como matar Demoníacos. Mas durante esse curto período erradicara uma infestação de tengus, matara um Nix e derrotara um dragão. Ela também intervira com sucesso numa enorme nova ameaça aos bons — uma espécie de invenção que permitia que os Demoníacos se escondessem por algum tempo sob o disfarce de meros mortais. E conseguira que Caim e Abel trabalhassem juntos pela primeira vez desde meninos.

Se nada disso fosse suficiente para salvar sua alma, Eva iria tentar a sorte com o Diabo. Talvez ele tivesse um senso de justiça mais apurado.

Com a mente lutando para se dar conta do presente, o som de uma cantiga penetrou no nevoeiro dos pensamentos de Eva. Ela não conseguiu entender uma palavra, mas era familiar mesmo assim. A língua era o japonês; a voz, a de sua mãe.

A ideia de compartilhar o Inferno com sua mãe era estranhamente tão confortadora quanto assustadora.

As mãos de Eva se apertaram, hesitantes, testando a superfície lisa sob seu corpo, tentando discernir onde estava. Ela experimentou o cetim, como os lençóis de sua cama. Uma brisa fria tocou sua testa, e a sua visão explodiu em cores vivas. Eva foi sacudida pela surpresa de maneira violenta.

Estava em seu quarto, sentada em sua cama *king-size*. Como se seus sentidos houvessem sido silenciados, a batida firme das ondas na praia de Huntington Beach aumentara em volume. O ritmo tranquilizante se infiltrou pelo vestíbulo do terraço de sua sala de estar e trouxe um alívio bem-vindo.

Lar. Quando sua tensão se dissipou, os ombros de Eva relaxaram. Depois, teve um vislumbre pelo canto do olho que fez com que virasse a cabeça.

Erguendo os braços para proteger a vista da luz ofuscante, ela mal distinguiu a silhueta de um homem alado se erguendo no espaço entre as portas de seu armário de pinho descorado e sua cômoda. Eva afastou uma camada insolitamente espessa de lágrimas. Arriscou outro olhar para o anjo e descobriu que, mais uma vez, os realces de sua marca sabiam o que fazer quando ela não sabia. Seus braços se abaixaram. Eva podia vê-lo de maneira nítida agora.

O anjo era alto, com braços e pernas musculosos expostos por uma vestimenta sem mangas, semelhante a um manto, até a altura dos joelhos. O traje era branco e acinturado por um trançado castanho. As botas de combate pretas, com ferrões agressivos de alto a baixo, eram uma surpresa, bem como a perfeição absurda de suas feições. Seu queixo era quadrado e audaz, seu cabelo, escuro e preso numa trança desde a nuca. Suas íris reluziam como chama azul, e ele tinha uma expressão que a advertia de que devia manter distância.

O olhar dele baixou para o peito dela. Eva o imitou. Estava nua.

— Epa! — Agarrando a ponta do lençol, ela o puxou até o pescoço.

Miyoko Hollis, a mãe de Eva, apareceu à porta, com o rosto escondido pela montanha de roupas trazidas da lavanderia.

— Ei, você está acordada! — ela bradou, a voz temperada com um sotaque japonês.

— Suponho que sim. — Eva ficou tão feliz por ver a mãe que seus olhos arderam. — É muito bom vê-la.

— É, você diz isso agora. — Andando decidida em direção à cama com o passo ágil de uma enfermeira aposentada, Miyoko era um redemoinho compacto de energia, um furacão que sempre deixava sua filha exausta. — Você não moveu um músculo sequer por um bom tempo. Quase achei que estivesse morta.

Eva *estivera* morta mesmo, esse era o problema.

— Que dia é hoje?

— Terça-feira.

Outro cheiro desagradável penetrou suas narinas, e Eva agitou a mão diante do rosto. Seu olhar descobriu a origem do aroma sobre a cômoda — uma varinha de incenso.

— Seja qual for essa fragrância — Eva resmungou, calculando que perdera dois dias de sua vida —, ela é bem ruim.

Miyoko foi até a ponta da cama e atirou a pilha de roupas ainda quentes sobre o acolchoado. Ela usava pijama Hello Kitty — calça de flanela cor-de-rosa e uma camiseta que tinha uma enorme cara da personagem na frente. Com seu cabelo preto preso em um rabo de cavalo e seu rosto irregular, parecia mais uma irmã que a mãe de Eva. Miyoko também agia como se fosse a dona do lugar, embora não fosse. Darrel e Miyoko Hollis moravam em Anaheim — terra da Disneylândia da Califórnia, e da infância de Eva. Ainda assim, toda vez que sua mãe a visitava, ela se flagrava lutando por sua casa como uma fêmea alfa em seu próprio território.

Eva observou a mãe passar pelo anjo sem sequer piscar. Ereto, com os braços cruzados, pernas bem abertas e asas dobradas, ele era impossível de ignorar...

A menos que não pudesse vê-lo.

— A aromaterapia ajuda na cura — Miyoco afirmou.

— Não quando cheira como merda. E por que está lavando minhas roupas outra vez? Eu gostaria que você apenas relaxasse quando viesse para cá.

— Não é merda. É camomila e jasmim. E estou lavando sua roupa porque estava empilhada. Não consigo relaxar numa casa bagunçada.

— Minha casa nunca está bagunçada.

Miyoko lavava as roupas toda vez que a visitava, a despeito do fato de que uma Eva de vinte e oito anos era perfeitamente capaz de lavá-las ela mesma. Não importava quão imaculado seu apartamento pudesse estar, sua mãe o limpava — rearranjando tudo a seu gosto no processo.

— Estava sim — Miyoko contrapôs. — Você tinha uma cesta abarrotada de roupas junto à máquina de lavar e uma pia cheia de pratos sujos.

Eva apontou para as cuecas, as camisas masculinas e as toalhas na pilha.

— Essas roupas não são minhas. E os pratos, muito menos.

Eva ficou pensando no que sua mãe faria se soubesse que lavava as roupas de Caim e Abel. Os irmãos atendiam pelos nomes de Alec Caim e Reed Abel agora, mas ainda eram os mesmos da lenda bíblica.

— Alec vem usando todas as toalhas e deixando suas roupas no chão do banheiro. — O tom de Miyoko era nitidamente repreensivo.

Nenhum homem era bom o bastante para Eva. Todos tinham algum defeito, não importava o quão pequeno fosse, aos olhos de sua mãe.

— E tanto ele quanto seu chefe pegam novos copos toda vez que se servem de uma bebida.

— Alec mora ao lado. Por que não vai bagunçar seu próprio canto?

— E você pergunta isso para mim? — Miyoko rugiu. — Eu ainda não sei por que Reed passa tanto tempo aqui. Não é natural. Ou por que seu namorado é executivo de uma corporação como as Indústrias Meggido, mas nunca o vi usando paletó e gravata.

A ideia de Alec usando roupa social fez Eva sorrir.

— Quando você é chefe de um lugar e é bom nisso, pode usar o que quiser. — Eva se esticou cautelosamente, e estremeceu com a persistente moleza em sua espinha. Depois, berrou: — Alec!

— Não grite!

— É a minha casa, mãe.

— Homens não gostam que gritem com eles.

— Mãe... — Eva soltou um suspiro de frustração. — Por que você se importa, de qualquer modo? Ele deixa as toalhas no chão do banheiro.

Isso era algo que também irritava muito Eva, mas ela não achava que tal atitude tornasse um homem inapropriado para um casamento.

— É falta de consideração — Miyoko se queixou. — E de higiene.

Eva deu uma olhada para o anjo, embaraçada por ele testemunhar a discussão. Seu olhar ardente fixou-se no dela, depois franziu o nariz.

— Mãe! — O tom de Eva soou mais urgente. — Leve esse incenso embora, por favor. Estou falando sério. Ele fede.

Miyoko resmungou, mas apagou a varinha.

— Você não é fácil.

— E você é teimosa, mas eu a amo mesmo assim.

— Está acordada — Alec interrompeu, entrando pela porta aberta do quarto. Encarou Eva com expressão insondável, seu olhar dardejando em sua direção à procura de alguma causa para preocupação. — Você me assustou, anjo.

Anjo. Era um apelido íntimo que apenas Alec usava. Toda vez que Eva o ouvia, seus dedões dos pés se enroscavam. A voz dele era suave como veludo e capaz de transformar a leitura de *Uma breve história do tempo* de Hawking numa experiência de gozo sexual.

Usando uma bermuda e camiseta branca, ele parecia mais excitante do que a maioria dos homens de *smoking*. Seu cabelo escuro era um pouco longo demais, e seu andar revelava um tanto de arrogância, mas não importava o que vestisse ou o quão displicentemente se movesse, ele parecia alguém que ninguém desejaria irritar. Era o caçador, o predador que havia nele. Alec matava para viver, e se destacava nisso.

Ele foi o motivo pelo qual ela fora marcada e era também o seu mentor.

Seu irmão Reed entrou no quarto atrás de Alec. Suas feições eram semelhantes o bastante para denunciar sua condição de irmãos, mas no resto eles eram tão diferentes quanto noite e dia. Reed preferia ternos Armani e cortes de cabelo rentes. Nesse dia usava calça cinza-grafite e camisa social preta aberta no pescoço e arregaçada nos punhos. Ele era seu superior.

Cada Marcado tinha um treinador, um mal'akh — um anjo — diretamente responsável por designar suas metas. Reed uma vez comparara o sistema de marcas ao sistema judicial. Os arcanjos eram os fiadores, Reed, o despachante, e Eva, uma caçadora de recompensas. Ela não era uma caçadora muito boa… ainda. Mas estava aprendendo e tentando.

Enquanto isso, Reed era responsável pelas suas missões e por assegurar perifericamente a sua segurança. Como seu mentor, a única responsabilidade de Alec — sob circunstâncias habituais — era mantê-la viva. Porém, Deus não tivera vontade de perder os talentos de seu mais estável e poderoso agente. Alec rompera um trato para estar com ela, e o resultado era que Reed passara a ter mais responsabilidade no tocante a Eva. Considerando a inflamada animosidade entre os dois irmãos, a coisa não ia muito bem.

— Bem-vinda de volta à terra dos vivos, srta. Hollis. — Reed esboçou seu sorriso arrogante, mas seus olhos escuros tinham uma incerteza que Eva achou enternecedora.

Ele não imaginava o que fazer com seus sentimentos por Eva. Já que estava numa relação com seu irmão, ela não podia ajudá-lo com isso. Eva, por sua vez, tentava não pensar nos seus sentimentos por Reed. Eis uma situação muito complicada. Sua vida já era um desastre de proporções bíblicas.

Os homens avistaram o anjo no canto. Ele permaneceu imóvel, e os dois irmãos fizeram uma ligeira mesura em sua direção.

Por estar ocupada demais em olhar ferozmente para a filha, Miyoko não notou o gesto. Eva usava seu trabalho de decoradora como uma desculpa para as visitas frequentes de Reed. Até onde sua família sabia, ela trabalhava em casa quase todos os dias, e se Reed quisesse ver como estava o andamento do trabalho, dar uma passada por lá seria o melhor meio para isso. Mas Miyoko não acreditava na mentira. Para ela, todos os decoradores masculinos eram gays, e Reed não era gay, de jeito nenhum. Eva não fazia a menor ideia do que acontecia na cabeça de sua mãe, mas tinha ciência de que a óbvia animosidade entre os dois irmãos era alimento para suspeitas.

O sorriso de Alec aqueceu-a por dentro.

— Como se sente?

— Com sede.

— Vou lhe trazer um pouco de água gelada — Reed ofereceu.

Eva sorriu.

— Obrigada.

Alec se curvou e colou os lábios na testa de Eva.

— Com fome?

— Uma banana cairia bem. — Ela apertou-lhe o pulso antes que ele pudesse se afastar. — Eu tive um sonho. Um pesadelo. Fui morta por um dragão.

— Seu subconsciente está tentando lhe dizer alguma coisa — Miyoko interrompeu. — Mas você não poderia ter sonhado que morreu. Ouvi dizer que, se alguém morre em seus sonhos, acontece o mesmo na vida real.

— Eu acho que isso é um mito.

— Não há meio de saber. — Miyoko dobrava as roupas. — Se isso acontecesse com você, estaria morta e não poderia nos contar.

Alec sentou-se na beira da cama, observando Eva com um olhar alerta. Ele sabia que ela não podia dizer o que de fato desejava enquanto a mãe estivesse ali.

— Acabou agora — ele a tranquilizou. — Você está segura.

— Foi tão real... Não entendo como estou sentada aqui neste momento.

— Conversaremos mais tarde, depois que você tiver se alimentado. — Alec apertou a mão dela. Sua expressão tinha a doçura que ele demonstrava apenas para Eva. — Deixe-me ir buscar uma banana para você.

Ele saiu, e Miyoko voltou para a cabeceira de sua cama. Inclinando-se, sussurrou zangada:

— Ele briga com seu chefe. Por causa de *tudo*. Qualquer um imaginaria que são casados. Testosterona demais nesses dois. Cérebro de menos.

O anjo fez um ruído sufocado.

— Mãe... — Eva deu uma olhada no canto, e lhe pareceu que o anjo sofria. Era uma expressão que seu pai costumava ostentar.

Miyoko se endireitou e recolheu as roupas agora dobradas.

— Um homem *atencioso* levaria filtro solar para a praia. Não deixaria você se queimar.

Queimadura de sol na praia. Eva riu com desdém da desculpa. Quem dera estivesse acamada por algo tão simples!

— Posso contar nos dedos de uma das mãos os caras que eu vi levarem filtro solar.

— Um bom homem levaria — sua mãe insistiu.

— Alguém como papai?

— Claro.

— Nunca o vi usar filtro solar.

— Isso não vem ao caso.

— Achei que sim.

Eva amava seu pai, de verdade. Darrel Hollis era um velho meninão do Alabama com um temperamento acomodado e um sorriso terno. E também era esquecido. Aposentado agora, ele se levantava de manhã bem cedo, via televisão ou lia, depois voltava para a cama após o jantar. A coisa mais inesperada que fizera fora se casar com uma estudante de intercâmbio estrangeiro — e Eva desconfiava de que sua mãe não lhe deixara muitas opções.

— Pare de namorar garotos bonitos — Miyoko advertiu — e encontre alguém estável.

Eva lançou um olhar para o anjo lá no canto. Ele suspirou e deu um passo mais à frente. Sua voz tinha uma ressonância tranquilizadora que nenhum mortal jamais poderia criar.

— Você quer replantar as flores nos vasos da sua porta da frente — ele sussurrou no ouvido de Miyoko. — Vá ao viveiro, depois para casa, onde passará o resto da tarde dedicando-se à sua paixão por jardinagem. Evangeline está bem e não precisa mais de sua ajuda.

Miyoko fez uma pausa, sua cabeça se inclinando ao absorver os pensamentos que ela supunha serem seus. O dom da persuasão. Eva não o dominara ainda.

— Deveria ir a um pedicure, ao spa também, mãe — ela acrescentou. — Você merece isso.

Miyoko balançou a cabeça.

— Não preciso...

— Faça um pedicure — o anjo ordenou.

— Acho que farei um pedicure — Miyoko disse.

— Com flores pintadas nos dedões — Eva completou.

O anjo lançou uma olhadela para que ela maneirasse.

Eva estremeceu.

— Se a senhora quiser — ela emendou rápido.

Alec retornou com a banana. Pondo-se ao lado da cama, ele a descascou, hipnotizando Eva com a visão de seus bíceps flexíveis.

— Vou para casa — Miyoko afirmou, de repente. — As roupas estão prontas, a louça, lavada. Você está bem. Não precisa de mim.

— Obrigada por tudo. — Eva quis se erguer e abraçar a mãe, mas lembrou-se de que estava nua entre seus lençóis de cetim.

Miyoko fez um aceno de despedida e rumou para a porta.

— Vou me trocar e juntar minhas coisas, depois me despeço.

A voz de Reed ressoou pelo corredor e pousou sobre a pele de Eva como a carícia quente do sol:

— Deixe-me ajudá-la com isso, sra. Hollis.

Eva olhou para Alec, que voltou a se sentar na beira da cama. Em seguida, ela deu uma olhada para o anjo.

— Oi.

— Olá, Evangeline. — Ele deu um passo à frente. Suas botas pesadas não produziram som algum sobre o piso de madeira rija.

O anjo tinha um número excessivo de penas e parecia ter três pares de asas. Era muito mais que impressionante; era a criatura mais perfeitamente bela que ela jamais vira.

— Quem é você? — Eva perguntou, antes de dar uma mordida na fruta. O primeiro pedaço foi engolido quase inteiro, seguido de imediato por outro. Seu estômago roncou, reiterando que a marca queimava uma tonelada de calorias, e se esperava que ela se mantivesse comendo com frequência.

— Sabrael.

Mastigando, Eva tornou a fitar Alec.

— Ele é um serafim — Alec explicou.

Os olhos dela se arregalaram, e Eva mastigou mais depressa, embaraçada por estar nua numa companhia dessas. Os serafins eram os anjos da categoria máxima, muito acima dos sete arcanjos que gerenciavam as operações diárias do sistema de marcas na Terra. Alec era um mal'akh — a categoria mais inferior de anjo —, assim como seu irmão. Eva era uma Marcada humilde, um dos milhares de pobres otários convocados ao serviço de Deus por pecados cometidos. Eles trabalhavam pela absolvição caçando e matando Demoníacos que sempre atravessavam a fronteira. Uma recompensa era conferida para cada vitória conquistada, indulgências que entravam na poupança das almas da marca.

— Posso me vestir? — ela perguntou, limpando a boca com a ponta dos dedos.

Alec se ergueu e pegou a casca vazia da mão dela.

— Sabrael não irá embora até que fale com você. Os Celestiais têm da nudez uma visão diferente da dos mortais. Diga-me o que você precisa e eu pegarei.

Eva apontou para uma roupa de praia que pendia de seu armário. Era feita de um pano felpudo azul-claro e incluía um capuz, mangas curtas e um bolsão na frente. Alec atirou-a sobre sua cabeça, e ela enfiou suas várias partes do corpo pelas aberturas apropriadas.

— Ok, Sabrael — ela começou, afastando o cabelo do rosto. — Por que está aqui?

— Melhor seria perguntar: Por que *você* está aqui, Evangeline? Devia estar morta.

Ela conteve um gemido. Mais um enigma. Parecia que todos os anjos falavam através deles, exceto Alec e Reed. Esses dois se expressavam de maneira tão grosseira que ela ficaria constantemente ruborizada se não fosse a marca, que impedia seu corpo de desperdiçar energia.

— Eu pensei que estivesse.

— E estava. Mas Caim afirma que você tem conhecimentos de que precisamos.

Eva olhou para Alec.

— Vocês me trouxeram de volta da morte para me interrogar visando extrair informações?

Os braços de Sabrael se cruzaram em frente ao seu peito descomunal.

— Você estava indo para um lugar onde não poderíamos lhe perguntar. Foi o único jeito.

O olhar dela se moveu em direção ao céu.

— Vocês não vão ganhar nenhum ponto comigo por isso! — ela bradou.

— Não está na posição de exigir que Jeová interfira a seu favor — Sabrael afirmou numa voz terrível.

— Você disse que nós deixamos escapar uma coisa em Upland — Alec interveio de pronto, seus dedos se entrelaçando nos dela.

A memória de Eva buscou por sua última missão — derrotar um Demoníaco num dos banheiros masculinos do Estádio Qualcomm. Alec a levara ao primeiro "encontro" dos dois — um jogo de futebol entre Chargers e Seahawks. Reed também fora, e dissera que era hora de testar sua instrução de aula em campo.

— Um lobo — ela murmurou.

— O quê?

— Eu a incumbi de lidar com um lobisomem. — Reed estava agora à soleira. Aproximou-se do outro lado da cama e passou uma garrafa de água gelada para Eva. — Um garoto. Negócio fácil.

— Só que não era um lobisomem — Alec retrucou. — E é mais que certo que não foi fácil.

— Mas havia um lá — Eva explicou. — Um dos garotos que nós avistamos na loja de conveniência em Upland.

Upland. Eva nunca mais pensaria na cidade do mesmo modo. Eles haviam sido enviados para lá numa investigação. Tal como os Marcados portavam a Marca de Caim no braço, os Demoníacos portavam "detalhes" que denunciavam as espécies a que pertenciam, e qual era a sua posição na hierarquia do Inferno. Algo como insígnias militares. Eles também fediam a almas apodrecidas, o que os tornava fáceis de detectar. Quando Eva deparou com um Demoníaco que não portava detalhes e nenhum mau cheiro, ela e Alec sentiram-se no dever de descobrir de que forma isso era possível. E ficaram sabendo que um agente mascarante tinha sido criado, uma invenção que podia potencialmente ameaçar o equilíbrio entre bem e mal o suficiente para detonar o Armagedon.

A operação havia sido executada do lado de fora de uma construção em Upland. O lugar desaparecera agora, reduzido a estilhaços quando Eva empurrou um demônio da água para dentro de um forno aceso. Mas ficara a impressão de que o problema de origem ainda precisava ser debelado. O dragão era livre de fedores, uma condição possibilitada apenas pela camuflagem.

— Ele disse que o Alfa o enviara — ela prosseguiu. — Eles me queriam morta como retaliação pela morte de seu filho.

O rosto de Alec assumiu uma expressão enrijecida que gelou o sangue de Eva.

— Charles.

— O problema maior — ela disse logo — foi que o dragão que ele trazia junto não fedia nem tinha nenhuma marca.

— Deve haver mais agentes mascarantes em algum lugar — Reed comentou. — Uma pilha estocada ou um novo lote.

— Será que a camuflagem é permanente? — Sabrael sugeriu.

— Não, ela sai. Eu vi isso acontecer.

O olhar do serafim se moveu para Alec.

— Você também não sentiu o cheiro do Demoníaco?

— Eu lhe disse, não prestei atenção. — Alec continuava concentrado em Eva.

O músculo em seu braço se retorceu bem abaixo da marca, como se o machucasse, e ela percebeu de imediato o que ele estava fazendo: mentindo. A marca ardia quando pecados eram cometidos.

Virando a cabeça para olhar para Sabrael, Alec disse:

— Não fui treinado como mentor. Eu não sei como manter a atenção no alvo e em Eva ao mesmo tempo. Só sei como me concentrar nela.

Para trazê-la de volta das beiradas do Inferno, ele mentiu para alguém de poder. Um serafim. Ou talvez Deus em pessoa. Alec pagaria por isso... de algum modo, algum dia. E agora estava mentindo outra vez. Por ela.

A mão de Eva apertou a dele com mais força até ficar com os nós embranquecidos, mas Alec não se queixou.

Miyoko entrou apressada de volta no quarto, seu olhar se estreitando à visão dos dois homens, um de cada lado da cama de Eva.

— Muito bem, estou pronta para ir.

Alec se ergueu para que Eva pudesse se levantar, mas ele a fez voltar quando ficou claro que ela estava zonza demais para completar o esforço. Eva estendeu os braços para um abraço, em vez disso.

— Quando você removeu sua cicatriz? — Miyoko quis saber, quando ela se curvou.

Seus dedos roçaram a Marca de Caim. Todas as cicatrizes de infância haviam sido removidas com ela. Seu corpo era um templo agora. Ele funcionava como uma máquina bem lubrificada — preciso e sem desvios como suores, coração disparado ou respiração difícil. Exceto quando se tratava de sexo. Então tudo funcionava de modo totalmente mortal. Ele tornava os orgasmos tão viciantes quanto uma droga, já que eram a única ocasião em que um Marcado poderia ficar "ligado".

Eva franziu o cenho quando sua mãe não comentou nada sobre a marca em seu braço. A tatuagem de sua irmã mais jovem, Sophia, havia sido lamentada com a declaração: "Você era um bebê tão bonito...".

— Eu tenho uma tatuagem — Eva disse, seca — e você está preocupada com um sinal na pele?

— Você tem uma tatuagem?! — sua mãe gritou. — Onde?

Eva piscou e fitou o braço. Então deu uma olhada para Alec, que balançou a cabeça.

Miyoko não conseguia vê-la.

A tristeza se abateu sobre Eva, prostrando-a. A barreira entre ela e sua antiga vida não era apenas metafórica.

— Foi só brincadeira — retirou o que disse, a garganta apertada.

— Foi terrível — sua mãe se queixou, empurrando-a de leve em recriminação. — Eu quase chorei.

Elas se abraçaram, e Miyoko se endireitou.

— Fiz um pouco de onigiri. Está numa vasilha perto da cafeteira.

— Obrigada, mãe.

Reed se moveu para a porta.

— Eu a ajudarei a carregar suas coisas para baixo, sra. Hollis.

Miyoko ficou radiante. O apartamento de Eva ficava no andar mais alto, e o estacionamento era subterrâneo.

— Puxa-saco — Alec resmungou, quando eles saíram.

Eva deu um tapinha nele.

— Ela precisa de ajuda.

— Eu ia ajudá-la, se ele não pulasse para cima dela.

Sabrael tossiu.

— Você vai caçar o lobo Alfa, Caim.

Houve uma pausa longa de silêncio atônito. Depois Alec disse:

— Eva está treinando.

— E ela vai continuar assim — o serafim assegurou. — A sala de aula é o lugar mais seguro para Eva ficar, mas você tem que ir.

Alec balançou a cabeça.

— De jeito nenhum. Você não pode separar um par mentor/Marcado.

— Charles Grimshaw está ligado à camuflagem do Demoníaco. O filho dele se encontrava no local onde produziram a invenção, e o dragão camuflado que matou Evangeline foi enviado em seu nome. Este é o momento para uma ação essencial. Ele deve ser abatido antes que cause mais danos. Seu acordo, Alec, foi que ainda executaria caçadas individuais ao mesmo tempo que seria mentor.

Alec passou as duas mãos pelo cabelo escuro.

— Assim que souberem que ela ainda está viva, vão persegui-la. Eva precisará de mim por perto para protegê-la.

— Raguel está em uso total de seus dons no momento. Duvido que até mesmo você possa oferecer melhor proteção que um arcanjo com todas as insígnias reais. Também não se esqueça de que está ganhando indulgências duplas por cada vitória. Matar um Demoníaco da importância de Grimshaw fará com que você alcance um progresso de muitos anos.

O queixo de Alec enrijeceu.

— E eu devo simplesmente dizer: "Sinto muito, anjo, estou cuidando de salvar minha própria pele, bem como você está cuidando de salvar a sua"?

Eva estremeceu.

— Tudo ficará bem — ela assegurou, o polegar roçando a sua palma de maneira traquilizadora. — Não vai ser problema algum. Você e Reed podem fazer seu trabalho sem se preocupar. Todos sabemos que Gadara não permitirá que nada de ruim me aconteça, já que precisa de mim para intimidar vocês dois.

Reed, que acabava de voltar, afirmou:

— Isso não significa que não iremos nos preocupar. Você sempre consegue arranjar encrenca.

Ela quase argumentou que Gadara gostava de usá-la na hora de enfrentar os problemas só para irritar Alec, mas isso não faria com que se sentissem melhor.

— O que menos me agrada é que esta semana seja de treinamento de campo. — Alec olhou de relance para Reed. — Uma coisa é estar na Torre de Gadara. Outra é estar ao ar livre.

— O Forte McCroskey é uma base militar — Sabrael disse.

— Uma base *fechada*.

— Ainda conta com presença militar, e Raguel vai viajar com sua comitiva de segurança.

Eva franziu o cenho diante dos três homens.

— Do que vocês estão falando?

Reed explicou:

— Raguel está levando Marcados para o alto do norte da Califórnia. Há uma antiga base do Exército lá que ele gosta de usar para exercícios de campo.

Eva gemeu por dentro. Uma viagem de uma semana com uma classe de Marcados amadores ressentidos por ela ter o infame Caim como mentor e o altamente reverenciado Abel como treinador. Ela deduziu que a semana seguinte seria tão divertida quanto uma depilação com cera quente.

— O Alfa não vive no extremo norte da Califórnia? — Eva perguntou.

Alec fez que sim.

— Duas horas ao norte da base. O Forte McCroskey é perto de Monterey; o reduto de Grimshaw fica mais próximo de Oakland.

— Um trajeto de duas horas é bastante conveniente — Sabrael ressaltou. — Você poderia ter sido enviado em missão no outro lado do mundo.

25

— Não vai me convencer desse modo — Alec resmungou. — Mas levarei Eva até Monterey, depois seguirei em frente.

Reed sorriu.

— Eu ficarei de olho nela enquanto Caim estiver ocupado.

— Você tem um Demoníaco para identificar — Sabrael o lembrou.

— Os dois devem confiar que Raguel cuidará da segurança de Evangeline.

Eva suspirou.

— Alguém aí quer trocar de lugar?

— Sinto muito, querida. — Reed meneou a cabeça. — Não é possível cabular aula de Treinamento de Marca.

— Ela não é sua querida — Alec contrapôs, áspero.

Reed ergueu ambas as mãos num gesto de rendição que foi desmentido por sua piscadela maliciosa.

A hostilidade entre os irmãos aumentou ainda mais por conta da intimidade que Eva tivera com Reed no passado. O episódio acontecera antes da reentrada de Alec em sua vida, de modo que não usava isso contra ela. No entanto, dizer que ele não confiava que seu irmão se manteria afastado dela seria chover no molhado.

Alec olhou para Eva e suas feições se abrandaram.

— Você prefere caçar demônios reais a fingir caçá-los?

— Talvez eu tenha ressuscitado com uma personalidade diferente — ela sugeriu. — Como em *Os invasores de corpos*.

— Ou talvez você esteja irritada por ter sido morta e queira uma pequena revanche.

A boca de Eva se ergueu nos cantos. Como ele a conhecia bem!

— Mas se você for um clone, que é quase um zumbi — ele continuou — terá um grande gosto por corpos.

Um arrepio a percorreu. Uma piscada dele revelou que Alec notara.

— Mais um mês, anjo. Então, vamos destruí-los.

Mais quatro semanas de aula, uma das quais seria em campo. Eva suspirou. Estava definitivamente de volta ao mundo dos vivos.

O Inferno devia ter meios mais diretos de tortura.

2

— LAMENTO POR TAKEO.

Reed deu uma olhada para o Marcado que entrava na Torre de Gadara ao seu lado.

— Obrigado, Kobe.

Kobe Denner esfregou o rosto com a mão e praguejou em seu zulu nativo.

— Ele salvou minha vida uma vez. Eu ainda lhe devia essa. Takeo foi um bom Marcado.

— O melhor que eu tinha. — Vingar a morte do Marcado estava no topo da lista de tarefas de Reed. Mas primeiro ele precisava identificar o Demoníaco que praticara o ato; depois, estudar qual seria a melhor forma de derrotá-lo.

— Ouvi dizer que foi um tipo desconhecido de demônio quem fez isso.

— Sim, é verdade.

— Deve ter sido um imbecil para destruir Takeo.

— Eu nunca vi nada parecido. — A gravidade da situação era evidente no tom sombrio da fala de Reed.

— Merda! — Os olhos escuros de Kobe estavam tristes. Suas feições eram mantidas jovens pela marca, mas nada podia esconder o peso da experiência que oprimia sua robusta constituição. Matar demônios cobrava um imposto terrível da alma. — Já é bastante ruim por lá.

— Vamos encontrá-lo e matá-lo. É o que sempre fazemos. — Reed estava grato por soar mais confiante do que se sentia.

Kobe parou ao lado de um dos muitos vasos de plantas que decoravam o átrio do saguão.

— Você acha que Takeo entrou?

Reed inalou profundamente, refletindo sobre a melhor resposta para a pergunta. Era uma questão comum entre os Marcados. Estavam trabalhando pela absolvição, e todos queriam saber se teriam acesso garantido ao Céu se perdessem suas vidas antes de poderem juntar indulgências em número suficiente.

— Ele mereceu — Reed respondeu.

Era a melhor resposta a dar que não constituísse uma violação do Decálogo, mas não era bem a resposta que Kobe gostaria de ouvir.

Ainda assim, o Marcado aceitou-a com um assentimento sombrio.

— Se você precisar de mim para alguma coisa, é só avisar.

— Avisarei. — Reed apertou a mão do Marcado, depois cada um foi para um lado.

Kobe rumou em direção à rampa recuada de elevadores que conduziam aos pisos subterrâneos, uma área restrita a Marcados, aliados e prisioneiros Demoníacos. Reed atravessou o vestíbulo cheio de gente para chegar ao elevador particular que o levaria direto ao escritório de Raguel Gadara.

Pelo menos uma centena de pedestres com as mentes voltadas para negócios congestionava o vasto espaço. Cinquenta andares acima deles, uma claraboia gigantesca iluminava o átrio e servia como um convite arquitetônico às bênçãos de Deus. O firme rumor de inúmeras conversas e o zunido ativo dos elevadores de tubos de vidro testemunhavam ao mesmo tempo a eficácia do projeto e a perspicácia de Raguel para os negócios. Na superfície, tudo estava bem nos quartéis-generais da firma norte-americana. Os mortais conduziam as transações ali, em abençoada ignorância do verdadeiro propósito de Gadara — a supervisão e o controle de milhares de Marcados.

Os sete arcanjos eram os responsáveis pela fundação das firmas no modelo secular. Raguel tinha um jeito especial para bens imobiliários, o que o ajudou a criar um império multibilionário e uma notoriedade que rivalizava com a de Donald Trump e Steve Wynn. As Empresas Gadara possuíam propriedades no mundo todo, de resorts em Las Vegas e Atlantic City a edifícios de escritórios em Milão e Nova York. Como um operador contratado pela firma de Raguel, Reed atravessara os vários corredores com tanta frequência que podia fazê-lo com os olhos fechados. Mas desde que marcara Eva ali, ele não conseguia fazer isso tão confortavelmente.

Sem querer, seu olhar se desviou para a porta do poço de escada que ocultava a plataforma para onde ele levara Eva. Lembranças dominaram seu cérebro numa série de imagens rápidas como rajadas de metralhadora. As recordações eram tão vívidas que Reed podia sentir as curvas luxuriantes sob suas mãos e sentir o perfume dela. Seu pau endureceu, e ele ajustou a calça para ficar à vontade.

— Maldito seja — ele grunhiu, tanto para Caim e Eva quanto para si mesmo. Precisava dela para ampliar suas ambições, mas não precisava admirá-la. Ou cobiçá-la.

Entrando no elevador, Reed socou o único botão que havia no painel. Houve uma longa pausa quando a câmera no canto focalizou suas feições, e depois o guarda de segurança na ponta receptora do mecanismo alimentador pôs a máquina em movimento. Subiu os trinta andares até o escritório numa questão de segundos, mas podia ter atravessado a distância num piscar de olhos. O teletransporte era uma dádiva concedida a todos os mal'akhs — exceto a Caim, que fora despojado dela. Ele escolheu tomar a rota secular mais lenta hoje a fim de ganhar o tempo necessário para recuperar o autocontrole. No momento em que as portas se abriram, sentiu-se preparado para lidar com Raguel.

Reed entrou no enorme e bem equipado escritório como se fosse seu proprietário. Uma escrivaninha de mogno rebuscadamente esculpida estava disposta no canto extremo, dando para a série de janelas no lado oposto. Duas cadeiras marrons de couro ficavam diante da escrivaninha, e um fogo eterno crepitava na lareira. Acima do console, um retrato de *A última ceia* tal como imaginada por Da Vinci trazia Deus para o espaço, bem como o fazia o crucifixo que adornava a parede por trás da cadeira de Gadara.

O arcanjo em pessoa se erguia junto às janelas com as costas viradas para Reed. Suas mãos estavam enfiadas nos bolsos, e seu porte era majestoso e relaxado. O contraste entre seus trajes cor de creme e sua pele cor de café forte realçava belamente as duas coisas.

— Como está a srta. Hollis? — ele perguntou, sem voltar a cabeça.

Ajeitando a calça, Reed se acomodou na cadeira diante da escrivaninha do arcanjo.

— Recuperando-se e ostentando uma expressão corajosa.

— Caim não seria capaz de providenciar sozinho a ressurreição à srta. Hollis. — Raguel girou, afastando-se da vista de Orange County. — Você deve tê-lo ajudado.

— Ajudar Caim? *Eu*? — A boca de Reed se recurvou ligeiramente. Se havia ou não ajudado era coisa para só ele saber. O arcanjo ambicioso não precisava de mais nenhuma munição.

O sistema de marcas fora desenvolvido para que se trabalhasse de forma coesa, e já funcionara bem. No entanto, a corrida para ver quem agrada mais a Deus criou um grande problema, promovendo disputas que antes não existiam, trazendo imensa discórdia entre os arcanjos.

— Não que eu me importe, é claro — Raguel assegurou. — Teria sido uma tragédia perdê-la.

— É um milagre que não tenha acontecido antes, considerando-se os desvios de protocolo a que ela foi submetida.

— Eva tem que demonstrar suas habilidades. Tem que ser melhor que seus pares, mais dura e mais rápida. Destemida. Seu trabalho com Caim sempre fará dela o alvo dos Demoníacos como Charles Grimshaw.

Os dedos de Reed se contorceram em torno das pontas dos descansos para os braços. Raguel estava usando Eva para avançar em suas próprias finalidades... e irritar Caim.

— Ela se tornou um alvo porque nós a tínhamos largado ao vento.

Era um ardil para o arcanjo ter Caim em sua equipe, e isso era possível apenas porque Eva estava designada para a firma norte-americana. Se acontecesse algo que a tirasse do domínio de Raguel, Caim — e todo o prestígio que ele trazia consigo — ficaria perdido também. O que era a razão pela qual Raguel vinha arrastando Reed na confusão toda. Ele não contara que Eva pudesse atrapalhar seus planos.

— O que não matá-la vai fortalecê-la.

O estômago de Reed se revirou com a lembrança dela chamuscada e destruída no chão do banheiro.

— Ela já foi morta uma vez. Acho que piorar não pode.

— Seu sarcasmo está fora de lugar.

— O que espera, Raguel? Você pergunta se ela está bem quando é o principal motivo pelo qual foi morta.

O arcanjo suspirou audivelmente, um som delicado, mas repreensivo. Ele estava em seu elemento quando a classe se encontrava em sessão, a única ocasião em que era permitido a um arcanjo usar seus dons celestiais. O poder zumbia em torno dele, e o brilho divino lustrava sua aparência com uma incandescência dourada. Se Raguel quisesse, poderia estender as asas de pontas de ouro numa envergadura de dez metros. Mas lhe restavam apenas quatro semanas antes que seus alunos se formassem e ele ficasse mais uma vez preso ao seu disfarce temporal.

O treinamento de novos Marcados levava seis semanas, e os arcanjos se revezavam em seus serviços para que cada um pudesse desfrutar do poder concedido por Deus. O resto do ano o Senhor *sugeria* que eles vivessem vidas como os humanos, pois acreditava que os arcanjos seriam mais simpáticos aos Seus adorados mortais se padecessem das mesmas inconveniências.

Eles podiam escolher ignorar a sugestão, claro. Jeová era um forte defensor do livre-arbítrio. Mas havia um preço a pagar por toda transgressão. Considerando a acirrada competição entre os arcanjos, eles evitavam ao máximo se envolver em discussões inúteis ou mesmo perder tempo com pequenos contratempos.

Raguel mudou de assunto:

— Temos que encontrar o Demoníaco que matou sua Marcada.

— Sim, temos. Há notícia de aparecimentos posteriores?

— Um, possivelmente. Na Austrália. — Raguel andou até a escrivaninha. Elegante em sua constituição, com o cabelo negro áspero salpicado de grisalho de propósito, o arcanjo não envelhecia como os mortais, mas era forçado a simular a passagem dos anos a fim de abrandar desconfianças. No fim, esta encarnação de Raguel teria que morrer e renasceria como outra pessoa. Às vezes encaixar-se no papel de um descendente era possível. Em outras ocasiões, uma reinvenção completa era o único meio viável.

— Outro Marcado sumiu?

— Sim.

Um calafrio percorreu Reed. Nunca esqueceria a maneira como Takeo morrera. Não restara nada do Marcado, a não ser a pele pendendo dos galhos de uma floresta e balançando no ar noturno.

— Você não pode confundir a assinatura desse Demoníaco com nenhuma outra. Se ele for o mesmo demônio, lógico. Houve uma testemunha?

— Sim, o treinador estava presente na ocasião.

Mariel, outra treinadora sob o domínio de Raguel, fora a única dos Celestiais a vislumbrar o demônio. Apenas de maneira rápida, mas com tempo suficiente para ostentar um terror sobrenatural em seus olhos quando falou disso.

— Ele se lançou para dentro de minha Marcada — ela dissera. — Desapareceu em seu interior. Como ele pôde caber em seu corpo?

O que restou foi uma explosão de tecidos e peles em quantidades insuficientes para fazer um corpo. Aonde tinham ido parar os ossos e o sangue?

Reed expirou asperamente.

Raguel inclinou um dos lados do quadril contra a escrivaninha.

— Talvez você e Mariel devam ir à Austrália e interrogar por conta própria o treinador de Uriel.

— Eu quero o Demoníaco, não relatos sobre ele.

— Não vai lhe tomar tanto tempo. Algumas horas, no máximo.

— Se você insiste, irei. Do contrário, não vejo por quê. — Mas a capitulação exterior de Reed veio com dúvidas interiores.

À parte haver perdido um Marcado para o monstro, ele não tinha nada a oferecer como ajuda. Colocar a mão na massa e trabalhar na investigação era obrigação dos Marcados. O dele era tão só conhecer as forças e fraquezas daqueles sob sua vigilância e incumbi-los de perseguições em que eles tivessem as melhores possibilidades de sucesso.

— Você não parece satisfeito — Raguel observou. — Pensei que ficaria.

— Por quê? Por que eu quero vingança pela morte de Takeo? Isso não trará meu melhor Marcado de volta. Posso apenas rezar para que meu testemunho tenha sido suficiente e ele esteja com Deus agora.

— Há outra coisa perturbando você, então. O que é?

— A coisa toda me perturba. A violência está crescendo. Agora há uma camuflagem por trás da qual os Demoníacos podem se esconder e há uma nova espécie de demônios ameaçando o equilíbrio.

— Nós não sabemos se há mais de uma.

— Três Marcados foram mortos em três semanas — Reed sentenciou.

— Uma é suficiente. Quanto tempo você acha que levará para que Sammael julgue o teste um sucesso e faça mais delas?

O Decaído estava sempre ansioso por explorar qualquer vantagem.

— Jeová nunca nos dá mais do que aquilo com que podemos lidar. Os Demoníacos não são os únicos que estão se aperfeiçoando.

Reed baixou a cabeça.

— Saber disso não está me ajudando no momento.

Raguel abriu o umidor em sua escrivaninha, retirou um charuto e o pôs entre seus lábios, sem cortá-lo ou acendê-lo. Ele não fumava, mas gostava do ato de segurá-los na boca por razões que Reed nunca captara.

— Você está enfrentando uma crise de fé? — o arcanjo perguntou, suas palavras articuladas em torno do charuto.

— Se esse Demoníaco continuar a matar Marcados ao ritmo de um por semana, será preciso recorrer a recrutamento, treinamento, orientação intelectual... só para manter nossos números. E se ele continuar levando nossos melhores e mais brilhantes, logo ficaremos apenas com novatos.

— Você pinta o mais terrível dos quadros, Abel, como se esse demônio fosse se misturar entre nós sem ser notado.

— É meu trabalho prever e prevenir.

— É por isso que acho que você deve acompanhar Mariel.

— Farei isso. — Reed se ergueu. — Vou convocá-la e nós partiremos.

Havia mais coisas que medidas preventivas por trás do pedido de Raguel. O arcanjo desejava que sua firma fosse a única responsável pela identificação e derrota desse novo demônio. Ele não queria que Uriel, ou qualquer outro dos arcanjos, lhe roubasse esta honra.

— Vou reunir a classe e levá-los para o Forte McCroskey esta noite. Relate suas descobertas para mim quando eu estiver lá.

— Ótimo. Fique de olho em Eva.

Raguel retirou o charuto de sua boca sorridente.

— Claro. Ela é a estrela entre meus alunos.

— Por que ela já é boa? Ou por que você quer que seja?

— Eva é mais ou menos competente. — Raguel deu de ombros. — Ela poderia ser brilhante, se pusesse o coração nisso. Tal como é, apenas a determinação a impulsiona, e isso não é suficiente para alcançar o topo..

— Quantos novos Marcados põem o coração nisso? Eles são convocados a servir. — Reed passou a mão por seu cabelo curto, lembrando-se mais uma vez de que Eva não era de modo algum aquele tipo de mortal que costumava se tornar um deles.

Ela era e sempre fora agnóstica, e não havia cometido nenhum crime tão grave assim que justificasse ser Marcada. Sua única ofensa fora ser uma tentação para Caim; a reluzente e deliciosa maçã em seu jardim de demônios e morte.

— A srta. Hollis é diferente — Raguel disse, sua voz retumbante soando delicada pelo ar. — Os Marcados sempre vêm até nós com variados graus de fé entre eles. Eva não tem nenhuma, e se atrapalha justamente por isso, não tem fé. Outros deles encontram força em seu desespero por salvar suas almas; ela não tem essa ansiedade, e essa deficiência pode significar a sua morte.

Se Raguel não providenciasse isso primeiro.

— Os outros Marcados são hostis com relação a ela, Abel? Eva pode estar "se diminuindo voluntariamente" para evitar mais antagonismo.

— Nunca testemunhei nenhuma hostilidade. — A boca de Reed se curvou numa retorcida. — O que não significa que elas não existam.

Porque Eva estava ligada a Caim — uma lenda no campo tanto por sua taxa de morte de cem por cento quanto por sua autonomia —, era atormentada por aqueles que ficavam com inveja de sua "boa sorte". Supunham que Caim fazia a parte do leão no trabalho e ela ficava por perto apenas fazendo pose. Não se importavam em saber quão equivocados estavam.

Caim também mexera seus pauzinhos para manter Eva perto de sua família. Os Marcados, como regra, eram transferidos para famílias desconhecidas. Eles eram em sua maioria solitários que haviam se distanciado dos familiares e amigos ou não tinham nenhuma dessas coisas por uma série de razões. A sua ausência de laços emocionais fortes facilitava sua adaptação à vida de Marcados. Era inegável que isso criava uma cisão entre eles e Eva.

Mas Raguel cegamente — ou convenientemente — ignorava como os outros Marcados a tratavam.

— Só a mantenha viva enquanto eu estiver fora — Reed disse. — Isso não é pedir demais.

— Mantenha-se vivo *você*, Abel — Raguel respondeu. — Temos uma grande quantidade de trabalho pela frente.

Como se Reed pudesse se esquecer disso!

O Armagedon. Ele estava chegando. Não teriam que esperar muito.

ALEC ESTACIONOU O CHRYSLER 300 DE EVA EM SEU LUGAR reservado na garagem subterrânea da Torre de Gadara. Desligando o motor, ele a olhou e notou seu queixo rijo e sua postura tensa. Seu cabelo longo e escuro estava puxado para trás num rabo de cavalo, e seu corpo esguio, vestido com uma camiseta preta de algodão e bermuda cáqui. Alec estendeu os braços para pegá-la, massageando os músculos tensos de seu ombro.

— Você está bem?

Ela fez que sim.

— Mentirosa... — ele murmurou.

— Digamos apenas que eu preferiria ir acampar com uma turma diferente, se tivesse escolha.

A mão dele envolveu sua nuca e puxou-a para mais perto. Alec esfregou o nariz contra o dela.

— Sentirei saudade.

Uma batida impaciente sobre o porta-malas de Eva balançou o carro e atraiu a atenção dos dois para a janela de trás.

— Este não é lugar para perder tempo! — uma voz masculina gritou.

Alec ergueu seus óculos de sol, notando que o importuno era um do grupo de três pessoas que passavam. Era bronzeado, loiro, e parecia na casa dos trinta anos.

— Esse é Ken — Eva disse com bom humor.

Os olhos de Ken foram de um para o outro, arregalando-se com horrorizado reconhecimento. Ele logo se afastou, erguendo ambas as mãos num gesto de rendição. Tinha uma sacola de pano grosseiro pendurada num ombro e dentes brancos o suficiente para ofuscar.

— Desculpe, Caim. Eu não vi que era você.

— Cometeu um erro, seu idiota — um de seus companheiros resmungou, empurrando-o.

— Ken, é? — Alec sorriu. — Acaba de me ocorrer que ele se parece mais com uma boneca Barbie.

Alec saiu do assento de motorista e deu a volta pelo porta-malas. Abrindo a porta do passageiro, ele ajudou Eva a sair e perguntou:

— Qual é o apelido dele?

Eva tinha nomes específicos para todos os Marcados da classe. Ele pensava saber o motivo. Um apelido podia servir a dois propósitos: desumanizar um sujeito ou personalizá-lo. Alec suspeitava que o uso de apelidos por Eva era por causa de ambas as razões.

— Apenas Ken — ela disse —, já que ele se parece com um boneco Ken.

Pegando em seu cotovelo, Alec a conduziu em direção aos elevadores.

Eva lançou-lhe um olhar estranho.

— Está sabendo que Gadara não vai gostar de ser você a me levar para Monterey em vez dos outros, não é?

— Gadara poderia usar um de seus aviões para transportar a classe toda para lá. Já que ele não quer tornar a vida fácil para você, nós não iremos sair de nosso caminho para tornar a vida fácil para ele.

— Você continua violando regras por minha causa.

Ele deu de ombros.

Ela olhou para Alec de um modo que o fez sentir vontade de levá-la de volta para a cama.

— O lobo no banheiro me disse que você fez um trato por minha vida. E depois o violou.

— Você acredita em tudo que um Demoníaco lhe diz? — Alec não queria a gratidão dela. Não quando ele era o motivo pelo qual Eva fora marcada, para começar, e certamente não quando esperava que ela fosse aprender a gostar de ser uma Marcada.

— Obrigada — ela disse com uma ternura que o derreteu.

Os dois subiram pelo elevador até o nível do átrio.

Eva franziu o nariz.

— Não acho que algum dia irei me acostumar com o cheiro de tantos Marcados num espaço fechado.

— Você tem que admitir, é mais agradável que o fedor das almas apodrecidas dos Demoníacos.

— Sim, mas é demais. Fica difícil respirar.

A vegetação do átrio era exuberante, deixando o ar mais úmido. Isso intensificava o aroma doce que surgia quando mais de uma centena de Marcados se reunia. O efeito era agradável para Alec, tal como era a onda de energia que sentia quando estava cercado por eles.

Entrar numa firma era sempre uma corrida impaciente, não importa qual delas ele visitasse ou onde estivesse localizada. Seu coração batia forte com intensidade, e o ritmo cardíaco ficava acelerado, como se os outros Marcados compartilhassem com ele seu vigor. Mas os sentidos de Eva ainda eram muito sensíveis. Alec ficou pensando em quanto tempo aquilo iria durar. Já que ele nunca fora mentor nem tivera que ser treinado para a tarefa, não tinha nenhuma referência com que compará-la.

Cruzaram o vestíbulo de mármore para um corredor recuado onde uma série de elevadores privados os levaria para as entranhas do edifício.

— O que você sabe sobre este forte para o qual estamos indo? — Eva quis saber. — Alguma coisa?

— O Forte McCroskey foi fechado em 1991. Há ainda alguns serviços disponíveis: um comissariado e alguns abrigos familiares para os estudantes de uma escola militar nas proximidades. Mas, fora isso, é uma cidade fantasma.

— Por que vamos para lá?

— Há um resto de infraestrutura suficiente para facilitar o treinamento. O Exército ainda a usa de vez em quando por essa razão e, já que nossa proposta é a mesma... a derrota de um inimigo através da força... ela serve às nossas necessidades também.

— Divertido.

Alec entrelaçou os dedos de Eva nos seus. A semana seguinte seria puxada para ela.

— Eu estarei de volta antes que você chegue a ter a oportunidade de sentir minha falta.

O semblante dela mudou do desgosto para a preocupação.

— Sou uma idiota. Reclamando sobre como aprender a me defender enquanto você está em missão.

— Ficarei bem. Você precisa apenas se cuidar.

Eva olhou-o de maneira analítica e cautelosa.

— Mas não vai ser fácil, certo? Ele tem lobos subordinados para protegê-lo; você está sozinho.

— Quando é fácil demais não tem graça.

— Eu bem que gostaria de me sentir assim. — Eva se inclinou contra o corrimão de metal que circundava o espaço do elevador e cruzou os braços. Era a sua pose de *você-não-vai-me-enganar*. — Você já fez isso? Perseguir um Alfa quando ele está em casa com seu bando?

— É fichinha.

— E agora, quem é que está mentindo?

Alec sorriu e olhou-a do topo da cabeça até as botas de combate em seus pés. Eva era o tipo de beleza exótica para o qual as pessoas olhavam mais que duas vezes. Pele macia, cachos de cabelos negros como breu, lábios vermelhos. Seu paraíso particular, seu refúgio dos rigores da vida.

Fora desejo à primeira vista dez anos atrás, e nada mudara desde então, a despeito de eles estarem separados o tempo todo. Ela era a sua maçã, sua tentação. Ele, a sua queda. Era uma base precária para um relacionamento. Os dois tinham bagagem, sentimentos feridos, remorsos. Eva era o tipo de mulher com quem um homem se casava. Cerca de gradis brancos, crianças e um cachorro. Alec queria progredir como arcanjo e administrar sua própria firma.

As portas do elevador se abriram, e eles entraram no centro de treinamento. O andar todo fora dedicado a criar a melhor força de combate possível para os Marcados. Havia salas de aula com escrivaninhas, bem como cantos para meditação, linhas de tiro internas, salas de peso e estúdios de esgrima. Alec às vezes ficava para observar as instruções, impressionado com o nível de eficiência. Como o Marcado original, ele fora forçado a sobreviver por um triz. Alguns diziam que nascera para matar, fora feito para isso, e ele concordava.

Eva foi andando à frente até uma sala de conferência revestida de vidro. Quando entraram, a conversa morreu, e todos os olhares se voltaram para eles. Havia muitas pessoas ali, desde adolescentes a indivíduos de meia-idade, homens e mulheres. Alguns se sentavam em torno da longa mesa que dominava o centro da sala, outros se acomodavam em cima dela com as pernas balançando dos lados. Ken se servia de um copo de água do jarro prateado num console próximo. Todos olharam para Eva, depois deram uma espiada furtiva em Alec; exceto uma loira nas proximidades, que o avaliou audaciosamente da cabeça aos pés.

— Como se sente, Hollis? — perguntou um hispânico de cabelo escuro que trajava jeans e camisa de flanela abotoada.

— Bem. Obrigada por perguntar.

Quando Alec se juntou a Eva no fundo, devolveu um olhar a cada um que o encarava. Ela pulou para a borda da janela, suas pernas ágeis balançando e seus dedos curvados em torno dos lábios. Eles tinham os nós esbranquiçados, traindo sua inquietação. A tensão naquela sala era nítida, e isso o irritava.

Alec se inclinou para trás e cruzou os braços, encarando a sala em sua totalidade. Um desconfortável arrastar de pés se seguiu, e depois houve um retorno à discussão anterior.

Ken tossiu.

— Mal posso esperar para começar.

— Vocês dois são um par de estúpidos — uma pequena ruiva disse com escárnio, lançando o cabelo por sobre os ombros.

— Bem — Alec murmurou apenas para os ouvidos de Eva —, as garotas ficam facilmente definidas por seus apelidos, eu acho. A Garota Gótica especialmente. Estou supondo que a ruivinha seja a Princesa, já que está coberta de purpurina.

Eva sorriu.

— Eu sou tão colegial, não sou?

— Não é culpa sua que elas sejam tão identificáveis. Além do mais, eu gostei de você no colégio — ele ronronou, aludindo ao malfadado encontro que os trouxera até onde estavam hoje. Alec não podia se arrepender disso, e aproveitava todas as oportunidades para lembrá-la do motivo de ela não dever se arrepender tampouco.

Eva bateu seu ombro no dele.

— Pode adivinhar qual deles é o Sabichão? Esse é um pouco mais difícil...

Alec olhou ao redor. Havia sete pessoas na sala além deles mesmos. Já que havia identificado quatro dos Marcados, logo os excluiu — Ken, a Princesa ruiva com sua maquilagem de purpurina e brilho labial, a Garota Gótica com seu cabelo loiro pálido e feições perfeitas de duende, e a Manequim, cuja altura e figura esquálida eram a essência dos sonhos de uma supermodelo.

— O cara velho? — Alec deu um palpite. — Ele tem aquele tipo do Magneto.

— Você é mais velho que ele — Eva lembrou. — E não, ele é o Ratazana. Seu nome é Robert Edwards.

— Certo. Então é o cara de jeans.

— Ainda não.

Os olhos de Alec se arregalaram.

— O garoto? Você está brincando comigo!

Rindo, ela disse:

— Não, não estou. Ele é mais velho do que parece. Vinte e poucos anos. O nome é Chad Richens. Ele e Edwards são da Inglaterra, de modo que suponho que essa seja uma das razões pelas quais eles gravitam um em torno do outro. A outra razão é que Richens consegue elaborar os esquemas, mas não gosta de fazer o trabalho sujo.

— Como o quê?

— Como a vez em que ele fez Edwards trocar as baionetas de todo o mundo por outras com lâminas cegas, que havíamos usado no dia anterior. Nós todos trabalhamos duas vezes mais por causa disso, porque ele e Edwards eram os únicos a ter lâminas recém-afiadas. Foi ideia de Richens, mas Edwards foi quem na verdade fez a troca. Claire enlouqueceu quando Ken descobriu. Eu achei que ela iria ter um aneurisma.
— A Manequim?
— Sim, Claire Dubois, da França. Ela não é linda? Claire diz que não era nada bonita antes de ser marcada. Pelo visto, era uma viciada em metadona. Ela incendiou seu apartamento e matou o namorado ao fazê-lo, razão pela qual foi marcada. Claire é ainda extremamente tensa e muito irrequieta.

Alec analisou o adolescente.
— Como Richens está se saindo na parte física da aula?
— Não muito bem. Mesmo com a ajuda da marca, ele tem problemas com treinamento de combate, razão pela qual eu acho que tenta se safar de forma sorrateira. É um viciado em videogame. E é a estratégia que é seu forte, não os punhos. Ele também tem pavio curto. — Sua voz baixou: — Edwards me contou que o pai de Richens era arrogante. Eu acredito que ele carregue um pouco disso consigo.

Não escapou à atenção de Alec o quão bem Eva estudara seus colegas de classe a fim de entendê-los melhor. Era o sinal de uma caçadora natural. Matar não era um ato meramente físico. Era também cerebral.
— Deve haver algum potencial nele, ou Richens seria designado para uma posição fora do campo.
— Ele matou alguém. Não conheço os detalhes. Richens não fala disso.
— Matadores costumam acabar no trabalho de campo automaticamente.
— Estupidez — ela resmungou. — Acho que ele estar aqui é uma porra de um equívoco da parte de alguém.
— Cuidado com o que diz. — Alec lançou a ela um olhar reprovador.

As crenças de Eva eram só suas, e ele respeitava seu direito de tê-las, mas às vezes ela expressava suas opiniões de um jeito que era irreverente demais para ser seguro.

— Então, só nos resta agora o cara de cabelo escuro. Romeu, pelo que entendi.

Eva fez que sim.

— Antonio Garza, de Roma. Mas não é por isso que o chamo de Romeu. Ele tem uma paixonite por Laurel... e ser discreto não é seu forte.

— Qual delas é Laurel? A Princesa?

— Sim. Laurel Hogan. Romeu paquerou a Garota Gótica primeiro, mas ela diz que ele é muito gigolô para seu gosto. Romeu se deu melhor com Laurel, não sei o porquê. Se você quer saber minha opinião, Izzie tem uns parafusos a menos.

Alec analisou a loirinha com um olhar avaliador. Ela era esguia, pálida, seus olhos azuis contornados com kajal pronunciado, e a boca pintada de roxo-escuro. Ele a descreveria como "delicada", a despeito de sua coleira e das algemas pontiagudas.

— Por que você diz isso?

— Izzie já puxou um canivete para quase todos nesta sala em algum momento. Ela não gosta de nenhum de nós.

— É um nome esquisito.

— Abreviação de Iselda. Iselda Seiler. "Izzie" fica melhor do que "Garota Gótica" para ela, eu acho. Como as outras garotas, seu apelido, que soa como (easy+ tranquila), é mais uma descrição do que qualquer outra coisa.

Alec notou o modo reservado com que Eva se referiu à outra mulher. Não que ele a culpasse. A loira vinha flertando descaradamente desde que ele chegara.

— Você não gosta dela.

— Não dou bola pra ela — Eva corrigiu. — Porém, Izzie com certeza tem alguma bronca de mim. Mais do que o resto da classe, e isso não é pouco.

— Há alguém com quem você se dê bem?

— Vejamos... — Eva deu de ombros. — *Eu não sou* de não me dar bem com ninguém, mas também não faço amigos. Só me mantenho discreta e fora do caminho.

Alec se virou para encará-la. Ele perguntava sobre suas experiências na classe todo dia, e Eva sempre encontrava um jeito de reconduzi-lo para outro tema. Essa conversa de agora era a mais longa que ela compartilhara até então.

— O que Raguel acha disso? — Alec quis saber. — Aposto que ele quer você a par de tudo.

Ela fez uma careta de escárnio.

— Claro, assim ele pode me atormentar e salientar todos os erros que estou cometendo.

O queixo de Alec enrijeceu. Depois que resolvesse as coisas com Charles, ele lidaria com Raguel. Eva era dona de talento inato. Era uma ofensa que ela não soubesse disso porque o arcanjo se abstinha de elogiá-la.

Como se os pensamentos de Alec servissem como deixa para o arcanjo aparecer, Raguel entrou na sala flutuando através da porta de vidro, exibindo para todos uma pequena porção de seu poder. Estava vestido informalmente com calça larga de linho cor de anil e uma túnica, mas a intensidade que irradiava dele contradizia sua aparência externa de displicência.

Um breve sinal de entendimento foi trocado entre Alec e o arcanjo, e depois Raguel olhou ao redor para a sala de reunião. Sua voz lírica rolou pela sala como fumaça:

— Boa tarde.

— Boa tarde, *moreh* — todos o saudaram em uníssono, usando a palavra hebraica que significava "professor".

Raguel franziu o cenho.

— Onde está Molenaar?

— Ele ainda não deu as caras — Ken respondeu.

Alec deu uma olhadela para Eva, tentando lembrar-se do colega de classe que estava ausente.

Os lábios dela formaram "o Drogado".

Fazendo um sinal de assentimento, Alec meditou sobre a composição de estudantes na classe. Dois antigos viciados em drogas, um adolescente com poucas habilidades motoras e um senhor mais velho, muito provavelmente agarrado aos seus hábitos. Os Marcados vinham em todas as formas, tamanhos, passados e temperamentos. No entanto, apenas os seletos se tornavam caçadores, e não membros de bastidores com ocupações como assistentes pessoais ou coordenadores de viagens.

Eram Dubois e o drogado ausente que mais o perturbavam. Viciados penavam mais que todo o mundo para se acostumar com a marca. Além da perda de seus lares, familiares e amigos, eles também perdiam suas muletas. A marca era uma cura instantânea, que mudava o corpo de modo que as substâncias alteradoras não fossem mais efetivas. Alguns Marcados noviços ficavam loucos encarando a realidade. Eles não eram capazes de funcionar sem drogas em suas vidas comuns de mortais. Era impossível para alguns lidar com sobriedade num mundo extraordinário cheio de demônios que queriam matá-los.

— Vamos partir na hora estipulada — Raguel disse —, esteja Molenaar presente ou não.

Eva ergueu a mão.

— Qual é o propósito dessa excursão de campo?

Raguel ampliou sua postura, cruzou os braços e escrutinou a sala com um olhar abrangente.

— Todos vocês carregam medo. Devem encará-lo e aprender a ver além dele. Vocês foram incumbidos de eliminar os mais vis dos residentes do Inferno. Os filmes de horror que viram no passado não são nada comparados àquilo que irão encarar diariamente. Eu os estou levando para um lugar onde o medo será seu companheiro mais íntimo. Vocês aprenderão a funcionar com tudo que têm de melhor quando forem confrontados com o que há de pior.

Alec sentiu Eva estremecer. Pegou sua mão e a puxou da borda do parapeito da janela. Seus dedos se entrelaçaram aos dela, uma oferta silenciosa de conforto. Dizer que ele se sentia muito mal por sua participação na marcação de Eva seria redundante, mas isso não era o pior de tudo. Alec não podia mudar o que se dera no passado. Podia, no entanto, mudar o futuro. Mas não vinha trabalhando nisso com tanto esforço quanto deveria estar.

Eva queria que ele a ajudasse a entender a marca, e Alec prometera que o faria. Mas o desejo dela de ser livre competia com a necessidade dele de mantê-la por perto por tempo suficiente para aprender o sistema de marcas da base até o topo. Era a melhor maneira de se posicionar como a mais óbvia escolha para dirigir uma nova firma. A ameaça Demoníaca estava crescendo, e mais Marcados eram necessários. Alec queria galgar posição tão logo a expansão fosse concluída. E não podia fazer isso como o forasteiro que sempre fora. O andarilho, condenado a perambular. Devido a Eva, ele estava enfim estabelecido em um lugar, observando os Marcados desde sua concepção. Assim que completasse o treino de mentor, Alec teria experiência prática com todos os aspectos do sistema. Ninguém seria mais capacitado do que ele para liderar.

— A partir de agora, aprenderão a trabalhar juntos — Raguel prosseguiu. — Não estão competindo uns com os outros, embora alguns ajam como se estivessem. Vocês são uma equipe; seu objetivo é o mesmo. A perda de um membro enfraquece todos os demais. Quando nós terminarmos, estarão acostumados tanto a sobreviver quanto a ajudar seus irmãos a sobreviver também.

— Parece atraente — a Princesa, a srta. Hogan, disse.

— *Sì*. — Romeu piscou para ela.

Richens se mexeu desconfortavelmente. Izzie bocejou.

Edwards, entretanto, tamborilou com a ponta dos dedos sobre o topo da mesa.

— Eu estive no Forte McCroskey. O lugar é um depósito de lixo. Cheio de ervas daninhas gigantescas e formigando de vermes.

— Argh! — Laurel franziu o nariz. — Mudei de ideia.

— Eu vou proteger você, *bella* — Romeu falou arrastado.

— Vocês todos vão se proteger uns aos outros — Raguel corrigiu.

Ken esfregou as mãos.

— Podemos fazer isso.

— Tem Wi-Fi por lá? — Richens quis saber.

— Claro que sim. — Raguel sorriu, indulgente. — Todas as conveniências modernas. Não quero isolá-los completamente. A intenção desse exercício é simular situações de campo reais.

— Simular? — Os dedos de Eva apertaram os de Alec. — Os Demoníacos que vamos perseguir são simulados também?

— De certo modo. Suas presas serão Demoníacos reais. Não há nada na Terra capaz de imitar seu mau cheiro, de modo que temos que usar demônios de verdade.

Uma onda de risadas percorreu a sala.

— Mas eles trabalham para mim — Raguel prosseguiu.

— Uma pena isso — Ken resmungou. — Eu estava esperando que nós finalmente conseguíssemos chutar a bunda de algum demônio.

— Tudo tem sua hora, sr. Callaghan. Reúnam-se em torno da mesa, por favor. Vamos rezar pelo sucesso de nossos esforços antes de partir.

Os estudantes se levantaram, formando um grupo heterogêneo que fez com que Alec ponderasse sobre o futuro do sistema de marcas. Eva soltou a mão da dele e saiu da borda da janela.

As sobrancelhas dele se arquearam.

— Vou lá para fora — ela sussurrou.

Izzie se aproximou.

— Vou com você.

— Eu preferiria que vocês duas ficassem — Raguel, que captara a conversa delas com sua audição celestial, bradou. — Juntem-se às preces conosco, isso não é discutível. Precisamos agir juntos em tudo.

Alec pegou Eva pela cintura e puxou-a de volta para si, dizendo uma prece pelos dois. Pelo modo como a sua sorte vinha se mostrando até aí, ele sabia que precisavam de toda a ajuda que pudessem obter.

3

QUANDO SEU CARRO SE APROXIMOU DA ENTRADA desguarnecida do Forte McCroskey, Eva observou seus arredores. Na luz do céu poente, a sinalização que delineava o fim da terra pública cintilava com uma camada recente de tinta fresca. A estrada sob os pneus escureceu conforme ela foi cruzando o limiar, por obra de uma nova camada de asfalto. À frente, luzes atraíam fregueses ao armazém de provisões militares; o estacionamento ostentava um número razoável de veículos.

— Não me parece abandonado — ela comentou. — Talvez eu tenha uma imaginação superativa, mas pensava que este lugar tinha uma aparência um tanto diferente. Teias de aranha e ervas secas rolando... Esse tipo de coisa.

Alec deu uma olhada para ela do assento de passageiros.

— Você ainda não viu as melhores partes.

— Oh, ótimo. Uma coisa digna de se esperar ansiosa.

— Espere com ansiedade por minha volta — ele ronronou, lançando a ela um de seus olhares. Alec era, numa simples definição, ferozmente sexy. E sabia disso, o que o tornava ainda mais perigoso.

Eva voltou a atenção para a estrada.

— Você vai nos meter num acidente. É difícil dirigir quando nossos dedões estão enroscados. — Eva diminuiu a velocidade para

47

manter a distância da traseira da van branca que transportava os outros Marcados.

A Chevrolet Suburban branca diante dela transportava seis dos guardas pessoais de Gadara, bem como provisões para cobrir uma semana e todo o equipamento do grupo.

De vez em quando, alguns de seus colegas de classe se viravam para olhar para ela, mas nunca com alguma demonstração de amizade. Eva devia talvez ter viajado com o grupo para promover solidariedade, mas não tivera energia para isso. Ela não sabia se voltar do mundo dos mortos era como se sentir com uma TPM assassina, mas estava seriamente irritada e lerda.

Eles foram descendo por ruas enfileiradas com casas cuja arquitetura ia de casas duplex dos anos 1950 a casas padrão dos 1980. Eram todas bem iluminadas, com carros nas garagens e grandes quintais de grama bem cuidada. Eva fizera um pouco de pesquisa sobre o lugar e descobriu que fora fundado em 1917, tornara-se um forte oficial em 1940 e fechara em 1991. Atualmente, ainda servia para uma variedade de usos, tanto civis quanto militares. As casas pelas quais eles passavam agora estavam ocupadas por soldados casados que trabalhavam no Instituto de Defesa da Linguagem e na Escola de Pós-Graduação Naval nas proximidades.

Eva baixou o vidro e deixou o ar fresco e mesclado de sal penetrar no veículo. Embora a base abraçasse a mesma Costa do Pacífico que no condomínio dela, o clima do extremo norte era muito diferente. A temperatura era mais fria, o céu, mais carregado, e as árvores eram pinheiros em vez de palmeiras. Eva desejou que estivessem viajando na Harley de Alec e não naquele carro, mas o trajeto de sete horas teria sido duro até mesmo para um corpo reforçado pela marca.

— Aposto que os soldados que estavam estagiando aqui adoravam isto. — Alec concordou com a cabeça.

— É uma vergonha que esteja fechado.

— Sem dúvida.

Eles seguiram a van numa curva da estrada. Eva avistou um prédio com janelas sustentadas por pranchas de madeira, e seu estômago se agitou. Ela disse a si mesma que era coisa de sua cabeça — seu corpo não devia reagir ao estresse —, mas não ajudou. Estava nervosa e assustada.

— Então... Você sabe algo sobre o treinamento que acontece ali?

Alec estendeu a mão e apertou seu joelho.

— Eu verifiquei quando o Suburban estava sendo carregado. Raguel usou o McCroskey apenas duas vezes, de modo que foi difícil encontrar alguém que tivesse passado pela experiência. Os dois Marcados com quem conversei disseram que foi uma tarefa crucial para eles, uma experiência que mudou sua percepção de tudo.

— Para melhor?

— Disseram que sim.

— Somente dois Marcados? — Eva engoliu em seco. — O que aconteceu com o resto deles?

Alec lançou-lhe um olhar oblíquo.

— Eles estão a campo, fazendo seu trabalho. Não estão mortos.

Eva suspirou, impetuosa.

— É bom saber.

— Eu *vou* lhe tirar daqui antes que isso a mate — Alec prometeu, parecendo sombrio e determinado. — Você não terminará seus dias marcada.

A reação dela à promessa dele foi tão mista que Eva não conseguiu definir o que sentiu. Três semanas atrás, sua resposta teria sido: "Pode apostar". Agora, porém, ela se sentia ambivalente. Nunca em sua vida abandonara uma coisa por não gostar dela. Eva fora até o fim antes de dizer que havia dado tudo de si.

— Você sabe — ela balbuciou —, eu entrei neste treinamento com uma atitude de "aconteça o que acontecer".

— Não é uma conduta ruim a seguir, anjo. Às vezes, é a única maneira de sobreviver.

— Sim, mas, neste caso, eu acho que preciso ver o quadro completo.

Alec girou em seu assento. Seu movimento foi fluido, apesar de seu tamanho. Com um metro e noventa e cento e vinte quilos de músculos enxutos, perfeitos, ele tinha um corpo que era cobiçado tanto por homens quanto por mulheres. Mesmo com a marca — o que o tornava sobrenaturalmente poderoso — ele se exercitava com regularidade para manter sua viçosa condição física. Alec levava seu trabalho muito a sério, e Eva o admirava por isso, mesmo que ele a repreendesse por ser muito menos comprometida.

— E o que vai fazer então? — ele quis saber.

— Sei lá eu. — Seus ombros se ergueram, desajeitados. — Só não consigo esquecer a sensação de que me atirar de cabeça nesse negócio de Marcados torna mais fácil para Deus me manter aqui por algum tempo ainda.

Alec afagou-lhe o antebraço.

— Para Jeová não há distinção entre fácil e difícil. Ele faz o que acha que é melhor.

— Bem, *eu* distingo fácil de difícil — ela retrucou. — E o que costumava ser difícil está ficando mais fácil, e às vezes não é tão ruim. Mas então de repente... como morrer num sujo banheiro masculino... é realmente medonho.

— Então, faça uma tentativa esta semana — Alec sugeriu. — Dê tudo de si por sete dias e veja o que acontece.

Os dedos de Eva se enroscaram com mais força no volante.

— Não quero gostar disso, Alec. Não quero me sentir à vontade.

A van dobrou uma esquina, levando-os para dentro de uma área menos habitada. As casas nessa rua eram escuras, os quintais, amarelados. O sol se punha, acrescentando sombras à mistura. O subúrbio se apagava na desolação, e Eva estremeceu.

— O que você quer, anjo?

— Quero normalidade. Quero casamento e filhos. Quero envelhecer. — Eva olhou-o de esguelha. — E quero você. Na maior parte do tempo.

Quando a van estacionou num dos pontos de estacionamento em frente a um duplex às escuras, Eva parou na rua e encarou a residência. O Suburban passou por ela e ocupou o espaço restante.

A cabeça de Alec se afastou de Eva.

— Não combino com a normalidade — ele murmurou.

— Eu sei.

A porta da traseira da van se abriu, e Ken saltou para fora, esticando-se. Em seguida, apoiou as mãos em cada lado da porta e se inclinou, parecendo ouvir instruções repassadas por alguém que estava lá dentro. Ele deu uma olhada para Eva vindo em marcha lenta na rua e fez um sinal para que ela estacionasse no meio-fio.

Ela suspirou.

— Já vou...

Depois de estacionar, Eva saltou do assento do motorista e se juntou aos demais. O resto do grupo saiu da van. Gadara ficou entre os dois veículos e acenou com o braço num movimento abrangente. As luzes externas se acenderam.

— Brilhante. — Laurel estourou seu chiclete.

Jogar um pouco de luz sobre o local não tranquilizou o desconforto de Eva. Ao contrário, colocou o abandono de seus alojamentos em vivo realce. A pintura descascava no tapume e nas bordas, rachaduras prejudicavam a passarela de cimento, e o asfalto no estacionamento estava esfarelando. Uma barata saiu em disparada entre os dois carros, e Laurel gritou.

Izzie revirou seus olhos e pisou com força no inseto com seu Dr. Martens.

— Está morta — ela afirmou num tom que soou mais ríspido devido ao sotaque alemão. — Pode parar de gritar agora, por favor.

— Não vou ficar num lugar infestado de insetos! — Laurel berrou.

— Eu falei que este lugar era uma sujeira. — Edwards fez uma careta.

— Eu trouxe um inseticida.

— Nós não matamos as criaturas de Deus — Gadara o repreendeu.

Claire deu uma risada desdenhosa.

— Tem certeza de que não são criaturas Demoníacas? Eu creio que baratas e mosquitos são prole dos demônios.

— Elas estão se mudando, srta. Dubois. Dê-lhes alguns minutos e elas acharão outro lugar para ocupar na área.

Richens enfiou as mãos nos bolsos da frente de seu blusão de moletom com capuz.

— Vamos mesmo ficar abrigados aqui?

— Sim, vamos. Cavalheiros no duplex à esquerda, senhoras à direita.

— Espero que nenhum de vocês ronque — Izzie resmungou.

— Por que não podemos ficar nas casas melhores? — Laurel perguntou.

— Para proteção das senhoras? — Romeu sugeriu.

— E assustar os ignorantes com nossos modos loucos? — Ken zombou.

— O sr. Callaghan está certo. — Gadara caminhou até a traseira da van e abriu as portas de trás. — Nossos horários serão irregulares, estaremos armados com frequência, e somos um grupo eclético. Queremos atrair os Demoníacos, não a curiosidade dos mortais.

— Eu gostaria de ficar — Alec disse. — Parece divertido.

Eva olhou para ele, que lhe ofereceu um sorriso reconfortante, e ela fez um esforço para retribuir. Embora Eva nunca, nem em um milhão de anos houvesse imaginado o cenário que atualmente encarava, não fazia sentido ficar reclamando dele. Era o que era. Ela só teria que aproveitá-lo da melhor maneira possível.

— Sim, certo — Richens grunhiu, pegando sua mochila e jogando-a sobre o ombro. Ele atingiu as costas de um guarda que descarregava equipamento da Suburban. — Sinto muito, cara. Foi sem querer.

Ken apanhou sua bolsa.

— Vocês são um bando de covardes. Estou deslumbrado com estas férias.

— Claro que está. — Claire deu de ombros. — Você é louco. Passe a bolsa bordô, *s'il vous plaît*.

Retornando a seu carro, Eva ergueu o porta-malas com o controle remoto e contornou a traseira para pegar sua bagagem de mão. Alec chegou à sua frente, girando-a e pegando a alça antes que ela o fizesse. Seu olhar encontrou o dela.

— Você sabe que levo meu celular sempre comigo. Ligue-me quando quiser, não importa a hora.

A última coisa que Alec precisava ao se encaminhar para uma matança era ser distraído por uma chamada de telefone. Eva balançou a cabeça.

— Não se preocupe comigo. Cuide de seus negócios e volte são e salvo.

— Vai sentir saudade, anjo? — Alec ronronou.

Ela sorriu em resposta. Eva sentia por ele o mesmo que em relação ao treinamento — tinha medo de se comprometer por completo com ambos.

Perca um, perderá os dois. Alec era um acessório fixo em sua vida desde que a marca surgira, e mantê-la não era uma opção. Os Marcados viviam fora da ordem normal humana. Não podiam morrer por meios comuns e não eram capazes de criar vida. Eva não estava preparada para aceitar isso.

No entanto, essas eram preocupações para outro dia. Nesse momento, um homem que ela amava profundamente rumava para o perigo.

— Claro que sentirei saudade, Alec. Tenha cuidado.

— Ouça. — Ele pousou a mão livre no ombro dela. Seus olhos estavam quentes, sua boca, traçada com determinação. — Você é uma natural. Raguel não se deu ao trabalho de lhe dizer isso, mas você é. Você tem um talento inato.

— Eu fui morta!

— Mas não antes de mandar o dragão de volta para o Inferno — ele lembrou. — Você sabe quão poucos Marcados podem fazer esta afirmação? Creio que eu não devia estar lhe dizendo isso. No treinamento de mentor, muito provavelmente diriam para eu mandá-la seguir as regras. Mas estou lhe dizendo que siga seus instintos, está me ouvindo?

Eva o encarou, presa por sua intensidade.

— Seguir meu instinto?

— Sim. — Alec deu uma batidinha em sua têmpora com a ponta de um dedo. — E sua cabeça. Você é uma pessoa esperta, anjo. Mande as regras à merda e siga seu instinto.

Ela fez que sim. Ele beijou-lhe a ponta do nariz.

— E pense em mim. Bastante.

Um momento depois, ele saía do meio-fio e ela era deixada sozinha com seus colegas de classe. Eva subiu a entrada com passos decididos, fortalecendo-se para uma semana de isolamento emocional.

Ken fechava as portas traseiras da van quando ela se juntou ao resto do grupo no fim do estacionamento.

— Dividam-se por gênero — Gadara disse —, e comecem a preparar as casas para morar.

— Aonde você vai? — Laurel franziu o cenho.

As sobrancelhas de Gadara se ergueram ao ouvir o tom usado por ela, mas ele respondeu calmamente:

— Ao armazém.

— É preciso ser militar para fazer compras lá — Edwards advertiu.
— Eu tenho permissão, sr. Edwards.
— Ele é um arcanjo — Izzie murmurou —, não um idiota.
— Cai fora.

Eva achou graça da conversa, mas sua alegria desapareceu quanto captou o olhar de Gadara.

— Srta. Hollis, por favor, faça com que as coisas corram com tranquilidade nos alojamentos femininos. Há colchões de ar lá. — Gadara apontou para uma pilha de equipamento em frente à garagem.

Laurel lançou um olhar mal-humorado.

— Por que ela fica na chefia?
— Eva é a única de vocês com experiência real de campo.
— Sim, e ela se ferrou.

A classe não sabia que Eva morrera, ela percebeu com alguma surpresa, o que a fez pensar se sua ressurreição não seria um grande segredo.

Os olhos escuros de Gadara assumiram um brilho de advertência.

— Me dê uma folga, srta. Hogan.

Laurel dirigiu uma olhadela maliciosa a Eva. Romeu pôs o braço em torno da cintura dela e murmurou em seu ouvido.

O queixo de Eva se empinou. Claro que Gadara alimentaria a animosidade. Desde o início, ele dificultara sua vida como Marcada. Era seu modo de manter Alec sob seu domínio.

— Sr. Edwards? — O arcanjo se virou. — Por favor, supervisione a arrumação dos alojamentos dos homens, sobretudo da cozinha. Começaremos os preparos do jantar quando eu voltar.

— Vamos caçar esta noite?

Gadara balançou a cabeça.

— Não, sr. Callaghan. Hoje só vamos fazer arrumação e nos preparar para amanhã.

— Então, é melhor irmos começando. — E Eva rumou em direção ao lado das senhoras.

As outras mulheres se puseram em fila atrás dela.

O sol caía no horizonte, listrando o céu com azuis de pedras preciosas. A vista era de tirar o fôlego, e Eva parou no pequeno degrau de cimento da varanda para observá-la.

— Talvez não vá ser tão problemático assim por aqui, afinal — Laurel comentou.

— Talvez. — Eva torcia para que isso fosse verdade.

A tranquilidade confortável foi despedaçada pelo uivo de um lobo ao longe. Um calafrio percorreu a espinha de Eva.

— Há lobos na praia? — Claire perguntou num sussurro.

— *Lobisomens*— Izzie corrigiu, soturna.

Quando a cor do céu assumiu o matiz do sangue, o prazer de Eva com sua beleza desapareceu. O ar da noite assumiu um peso ameaçador, opressivo.

Eles estavam à solta por lá. Os Demoníacos. Esperando, tal como os Marcados, pelas ordens para matar. Eles passavam seu tempo brincando com os mortais, conduzindo-os até a entrada do Inferno, e depois os empurravam.

Eva abriu a porta destrancada e fez um sinal para que as demais a precedessem para a segurança.

— Vamos ficar lá dentro.

— **BOM DIA, COLEGAS.**

Reed sorriu ao cumprimento do australiano.

— Passa da meia-noite.

— Sinto tê-los feito esperar. — Les Goodman fez um sinal para que entrassem em sua pequena mas bem cuidada casa no Victoria Park.

Como o treinador australiano que testemunhara o mais recente ataque do misterioso Demoníaco, Les era o motivo pelo qual Reed e Mariel estavam no Outro Lado do Mundo. Ele ficara preso às formalidades subsequentes à morte de uma Marcada e finalmente ligara para Reed aparecer cerca de trinta minutos atrás.

— Eu queria gravar meu relato enquanto tudo estivesse fresco em minha mente — Les explicou enquanto eles caminhavam para uma confortável sala de estar mobiliada com móveis de couro e peças de madeira robustas. — Não que eu um dia fosse esquecer, vejam bem. Terei pesadelos com o que aconteceu com minha Marcada para sempre.

— Obrigado por ter concordado em ver-nos, sr. Goodman — Mariel disse. — Gostaríamos de ter vindo em circunstâncias mais felizes. Lamentamos muito a sua perda.

— Obrigado. Chamem-me de Les, por favor.

Mariel usava um vestido floral solto e um suéter azul do mesmo tipo, o que lhe dava um ar informal e acessível. Seu cabelo vermelho como fogo, no entanto, era pura sedução, mas Les não parecia ter ficado impressionado, como a maioria dos homens solteiros ficava.

— Você conhece Abel, é claro. — Ela inclinou a cabeça para o lado.

Les estendeu sua mão para Reed.

— Sim, claro. Bem-vindo, Abel. É uma honra recebê-lo aqui.

Reed aceitou o aperto de mão de Les, notando a força e a confiança transmitida pelo cumprimento do mal'akh. Ele era loiro, sua pele, escurecida e curtida pelo sol; sua aparência levava a crer que estava lá pelos meados dos quarenta anos. O padecimento pesava opressivamente sobre seus ombros largos e riscava sua boca e seus olhos com profundos sulcos de tensão. Tais manifestações físicas de emoção eram raras em mal'akhs e eram causadas apenas pela perda de algum ser muito amado. A Marcada de Les significara muito para ele.

Ligações afetivas às vezes se formavam entre Marcados e seus treinadores, já que eles compartilhavam uma conexão que transcendia o físico. Um Marcado podia compartilhar medo e triunfo, e um treinador podia reassegurar e oferecer conforto por muitos quilômetros. Também causadoras do romance relacionado com o trabalho eram as vidas isoladas levadas pelos Marcados e a atração de seu Novium, que era suscitado pela emoção de suas primeiras caçadas. Nem os mal'akhs eram imunes ao despertar deles para o seu poder total.

— Agradecemos por você ceder seu tempo para responder às nossas perguntas. — Reed pensava em Eva e sua própria ligação crescente com ela. Que Deus o ajudasse quando o Novium dela explodisse, o que iria acontecer logo que Eva acabasse seu treinamento e começasse a caçar de verdade.

Ele consultou seu Rolex. Era quase noite na Califórnia. Eva devia estar em Monterey agora. No final da semana, estaria a três semanas da graduação.

O queixo de Les enrijeceu.

— Farei qualquer coisa necessária para capturar aquele demônio. Nunca vi nada como o que aconteceu com Kimberly. Rezo para nunca mais ver algo parecido.

— Você viu o Demoníaco? — Mariel indagou numa entonação tranquilizadora.

— Sim. — Uma expressão assombrada surgiu nos olhos azuis do treinador. — Tinha o corpo de um grandalhão musculoso. Quase seis metros de altura e dois metros de largura de ombro a ombro.

Reed olhou para Mariel com as sobrancelhas erguidas. Ela havia descrito seu demônio de um modo muito diferente.

O assovio alto de uma chaleira de chá soou lá dos fundos da casa. Les fez sinal para que eles o acompanhassem.

— Venham. — Os saltos de suas botas ecoaram pesadamente pelo piso de madeira de lei. — Vamos conversar na cozinha.

Eles se acomodaram em torno de uma mesa com tampo de linóleo desgastado. Les desligou o fogão a gás e verteu água fervente no bule de chá disponível. Sua domesticidade contrastava por completo com sua aparência rude: camisa de flanela puída, jeans desbotado e um grande cinto com fivela.

— O Demoníaco que eu vi — Mariel começou— tinha pouco mais de dois metros de altura, em nada tão grande quanto o que você descreveu.

Les pôs o bule na mesa e retornou ao balcão para apanhar um saco de papel. Ele sacudiu o conteúdo — bolinhos — sobre um prato.

— Bem, eis a questão. — Les olhou para os dois por sobre o ombro. — Ele não era tão grande antes de matar minha Marcada.

O celular de Reed vibrou em seu bolso. Ele o pegou sem demora. Costumava manter a maldita coisa desligada, mas com Eva em treinamento ele queria se manter acessível. Dando uma olhada na identidade de quem chamava, praguejou baixinho. *Sara*. Reed apertou o botão que enviava a chamada para o correio de voz.

Sarakiel — arcanjo e ex-amante de Reed — dirigia a firma europeia, e suas perfeitas feições angélicas incrementavam as vendas do império da Cosméticos Sara Kiel. Ela estava também na lista negra de Reed, por isso ele vinha evitando suas ligações pelas últimas semanas. Isso não ia mudar naquele momento.

— Você está dizendo que o Demoníaco aumentou de tamanho? — Reed perguntou, voltando sua atenção total à conversa.

— Sim. — Les ajeitou três xícaras de chá, depois puxou uma cadeira de espaldar alto para si mesmo.

— Você observou o ataque? — Mariel perguntou.

— Um pouco. Se eu piscasse, o teria perdido. A coisa que emergiu foi rápida, absurdamente rápida, e disparou sobre Kim como um borrão. Corria de quatro: punhos e pés no chão. Quase como um macaco, mas graciosa como um canino. Kim gritou, e o Demoníaco saltou sobre sua boca aberta, desaparecendo dentro dela. Eu não conseguia acreditar. Quando me dei conta do que estava acontecendo, já tinha acabado.

— O que houve de fato? — Reed indagou, embora já soubesse a resposta.

— Ela... — Les engoliu em seco. — Ela *explodiu*. Mas foi errado. Totalmente errado. O que restou... Não houve muita coisa. Não restou muita coisa *dela*. Nem um único osso, nem sangue...

— ...só músculo e pele — Reed finalizou, recusando a oferta silenciosa de chá feita por Les.

— Sim, seria isso. Então, aonde vai parar todo o resto? — Les encheu duas xícaras, as mãos tremendo visivelmente. Depois que pôs o bule de lado, olhou de Mariel para Reed. — Acho que o Demoníaco absorveu o resto. Foi assim que ele aumentou.

Mariel aceitou a xícara que Les estendeu-lhe.

— Você estava respondendo a um chamado?

Um chamado era um grito instintivo de socorro do Marcado para o treinador, tão poderoso que às vezes era detectado por mortais. Um sexto sentido, alguns o denominavam. A sensação de que algo estava "fora de alcance", algo que eles não podiam tocar.

Les balançou a cabeça.

— Eu não esperava por um chamado. Tinha mandado Kim atrás de algumas fadas Patupairehe que vinham causando problemas para turistas. Elas eram a especialidade dela, de modo que, quando senti o temor de Kim, vi que algo estava errado.

Reed se inclinou para trás em sua cadeira.

— Raguel não disse nada sobre o Demoníaco ter aumentado.

— Ele não sabe. — Les partiu um pedaço do bolinho. — Uriel quis guardar a novidade só para si até que pudesse descobrir o que fazer com ela.

— Não é hora para os arcanjos serem territoriais — Mariel protestou.

— Concordo plenamente, e por isso estou contando a vocês. Há mais uma coisa. — Recuando da mesa, Les girou em sua cadeira e recolheu algo do balcão logo atrás, que colocou diante de Mariel.

Ela pegou o saco plástico fechado e examinou seu conteúdo.

— Parece que há sangue nesta pedra.

— Há sim. Pode abrir.

Mariel o fez, e com rapidez o cheiro doce como mel do sangue de Marcado inundou o ar. Era insolitamente vigoroso, e Reed se flagrou respirando pela boca para reduzir a potência do aroma.

— É o sangue de sua Marcada — ela observou. — Por que você está guardando isto?

Os lábios de Les se contraíram.

— É o sangue do Demoníaco. Eu fiz um buraco no desgraçado quando ele chegou até mim.

— Se sua cena foi um pouco parecida com aquela que eu vi — Reed murmurou —, isso pode ser pele de Marcado. Não havia nada num raio de três metros que não estivesse completamente coberto de sangue.

— Eu recuei um pouco antes de descarregar minha pistola — Les disse. — Esse sangue não veio de minha Marcada, porque estávamos a pelo menos um quilômetro de distância do ponto onde ela foi morta.

— Como o Demoníaco soube que vocês estavam recuando?

— Essa é a questão, não é, colega? Minha teoria é que o Demoníaco absorve não apenas o sangue e os ossos do Marcado que mata, mas também alguma conexão com o treinador. Suponho que seja apenas temporária. Antes que eu acabasse de esvaziar meu pente, ele se tornou imune às balas. Pode ter havido alguma espécie de precaução, ou ele adquiriu vulnerabilidade de minha Marcada que se apagou quando a conexão cessou. O Demoníaco com certeza não tinha ideia alguma de que eu iria atirar nele.

— Até a conexão temporária é longa demais. — Reed deu batidinhas no chão com o pé. — Quantas informações ele pode absorver? Por quanto tempo ele retém o que apreende? Precisamos saber se sua teoria está certa.

Mariel fechou o saco plástico cuidadosamente.

— Podemos ir até o cenário dos acontecimentos? Eu gostaria de dar uma olhada por mim mesma. Sou a única que viu todos os locais de ataque. Gostaria de ver se aparece um padrão útil.

— Claro. — Les tomou seu chá num gole só. — A área é remota. Mantenham-se unidos durante a mudança.

Ele desapareceu.

Dando uma olhada em Mariel, Reed se levantou.

— Vamos embora.

4

APROXIMANDO-SE DE IZZIE — QUE SE RECUSOU A SAIR do lugar— Eva pôs uma grande tigela de salada na mesa de refeições improvisada. Elas haviam juntado três mesas de jogo dobráveis formando uma só maior na sala de jantar dos homens. Sentar-se ainda ficava apertado, mas Raguel insistiu que comessem juntos. Eva entendeu que ele tentava promover uma união familiar entre os Marcados, mas depois de três semanas compartilhando lanches na Torre de Gadara, ela não conseguia ver por que funcionaria agora se não funcionara antes.

— Eu odeio tomates — Laurel se queixou, olhando para a tigela. — Você não podia tê-los colocado numa parte separada?

— Sinta-se livre para fazer isso — Eva retrucou.

Gadara entrou na sala de jantar, vindo da cozinha adjacente. Ele carregava uma travessa de lasanha recém-tirada do forno — sem a segurança de luvas.

Olhando com ferocidade para Eva, Laurel lançou seu cabelo ruivo sobre o ombro com um gesto experiente do pulso. Tinha pouco mais de vinte anos, a pele sardenta de um modo que lhe caía bem, os olhos de um belo azul de centáurea. Ela era cerca de cinco centímetros mais alta que Eva, ligeiramente mais esguia e menos atlética, e dotada da habilidade de se queixar de quase tudo. Eva não tinha ideia de como essa tendência se desenvolvera em sua terra natal, na Nova Zelândia. Ali na América, o sotaque charmoso de Laurel abrandava um pouco o fator irritante. Ela era uma das colegas de classe com que Eva se intrigava. O que Laurel podia ter feito para acabar marcada? Seu egocentrismo era exasperante, mas no resto parecia bastante inócua para Eva. E ela parecia o tipo que precisava de um monte de amigos, não uma solitária.

Gadara lançou a Eva uma olhadela interrogativa, e ela balançou sua cabeça, dizendo a ele de maneira silenciosa para não se preocupar com isso. Ela vinha tendo dificuldades para se ajustar à nova imagem do arcanjo que formava. Antes de ter sido marcada, Eva tivera Gadara em alta estima por seus talentos seculares. Donald Trump adoraria ser Raguel Gadara quando crescesse. Como decoradora, Eva se candidatara a um emprego nas Empresas Gadara, esperando participar da redecoração de seu Hotel e Cassino Mondego em Las Vegas. Agora, estava trabalhando com ele — só que não de um modo que ela pudesse sequer ter imaginado.

Naturalmente, sua associação não era casualidade. Alec jurava que nada era uma coincidência e que seguia um plano divino. Se isso fosse verdade, a perda de sua virgindade para Caim e sua subsequente marcação foram apenas uma questão de tempo. Portanto, trabalhar para Gadara também fora inevitável.

Para ela, a coisa toda era esquisita.

Richens apareceu, saindo da cozinha. Ele contornou Gadara e pôs sobre a mesa um prato de pão de alho comprado no armazém.

— Estou faminto. Vamos comer.

— Quem fará a oração de graças? — Gadara olhou para Eva.

Uma sobrancelha dela se arqueou.

— Eu faço. — Claire se ergueu, destacando-se na mesa.

O cabelo castanho da francesa, supercurto, parecia ter sido cortado por ela mesma. Sua pele tinha a perfeição da porcelana, suas pestanas, eram espessas e escuras por trás de óculos de bela armação preta usados apenas por motivos estéticos — a marca curava a miopia e qualquer outra imperfeição. Ela era tão bonita que ficava difícil não arregalar os olhos e, no entanto, não se importava muito com a aparência. Não usava nenhuma maquiagem ou produto para cabelo. Contudo, tinha realmente uma queda por roupas. Para essa curta viagem, Claire trouxera uma bagagem quase tão grande quanto ela.

No momento em que a pequena oração foi concluída, o grupo se sentou lado a lado à mesa improvisada e começou a passar a comida ao redor. Não era cozinha gourmet, mas ainda assim, estava bastante boa. Por um momento, todos se mantiveram ocupados demais em engolir para falar — saciando a necessidade de se reabastecer sempre e em grandes quantidades —, e depois a discussão nervosa sobre os eventos iminentes na semana seguinte se engrenou completamente.

Eva comeu sem entusiasmo, sentindo-se desligada da atmosfera turbulenta por uma sensação difusa que ela chamava de uma "nuvem cerebral". Sentia como se estivesse sendo acometida de um grave resfriado. Estava exausta e suspeitava que começava a ter uma leve febre. Já que a marca evitava doenças, ficou mais que um pouco preocupada. Assim que teve um momento para si, planejou ligar para Alec e perguntar a respeito. Não sentia vontade de discutir nenhuma fraqueza diante dos outros.

— Então, o que há na agenda para amanhã? — Ken perguntou, sempre disposto a entrar de cabeça.

— Meus planos de treinamento são um segredo muito bem guardado, sr. Callaghan — Gadara disse, sorrindo. — Além do mais, nas condições atuais do campo vocês terão que improvisar.

— O que precisamos fazer para nos preparar? — Eva quis saber.

— Vestirem-se com roupas pesadas. É gelado pela manhã aqui, e dependendo de como vocês progredirem amanhã, poderemos ficar até o cair da noite.

— É quando os fantasmas saem para brincar — Izzie disse num tom baixo e dramático deliberado, seguido por um grito cômico de *buuu* que soou ainda mais engraçado com um sotaque alemão. — Talvez eles venham nos visitar esta noite.

— Não brinque — Claire resmungou. — Demoníacos reais são ruins o bastante.

— Quem disse que estou brincando? Vi um programa de televisão sobre este lugar, na semana passada. Uma dessas séries de caçadores de fantasmas.

Richens concordou.

— Temos um programa parecido no Reino Unido.
— Do que vocês estão falando? — Claire indagou.
— Há pessoas — Edwards explicou — que vão a lugares tidos como assombrados para tentar achar provas de atividade sobrenatural. Elas gravam suas atividades para a televisão.
— *Vraiment?** — As sobrancelhas de Claire se ergueram. — Com que tipo de equipamentos eles fazem a busca?
Ken riu.
— Uma câmera digital e uma lanterna. O máximo que você vê são gritos na escuridão.
— Sim — Izzie concordou —, foi o que eu vi. Estranhei que eles esperassem até o meio da noite para "investigar". Os caras apagaram as luzes também. Qual é o motivo para fazer isso? Se há Demoníacos no lugar, eles não dão a menor bola se as luzes estão acesas ou não.
Claire franziu o cenho.
— Qual é a finalidade?
— Diversão — Richens murmurou.
— Para quem? Para as pessoas que gritam no escuro? Ou para os telespectadores?
— Eu também não entendo isso — Eva comentou, supondo que podia contribuir ao menos com esta parte para a discussão.
Todos olharam para ela, depois voltaram a falar.
— Então, há Demoníacos verdadeiros neste lugar? — Claire quis saber. — Ou só imaginações hiperativas?
— Há Demoníacos por toda parte — Gadara lembrou. — Mas o que alimenta esses programas são boatos e conjeturas. Contudo, se há Demoníacos por perto quando os programas estão sendo filmados, eles às vezes aderem à brincadeira para sua própria diversão.
Eva recuou da cadeira e se ergueu, levando seu prato consigo.
— Preciso fazer uma ligação antes que fique muito tarde.
— Para Caim? — O sorriso de Laurel foi tímido.
— Para quem eu ligo não é da sua conta.

---

* Em francês, no original: "Sério?". (N.T.)

— Você é feliz por ter alguém que lhe dê respostas — Romeu murmurou, esfregando as pontas dos dedos de alto a baixo pela espinha de Laurel.

Eva sabia que sua situação era rara. Só não conseguia concluir se era uma bênção ou não. Será que sua longa conexão com sua família significava que ela não tinha muitas indulgências a merecer para ganhar a liberdade? Ou será que sua conexão com Caim era tão valiosa que seus laços familiares podiam ser desprezados?

Deixando seu prato no balcão junto à pia, Eva saiu pela porta da cozinha e sentou-se no alpendre de cimento. Acima dela, o céu era de um belo azul de meia-noite. Um número indefinido de estrelas piscava entre nuvens que passavam depressa. Em sua cidade natal, a poluição criava uma noite cinzenta como carvão que escondia muito da beleza celestial do universo, mas Eva trocaria alegremente o estar ali por estar em casa.

Discou o número de Alec. Quando o telefone tocou, Eva afastou o cabelo da testa úmida. Ela ficava com tontura ao se mexer muito rápido, e sua respiração saía ofegante e rasa. A marca só permitia tais reações quando a excitação sexual ou uma caçada estavam em ação. Estresse e doenças não eram causas.

Então, que diabos há de errado comigo?

Sua aclimatação física à marca fora tumultuada desde o início até o ligar e desligar, como alguém mexendo no botão de volume de um rádio.

— *Você ligou para Alec Cain. Deixe uma mensagem ou ligue para Indústrias Meggido no 800-555-7777.*

O som da voz de Alec fez a garganta de Eva se apertar.

— Volte são e salvo — ela disse ao seu correio de voz. — E me ligue quando puder.

Sentindo-se em necessidade de algum barulho, ela ligou para os pais e esperou impacientemente que um deles atendesse. Eles iriam primeiro verificar a identidade de quem ligava, já que nunca respondiam a números que não reconheciam...

— Oi, querida.

Eva sorriu ao som da familiar voz arrastada do pai.

— Oi, papai. O que você está fazendo?

— Vendo televisão e dizendo a mim mesmo para ir para a cama. E você?

— Estou aqui em Monterey.

— Oh, está certo. — O bom humor era evidente em sua voz. — Sua mãe me disse que você tinha um trabalho aí.

— Sim. Trabalho.

— Bem, tire uma folguinha para ver o aquário.

— Vou tentar.

Houve silêncio pelo intervalo de alguns segundos, mas Eva estava acostumada com isso. Seu pai era o mestre do silêncio — sociável, embaraçoso e desaprovador. Ela conseguia lidar bem com megeras gritonas e cretinos vociferantes, mas a desaprovação silenciosa de Darrel Hollis a fazia sentir-se menor que uma formiga.

Em geral ela tentava preencher o vazio com futilidades, mas nessa noite Eva estava apenas feliz por ter acesso a alguém que a amava.

Darrel tossiu.

— Sua mãe não está aqui agora. Ela foi ao seu grupo de tanka.*

— Tudo bem. Estou satisfeita de falar só com você.

— Há algo errado? Está com problemas com Alec?

— Não, nós estamos bem.

— Vocês dois deviam vir mais para jantar quando voltarem para a cidade.

— Claro. Gostaríamos disso.

Outro intervalo de silêncio, e depois:

— Problemas no trabalho?

Não que ela pudesse compartilhar.

— Nada está errado, papai. Só liguei para dizer oi. Sinto saudade sua.

— Eu também, querida. Espero ansioso por um jantar com você.

— Ele bocejou. — Vai ser uma noite e tanto, Eva. Não trabalhe demais.

Ela suspirou, desejando que eles fossem capazes de travar mais do que conversa amena.

— Diga oi para a mamãe por mim.

---

* Estilo de poesia japonesa. (N.T.)

— É claro. E ache um jeito de ir ver o aquário. Você não pode passar por Monterey sem vê-lo.

— Farei o possível.

— Boa noite, Evinha.

Ela fechou o celular com um estalo bem quando a porta da cozinha foi aberta às suas costas. Quando Eva se levantou, uma mão pousou em seu ombro e forçou-a a permanecer sentada.

Ela ergueu os olhos.

— O que houve, Richens?

— Fique aqui— ele disse, juntando-se a ela no pequeno degrau. — Posso precisar de companhia. Este lugar me dá uma enorme ansiedade.

— É como ter arrepios?

— Sim.

Aquela era a primeira abertura real vinda dos Marcados, de modo que ela ficou, e se afastou um pouco para lhe dar mais espaço.

— Eu também fico assim.

— Foi por esse motivo que ligou para sua casa?

— Um pouco. — Eva guardava seu estado de saúde só para si.

— Seu velho não é lá de muito papo, hein?

— Nunca lhe disseram que escutar a conversa dos outros é feio?

— Não. Então, qual é o seu pecado?

Ao olhar para ele com sobrancelhas arqueadas, Eva ficou de novo impressionada com sua juventude. Richens era um adolescente gorducho quando ela o conhecera havia apenas três semanas. A marca fizera o corpo eficiente demais para carregar peso extra. Suas acnes haviam desaparecido também, bem como as cicatrizes deixadas por elas. O que resultara da transformação fora um homem jovem de altura e constituição medianas com feições sombrias e astutos olhos cinzentos.

— Isso é como "qual é o seu signo"? — ela perguntou.

Richens balançou a cabeça.

— Eu poderia até vir com um papinho assim, mas para isso teria de estar minimamente interessado em você. O que não estou. Além do mais, é um tantinho velha para mim.

— Ui!

Richens deu de ombros.
— Então, o que foi que você fez para vir parar aqui?
— Caim.
— É isso? — Ele franziu o cenho. — Está aqui por transar?
— Foi o que me disseram.
Richens resmungou alguma coisa baixinho.
— Sinto desapontá-lo — ela disse.
— Tudo bem — ele afirmou, magnânimo. — Pode dar certo ainda.
— O que pode dar certo ainda?
— Meu plano. Eu matei pessoas. Duas. É por isso que estou aqui.
Eva estranhou.
— Você?
Ela o definira como o tipo de garoto que bebia muito refrigerante, comia muita comida ruim e jogava videogames intrincados e complicados demais. Assassinato, contudo, não combinava com Richens.
— Não fique tão assustada assim. — Ele enfiou as mãos no grande bolso frontal do moletom. — O dono do armazém onde eu trabalhava era um imbecil. Estava fazendo o meu trabalho e o dele, mas o cretino não me pagava.
— Você podia ter se demitido em vez de matar o cara.
— Eu não matei *esse* cara.
— Oh. Desculpe.
— Era para ser um simples roubo. Eu sabia quanto dinheiro entrava e saía quando ia para o banco. E tinha ajudado a selecionar o sistema de segurança para o lugar, de modo que conhecia todos os códigos. O esquema era fichinha. Eu ia ficar no balcão e bancar a vítima, e o primo da minha namorada iria praticar o assalto.
Depois de sua surpresa inicial, Eva não achou o relato inacreditável demais. Richens era tão frio, tão cerebral! Ele devia ter visto a coisa toda como um jogo.
— Algo deu errado, imagino.
— Eu fui enganado! — ele falou mais alto. — Foi isso o que deu errado. O cara não era o primo dela de jeito nenhum, ela estava transando com o maldito. Eles pensaram que iam fugir rapidinho com *minha* parte do roubo? De jeito nenhum.

Eva não sabia o que responder a isso, de modo que nada disse.

— Então o filho da puta matou um garoto. — Richens continuou, sua voz se erguendo à medida que a cólera aumentava. — Não tinha mais que dez anos, acho. Estava comprando um chocolate. Foi quando puxei o revólver de baixo do balcão e matei *os dois*.

— Por que está me contando isso?

— Porque acho que se esforçar por aprender é o modo de seguir em frente. — Ele olhou para ela. — Como aquele programa na televisão, *Sobrevivente*. Eu acho que trabalhar juntos em pequenos grupos é o meio de vencer.

— Mas nós não estamos tentando eliminar uns aos outros a fim de obter um prêmio.

O olhar de Richens se estreitou.

— É mesmo? Ainda assim, podemos nos ajudar mutuamente. Você é a força muscular, eu sou o cérebro. Melhor estar em vantagem do que em desvantagem, não concorda?

— Por que eu? Por que não Edwards?

— Edwards está com a gente. Ele tem suas reservas, claro, porque não quer aborrecer Caim, mas ele virá. É mais fácil trabalhar com garotas. Menos arrogância. Ele verá isso.

Eva achou graça.

— Você podia ter abordado Izzie. Ela é mais forte que eu.

— E também é louca — ele desdenhou.

— Não somos todos loucos?

Richens se levantou.

— Se não está interessada, é só dizer.

Eva anotou seu pavio curto para uso futuro.

— Sou totalmente favorável a trabalharmos juntos — Eva murmurou. — Eu poderia usar alguns amigos por aqui.

O sorriso dele não foi menos que encantador, transformou suas feições e iluminou seus olhos. Richens estendeu a mão para ela e ajudou-a a pôr-se de pé.

— Estamos combinados, então.

— Claro. — A próxima semana ia ser interessante.

Richens abriu a porta da cozinha, que oscilou para dentro, e entrou, ignorando por completo a regra de "mulheres primeiro". Eva balançou a cabeça e estava prestes a entrar atrás dele quando o rosnado baixo de um canino atravessou o ar noturno. Calafrios percorreram-lhe a espinha.

Girando no alpendre estreito, ela piscou e acionou as membranas nictitantes, que lhe permitiam ver no escuro. Vasculhou a área próxima, o calor de sua pele já febril aumentando.

Mas não viu nada. Nenhum raio de luar em olhos malevolentes, nenhum movimento traiçoeiro. Ela farejou o ar e cheirou o mar.

Ainda assim, Eva sabia que havia alguma coisa por lá.

As moitas de arbustos que separavam seu quintal do quintal vizinho farfalharam. Eva pulou para a grama amarelada e se agachou. Uma bolinha fofa correu em sua direção, e ela a apanhou, levantando-a pelo cangote e recuando seu punho para golpear.

— *Pare com isso, doçura!* — o minúsculo poodle gritou mentalmente, agitando as perninhas.

Eva parou no meio do ato, seus sentidos de Marcada se retraindo tão rápido quanto emergiram, levando a esmagadora urgência de matar com eles. A marca criava poder e agressividade em quantidades muitíssimo intensas. As sensações eram básicas e animalescas, de modo algum a espécie de violência elegante que ela podia ter esperado que o Todo-poderoso usasse na destruição de seus inimigos. A ânsia era brutal... e crescente.

— *Não mate o mensageiro.*

— Jesus... Ai! — Eva estremeceu enquanto sua marca se inflamava em protesto.

Já que ela não era dona de bichos de estimação, os dias podiam se passar indefinidamente sem que nenhum animal falasse com ela. Eva sempre esquecia que a marca lhe dera novos sentidos, tais como a habilidade de conversar com todas as criaturas de Deus.

— O que você está fazendo correndo sobre mim desse jeito?

— *Estou com pressa. Ponha-me no chão. Isso não é um tratamento digno.*

Eva baixou a pequena criatura e ficou olhando o óbvio cãozinho perdido se sacudindo. A despeito da sujeira que escurecia os pelos, cuja cor ia do creme ao café com leite, ele era adorável.

— Por que está rosnando para mim?

— *Não é para você, carinha de boneca.* — O pequeno poodle deu um pulinho caprichoso e olhou para Eva com seus olhos sombrios e suaves de bichinho. — *É para todos esses aí ao seu redor. Você sente isso também. Você está exatamente no meio...*

Uma explosão. Eva estremeceu de surpresa, depois se flagrou salpicada de sangue e pelos.

— Que diabos......?! — ela gritou, pondo-se em pé.

Izzie surgia à porta com uma pistola. Um segundo depois, a luz vinda da cozinha foi bloqueada por um grupo de pessoas se acotovelado atrás dela.

Eva olhou para a carcaça no chão e a potência da marca a percorreu.

— Sua idiota! Por que você fez isso?!

— Ele estava atacando você. — Izzie deu de ombros.

— Tinha o tamanho de meu sapato!

Gadara se materializou no alpendre e estendeu a mão para pegar a pistola. Izzie a estendeu.

O arcanjo fitou Eva.

— Você está bem, srta. Hollis?

— Não. — Ela baixou os olhos para o sangue em suas roupas. — Estou realmente muito longe de me sentir bem.

— O que houve?

— Um cãozinho perdido queria alguns restos do jantar. — Ela olhou para Izzie com ferocidade. — E em vez disso acabou sendo estraçalhado. Que diabos de calibre tem essa pistola?

Gadara voltou a atenção para a arma, e depois para Izzie.

— É sua?

— Sim.

— Disseram-lhe para vir desarmada. Eu vou providenciar tudo de que você precisa.

Os lábios manchados de roxo de Izzie se contraíram teimosamente.

— Eu falei que tinha visto aquele programa de fantasmas na televisão. Não podia vir para este lugar sem proteção.

71

— Você não tem fé nenhuma. — Gadara a analisou com um olhar estreitado. — Não acredita em mim. Estou aqui para ajudá-la a reconstruir sua vida e a atingir as habilidades para vivê-la ao máximo.

— E há milhões de demônios preparados para dar um fim nela — Izzie argumentou.

O arcanjo pairava sobre o alpendre, seu silêncio tão condenador quanto repreensões gritadas. Até Eva agitava os pés, nervosa, e ela não fizera nada.

— O que aconteceu? — Ken gritou dos fundos da cozinha.

— Seiler atirou em alguma coisa.

— O quê? Deixem-me passar.

— Foi só um cachorro — Izzie resmungou, obstinada.

— Um cachorro? — Ken zombou.

— Todo o mundo de volta para casa — Gadara ordenou, sua voz retumbante de autoridade celestial.

A persuasão era tão vigorosa que se tornou quase tangível, e Eva deu um passo involuntário para a frente. Ela se forçou a parar por um supremo esforço de vontade.

— Por que você estava portando uma arma bem agora, seja como for? — ela perguntou a Izzie. — E onde foi que a escondeu?

Izzie girou nos calcanhares e, abrindo caminho com desprezo, voltou a entrar na casa.

Eva se moveu com rapidez para segui-la. Não mais se sentia mal, ao menos não fisicamente. Sentia-se mal no coração, isto sim. E estava tão furiosa com Izzie que queria estrangulá-la.

Raguel agarrou seu ombro quando ela passou.

— Deixe-a em paz.

— O problema dela é comigo.

— E agora é comigo. — Os olhos escuros dele queimaram os dela, assumindo um brilho dourado. — Você sofre de falta de fé também, srta. Hollis. É por isso que sempre se mete em situações como essa.

Eva abriu a boca para protestar, e tornou a fechá-la. Os dois sabiam o que realmente estava acontecendo. Repetir não era necessário.

— Quero saber que respostas ela lhe dará.

Raguel sorriu, indulgente, seus dentes brancos contrastando com a pele morena.

— Você supõe que eu quero interrogá-la.

A resposta enigmática era tão típica dele! Tão parecida com a de todos os anjos, na verdade.

Gadara fez um gesto em direção ao estacionamento.

— Leve Dubois e dois guardas com você de volta ao outro lado do duplex. Você pode se arrumar e se preparar para dormir.

— Eu não me sinto... bem — ela disse, surpreendendo-se. Não estava muito certa de por que dizia aquilo a Gadara, quando não confiava nele.

O arcanjo a analisou.

— De que modo?

— Estou com febre.

As sobrancelhas dele se arquearam.

— Espasmos febris. Febres intermitentes. Esse tipo de coisa.

— Isso é impossível.

— Diga ao meu corpo.

— Você está sob pressão e experimentando mudanças rápidas e dramáticas. Não surpreende que sua mente espere que seu corpo tenha reações físicas a tais pressões extremas... até o ponto de doenças fantasmas.

— O que é só um modo enrolado de dizer que tudo está em minha cabeça. — Eva se despediu dele com um aceno de mão frustrado. O subtom persuasivo da voz dele não lhe passou despercebido, mas tampouco foi eficaz. — Minha mente deu pane, e eu vou embora agora.

Raguel se despediu dela com a mesma tranquilidade, dando-lhe as costas e levitando sobre os restos do cãozinho perdido. Enquanto sussurrava numa língua estranha, seu braço fez um amplo gesto sobre o sangue derramado, transformando-o em cinzas, que afundaram na terra.

Eva ficou deprimida pela perda e atormentada pelo pequeno número de informações que o poodle conseguira comunicar antes de morrer.

...esses aí ao seu redor. Você sente isso também. Você está exatamente no meio...

Exatamente no meio de quê? E o que as pessoas ao seu redor tinham a ver com isso?

ALEC CHEGOU A SANTA CRUZ ANTES DE ESTACIONAR DO lado de fora da rodovia 1 e reservar um quarto de motel. Não queria viajar mais um quilômetro sequer no carro de Eva. O Alfa sem dúvida mandara seus cães seguirem-na, em consequência do ataque no Estádio Qualcomm. Ele teria que trocar o veículo por um de aluguel para evitar ser reconhecido antes de entrar em Brentwood — o covil do Grupo Diamante Negro.

Ao enfiar o cartão que a abria no dispostivo da porta, Alec pensou em Eva no Forte McCroskey. Frustrado pelas circunstâncias sobre as quais perdera controle muito tempo atrás, ele empurrou a porta com força indevida. Eva não seria a mesma pessoa no final da semana. As experiências decorrentes de serem marcadas mudavam as pessoas de maneiras tanto drásticas quanto sutis. Alec amava quem ela era, e isso não iria mudar, mas também sentia falta da garota de dezoito anos que lhe cedera sua inocência. Isso era uma das punições por seu pecado, a mesma pena que seus pais sofreram quando cederam à tentação — você não pode pegar o que não deve, e no fim ainda não conseguirá o que quer.

Eu vim por sua causa, Charles, ele pensou, olhando ao redor do motel com desgosto. *Se você tivesse se saído bem sozinho, eu não teria que estar aqui.*

Infelizmente, a morte do Alfa iria desencadear uma série de acontecimentos que poderia se estender sem limites, afetando outros grupos e criando espaço para novos — e era possível que mais perigosos — Alfas.

— Sempre é melhor aquele demônio que você já conhece — Alec resmungou.

Quando Charles se fosse, seu Beta cresceria. Membros do grupo iriam se dispersar, reforçando outros grupos ou criando novos. Charles, apesar de suas muitas falhas, era familiar e — no início — bem cooperativo. Sua extinção iria muito provavelmente dar origem a ameaças maiores, já que a sucessão do poder era sempre acompanhada por uma exibição inicial de força, não de boa vontade, para com o inimigo.

Alec foi mais para dentro do quarto. A porta se fechou atrás dele. Por anos a fio ele vivera na estrada desse modo. Uma nova cidade de tantos em tantos dias. Um quarto de motel diferente. Mais uma garota descartável para transar quando a necessidade de sexo o distraía da perseguição. Não havia ninguém que se preocupasse com ele e ninguém por quem ele ansiasse voltar para casa. Alec passara milhares de noites deitado no escuro, olhando para o clarão dos faróis de veículos que vagavam por forros estranhos. Atualmente, ele tinha um apartamento agradável na Pacific Coast Highway, pertinho da garota de seus sonhos, e se ressentia de ter que deixar por menos.

Eva estava em sua vida o tempo todo agora, e ele passava muitas de suas noites na cama com ela. Às vezes o mandava para casa, mas Alec sabia que ela queria que ele ficasse. Eva esperava que se tornasse mais fácil despedir-se dele se praticasse isso agora. Mas a intenção de Jeová era tornar as escolhas difíceis, e nada que ela pudesse fazer iria mudar isso.

Inquieto, Alec foi a pé até as ruas. Precisava de um Demoníaco. Ou, com mais precisão, precisava do sangue de um deles. Tinha que encontrar um que fosse arrogante e estúpido, dado a deixar as precauções de lado e a procurar briga. Havia pelo menos um em cada cidadezinha. Ele só precisava encontrá-lo. Às vezes a busca levava horas; noutras ocasiões Alec tinha sorte e deparava com um deles bem depressa. Nessa noite não se importava com quanto tempo levaria. Ele não iria rumar para Brentwood até a manhã seguinte, e sabia que a preocupação com Eva iria mantê-lo acordado na maior parte da noite.

Alec se dirigiu à área do centro de Santa Cruz e da agitação do Oceano Pacífico, assoviando pelo caminho repleto de butiques e cafés de calçadas misturados com lojas de música, livrarias e incontáveis restaurantes. Pedestres se vestiam com vários estilos, do paletó e gravata executivo às meias de rede rasgadas emparelhadas com botas Dr. Martens.

Perfeito. Alec sorriu. Os Demoníacos adoravam multidões. Mais mortais com quem brincar.

Sua primeira parada foi num ponto de café *smoothie* onde pediu uma mistura cheia de cereja, porque isso o fazia lembrar-se de Eva. A garota no balcão era mortal, bonita e coquete. Um mês atrás, ele teria dado um jeito de se encontrar com ela depois do trabalho. Nada de promessas, nada de envolvimentos, e Alec dormiria pesado como recompensa. Nessa noite, nada disso. Nessa noite ele iria se esgotar com um tipo diferente de exercício. Seus bíceps se flexionaram ao pensar a respeito.

Não havia um firme bombeamento de adrenalina, como aquele que acompanharia uma caçada autorizada, mas isso viria depois. Marcados não eram vigilantes; não podiam atacar Demoníacos pela própria vontade. A alternativa era que, se um Marcado se achasse em perigo, teria rédeas livres para se defender até a morte. Havia sempre uma porta dos fundos, se você soubesse para onde olhar.

Alec se movia sossegado entre os clientes que iam e vinham, porém, mantinha-se atento. Havia Demoníacos por toda a sua volta; o cheiro de suas almas apodrecidas competia com os aromas de comida, bebidas quentes e perfumes humanos. Ele estava à procura de qualquer demônio que pudesse ser provocado a uma briga, um cujo sangue soltasse sua fragrância característica — *água* de Demoníaco —, um cheiro que iria camuflar o dele e lhe dar a cobertura de que precisava para penetrar num covil cheio de lobos.

Alec saberia no momento em que encontrasse o que procurava.

Ela saiu de um pub irlandês vários metros à frente dele. Como convinha à sua herança norueguesa, a quimera tinha pele pálida e era loira. Seu sangue demoníaco a tornava esbelta e deslumbrante, uma isca irresistível para a maioria dos homens. Alguém, no entanto, a desapontara, se sua carranca de mau humor valesse como indicação. Ela estava irritada, agitada e tensa. Tudo nela clamava "passou dos meus limites", o que indicava que a quantidade certa de provocação poderia incitá-la a ignorar tanto as regras quanto a identidade dele.

Quimeras eram seres mutantes que provocavam medo nos pesadelos noturnos. Dores no peito, sonhos cheios de horror, respiração sufocada... A loira sexualmente explosiva diante dele se alimentava da angústia que criava em suas presas adormecidas. Seu tipo de demônio era a própria definição do termo "pesadelo", e eles ficavam exasperados com facilidade quando um alvo em particular lhes era negado. Correção: eles eram exasperáveis com facilidade, ponto final. Qualquer espécie de discussão criava o ambiente negativo pelo qual ansiavam.

Quando Alec se aproximou, sorriu.

— E aí, fracassou?

Ela ficou visivelmente irritada.

— Dá o fora, Caim.

— O que fez o cara mudar de ideia? Você o pressionou demais? — Ele analisou os círculos escuros sob os olhos dela, bolsas escondidas de maneira cuidadosa sob a maquilagem aplicada com perícia. Seu foco mudou do confronto para a curiosidade. — Você esperou tempo demais para se alimentar.

Ela tentou passar por ele.

Alec se pôs a caminhar ao seu lado.

— Uma quimera linda como você devia ter um jantar implorando para ser devorado. Por que sair de mãos vazias?

— Vou gritar — ela advertiu.

— Faça isso — ele provocou baixinho, seu sorriso se apagando. — Vejamos o que acontece.

O medo acrescentou um toque acre ao cheiro dela. As maçãs do rosto que Alec admirara a distância eram salientes devido tanto à sua magreza quanto à sua origem. De perto, ela pareceu faminta. Isso ia contra a natureza das quimeras. Elas atormentavam os adormecidos por alimentação e por prazer. Mesmo que não precisassem da primeira, não iriam se privar do segundo.

Seu vestido justo deixava seus braços nus. Circundando seu antebraço, pouco acima do cotovelo, havia uma tira estampada com videiras espiraladas e folhas cheias de nervuras — detalhe que a proclamava uma serva de Baal, o demônio rei da glutonia. Outro motivo pelo qual ela deveria estar bem alimentada.

— O que você quer? — a quimera perguntou, contrariada.

— Eu queria brigar. Agora quero saber por que você não comeu.

— Alec apontou para o tumulto em torno deles. — Não há falta de opção.

— De que isso lhe importa? Vá procurar briga com outra pessoa.

Alec deu um passo fora do caminho.

Tudo bem para mim. Você não parece capaz de me proporcionar o alívio de estresse que estou procurando.

A quimera permaneceu imóvel por longos minutos, visivelmente desconfiada de sua fácil capitulação.

— Cai fora — ela mandou. — Você está me aborrecendo.

Ela se afastou com rapidez, seus saltos finos estalando com impaciência sobre a calçada. Homens olharam-na passar, procurando algum sinal de que um avanço seria bem recebido. Mas sua postura rejeitava qualquer abertura, e a disposição agressiva de seus ombros frágeis fez com que outros pedestres abrissem caminho.

Ela alcançou a esquina da rua Locus e deu uma olhadela para trás. A essa altura, Alec caminhara até a grade de ferro corrugado que cercava as mesas do pátio do pub. Ele se encostou no corrimão e ergueu seu café *smoothie* num brinde.

Assim que o sinal do semáforo mudou, a quimera disparou pela avenida.

Alec fez o mesmo, e correu pela Pacific Avenue com velocidade sobrenatural, desviando-se dos carros em movimento com tanta destreza que os motoristas em nenhum momento chegaram a vê-lo. Da calçada oposta, ele seguiu de perto a quimera, usando a multidão como cobertura. A música se derramava de um café lotado, e um grupo de mulheres um tanto bêbadas tentou detê-lo, mas Alec manteve a corrida. Ele viu a quimera retirar um celular da bolsa. Ela parava a intervalos infrequentes, olhava para trás, sentindo a presença de seu perseguidor, mas incapaz de confirmá-la visualmente.

Complicações fodidas.

Nada vinha fácil para ele. Tudo de que precisava era mais ou menos um litro de sangue Demoníaco. Agora estava perseguindo uma quimera desesperada e encarando a possibilidade de ser superado por um grupo maior. Se ela mantinha alguém de vigia, chamaria os reforços.

Como se ele não tivesse problemas o bastante com Charles.

Vá embora.

Sua marca não estava queimando. A quimera não era um alvo. Ela se recusara a morder a isca. Ele não podia caçá-la.

Alec grunhiu, e o casal à frente dele pulou de lado, agarrando-se um ao outro.

Ele não podia recuar agora mais do que podia resistir a Eva. Quando sua atenção fora atraída, Alec fora firmemente laçado. Até que soubesse por que uma quimera estava se matando — morrendo de fome cercada por um bufê de tudo-que-se-possa-comer — ele não poderia deixar aquilo de lado. Alguém ou alguma coisa vinha exercendo pressão suficiente sobre ela para tornar a comida intragável. Seus instintos de sobrevivência tinham-na incitado a entrar nos clubes à procura de uma refeição, mas o medo a impedira de levar uma vítima para casa.

Não fazia sentido para um Demoníaco de uma hierarquia mais elevada ordenar a um subordinado que cometesse suicídio — então, por que seu superior fizera isso com ela? Os Demoníacos desejavam governar o mundo. Quanto mais membros possuíssem, melhor. Se queriam alguma coisa morta, matavam-na e asseguravam que o ato permanecesse consumado. Não a deixavam ao acaso, tal como esperar que morresse de fome para tomarem o tributo final.

A quimera chegou ao fim da parte central da Pacific Avenue e dobrou a esquina, rumando para uma área um tanto mais silenciosa da cidade. O tráfego de pedestres foi cessando, e as lojas começaram a mudar de estabelecimentos de alto nível e na última moda para comércios menores, menos afluentes. Conforme a energia da jurisdição mudou, uma nova atmosfera surgiu, circundando Alec como uma névoa noturna — úmida e enregelante. Ele não havia sentido isso no outro lado da cidade, mas ali era predominante.

Alguma coisa ruim mora por aqui.

Alec lançou uma olhadela acusadora para o céu. Não era uma coincidência que ele houvesse saído da rodovia para esse destino em particular.

Avistou a quimera se dirigindo para a entrada de entregas de um hotel. Diferente do prático mas menos bem servido alojamento onde ele estava hospedado, esse era um estabelecimento com serviço completo, com doze andares ocupados por quartos. Alec notou as gárgulas na borda do telhado do prédio, e um sorriso soturno retorceu sua boca. Desde que ele e Eva haviam investigado um grupo de demônios tengu* encantados como grotescos, ele aprendera a se manter de sobreaviso. Já que os Demoníacos tinham habilidade para mascarar seu cheiro e seus detalhes, tudo era suspeito.

Acelerando o passo para uma corrida, Alec chegou à entrada do beco. Por baixo do odor de óleo diesel e detritos apodrecidos nos depósitos de lixo vinha o fedor dos Demoníacos. Mais de um. Rolando os ombros, Alec se preparou para a batalha que viria. Os demônios estavam desesperados e assustados; podia sentir o cheiro do desassossego deles. Isso os tornava mais perigosos. Quando você não tem nada a perder, não há motivo para recuar em nome da segurança. Ele sabia disso há séculos por experiência própria.

Alec mergulhou no perigo sem preâmbulo ou encantamento. Não adiantaria mudar de aparência. Eles haviam farejado sua chegada.

Havia meia dúzia deles, quatro homens e duas mulheres, uma das quais era a quimera. Eles eram um bando de desclassificados, suas roupas e seus penteados, tão variados quanto as multidões do centro. Todos o encararam como uma unidade, dispostos numa formação de meia-lua. E todos pareciam muito magros.

Seu estado de debilitação nivelava os obstáculos consideravelmente, mas aprofundava o mistério.

— Você está perseguindo Giselle? — a outra garota perguntou.

---

* Duendes japoneses de longos narizes, habitantes das montanhas. (N.T.)

Era uma questão sensata. Se a quimera fosse um alvo assinalado, nada poderia salvá-la. Mas se sua perseguição se devesse a qualquer outra razão, eles podiam se dispor a barganhá-la em troca de problemas.

— Não. — Alec deu um passo à frente. — Eu só não queria perder a festa.

— Deixe-a em paz — um dos homens rosnou. Ele segurava um charuto grosso entre os lábios ocultados por uma barba desgrenhada. Um kapre.* Estava bem longe de sua terra natal nas Filipinas. A posição protetora que ele adotara em frente à segunda garota, cujo amuleto Baphomet** a denunciava como bruxa, sugeria uma possível razão. Kapres seguiam seus amores por toda a vida.

— Vamos lá — Alec disse.

— Não somos ameaça para você. — Mas a entonação do kapre não tinha convicção, e seus olhos se mexeram nervosamente.

Nenhum dos Demoníacos olhava Alec nos olhos.

Um calafrio de advertência desceu por sua espinha. Seus sentidos de Marcado explodiram em acuidade total, num fluxo violento de energia. O olhar de Giselle dardejou para um local além do ombro esquerdo dele.

A confirmação da emboscada iminente veio com o assovio de uma lâmina. Alec se agachou, rápido. Quando a katana, espada japonesa, passou fatiando aquele lugar onde seu pescoço estava uma fração de segundo atrás, o beijo de uma brisa lhe revelou quão próximo de uma decapitação ele estivera.

Girando nos quadris, Alec se arremessou sobre seu atacante. Seu ombro se cravou no diafragma do Demoníaco. Eles tombaram no chão de tão forte que fora o choque, Alec por cima, o demônio retorcido preso debaixo dele.

Num piscar de olhos, Alec notou a camuflagem do demônio e seu traje negro da cabeça aos pés. Ele observou a pequena estatura de seu agressor, depois o monte dos seios em seu peito.

Uma fêmea.

---

* Figura mitológica que pode ser descrita como uma espécie de demônio das árvores. (N.T.)
** Ídolo pagão dos Cavaleiros Templários ou bode sabático. (N.T.)

Para Alec, batalhas fatais eram tão familiares e fluidas como o sexo. Ele era uma criatura de precisão instintiva e homicida. Não planejava nem entrava em pânico, não se encolhia nem hesitava. Quando sua vida se encontrava em perigo, não pensava duas vezes. E ele amava a caçada. Cada minuto dela. O ato predatório gerava um prazer que não podia ser imitado. Apenas outro caçador entenderia a fascinação. A ânsia. A necessidade sombria que era a um só tempo selvagem e sedutora.

Alec recuou o punho e gingou. Dois rápidos golpes no rosto coberto da mulher. O esmagamento dos ossos ecoou no semicercado compartimento de carga, tal como o estrépito da espada dela caindo no chão.

A Demoníaca lutou para recuperar a sua arma. As pontas dos dedos dela furaram suas luvas, rasgando a pele nas costas das mãos dele. Ela tentou dar uma joelhada em seus testículos, mas Alec se desviou, absorvendo o golpe com a coxa. Ela perdeu o impulso necessário com sua falha, e ele aproveitou a vantagem.

Alec apanhou a espada solta pelo cabo, depois pronunciou entre os dentes:

— Isso foi divertido. — Mirando no ponto vulnerável entre pescoço e braço, ele enfiou a totalidade da espada de setenta centímetros diagonalmente no corpo da Demoníaca, seccionando a cavidade de seu peito do ombro esquerdo ao quadril direito.

Sua mira perfeita acertou na mosca o coração. No mesmo instante ela explodiu numa pilha de pó sulfúrico, e Alec caiu no chão, de bruços. Ele rolou de costas, depois se pôs de pé num salto, brandindo sua nova arma com uma falsa indiferença. O fato de que nenhum dos outros Demoníacos houvesse tentado se juntar à briga enquanto ele estava distraído era intrigante. Demônios sempre jogavam sujo.

A bruxa ao lado de Giselle desmontou no chão, seu feitiço de multiplicação quebrado pela morte de sua metade guerreira. Um momento depois, ela se transformou em cinza, incapaz de sobreviver sem a parte dela mesma que Alec havia matado.

O kapre berrou de agonia. Ele se virou e saltou o muro de tijolos que cercava a extremidade do compartimento. Perfurando a fachada com os dedos das mãos e dos pés, ele subiu rastejando até o meio do prédio. Em seguida, jogou-se do sexto andar e caiu sobre o cimento manchado de óleo diesel numa explosão de cinzas.

— Que diabos...? — Alec ficou atônito.

Em séculos de caçada, ele testemunhara apenas alguns suicídios. Demoníacos preferiam cair lutando. Era o melhor modo de garantir que Sammael não os culpasse por sua própria derrota... isto é, não os culpasse demais.

Mas Alec logo afastou seu espanto em favor de salvar a própria pele e obter o que precisava dos demônios restantes: sangue e informações.

— Então... — A palavra parou pelo meio, a marca regulando sua respiração e o batimento cardíaco para que eles permanecessem firmes como um relógio em bom funcionamento. Alec limpou a cinza da camisa e do jeans com as costas da mão livre. — Vocês tiraram par ou ímpar para ver quem leva a pior? Ou eu devo apenas escolher um para ser derrotado?

Alguém iria responder às suas perguntas e alguém iria lhe fornecer um pouco de sangue. A única pergunta era: qual deles?

O macho à direita, no fundo, se apresentou como voluntário. Com um rugido que abafou os sons da cidade em torno deles, saltou para a frente e arreganhou as presas. Um vampiro.

— Acabei de tomar um *smoothie* — Alec disse. — Devo estar superdoce... se você conseguir me dar uma mordida.

O demônio retirou uma estaca da parte de baixo das costas. Com um sorriso arrogante, Alec fez um sinal para que ele se aproximasse mais.

— *Servo vestri ex ruina!* — o Demoníaco rosnou.

Alec ergueu a espada.

— *Dei gratia.*

O vampiro enfiou a estaca profundamente em seu próprio peito e explodiu em pó.

Mais um Demoníaco saltou do nevoeiro de cinzas que enchia o ar. O terceiro macho. Este jogou sua cabeça leonina para trás e uivou para a lua. Um lobisomem.

— É minha noite de sorte — Alec murmurou. — Peguei uma lata de biscoitos sortidos.

O lobo era baixo e robusto. Seu peito assemelhando a um barril, os antebraços e as coxas grossas advertiram Alec de que essa peleja em particular iria exigir algum esforço.

Ou teria exigido, se o lobo não houvesse apontado uma arma para a própria têmpora e explodido os miolos.

— Puta merda!

Se Alec não tivesse visto com seus próprios olhos, não teria acreditado. Quando a detonação do tiro reverberou em torno dele, ficou pensando se o *smoothie* não teria sido adulterado com alguma droga. Na sua realidade, suicídios em massa entre Demoníacos eram coisas desconhecidas.

Como as cinzas do terceiro Demoníaco levaram tempo demais para se dissipar, Alec aprumou sua postura e segurou a espada com mais firmeza, preparando-se para atacar. No entanto, nada se precipitou sobre ele das profundezas da nuvem agitada. Ela apenas foi ficando maior, mais opaca, como se continuasse sendo alimentada.

Estariam os outros morrendo também?

Ele sentiu um nó nas tripas. A ordem de sua existência — tão consumadamente repetitiva que ele começara a crer que vinha vivendo sua vida num círculo — fora posta a nocaute por completo desde que Eva fora marcada.

Quando os detritos flutuantes da compacta área de entrega começaram a se dissipar, suas suspeitas foram confirmadas. Não restava nada dos Demoníacos. Nenhum sobrevivera para explicar que diabos estava acontecendo.

Perturbado e desgostoso pelo desperdício, Alec jogou a katana, espada japonesa, dentro de um dos depósitos de lixo e saiu de volta para a rua. Cada passo que deu para longe do cenário foi carregado de relutância. Partir de mãos vazias era contra a sua natureza, mas que escolha tivera? Sem um Demoníaco para caçar, ele não tinha direções a seguir.

Raguel, Alec chamou.

Sim? A voz do arcanjo foi tão ressonante em pensamento quanto era verbalizada.

Você precisa mandar uma equipe de Marcados para Santa Cruz. Em explicação, Alec reviveu suas lembranças recentes através de sua conexão com Raguel.

Houve um momento de silêncio, e depois: *Ligue para mim.*

O quê? Por quê? Um sobressalto fez com que Alec tropeçasse, seguido pelo silêncio de uma comunicação cortada. *Raguel?*

Alec enfiou a mão no bolso de trás à procura do celular, e praguejou quando percebeu que ele ainda estava na mochila no porta-malas do carro de Eva. Ele o jogara lá depois que saíra da Torre de Gadara, ao deduzir que a única pessoa com quem se interessaria em conversar estaria sentada ao seu lado. Agora teria que esperar até chegar ao seu quarto para ligar para Raguel, uma demora que seria prolongada demais. Que jogo o arcanjo estaria fazendo? Ele precisava mandar uma equipe de Marcados para lá imediatamente. Alguém teria que descobrir o que estava acontecendo, e não poderia ser Alec, porque ele tinha lugares para onde ir e um lobo para matar.

A dois quarteirões de distância de seu hotel, Alec percebeu que estava sendo seguido. Assim, desviou-se para a calçada e entrou numa loja de conveniência. Margeando seu caminho depois dos banheiros públicos, ele se ocultou na área exclusiva para os funcionários. Em instantes, saiu pela porta de serviço dos fundos e contornou o prédio para pegar seu perseguidor desprevenido.

Mas foi ele quem foi pego de surpresa.

Ela se escondera num canto escuro do estacionamento, seus ombros lançados para a frente e sua aparência nórdica oculta sob o glamour de uma beldade latina de cabelo negro. O vestido vermelho, contudo, era inconfundível.

Alec deslizou ao longo do baixo muro de cimento do quarteirão que margeava a borda do estacionamento e surgiu por detrás dela. A quimera estava funcionando tão fora da normalidade que não o farejou até que ele estivesse a poucos metros de distância.

— Caim... — Ela o encarou. Seu rosto se mostrava marcado de lágrimas, e sua boca, cerrada com traços de tensão.

— Giselle. — Ele cruzou os braços. — Mudou de ideia sobre aquela briga?

— Era o único jeito — ela sussurrou. — Eles têm que acreditar que estou morta ou vão me encontrar. Eles me matarão.

— Quem?

Seus olhos azuis, tão duros e desconfiados no início, estavam ternos e suplicantes agora.

— Leve-me com você quando sair de Santa Cruz. Então eu lhe contarei tudo.

EVA ESTAVA CANSADA DE OLHAR PARA AS MANCHAS DE água no forro. Era de enlouquecer ficar ali estendida, imóvel em sua cama, quando se sentia tão inquieta e grudenta com o calor. No lado oposto do quarto, a respiração firme e rítmica de Claire revelava o sono contínuo da outra Marcada.

Felizarda, Eva pensou com má vontade.

Suspirando, fechou os olhos numa tentativa de conseguir adormecer. Ela passara as últimas duas horas ruminando as mesmas perguntas num círculo de frustração.

Por que Alec não lhe respondera?

O que Richens realmente queria?

O que o cachorrinho teria querido lhe dizer?

Que diabos havia de errado com Izzie?

Algo estava podre; era tudo o que Eva sabia com certeza. E a especulação sobre o que poderia ser estava mantendo-a acordada.

O cachorrinho farejou alguma coisa que eu não estou percebendo. E ninguém mais percebia também. Como isso era possível? Ela podia entender que seus colegas de classe estivessem por fora do assunto, já que estavam ainda se acostumando aos seus novos "dons". Mas e quanto a Gadara? E quanto aos seus guardas?

Eva pôs as pernas para fora da cama e enfiou seus pés num par disponível de chinelos. Seu pijama de flanela, de alto a baixo, parecera uma boa ideia naquela manhã. Agora que padecia de uma ligeira febre, maldisse por dentro sua escolha. Jamais conseguiria pegar no sono quando sentia tanto calor para ficar à vontade.

Ao abrir caminho para a porta do aposento, o piso de madeira rija estalou e gemeu, a despeito de seus melhores esforços para fazer uma saída discreta. Claire resmungou em seu sono e se virou de lado, desviando o rosto da perturbação que Eva estava criando.

Quando ganhou o corredor e fechou a porta atrás de si, Eva soltou com alívio a respiração, que estivera prendendo. Izzie e Laurel estavam no quarto principal, que dividia uma parede com o quarto que ela ocupava, mas era muito mais longe das áreas de uso comum. A ausência de coberturas nas janelas permitia que o luar iluminasse por completo a sala de estar vazia, adiando qualquer necessidade de suas membranas nictitantes.

Parando no centro do principal espaço da sala, Eva repeliu a sensação de um fantasma que estivesse caminhando sobre seu túmulo. A metade masculina do duplex ficava no outro lado das paredes do quarto de dormir principal, e as três outras mulheres estavam a apenas alguns metros de distância. Ainda assim, seu corpo estava tenso e seu estômago dava nós. Todo o horror sinistro e medonho que ela detectava era causado pelo cheiro mofado e os ruídos desconhecidos da casa e do exterior ao redor.

— Maldita imaginação sádica.

Eva. O ruído surdo da voz de Reed a atingiu como a sensação de uma brisa quente de verão — um calor drenado pelo cheiro obscuramente erótico de sua pele — e a engolfou.

Ela se virou para vê-lo, agarrando-se ao débil fio de consciência que fluía entre os treinadores e seus Marcados. Eva ouvira dizer que os Marcados eram capazes de compartilhar pensamentos completos com seus treinadores, mas ela não tinha essa habilidade. Para ela, eram apenas ecos distantes de emoção. Perguntava para si mesma se isso não seria falha sua, se não teria medo de deixá-lo entrar por causa de Alec.

Ou talvez... devido a receios mais pessoais.

Sentindo-se exposta demais, afastou-se tanto mental quanto fisicamente, saindo do eixo de luz da lua e entrando nas sombras. Ao se retirar, sentiu Reed investir sobre ela. Eva gelou, assustada pela veemência dele. A preocupação e apreensão dele eram tão fortes que ela os sentiu como se fossem seus. Alguma coisa estava errada onde quer que ele estivesse, algo que o vinha fazendo vigiá-la e assegurar-se da segurança dela.

Eva deu de ombros. Alec e Reed tinham seus próprios fardos para carregar. Possuíam mais experiência, mas suas tarefas não eram nem um pouco mais fáceis que as dela. Ela era uma garota crescidinha e precisava cuidar de si mesma.

Estou bem, disse a ele. *Não se preocupe...*

Um grupo de formas escuras se moveu pela luz do luar, detendo-a no meio de seus pensamentos. Suas sombras correram pelo trecho iluminado que ela acabara de desocupar.

Aterrorizado, o olhar de Eva disparou para a janela e para a vista lá de fora. A rua estava sobrenatural em sua ausência de vida; a iluminação, embaçada; as casas do outro lado da calçada, às escuras; a estrada, vazia de carros.

— Só um bando de pássaros — ela sussurrou, desejando ser uma dessas pessoas que não tinham medo de nada. — Você precisa dormir, só isso.

Uma grande sombra curvada atravessou pesadamente o gramado em direção ao lado masculino do duplex, movendo-se na direção oposta das figuras sombrias.

— Cristo! — Eva exalou, depois estremeceu quando a marca em seu braço ardeu em punição.

Os realces de sua marca despertaram com um sobressalto, roubando seu fôlego. Sua febre retornou como uma vingança, mas em vez de drená-la com exaustão, Eva foi possuída por uma furiosa, impaciente energia. Ela andara de montanha-russa uma vez, e sentira a mesma coisa. O carrinho partira da estação como uma bala, crescendo em velocidade a cada segundo, arremessando-a em direção a um alto precipício emoldurado por um anel de fogo.

Eva pulou para a porta da frente e abriu a fechadura. Olhou para fora e acionou suas membranas nictitantes para enxergar. Os dois guardas que haviam ficado a postos na frente da casa e nas portas da cozinha encontravam-se já em movimento, correndo furtivamente em torno de cada extremo da cerca viva que separava sua propriedade da propriedade vizinha.

Mas eles ainda rumavam na direção oposta da forma curvada.

O olhar dela se ergueu para além das suas costas recuadas. *Havia outros visitantes indesejados lá adiante.* Eva podia ver o que parecia ser meia dúzia de formas altas e magras movendo-se com rapidez num grupo desunido. Suas presenças impediram-na de gritar ou mesmo assoviar para os guardas.

Eva deu uma olhada pelo corredor abaixo, para os outros quartos de dormir, e pensou em despertar as garotas. Porém, os Demoníacos tinham audição tão boa quanto a sua, e tentar ficar em silêncio iria consumir um tempo que não tinha. Se aquela coisa rastejante estava atrás de Gadara, ela não podia permitir que se aproximasse nem um milímetro mais.

As ameaças devem ser neutralizadas, não minimizadas, o arcanjo ensinara. *Não brinquem. Elas aprendem com cada confronto, e vocês não vão querer dar a elas a chance de emboscá-los no futuro.*

— Vá para lá — ela murmurou para si mesma, soturna. — Você pode gritar por socorro *depois* de fazê-lo.

Fechando a porta atrás de si, Eva disparou para a frente da casa. O sangue ansioso acelerou seu passo, e seus músculos se flexionaram na expectativa. Seus sentidos estavam tão aguçados que ela podia ouvir os sons débeis de um show de televisão vindo de uma residência ocupada a alguns quarteirões de distância.

Os arcanjos costumavam se abrigar em construções cheias de Marcados que agiam como um sistema prematuro de advertência. Era impossível para um Demoníaco fedorento passar sorrateiro por todos eles e chegar a um arcanjo. Ao menos *fora* impossível antes da criação da camuflagem Demoníaca. Agora, todas as apostas eram incertas.

Gadara tinha apenas quatro guardas para protegê-lo e uma turma de Marcados iniciantes que não pudera farejar nem mesmo o que o poodle detectara.

Chutando suas sandálias de lado, Eva correu descalça pela áspera grama morta que cobria o gramado compartilhado. À frente dela, a criatura volumosa contornou a dianteira do duplex e desapareceu pela passagem de cimento que conduzia à entrada para o lado dos homens. Uma luz se achava acesa na sala de estar, mas um lençol fora posto sobre a janela, bloqueando a visão do interior. Quando Eva correu, ouviu Gadara falar. A ressonância de sua voz denunciava seu poder, criando uma atração potente para o Demoníaco ambicioso.

Você pode fazer isso. Eva decidiu ignorar o tamanho do Demoníaco que perseguia. O demônio tinha cerca de dois metros, com ombros maciços e costas salientes. Eva não fazia a menor ideia a qual espécie de Demoníaco correspondia aquela descrição ou qual poderia ser sua especialidade.

Ele poderia ter dentes e garras afiados como navalhas, e cuspir fogo como o dragão que a matara no domingo. Ou talvez tivesse outro talento ainda mais mortal.

Não pense nisso. Ela afastou mechas de cabelo de sua testa quente e pegajosa.

O demônio estava na varanda escura. O fundo do alpendre era cercado por um tabique de madeira que bloqueava a luz do luar. Ele assomava como um grande vazio diante de Eva, impregnado de sombras, os detalhes menores de sua forma indiscerníveis mesmo à sua visão realçada. Havia apenas as costas maciças e as pernas desproporcionalmente finas. Nada mais ficava definido. O cheiro dele era incomum, mais amargo e incômodo do que podre. Era uma anomalia, o que a assustava, mas o poder da marca a incitava a investir primeiro e fazer perguntas depois.

Eva arremeteu, atracando-se com o monstro e empurrando-o pelo tabique. O despedaçamento da madeira foi como um ribombo de trovão na calada da noite. Eles desabaram no solo no outro lado do degrau, enroscados em entulhos e um no outro.

— Socorro! — Eva berrou, lutando corpo a corpo com o monstro.

Ele era mais macio do que ela pensara e estranhamente passivo.

— Socorro! — o Demoníaco gritou.

Ela ficou paralisada.

A luz da varanda se acendeu, e homens saíram trôpegos do duplex.

6

— SOCORRO!

Eva piscou com rapidez, assustada por reconhecer a voz de sotaque pronunciado. E ficou boquiaberta com sua presa.

— Molenaar?!

Como uma tartaruga revirada, o Marcado oscilou precariamente sobre a mochila de estilo militar em suas costas.

— Você é louca, Hollis! — ele guinchou. — Uma maníaca!

— Srta. Hollis. — Gadara a apanhou pelos braços e a levantou como ela não pesasse nada. — O que está fazendo?

Eva observou Romeu ajudar Molenaar a ficar em pé. Um grande xale estava enrolado em torno do pescoço do homem, mas antes cobrira a cabeça, os ombros e a mochila, conferindo-lhe sua aparência de corcunda.

— Você está fedendo — ela acusou.

— Por isso pensou que eu fosse um demônio? — Os olhos azuis dele pareciam prestes a saltar do rosto. — Fui forçado a pegar carona até aqui depois que fui deixado para trás. O motorista com quem viajei não se importava com meu cheiro.

As garotas chegaram apressadas em torno da casa — Izzie de rabo de cavalo, Claire sem óculos e Laurel com o rosto lambuzado de uma máscara de beleza verde.

— O que está acontecendo? — Claire perguntou, olhando para a multidão com os braços nos quadris. — Quando você chegou, Molenaar?

— Queria não ter chegado agora! — Ele olhou ferozmente para Eva.

— Você não devia ficar vagando sorrateiro por aí no meio da noite — ela argumentou.

Gadara virou a cabeça para olhar para ela, seu brinco de argola dourado refletindo a luz e reluzindo.

— Você estava nos defendendo de alguma ameaça que percebeu?

— Está escuro. Com esse negócio na cabeça e nas costas, eu não consegui adivinhar o que ele era. E onde diabos estão seus guardas?!

— Bem aqui. — Um vulto escuro surgiu de uma curva, seu passo determinado e confiante.

Eva reconheceu a voz de Diego Montevista, chefe de segurança de Gadara e um Marcado agressivo.

— Perseguindo uns jovens delinquentes. Mas devia haver dois guardas aqui.

— A postos, senhor — Mira Sydney respondeu de sua posição no alpendre. Sydney era o polo inverso do grande e intimidador Montevista. Loira em vez de morena, miúda em vez de volumosa. Mas ela era seu tenente, e era visível que eles haviam desenvolvido uma forte afinidade. — Quando você foi atrás dos invasores, cerramos fileiras e agimos pelo lado de dentro.

Gadara deu um passo para mais perto de Eva. Pôs o pulso sobre a testa dela e pressionou; seu olhar se estreitou. Ela o encarou com um empinar desafiador do queixo. Sentia-se como se estivesse ficando mais quente, e sabia que Raguel tinha que sentir isso também.

— Tudo bem — ele disse. Nada mais.

— Dá licença? — Molenaar protestou. — Ela quase me matou!

— Você não devia ter se atrasado esta manhã, sr. Molenaar — Gadara retrucou. — Assim, este mal-entendido não teria acontecido.

Laurel girou nos calcanhares e saiu pisando firme.

— Isso é ridículo — ela disse ao se virar—, e eu estou cansada. Boa noite.

— Vou junto com você, *bella* — Romeu se ofereceu, trotando atrás dela. Richens riu com desdém.

— Isso sim é que é devoção se ele ainda consegue transar com aquela merda cobrindo o rosto dela.

— Sr. Richens? — A voz de Gadara soou reprovadora, tal qual seu cenho franzido. — Guarde seus pensamentos vulgares para si. Por favor, leve o sr. Molenaar para dentro de casa e o ajude a se instalar.

— Estou com fome — Molenaar disse, deixando cair a mochila.

— Você está sempre com fome — Ken zombou.

Claire bocejou.

— Vou voltar para a cama. — Seu olhar pousou em Eva. — Por favor, não me acorde quando entrar.

O sorriso de Eva foi forçado.

Um celular com o *Messias* de Handel como toque de chamada soou dentro do alojamento dos homens. As sobrancelhas de Eva se arquearam.

Gandara sorriu.

— É o meu, com certeza.

— Com certeza.

Arcanjos com celulares, essa era a vida dela. Preparada para se enfiar num buraco, Eva deu um pequeno aceno, depois contornou-o.

— Isso é o que se chama uma senhora noite.

— Espere um momentinho, srta. Hollis — Raguel pediu. — Caim insiste em falar com você.

— Como sabe...? — Eva parou. Claro que ele saberia, pois era um arcanjo.

— Porque eu parei de falar com ele quando nós ouvimos o tumulto aqui fora. — Seus olhos escuros estavam brilhantes de diversão. — E eu lhe disse para ligar.

— Oh. Certo. — Como se Alec aceitasse bem ordens.

— Venha para dentro se aquecer.

— Não sinto frio. Eu lhe disse. — E o fato de que Raguel não reconhecia sua condição a tornava ainda mais suspeita.

Ainda assim, Eva seguiu Gadara até o lado masculino do duplex. Edwards se servia de um copo de leite na cozinha. Richens, inclinado sobre o balcão, falava em inglês britânico com um sotaque rápido e pesadamente acentuado que era ininteligível para ela. Ele a reconheceu com um tremor no queixo, depois olhou de volta para Edwards, que a examinava de um jeito avaliador.

Eva lutou contra a vontade de mandá-los enfiar o dedo naquele lugar.

— Tudo está normal — Gadara afirmou ao celular. — Sim, houve uma perturbação... Bem. Na verdade, ela é extraordinária. Estou muito impressionado... Sim, eu disse a ela que você ligaria. Só um momento. — O arcanjo lhe estendeu o celular.

Aceitando-o, Eva se afastou para o fundo da sala de estar para um ponto onde uma enorme teia de aranha ocupava a maior parte do espaço.

— Oi — ela disse num tom humilde que fez com que se sentisse melhor, mas não iria impedir ouvidos xeretas de Marcados.

— Ei... — O som da voz grossa e sexy de Alec encheu-a de alívio. — Você não está atendendo o seu celular.

— Tive que desligá-lo para não incomodar minha colega de quarto. Ele resmungou.

— Ponha-o para vibrar e fique com ele por perto.

— Tentei isso, mas depois deixei o danado sob o travesseiro quando não consegui dormir.

— O que está havendo, anjo? Você está ferida?

— Estou bem.

— Raguel me interrompeu, e você não estava respondendo. Fiquei apavorado.

— Foi um mal-entendido estúpido.

— Não pode ter sido estúpido. Você impressionou Raguel.

— Que posso dizer? — Ela deu de ombros. — Ele se impressiona facilmente.

— Gadara já está fazendo vocês treinarem? Já são mais de duas da manhã.

— Eu lhe disse, não conseguia dormir.

— Você sente minha falta. — Havia um sorriso em sua voz.

— É isso, além do calor, que está demais para eu cochilar.

— Calor? Em Monterey à noite?

Eva esfregou o espaço entre suas sobrancelhas.

— Acho que vou ficar doente. Tenho certeza de que estou com febre.

Houve uma longa pausa.

— Você não pode ficar doente, Eva.

— Tem que acreditar em mim, Alec, não lhe dou escolha. Gadara não me ouve...

— *Vou tomar um banho.*

Eva enrijeceu ao som de uma voz de mulher ao fundo do outro lado da linha. Era rouca e sedutora, como se a dona houvesse acabado de acordar... ou de ter um orgasmo de gritar.

— Que é isso?

— Um problema.

— Parece uma mulher.

— Ela é uma quimera.

O pé de Eva bateu contra a madeira rija, suas sensações iniciais disparando na frente.

— Sério? Pois ela me pareceu bem real. Aposto que também não tem a aparência do ser mitológico. Onde você está?

Alec riu, e aquele som era tão sedutor quando ela estava furiosa como quando ela estava inebriada.

— Ela é uma *quimera*, Eva. E eu estou no meu quarto. Estamos no meio da noite, onde mais eu poderia estar?

— Você está com uma mulher nua em seu quarto no meio da noite.

Edwards soltou um assovio baixinho. Eva se virou e fez para ele com o dedo o sinal de "enfia".

— Ela não está nua ainda — Alec afirmou, calmamente.

— Bem, eu não quero prendê-lo, de modo que vou desligar.

Houve uma pausa significativa, então.

— Diga-me que está brincando.

— Parece que você é que está brincando comigo, Alec.

— Dá uma folga, porra!

Eva beliscou a ponta do nariz.

— Não me leve em consideração. Não estou me sentindo bem.

— Ela é uma Demoníaca.

— Eu não sou racional.

— Ela não é você.

— Entendo.

— Não há nada com que se preocupar, e sabe disso. E, seja lá como for, não combina com você fazer o tipo ciumenta.

— Não tenho ciúme de você, mas dela. Ela está nua no seu quarto. Ligue-me de novo quando eu estiver num motel dormindo junto com um cara pelado, e aí vamos ver o que sente.

— Não estou dormindo junto, e ela não está nua onde eu possa ver. Mas... sugestão anotada.

Um sorriso relutante recurvou a boca de Eva.

— Por que está com uma Demoníaca tomando banho em seu quarto?

— Azar? — Ele exalou sua frustração. — Alguma coisa está realmente errada aqui. Ela me ofereceu informações se eu a retirasse da área.

— Como Hank?

O Departamento de Projetos Excepcionais — localizado nos pisos subterrâneos da Torre de Gadara — abrigava Demoníacos que trabalhavam para os "mocinhos". Alguns faziam isso forçados, outros eram desertores do Inferno. Todos usavam seus vários talentos para fazer avançar a causa da Marca.

— Sim. Como Hank e os demais.

— Como é que abrigar esse tipo de criatura pode ser de ajuda?

— As quimeras enxergam por dentro dos sonhos. Às vezes isso ajuda a saber o que os Demoníacos estão planejando.

— Escuta clandestina do subconsciente?

— Exato. Elas também podem fazer sugestões subliminares.

— E quanto ao Alfa?

— Giselle terá que me acompanhar. — O tom de Alec foi duro e intransigente. — Não vou interromper minha caçada, isso está me mantendo longe de você.

Eva se forçou a ignorar o uso que ele fizera do primeiro nome da quimera. Ela sabia que não era nada. *Sabia*. Mas suas emoções agitadas estavam procurando alguma vazão.

— Você pode confiar nela?

— Está preocupada comigo, anjo? — ele perguntou baixinho.

— Você sabe disso.

— Farei um trato: eu me mantenho inteiro e você faz o mesmo.

— Feito. — Eva bocejou contra a vontade.

— Vá dormir — ele ordenou. — Preciso acabar de falar com Raguel, e depois eu desmonto também. Tenho de começar cedo amanhã.

— Ouça. — Ela olhou por sobre o ombro para o resto dos ocupantes do recinto, depois baixou a voz: — Um cão tentou falar comigo hoje.

— Sério? — O aumento de seu interesse foi palpável. — Sobre o quê?

— Essa é a questão, eu não sei. Ele disse que alguma coisa ruim estava em torno de mim, e depois Izzie atirou nele.

— *Atirou* nele?

— Sim, por nenhum outro motivo além de ter sentido vontade disso, até onde pude perceber.

— O cão está *morto*?

Eva estremeceu.

— Sim.

— Como é que essas coisas acontecem com você? Eu estou fora daí a poucas horas!

— Ei! — ela disse, na defensiva. — Eu não fiz nada.

Molennar gritou da cozinha:

— Você me atacou, *mulher maluca*!

— Por que ele a está chamando de maluca? — Alec quis saber. — E por que você o atacou?

— Ignore-o. — Ela atravessou a sala de estar e saiu da casa à procura de privacidade. Devido à falta de aquecimento, a casa não estava muito mais quente que lá fora, mas o acréscimo da brisa ajudou a esfriar sua pele superquente.

— Merda!

— Não é culpa minha. Ademais, você deve ficar do meu lado. Você é meu mentor.

— Ok. — Alec suspirou. — Vamos começar pelo começo. A sensação febril deve ser apenas a adaptação de seu corpo para as mudanças que estão ocorrendo. Você lembra como era quando você passou pela primeira parte.

Oh, sim, ela nunca esqueceria. Eva se sentira como se estivesse pegando fogo de dentro para fora, e a necessidade de sexo quase a levara à loucura. Quem teria pensado que Deus juntaria dois conceitos tão divergentes como matar e amar no mesmo evento? Mas, de qualquer modo, Eva sempre achara que o Todo-poderoso tinha um senso de humor doentio.

— Provavelmente — ela persistiu, aproveitando-se da ligeira hesitação dele. — Que mais poderia ser?

— Bem... há o Novium.

— O Novium?

— Ele afeta os Marcados pouco antes que seu treinamento termine e eles tenham alcançado alguma autonomia.

— Então não pode ser isso.

— Certo. É cedo demais. De modo que você está se adaptando, é só. Ela chutou o chão.

— É horrível.

— Aposto que sim. Quanto a você pulando sobre seu colega de classe... Ele parece não ter gostado do que fez, de modo que não é sexual. Já que essa é a única coisa para a qual eu daria bola... à parte de você se ferir... nós vamos apenas assinalar isso como o fato de você ser você.

— Espero que não esteja esperando um acolhimento caloroso quando voltar — ela resmungou.

— Quente e excitante, na verdade. Mal posso esperar. — Um ronronar sedutor soou surdamente pelas ondas do celular.

O ânimo de Eva mudou de esquentado e irritável para esquentado e incomodado.

— Melhor ser legal comigo, então.

— Serei muito legal com você, anjo. Você nunca pôde se queixar. Agora, quanto ao incidente com o cão... eu reconheço, isso me incomoda. O que Raguel fará a respeito?

— Nada que eu possa ver. Gadara me disse que deixasse com ele.

— Deve haver algum motivo pelo qual ele não está agindo rapidamente.

— Apatia?

— Sei que você não confia nele, então confie em mim. Raguel dará um jeito.

A mão livre de Eva foi para o quadril.

— Você não está aqui, Alec. Ele nem sequer piscou quando Izzie matou aquele pobre cão.

— Como um arcanjo, ele está mais perto de Deus. Eu acho que a conexão é parecida com tentar ver televisão e levar uma conversa ao mesmo tempo. Ele é distraído, não descuidado.

— É o que você diz.

— Quando sou chamado a me apresentar diante de Jeová, perco o senso de tudo: tempo, sensações, realidade. É muito... sereno. Não posso imaginar como os arcanjos conseguem atravessar seus dias com aquela conexão aberta o tempo todo.

— Independente disso, estou procurando me manter vigilante. — Eva olhou ao redor, certificando-se de estar ainda sozinha. — Não posso deixar de pensar que é um pouco conveniente demais que Izzie tenha agido como agiu.

— Sei que você não consegue ficar longe de problemas, mas pode, por favor, manter-se em segurança?

— Rá-rá! Falou o homem com uma Demoníaca nua em seu chuveiro...

A porta se abriu atrás dela. Eva o encarou. Montevista fez um gesto para que voltasse com uma erguida de queixo.

— Estou sendo intimada. — Ela se moveu em direção a casa.

— Vou ligar sempre para você. Entendeu?

— Ei, tentei ligar antes e você não respondeu.

— Não acontecerá de novo. — A voz de Alec se suavizou e se encheu de calor. — Eu estou aqui a seu dispor, anjo, mesmo que não esteja aí.

— Eu sei.

— Tente dormir um pouco. Vai ajudá-la com os efeitos colaterais da transição.

— Farei isso. — Eva passou por Montevista, que manteve a porta aberta para ela, e entrou. — Cuide-se.

— Você também.

Gadara se inclinou elegantemente sobre o topo do velho balcão da cozinha, sua aparência, impecável apesar da hora avançada. Eva estendeu o telefone para ele.

O arcanjo atravessou a distância entre eles num piscar de olhos. Seus dedos se enroscaram nos dedos dela, esfriando sua temperatura com um único toque.

— Obrigado — ele murmurou, seus olhos escuros cheios de um conhecimento equivalente a uma era. — Sua preocupação comigo me agrada enormemente.

Embora fosse contrário ao seu desejo de ter sua velha vida de volta, Eva agradeceu ao elogio do arcanjo.

— Por nada.

Eles compartilharam um breve sorriso. Gadara pegou o telefone e retomou sua conversa com Alec. Eva entrou na cozinha para pegar uma garrafa de água antes de voltar para o lado do duplex que hospedava as garotas.

— Chegue mais perto amanhã — Richens disse, observando-a de sua posição junto à pia.

— Ok. — A associação secreta toda era bizarra para Eva, mas ela faria o jogo até que descobrisse o que estava acontecendo.

Edwards grunhiu.

— E tente não ficar por toda parte.

— Espero que eu não seja a única de nós que agiria primeiro e faria perguntas depois — ela revidou. — Com aquela mochila e o xale sobre a cabeça, Molenaar não parecia humano. E estava rumando em direção a Gadara.

— Fico comovido — Gadara clamou.

— Pare de ouvir os outros — Eva olhou zangada para ele, aborrecida por vê-lo sorrindo. Isso o fazia parecer juvenil e quase... bonito.

E Gadara não era bonito. Era ambicioso e abençoado com dons celestiais sobre os quais ela podia ficar apenas intrigada. Ele também estava numa jornada de poder até onde Alec sabia, e Eva suportava o impacto de planos secretos. Ela não queria gostar dele. E certamente não queria gostar de seu adorável sorriso.

— Eu acho que seus superpoderes estão bagunçados — Edwards resmungou.

Eva pegou uma garrafa de água do compartimento no balcão e se afastou.

— Vejo vocês dentro de algumas horas.

Deixando a casa acompanhada por Sydney, Eva rumou de volta para o lado das garotas. As duas contornaram a construção e encontraram Izzie no estacionamento à frente do duplex. De cara limpa, sem sua costumeira produção visual, a loira parecia espantosamente jovem e delicada. Sua pele era tão pálida como um creme, suas feições esculpidas com delicadeza. Ela era tão baixa de estatura quanto Eva, mas muito menos curvilínea. Isso ficava bem nela, assim como suas meias listradas de arco-íris até os joelhos e seu *baby-doll* preto. Izzie tinha a aparência de um duende com um toque gótico.

Eva olhou-a com atenção e cautela. Seus sinos de advertência interiores disparavam sempre que Izzie estava por perto.

— Olá. — Izzie se aprumou, saindo de sua posição inclinada sobre a frente do Suburban.

— O que está fazendo aqui fora, Seiler? — Sydney quis saber.

— Esperando por Hollis.

As duas sobrancelhas de Eva se arquearam. Duas aberturas num só dia? Depois de três semanas de exclusão?

— Você precisava de alguma coisa?

— Podemos conversar?

— Estou ouvindo.

Elas seguiram em frente. Sydney resolveu ficar para trás.

— Ele me pediu em namoro também, você deve saber — Izzie disse.

— Quem lhe pediu o quê?

— Richens.

Os passos de Eva vacilaram, depois ela percebeu que não estava assim tão surpresa.

— Veja só.

— Ele não lhe disse? — Izzie suspirou dramaticamente. — Richens falou que eu era a única mulher em nossa classe digna de ser pedida em namoro.

Ignorando a alfinetada, Eva perguntou:
— Você sabe o que ele está pensando?
Izzie balançou a cabeça.
— Não me importo. Há alguma coisa errada com ele.
Havia alguma coisa errada com todos, até onde Eva sabia. E o destino do mundo repousava, em parte, nas mãos deles. Quão assustador era aquilo?
— Por que está me contando isso?
— Pensei que gostaria de saber.
— Você não tinha me contado nada de nada ainda.
A loira suspirou.
— Também pensei que talvez pudéssemos juntar forças.
— *Nós?* Quer dizer eu e você?
— Sim. — A palavra foi dita com exasperação, como se Eva fosse de entendimento lento. — Richens tem uma proposta para a qual quer formar seu próprio grupo. Se pudermos nos entender, será útil para nós.
— *Nós* quer dizer *eu*, certo — Eva murmurou —, já que você o recusou?
Izzie sorriu, mas o sorriso não chegou aos seus olhos azuis.
— Certo.
— Se você quer saber o que ele pretende, por que não faz o jogo e descobre?
— A paciência é difícil para mim. — Izzie deu uma olhada de lado com um sorriso ligeiro, seu rabo de cavalo curto balançando no ar úmido da noite.
Eva desejou ter sido fã de *Sobreviventes*, o *reality show*. Ela poderia ter aprendido algumas dicas sobre como apunhalar pelas costas, uma habilidade que suspeitava que seus colegas de classe dominavam havia muito tempo.
— Que idade você tem, Izzie?
— Trinta. Em que isso importa?
Eva imaginara que ela era mais jovem. Deu de ombros.
— Só curiosidade.
— Não quer saber por que fui marcada?
— Claro. Você vai me contar?

— Não. — Izzie subiu os degraus para a porta da frente e a abriu. Suas botas Dr. Martens com os cadarços frouxos bateram com força na madeira rija da sala de estar.

Sydney cobriu a retaguarda, fechando-as dentro da casa enquanto outro guarda mantinha vigilância lá fora. Quatro guardas, dois para cada duplex.

A lua havia ido para mais longe no céu, lançando menos luz no espaço e criando mais sombras. Eva se sentiu exausta de repente, e um bocejo gigantesco lhe escapou.

— Diga-me por que você está aqui. — Izzie descalçou as botas com um chute.

Eva desceu pelo corredor para seu quarto.

— Não hoje, estou com dor de cabeça.

— Podemos ajudar uma à outra.

Eva parou à sua porta.

— Como você vai me ajudar, exatamente?

A loira deu de ombros.

— Pensarei em algum jeito.

— Não se atormente por isso. — Entrando em seu quarto, Eva fechou a porta e se arrastou para a cama. Pegou no sono quase no momento em que sua cabeça se encostou ao travesseiro.

A FESTIVA MÚSICA TROPICAL SE DERRAMAVA DE alto-falantes ocultos enquanto uma corrente marítima quente lançava rajadas pelas portas francesas abertas da Greater Adventures Yachts, a fabricante dos barcos de milhões de dólares que financiava a firma australiana.

Reed fingia estar examinando as fotos de vários navios na parede, mas, na verdade, ele não via nenhum deles. Em vez disso, era o horror da noite anterior que enxergava — o sangue espirrado sobre acácias e melaleucas, a ampla depressão circular nas relvas agrestes, a pele da Marcada de Les arrancada do corpo desaparecido. Pendurada em vários ramos, a carne balançava na brisa da noite como uma bandeira macabra, zombando deles com seu desamparo.

Com que diabos estamos lidando?

— Você está bem? — Mariel lhe perguntou de sua posição ao lado dele.

— Não; não mesmo.

— Se isso for de algum consolo, você é bom no que faz porque se envolve emocionalmente.

Ele conseguiu dar um ligeiro sorriso.

— A lisonja vai lhe levar longe comigo.

— *Abel!*

Reed se virou ao som da voz familiar, jovial. Uriel se aproximou com seu sorriso amplo sempre disposto e seus olhos azul-claros. Sem camisa, o arcanjo trajava apenas bermuda com estampa tropical e chinelos. Sua pele estava bronzeada como mogno, e as pontas de seu cabelo longo estavam esbranquiçadas pelo sol.

Fazendo uma reverência, Reed demonstrou o respeito e a gratidão pela cortesia que Uriel lhe dedicara permitindo a ele investigar o terreno australiano.

— É bom vê-lo novamente — Uriel disse.

— Digo-lhe o mesmo.

Uriel aceitou a mão estendida de Mariel e beijou os nós de seus dedos.

— Vamos subir para meu escritório.

Eles deixaram a grande área de espera e subiram um curto lance de escadas para uma galeria expansiva. Uma escrivaninha de vime branco com tampo de vidro dava para outra série de portas francesas abertas. A vista deslumbrante da praia mais além era um pouco como a vista de que o apartamento de Eva desfrutava. Contudo, as águas de Huntington Beach eram de um cinza escuro-azulado. A água ali era mais azul. Linda. Reed se flagrou desejando que Eva estivesse ali para vê-la.

Acomodando-se na cadeira atrás da escrivaninha, Uriel disse:

— É lamentável que você não esteja aqui em circunstâncias agradáveis.

Mariel se sentou.

Reed permaneceu em pé. Ele notou uma pequena prateleira num console próximo que portava várias garrafas de vinho. Foi em sua direção e cuidadosamente ergueu uma, lendo o rótulo de um colorido brilhante.

— Vinícola Caesarea?

— Uma nova marca — o arcanjo explicou.

— Espero que faça bem para vocês.

— Sempre compensa ser cauteloso e planejar as contingências, e foi por essa razão que convidei você para vir aqui.

— Agradecemos pelo convite — Mariel murmurou.

— Onde está Les? — Reed quis saber. — Eu gostaria que ele estivesse presente, se não for incômodo.

— Les foi à praia. Vai subir num momento. — As feições de Uriel estavam sérias. — Ele está muito sentido com a perda de sua Marcada. Eu disse a Les para entrar nas ondas um pouquinho e clarear a mente. Todos precisam ficar concentrados no enigma que apareceu.

— É um enigma terrível — a voz de Mariel soou cheia de tristeza. — Uma coisa realmente abominável.

Como se esperasse sua deixa, Les entrou pelas portas do terraço, pingando água e salpicado de areia. Todos notaram quando Mariel puxou o ar, sobretudo o belo australiano, que a presenteou com um ligeiro sorriso.

— Olá.

Uriel embarcou na discussão sem hesitação, olhando de Reed para Mariel:

— O que vocês concluíram ontem à noite? Esta situação é parecida com aquela que vocês dois experimentaram com seus Marcados?

— Sim. — Reed devolveu a garrafa de vinho à prateleira. — A mesma.

— Quer dizer que acreditam que seja o mesmo Demoníaco?

— Ou da mesma *classificação* — Mariel completou. — Não sabemos se é um ou se são vários demônios.

Uriel olhou para Les, que fez um sinal de assentimento.

— É uma possibilidade a ser considerada.

— Três ataques em três semanas. — Reed relembrou a ordem que ele recebera para subjugar um fantasma de mineiro soterrado que vinha causando problemas numa mina ativa do Kentucky. Os feéricos eram a especialidade de Takeo; o Marcado derrotara muitos deles. — Para uma nova classe de Demoníaco, parece não haver curva de aprendizado. Esse demônio começou a matar diretamente em escala de massa. E não vem atacando mortais indefesos ou Marcados iniciantes; está levando embora nossos melhores e mais brilhantes membros.

— Eu mandei Kimberly perseguir Patupairehes — Les disse, soturno —, mas nunca vimos nenhuma delas. De modo que fico pensando no que terá acontecido com a tarefa original.

— Será que esse Demoníaco está matando outros demônios, assim como mata os Marcados? — Uriel aventou.

Reed cruzou os braços.

— Ou os serafins são vulneráveis em algum ponto. Ou informações errôneas estão penetrando no sistema ou nossas linhas de comunicação não são invioláveis. Um Demoníaco pode estar interceptando as tarefas designadas quando são enviadas para nós.

— Como isso seria possível? — Mariel ofegou, horrorizada pela ideia.

Uriel se inclinou para a frente com os antebraços apoiados na escrivaninha.

— Marcados se formam com seus mentores todo dia. Matar um Marcado formado por mês mal causa um efeito em nossos números. Fere, sim. Mas não é fatal.

— Não tenho certeza de que o objetivo seja uma debilitação de nossas fileiras. — O celular de Reed vibrou. Ele olhou no identificador de chamadas, mandou Sara para o correio de voz *novamente*, e repassou a conversa para o treinador australiano. — Les tem uma teoria.

Ele passou a mão pelo cabelo úmido gotejante e a expôs:

— Eu acho que o demônio pode estar absorvendo os Marcados que ele mata. Partes do corpo físico, e também alguns dos pensamentos deles e sua conexão com seus treinadores.

O arcanjo fez uma pausa. Seu olhar passou por sobre os três mal'akhs à sua frente.

— Que prova você tem para fazer uma afirmação dessas?

— O Demoníaco sabia para onde eu estava me mexendo antes que eu o fizesse.

— Isso não é uma prova — Uriel desdenhou. — Eu chamaria de sorte do tolo, a menos que aconteça mais de uma vez.

— *Vai* acontecer outra vez — o tom de Mariel era resignado. — Mas aprender com nossos fracassos não combina comigo.

Uriel arqueou uma sobrancelha para Reed.

— Sugestões?

— Para encontrá-lo, precisamos saber como ele caça. Estive pensando nas semelhanças entre as três mortes, tentando encontrar um padrão que possamos usar.

— Todos os três Marcados estavam em áreas remotas — Mariel disse. — Lugares em que eles não poderiam simplesmente ter se "deparado".

— Todos caçavam demônios em cuja espécie cada qual era especialista — Les acrescentou. — Estavam "em casa".

— Os três estavam sob a direção de treinadores experientes, dedicados. — A boca de Uriel era um traço de sombra. — Treinadores com anos de trabalho e conhecimento.

Reed acreditava que Les estava perto de alguma coisa com sua teoria, o que o levou a uma percepção aterrorizante...

— Eva... — Ele suspirou, o estômago se contraindo.

Ela não estava em segurança. Ela fora central em seus pensamentos no momento em que o Demoníaco absorvera Takeo... e possivelmente na conexão de Takeo com Reed. Se Sammael soubesse da existência dela, ele a exploraria até a mais completa extensão. Caim era um objetivo de Sammael desde a aurora dos tempos, e ele aproveitaria qualquer oportunidade para minimizar a sua eficiência, ou faria com que se voltasse contra Deus.

O arcanjo encarou Reed, a compreensão começando a surgir em seus olhos.

— Ele não teria ido atrás dela diretamente? Por que vir para cá primeiro?

— Talvez Kimberly e eu tínhamos algo que ele achou que poderia usar — Les sugeriu.

— Ou talvez haja mais que um — Mariel repetiu. — O Demoníaco que matou meu Marcado era muito menor do que aquele que você viu.

— Precisamos nos coordenar com as outras firmas. — Uriel meneou a cabeça.

— Podemos começar criando equipes para acompanhar secretamente os Marcados em caçadas remotas de Demoníacos em que sejam especializados. — O olhar de Reed passou por Mariel e Les, e depois veio pousar sobre Uriel. — Podemos também preparar uma armadilha para provar ou desmentir a teoria de Les.

— Como?

— Fornecendo falsas informações aos Marcados para ver o que acontece.

Uriel fez que sim.

— E se o único modo de acessar essa informação for através da morte?

— É um risco que temos que assumir. Precisamos saber.

— Eu concordo. — O sorriso do arcanjo não chegou aos seus olhos. — Vocês não têm escrúpulos. Deviam ocupar minha função.

Esse era o plano de Reed. Não para tomar o lugar de Uriel, mas para juntar-se a ele na hierarquia dos arcanjos. A criação de uma nova firma era uma antiga pendência. Reed tinha plena intenção de galgar posição como líder da firma quando a oportunidade surgisse. Monitorar Eva iria ajudá-lo a fazer isso. Supervisionando-a — e supervisionando Caim, por consequência — ele provaria que tinha condições de monitorar qualquer tarefa. Do treinamento dos novos Marcados ao gerenciamento do mais poderoso de todos eles.

— Eu não iria tão longe — ele objetou. — Odeio perder Marcados, sejam eles meus ou não. Mas perdas são inevitáveis na guerra.

Os olhos verdes de Mariel foram penetrantes e avaliadores.

— Você tem alguém em mente?

— Ainda não. Trabalharei nisso. Nesse meio-tempo, Eva está em treinamento. À luz do perigo possível, eu vou cobri-la até que Caim retorne.

— É compreensível — Uriel afirmou. — Providenciarei uma chamada em conferência com os demais líderes das firmas.

Mariel se pôs graciosamente de pé, seus longos cabelos ruivos oscilando sobre os ombros. Ela ofereceu um sorriso tímido a Les, que conseguiu retribuir o gesto apesar da aflição que o envolvia.

Reed e Mariel deixaram a Austrália num piscar de olhos. Eles se moveram para a Torre de Gadara, aterrissando no Departamento de Projetos Excepcionais subterrâneo.

Tocando o braço dele, Mariel disse:

— Sara vai ficar furiosa quando Uriel ligar.

— É problema dela.

— E, consequentemente, seu e da srta. Hollis.

O queixo de Reed enrijeceu. Ambiciosa, masoquista e astuta, Sara desejara chefiar qualquer investigação sobre a criatura Demoníaca bandida para que pudesse levar o crédito por sua derrota final.

— Não há nada a se fazer quanto a isso. — Ele fez um trejeito. — O Demoníaco nunca caçou no território dela. Ela não está em posição de chefiar uma investigação.

— Sara esperava que o relacionamento entre vocês dois lhe desse uma vantagem.

— Nós não temos um relacionamento.

Isso nunca acontecera. Reed fora um garanhão para servi-la, e ela se divertira. Assim que percebera que Sara iria preferir sabotar seus esforços para chegar a arcanjo em vez de ajudá-lo, ele deu um fim no caso. Contudo, embora não o amasse, ela tampouco não queria que ninguém mais o tivesse.

Mariel analisou-o com cuidado.

— Sara o viu com a srta. Hollis?

— Não.

— Melhor rezar para que ela nunca tenha visto.

A boca dele se encurvou.

— Você nunca me viu com ela também.

— Eu já o vi sem ela; é o bastante.

Reed pegou-a pelo cotovelo e conduziu-a para o longo corredor, longe do tráfego e do mau cheiro dos Demoníacos que caracterizavam a área do saguão. Eva dizia que o Departamento de Projetos Excepcionais a fazia lembrar os filmes *noir*.* Ele podia ver a semelhança na iluminação embaçada, nas portas de vidro embutidas e no ar esfumaçado.

— O que você vai fazer agora, Mariel?

— Prestar atenção a todas as ordens que surgirem e proteger meus Marcados. Vou preferir ignorar um chamado a mandar alguém da minha equipe para ser assassinado.

— Uriel não é de demorar.

— Graças a Deus. E você? Vai partir para juntar-se a ela agora?

Reed manteve a expressão impassível.

— Depois que pegar umas coisas por aí.

— Tenha cuidado. — O tom usado por ela revelava que Mariel não se enganava com sua displicência.

Reed deu um beijo em sua testa.

— Você também.

— Minhas preocupações não são metade das suas — ela sussurrou. — Você está em terreno movediço, meu amigo. Não quero vê-lo cair.

Caminhando em direção aos elevadores, Reed pensou em Eva e suspeitou que já fosse tarde demais. Que Deus o ajudasse.

— Que Deus ajude todos nós.

---

* Produções cinematográficas de Hollywood, marcantes nos anos 1940, caracterizadas pela fotografia contrastada e sombria em preto e branco. (N.T.)

7

MONTEREY ERA UMA CIDADE GÉLIDA E ENEVOADA PELA manhã. O céu cinzento e a espessa cobertura de neblina no chão faziam crescer o espírito sombrio reinante na área de treinamento. Enfileirada ombro a ombro com os outros Marcados, Eva olhava cautelosa para a vista mais além de Gadara, posicionado diante deles. Pintura descascada, janelas quebradas e débeis estruturas provisórias formavam uma cidade distópica ocupada por manequins apodrecidos e carros de sucata.

— Bem-vindos à Cidade Qualquer — o arcanjo disse em seu timbre exuberante. — Onde qualquer coisa pode acontecer.

Ele sorria, parecendo antecipatório demais para o gosto de Eva. Seu traje de moletom cáqui esverdeado adornado com "Empresas Gadara" era exageradamente informal, em sua avaliação. Ela nunca o vira tão relaxado, e o lado cético de seu cérebro se perguntava se Raguel esperava acampar ali por uns tempos.

Eva, por sua vez, vestia um confortável jeans, camiseta e jaqueta de moletom. Em seus pés usava o que agora considerava serem os calçados necessários: botas de combate. Todos os seus belos saltos e sandálias estavam guardados. Eva sentia falta deles, mas valorizava sua vida mais do que seu senso de moda.

— Como a srta. Hollis tão heroicamente demonstrou na noite anterior — Gadara continuou —, derrotar um alvo é só metade da batalha. Primeiro, vocês devem confirmar que capturaram o Demoníaco correto antes do procedimento. Este é o foco do exercício de treinamento de hoje.

— Esse era o plano antes da noite passada?

— Por que pergunta, sr. Callaghan?

— Quero saber se nosso treinamento se deve a Hollis e Molenaar terem se engalfinhado como gatos selvagens.

— Ela me atacou! — Molenaar gritou.

— Essa tarefa em particular foi agendada para mais adiante na semana — Gadara concordou. — Mas isso é um simples rearranjo, não uma substituição. Você não será privado de nada, sr. Callaghan. Eu lhe prometo isso.

Ken se inclinou para a frente e voltou os olhos para Eva, na fila. Sua expressão dizia com clareza que ele não estava satisfeito. Ela sorriu e acenou. Hoje ele se trajava todo de preto — jeans preto, gola rolê preta e boné de esquiador preto. Em outra pessoa o figurino poderia ter ficado cru demais e ligeiramente intimidador. Ken, no entanto, parecia ter saído das páginas de uma revista de moda masculina.

— Este exercício foi projetado para simular condições reais de campo. — Gadara começou a descer pela fila, inspecionando cada Marcado. — Neste cenário, vocês caçarão um elfo trapaceiro.

— Qual é o crime alegado? — Edwards indagou.

— Vocês não têm que se preocupar com o porquê de estarem caçando, sr. Edwards. Isso é algo que vocês quase nunca saberão.

— Entendi. Desculpe.

Gadara ergueu uma braçadeira preta, que ele tirou do nada.

— Para propósitos de treinamento, vocês usarão isso diretamente sobre suas marcas. Ela contém um fino protetor de metal que irá aquecer quando se aproximar de uma braçadeira similar usada pelo seu alvo.

— O mau cheiro do Demoníaco não será suficiente? — Romeu perguntou.

O grupo começou a rir.

— Se houvesse apenas um, sim. Mas e quando você estiver numa situação urbana tal como simularemos, e houver apenas um Demoníaco na área, sr. Garza? O exercício de hoje não seria uma simulação muito realística com apenas um demônio presente.

— Então há mais de um — Eva murmurou.

— É claro. Além de seu alvo, há outros Demoníacos dentro da área de treinamento designada. Alguns estão trabalhando em complô com o demônio que vocês caçam e tentarão distraí-los. Os outros são simples substitutos. Mais adiante, nesta semana, também iremos treinar junto com um pelotão do Exército, que acrescentará mortais à mistura e forçará vocês a trabalhar sem despertar suspeitas. Mas, no início, vocês se concentrarão em caçar seu alvo designado entre um grupo de Demoníacos.

— Bem. — Ken sorriu. — Se suas braçadeiras esquentarem, vocês saberão o que fazer.

— Não é assim tão fácil, sr. Callaghan. Vocês verão como o medo altera seu julgamento e os incita a ações temerárias. Esse é o motivo pelo qual treinamos os Marcados tão extensivamente. Vocês devem aprender a ignorar seu terror e trabalhar com ele.

— O que o vencedor ganha? — Richens perguntou.

— Vocês serão bem-sucedidos ou fracassarão como um time, o que me leva às regras de convivência. Número um: esforcem-se para evitar ferir seus companheiros Marcados. A ansiedade promove enganos descuidados.

— Sim, Hollis. — Laurel soprou uma bolha com sua goma de mascar, e depois a estourou. — Preste atenção.

Eva a fitou e esfregou o espaço entre suas sobrancelhas com o dedo médio.

— Você está me xingando?

— Senhoras, por favor. — Gadara balançou a cabeça. — Vocês poderão salvar a vida uma da outra um dia.

— Quanto tempo temos para capturar o Demoníaco? — Romeu quis saber.

— Esta não é uma tarefa cronologicamente programada. Vamos permanecer no local de treinamento até que o Demoníaco seja capturado. — Gadara caminhou para a tenda e a mesa de piquenique próxima, e pôs as mãos sobre um dos vários refrigerantes que estavam no tampo. — Há sanduíches e bebidas aqui, se precisarem deles.

— Devíamos começar agora — Claire sugeriu. — Não tenho vontade de ficar ao ar livre aqui depois que escurecer.

— É de manhã — Izzie falou de modo arrastado. — Há oito de nós. Não vamos ficar aqui por um muito tempo.

— Receberemos armas? — Ken indagou.

— Até certa altura. — O arcanjo fez um gesto de abrangência com a mão para um longo espaço diante dele, e uma lona coberta com várias facas e pistolas apareceu no chão aos seus pés.

Eva reprimiu um sorriso. O brilho nos olhos de Raguel revelou-lhe que ele estava se deleitando totalmente com o uso livre de seus dons celestiais.

Ken franziu o cenho.

— Eu não compreendo.

— Pode-se sobreviver a ferimentos infligidos por estes itens. As balas são de borracha, e as lâminas das facas, curtas, para assegurar machucados superficiais. Portanto, se serão de alguma utilidade para vocês é coisa que ainda veremos.

— Para que servem, então? — Richens resmungou. — Um jogo bem besta. É isso que é.

— Regra de convivência número dois: *não* é uma caça para matar. Os Demoníacos trabalham para mim, de modo que vocês devem ficar tão preocupados. Alguns aqui são de golpear primeiro e fazer perguntas depois. Levará tempo para aprenderem a suprimir seus instintos o suficiente para usar o raciocínio.

— Pensei que aprender a confiar em nossos instintos era a questão. — Edwards comentou.

— Quando você está com medo e uma coisa se atira sobre você, qual é sua habitual resposta instintiva?

— Revidar lutando — Izzie disse.

— Ou fugir — Claire sugeriu.

— Correto. Mas você é Marcada, srta. Dubois, e não fugirá. A marca terá preenchido suas veias com adrenalina e fará com que sinta sede de sangue. E se fosse um mortal que calhasse estar no lugar errado na hora errada? Alguém que estivesse tão aterrorizado como você e lutando por sua vida, enganosamente pensando que você era o inimigo? Instintos são instrumentos grosseiros; mentes racionais são mais poderosas.

O silêncio caiu pesadamente sobre o grupo.

— Alguma outra pergunta?

Eva falou mais alto:

— O que você consideraria uma missão bem-sucedida?

O arcanjo sorriu.

— Já que o objetivo deste exercício é que vocês descubram essa resposta por si mesmos, revelar iria arruinar a proposta. Posso dizer o que eu consideraria falhas: o ferimento de algum de vocês, o fracasso em cooperarem entre si, ou o ferimento de algum dos meus Demoníacos. Há outros mais, mas esses são os resultados que eu julgaria mais perturbadores.

Ken esfregou as mãos.

— Estou pronto para ir.

— Excelente. Escolham suas armas. Uma por pessoa, por favor.

Eva observou os outros começarem a seleção. Izzie e Romeu preferiram facas. Edwards, um revólver. Molenaar pegou uma 9mm, tal como fez Laurel depois de rejeitar todas as variadas sugestões de Romeu. Claire gostou da pistola Glock. Ken foi de socos-ingleses. Por fim, só Richens e Eva permaneceram. Os outros caminharam com Gadara para a área da tenda para receber suas braçadeiras.

— Odeio isso — Richens resmungou. — Por que tive que entrar num treinamento de campo? Por que não me puseram para trabalhar fazendo uma coisa na qual sou bom?

— Está perguntando à pessoa errada. — Eva analisou o que restara para escolher: um par de facas, um revólver, uma 9mm, um bastão retrátil, uma clava e uma arma de eletrochoque. — Pegue um revólver — sugeriu. — Uma faca requer proximidade.

— Certo, então. Você pega uma faca. Se o Demoníaco pegar você, eu atiro.

Eva deu uma olhadela para ele.

— Está brincando?

— Ei... — Suas feições juvenis assumiram uma expressão mal-humorada. — Ficarei analisando o cenário à espera de dicas. Se você vigiar minha retaguarda, terminaremos bem mais depressa. Cérebro e músculo, lembra?

— Isso poderia funcionar se você soubesse algo sobre os elfos e as fadas. Já que não sabe, você não é melhor que eu. Edwards está vigiando sua retaguarda também?

— Edwards é um pé no saco.

— Não está interessado em ser um guarda-costas, não é?

— Ele ainda se queixa de você. Acha que Caim vai explodir sua cabeça e nos matar se alguma coisa lhe acontecer.

As sobrancelhas dela se ergueram.

— O que vocês teriam a ver com algo de ruim que me acontecesse?

— Exatamente o que eu acho! Caso aconteça, Caim deve agradecer por você ter bons colegas.

— Estou certa de que Edwards teria preferido Izzie em vez de mim se ela dissesse que "sim" — Eva lançou a isca.

— Foda-se o Edwards — Richens desdenhou. — Eu nunca atuaria com Seiler.

— O que ela diz é diferente.

— Izzie é maluca. — Encarando Eva, Richens repetiu: — Não pedi nada a ela. Eu já não gostava dela, e agora gosto ainda menos, a maldita mentirosa.

— Como Izzie teria sabido o que você queria fazer?

Embora tivesse feito a pergunta, Eva se descobriu acreditando nele. Richens parecia sincero. Izzie... bem, ela parecera sinceramente insincera, o que era honesto a seu próprio modo.

— Talvez ela estivesse na cozinha quando eu e você conversávamos. Não sei porra nenhuma. — Ele passou a mão com força pelo cabelo curto. Seu moletom de capuz era preto e trazia "Coelho Assassino!" estampado na frente junto com a imagem de um coelho predatório atacando um cavaleiro medieval.*

A boca de Eva se contorceu.

— Que diabos é tão engraçado? — Richens perguntou, ríspido, seu corpo compacto vibrando de raiva.

---

* A cena do coelho pertence ao filme *Em busca do cálice sagrado*, do grupo cômico inglês Monty Python. (N.T)

O sorriso dela se apagou. Ela se esquecera de seu pavio curto.

— Sua camiseta.

Agachando-se, Eva escolheu a 9mm. Ela examinou o pente, depois se aprumou e se afastou.

— Hollis! Espere.

Mas ela não esperou. Juntou-se aos demais bem quando Romeu se ofereceu para vestir a classe com as braçadeiras. Eles tinham vindo ao McCroskey com uma equipe minúscula, e todo Marcado devia atirar-se ao trabalho quando pudesse.

O olhar de Romeu se voltou para o dela, tão escuro que Eva pôde entender por que Laurel desejava afundar-se nele.

— Venha aqui.

Eva enfiou a pistola na faixa de cintura na parte inferior das costas, depois se livrou do moletom e estendeu o braço. Ele passou a braçadeira direto sobre a Marca de Caim e verificou-a mais de uma vez para apertar o ajuste. Era fina, com talvez meio centímetro de largura, exatamente o bastante para cobrir o olho no centro. O intrincado símbolo triangular entrelaçado e as serpentes enroladas permaneceram visíveis.

— Como se sente? — Romeu indagou, sua voz sedutora e suave como veludo.

— Bem. — Ela o fitou, notando seus olhos pesados.

Izzie o chamara de gigolô, e Eva pôde entender por que ela fizera essa declaração. Com seus olhos sonolentos, o físico apropriado e a voz com sotaque, Romeu se ajustava à imagem do "Garanhão Italiano" com perfeição. Eva conseguia acreditar que uma mulher pagaria pelos seus serviços.

— Flexione — ele ordenou.

Obedecendo, ela fechou o punho e retesou o bíceps. A braçadeira apertou, mas não ficou proibitivamente desconfortável.

— Ainda está bem.

— *Buono*, vá esperar com os outros.

Eva apanhou o moletom do banco da mesa de piquenique.

— Precisa de alguma ajuda com a sua?

Ele puxou a manga da camiseta, exibindo a mão.

— Não, *bella*. — Um débil sorriso curvou sua boca. — Obrigado por perguntar.

— Sem problemas.
Laurel surgiu e pôs uma mão possessiva na cintura de Romeu.
— Oi, querido.
— *Cara mia* — ele a saudou.
Se olhares matassem, Eva pensou ao se afastar. Pelo jeito, Laurel era do tipo ciumento. Depois de ter experimentado o mesmo sentimento na própria pele na noite anterior, Eva entendia. Mas Laurel e Romeu formavam um casal tão estranho! Parecia haver pouca afeição verdadeira entre os dois. A ligação deles era ditada pelas circunstâncias, o que seria bom se funcionasse para ambos. Eva não iria perder tempo com isso. Tinha suas próprias dificuldades com que lidar.

Ela voltou a se juntar ao grupo. Eles esperavam no começo da rua que conduzia à área de treinamento. Mais uma vez, Eva olhou com atenção para a área visível. Um manequim feminino usando óculos de sol e uma capa esfarrapada se erguia numa esquina próxima, sua peruca torta se agitando à brisa impregnada de sal. Ela empurrava um carrinho no qual faltava uma roda. O cheiro de mofo e decadência permeava o ar e reforçava a sensação de que o tempo se esquecera daquele lugar. O quadro fez o estômago de Eva revirar.

— Pode imaginar como deve ser lá dentro? — Izzie perguntou, aproximando-se e ficando lado a lado com ela.

— Vamos descobrir num minutinho.

— Mal posso esperar. — A loira segurou sua faca com óbvia familiaridade. Seu belo rosto estava maquiado por inteiro, cílios com rímel escuro, pó compacto e lábios roxos. A paleta de cores escolhida ficava estranhamente bela numa mulher de pele tão clara. Ela ainda conseguia uma aparência apetitosa, a despeito do colar de espinhos de metal em torno do pescoço. — Eu visitei a Califórnia uma vez, para a festa de Halloween da Knott's Berry Farm. Fui três noites. Foi ótimo.

— Bom para você.

— Você não parece entusiasmada.

— Esse não é meu tipo de diversão. — O que era um total eufemismo. Eva continuava com o filme *O massacre da serra elétrica* na cabeça. O que não exatamente condizia com passeios em parques temáticos.

A voz de Izzie baixou:

— Você já matou um Demoníaco. Como foi?

— A gente só... mata.

Eva pensou no demônio da água que ela derrotara. Ele tentara eliminá-la. Sua enésima tentativa, o que o tornava oficialmente um incômodo. Eva ficara aterrorizada, mas alguma coisa dentro dela reagiu e revidou. Ainda a espantava o fato de ter tido sucesso. Ficou também surpresa por não ter ficado assombrada por seus atos. A verdade era que ela o faria de novo.

Izzie bufou.

— É tudo o que você tem a dizer? Só "matar"?

— É.

A súbita apreensão de Eva não se devia por inteiro ao aspecto sinistro da cidade falsa. Um tanto dela tinha a ver com a ansiedade dos outros de sua classe, bem como com a sua própria *falta* de ansiedade. Ken andava para cá e para lá, impaciente por começar. Claire trazia consigo uma câmera, como se estivesse fazendo turismo, e não treinando para matar.

— Essas coisas rendem fotos suspeitas — Laurel disse, subindo com Romeu e Richens.

Claire deu de ombros.

— Eu não vou arriscar minha boa câmera.

— Para que você precisa de uma foto? — Eva quis saber.

Quando Marcados e Demoníacos estavam em seu elemento, não apareciam em filmes. Eles funcionavam totalmente em outro plano. Eva presumia que era esse o motivo pelo qual sua mãe não conseguia ver a Marca de Caim em seu braço.

— Para a posteridade.

— Devia tirar uma agora — Eva sugeriu, tentando encontrar o mesmo entusiasmo que os demais exibiam. Talvez posar para uma fotografia de grupo promovesse a solidariedade entre eles. Com certeza não poderia piorar. — De nós todos.

Claire fez um sinal para Sydney, que estava nas proximidades num traje preto completo de comando.

— Você tira a fotografia para nós?

Todos se puseram em duas filas — homens em pé, mulheres agachadas na frente. Claire pediu a Gadara que ficasse ao lado. O resultado foi uma reunião que fazia lembrar fotos de classe do primário.

Puxando sua manga de popelina, Claire disse:

— Mostrem suas braçadeiras, *s'il vous plaît*.

O grupo posou com caretas cômicas e orgulhosamente exibiu os bíceps envolvidos pelas braçadeiras. O ânimo era festivo.

O que provocou em Eva um pressentimento de que alguma coisa horrível se achava prestes a acontecer.

— *VOCÊ LIGOU PARA EVANGELINE HOLLIS. DEIXE UMA mensagem, e eu responderei à sua ligação assim que possível.*

Alec encerrou o telefonema com uma rápida batidinha em seu fone de ouvido, depois pisou com mais força no acelerador. O conversível negro com motor de trezentos cavalos do Mustang roncou com prazer, ultrapassando os esguios carros esportivos ao longo da rodovia 17.

— Você está indo pelo caminho errado — Giselle afirmou.

Ele lançou-lhe uma olhadela seca.

Assim que passaram por um sinal da autoestrada, ela apontou para ele.

— Você está indo para o norte.

— Sei para onde vou.

— Os quartéis-generais de Gadara estão em Anaheim. Na direção sul.

— E daí?

Giselle franziu o cenho por trás de seus novos óculos de sol de cinco dólares. Eles tinham comprado roupas mais apropriadas para ela numa parada de caminhões — short, uma camiseta estampada com a palavra "Califórnia", chinelos e um lenço para envolver a cabeça.

Mantinham a capota abaixada. Rodas quentes, belo dia, garota errada. Alec diria que duas das três coisas não eram ruins, mas ele sentia demais a falta de Eva.

E sua garota não estava respondendo ao seu celular.

Alec sabia que ela estava em treinamento, mas depois de sua conversa da noite anterior precisava falar com ela e se assegurar de que Eva se sentia bem. Também tinha de acalmar a sensação de que alguma coisa estava fora de lugar, e apenas o som da voz dela poderia fazer isso.

— Você prometeu me levar à segurança — Giselle argumentou.

— Não. Você pediu para eu trazê-la comigo. Foi o que fiz.

Ela girou em seu assento.

— Não podemos ir para o norte!

— Por que não? — Alec manteve as mãos relaxadas no volante, mas por dentro estava imóvel e vigilante.

— Porque é perigoso demais.

— Terá que me explicar mais do que isso.

— Aonde você vai?

— Vou caçar. — Ele deu uma olhadela de lado para ela. — Não seja covarde.

— Não sou covarde, maldição! Estou assustada.

Ele sabia que essa parte era verdade, pois farejara o medo nela.

— Diga-me por quê.

— Diga-me que não está perseguindo Charles Grimshaw.

Alec sorriu.

— Não vou lhe dizer nada. A partilha entre nós dois funciona apenas numa direção.

— Isso não é justo!

Com uma rápida espiada no espelho retrovisor para conferir o tráfego, Alec diminuiu a velocidade e seguiu em diagonal pela segunda pista para parar no acostamento.

— Se não gosta das regras, caia fora.

As feições dela se alteraram, tornando-se uma máscara furiosa de sua alma de Demoníaca.

— Você é um estúpido.

— Você está certa.

— Você precisa de mim.

— É o que você quer.

Ela cruzou os braços.

— Não tem a menor ideia de contra o que está lutando.

Carros e caminhões passaram rugindo, sacudindo o Mustang em suas rodas e esvaziando o escapamento no ar ligeiramente enregelado.

— Faça com que eu me interesse — ele desafiou. — Diga-me por que eu deveria me interessar.

— Você quer morrer?

— Não vai acontecer, conheço Charles há anos.

— Ninguém conhece o Alfa, não de verdade.

— Não fale por enigmas.

Seus dedos também esguios mexeram com a bainha de seu short.

— Ok. — Alec deu ré. — O que Charles tem a ver com você?

Quimeras e lobos não eram dados a associações, ao que se sabia. Eram diferentes demais; um era um agressor físico, e o outro, um saqueador mental.

Giselle mordeu o lábio inferior, seus olhos dardejando pelas cercanias, fugindo do único modo que ela podia fugir — mentalmente. Alec estava mais do que alerta agora. Não havia dúvida nenhuma de que ela queria revelar apenas na dose necessária para estancar suas perguntas.

— Não tenho tempo para isso — ele afirmou, ríspido.

— Se eu lhe disser alguma coisa aqui — ela gemeu —, que recurso terei para que você me leve de volta a Anaheim?

— Você não tem recurso. Eu preciso de seu sangue, é só isso. Obviamente, não é necessário que você esteja viva para eu obtê-lo.

— Estou fugindo de Charles — Giselle entregou de repente. — Preciso ficar *longe* de seu território, não *entrar nele*.

— Ele tem algo a ver com o que aconteceu ontem à noite?

— Comece a dirigir para o sul e eu lhe conto.

A boca de Alec se retorceu.

— Nada do que você diga me fará voltar. Tenho negócios a fazer e, até que estejam terminados, tudo o mais fica na espera.

Giselle pareceu preparada para discutir, depois seu olhar encontrou o dele e ela viu que era inútil.

— Se você não me ouve, ouvirá Neil?

— Quem é Neil?

— O vampiro que enfiou a estaca em si mesmo.

Ele lembrou-se dos acontecimentos da noite anterior. *Servo vestri ex ruina.*

— Salvar-me da ruína? — ele escarneceu. — Estou pegando um bronzeado. Neil está morto. Ele devia ter seguido seu próprio conselho.

— Salve-se da *destruição*, seu idiota. E, acredite em mim, se a Destruição te alcançar, você estará morto também.

Alec lançou o braço sobre as costas de seu descanso de cabeça e empurrou seus óculos de sol com a outra mão. Em seguida, fitou-a com seus olhos frios.

— Quer repetir essa frase?

Ela fez um biquinho.

— Sinto muito.

— Comece do princípio.

Giselle gemeu e desmontou em seu assento.

— Podemos falar disso em Anaheim?

Sabendo que iriam atrair a patrulha rodoviária da Califórnia se ficasse muito tempo no acostamento, Alec olhou para a frente e voltou com o carro para o tráfego. Ele deixou a autopista na saída seguinte e entrou no estacionamento de uma loja de conveniência num posto de gasolina. Pelo brilho súbito nos olhos de Giselle, Alec notou que ela pensava que a parada era um bom sinal, o que só demonstrava quão diferente era o raciocínio entre Demoníacos e Marcados. Alec sabia quem comandava o show em seu mundo. Ele recebera uma ordem de Deus. Ignorar não era uma opção. Os demônios, por sua vez, eram todos egomaníacos. Nenhum deles queria reconhecer que Sammael cantava de galo no Inferno. Todos preferiam enganar-se com a ideia de que as ordens dele eram opcionais e que as seguiam porque era uma diversão.

— Certo. — Ele deslizou a transmissão manual para primeira marcha, puxou para cima o freio de mão e desligou o motor. — O que é a Destruição?

A boca de Giselle assumiu um traço firme. Seus braços se cruzaram.

Alec abriu a porta do lado do motorista e se levantou do assento. Contornando o porta-malas, ele foi para o lado dos passageiros e colocou-a para fora. Ela não vinha usando o cinto de segurança — contra a lei da Califórnia —, e ele não se importava o suficiente com seu bem-estar para reforçar a necessidade.

Alec retornou ao seu lado do carro e instalou-se ao volante.

— A gente se vê.

— Você não vai me deixar aqui! — Giselle protestou, os lábios brancos. — Precisa do meu sangue.

— Também preciso de minha concentração, e ficar irritado com você a afeta. — Alec estendeu a mão para a ignição.

— Destruição é o bicho de estimação de Sammael.

Pausando, Alec deu uma olhadela para onde ela estava.

— Seu *bicho de estimação*?

— Um cão infernal, mas diferente de tudo que você já viu. É um híbrido de demônio e Cérbero, Decaído e Marcado.

O queixo dele enrijeceu.

Os ombros de Giselle desabaram, e ela pareceu ainda mais pálida e abatida, o que ele não teria achado possível.

— Sammael vem trabalhando numa nova espécie há séculos. Nenhum deles foi viável; todos morreram.

— Exceto Destruição.

— Certo. — Ela abriu a porta e tombou cansadamente no assento.

— Era o sangue dos Marcados que fazia a diferença?

— Sim. O sangue dos Marcados regenera; ele reaglutina todas as partes.

Puta merda. Eles vinham usando Marcados para criar novos demônios.

— O que Charles tem a ver com isso?

— Charles foi a chave. Ele é o treinador do cão. Sammael foi capaz de manter o vira-lata vivo, mas não conseguiu treiná-lo.

— Use um cão para treinar outro cão.

Charles era um dos Alfas mais poderosos do mundo. Ele governava seu grupo com punho de ferro. Era também astuto o suficiente para se manter longe do radar, o que o capacitava a expandir seu território com apenas uma pequena interferência dos Marcados. Charles poderia ter continuado a crescer em poder, se não houvesse buscado vingança pela morte de seu filho matando Eva no banheiro do Estádio Qualcomm. E agora essa.

— O que isso tem a ver com você? — Alec quis saber.

— Assim que Sammael viu o quão bem-sucedido Charles fora em treinar o monstro e como ele era destrutivo, quis mais deles. O cão é poderoso e voraz. — Os olhos de Giselle se tornaram brilhantes de febre, e ela começou a ofegar, seu corpo zumbindo de excitação. — Se houvesse número suficiente desses demônios, eles iriam varrer vocês todos do planeta. Todos os Marcados e anjos. Todos os arcanjos. Até mesmo Deus. Eles são indestrutíveis.

Alec grunhiu baixo, repugnado pela alegria dela.

— Responda à maldita pergunta. O que isso tem a ver com você?

O olhar vítreo de prazer desapareceu de sua expressão.

— Todo Demoníaco da fronteira do Oregon até Seaside, na Califórnia, foi incumbido de alimentar os filhotinhos em crescimento. Eles levam décadas para amadurecer, e comem. E comem. E comem. — Giselle rosnou. — Por que acha que tenho esta aparência? Tente conseguir um prato de comida e comer apenas dez por cento.

— Eles estão se alimentando *de vocês*? — Ele não podia acreditar.

— Como eu disse, dez por cento é nossa parte. É por isso que Neil e os outros morreram. Sammael deu ordens estritas: nenhum vazamento do programa Lebensborn-2. Se formos fracos demais para lutar contra o ataque de um Marcado, devemos deixar a missão antes de sermos capturados. Eu pensei que Charles iria me apoiar quando argumentei contra isso, mas me enganei. Ele é sexy e uma transa incrível, mas eu não vou voltar ao Inferno por nada deste mundo. Especialmente para um cara que pensa que sou apenas um pedaço de carne disponível.

Lebensborn. Os punhos de Alec se fecharam. Sammael considerava o Holocausto sua maior obra-prima, seu ensaio para o Armagedon. Que ele fosse revisitar o horror, ainda que apenas no nome, deixou Alec ansioso por matar.

— Nunca vi um Demoníaco desejando cometer suicídio.

— Você nunca viu um Demoníaco com Destruição em seu encalço — Giselle retrucou. — Charles nos avisou que se retornássemos ao Inferno como traidores do programa, Sammael nos faria pagar. Quando as escolhas são ser rasgado em pedaços por um cão infernal e depois torturado pelo Príncipe ou se matar e esperar na fila com destino à Terra, suicídio é a mais leve das duas opções horríveis.

— Você não continuou.

— Graças a você. — Ela sorriu. — Quais eram as chances de você surgir? Caim da infâmia, o único Marcado poderoso o suficiente para me dar um tiro ao ficar na Terra. Tem que ser o destino.

O olhar de Alec se elevou ao céu. Ele nunca sabia, em momentos como esse, se estava seguindo um plano divino ou apenas sendo enormemente predestinado a pisar na lama. Talvez tudo isso fosse parte de uma rebuscada punição por suas artimanhas para ressuscitar Eva. Se fosse assim, consideraria que valia pagar o preço.

— E os filhotinhos ainda estão com Charles? — ele indagou.

Ela fez que sim.

— É por isso que queremos ir para outra direção. Eles estão abrigados no ponto central de um canil de uma comunidade fechada, só para lobos. Você é bom, mas não é tão bom *assim*.

Alec girou a ignição.

— Isso foi uma provocação?

Giselle empalideceu.

— Não! Não tive esta intenção.

Ele saiu do local do estacionamento e rumou para o trevo em direção ao norte. Brentwood ficava a uma hora de distância.

— Nunca fui de fugir de um desafio.

Raguel. O arcanjo precisava ser informado. Depois, Alec interrogaria Giselle para formular um plano de ataque. E quando encontrasse um momento só para si, conversaria com Eva e se asseguraria de que ela estivesse bem. Contanto que ela estivesse bem, ele poderia dar um jeito no resto.

— Isso não é um desafio, seu idiota! — Giselle guinchou. — Isto é uma missão camicaze. Nós. Vamos. *Morrer.*

Alec sorriu, e depois acelerou.

EVA ODIAVA FILMES DE HORROR. ELA ACREDITAVA NUNCA ter visto um inteiro. Geralmente enterrava o rosto nas mãos ou saía da sala de projeção. Sua melhor amiga, Janice, se recusava a sentar-se perto dela durante tomadas de carnificina, e os namorados logo perceberam que era mais seguro se restringirem a filmes de ação explosiva. Ela amava ver coisas explodirem, mas a música assustadora e a expectativa de que assassinos em série saíssem de armários era suspense demais para Eva.

Era péssimo que Richens não houvesse descoberto isso ainda.

O Marcado ficara por trás dela, como se Eva pudesse ser de alguma ajuda durante um ataque-surpresa. Ele também exacerbava o problema sussurrando alto todos os modos de provocar respostas, como "Você viu aquilo?", "O que foi aquele ruído?" e "Você sente o cheiro de alguma coisa?".

Por sorte, Edwards segurava a língua, cobrindo a retaguarda com passos silenciosos. Eles vasculhavam o térreo de um prédio de três andares arrumado para servir como escritório. Era o edifício mais alto de Cidade Qualquer e talvez o mais habitado por animais nocivos. As baratas subiam pelas paredes cinzentas, e os ratos corriam por sobre o linóleo de estampas ultrapassadas. Um manequim desgastado com um rosto quebrado atendia na escrivaninha da recepção, seus olhos mortos fixados inexpressivamente. Eva estremeceu e tentou não olhar para ele. Sua imaginação superativa a fazia sentir-se como que vigiada com um propósito maligno.

A luz da manhã se derramava pelas janelas, muitas das quais quebradas. Cacos de vidro reluziam no chão empoeirado e iam sendo esmagados pelos seus pés calçados com botas. Lá fora, os gritos das gaivotas enchiam o ar de uma cacofonia fúnebre.

— Isso teria funcionado melhor à noite — Edwards disse, mal-humorado. — Somos alvos fáceis à luz do dia.

— Gadara afirma que cinquenta por cento das caçadas são conduzidas durante o dia. — Richens riu com desdém. — É quando estarei dormindo.

— Você não pode dormir durante uma missão. — O tom de Eva era repreensivo. — A marca queima como o Inferno.

— Posso dormir no meio de qualquer coisa.

Não adiantava discutir. Ele iria descobrir isso bem depressa.

— Ui! — Richens guinchou, cambaleando sobre ela.

Eva tropeçou. Sua braçadeira esquentou até queimar, dispensando qualquer necessidade de perguntar a Richens qual era o problema dele. Do lado de fora, Ken uivou um alegre brado de guerra. Um sorriso recurvou sua boca, e Eva girou para encarar seus companheiros.

— Uma pena você não estar dormindo.

Richens a fuzilou com o olhar.

Edwards reclamou:

— Como você pode brincar numa hora dessas?! — Ele girou, furioso, agachado, com o revólver erguido.

Eva farejou o ar.

— O Demoníaco não está perto o suficiente para que eu sinta o cheiro. Por enquanto.

— Está em algum lugar por aqui.

Richens olhou para Eva com olhos arregalados.

— E agora? É assim que as coisas acontecem no campo?

Ela fez que sim.

— Seu treinador também se comunicará com você, ou em pessoa ou por alguma forma de telepatia.

— Merda! — O queixo de Edwards se enrijeceu. — Não quero ninguém bisbilhotando minha cabeça.

— Você vai agradecer por isso na hora certa. — Eva pensou em Reed e em como às vezes ela se amparava intensamente em seu apoio.

Ele a acalmava nas horas de tensão, embora estivesse sempre a quilômetros de distância. Era uma espécie de vínculo. Uma conexão. E estava estragando a sua equanimidade. Ela era mulher de um homem só. Ao menos era o que sempre fora.

Uma brisa quente e aromatizada soprou sobre Eva. Era mais forte que o costumeiro, mais vigorosa. *Reed*. Ou ele estava nas proximidades ou o laço entre os dois se apertava. Ambas as possibilidades lhe causaram apreensão. Ele estava respondendo a ela, informando-a que sabia que estava pensando nele. Quanto de suas emoções Reed sentia? Quão profundamente podia mergulhar em seus pensamentos?

Richens pousou a mão no pulso de Edwards, puxando-o para baixo, junto com a pistola.

— Ponha isso de lado antes que machuque alguém. — Ele deu uma olhadela para Eva. — Então, o que faremos agora?

— Caçaremos. — Uma agitação causou um frio em seu estômago a essas palavras. A sensação era um truque mental, como dores solidárias. Eva não estava furiosa nem pronta para atacar. Rastrear e matar seres malignos do Inferno a deixavam apavorada.

— Vá primeiro. — Edwards esboçou um sorriso zombeteiro e a induziu com uma ampla varredura de sua mão armada.

— De jeito nenhum.

— Para que diabos você está aqui, então?

Os ombros dela se aprumaram.

— Eu vim na frente até aqui. É a vez de outra pessoa agora.

— Não seja criança, Hollis — Richens escarneceu.

— Foda-se! — ela retrucou. — Seja homem.

— Estamos assustados — Richens gemeu, fazendo-a lembrar-se de que ele mal passara da adolescência.

— Eu também estou. Se vocês queriam um líder destemido, deviam ter se juntado a Ken e seus socos-ingleses. — Ela lamentava que eles não tivessem feito isso. Era duvidoso que alguém mais fosse se associar a ela, e a ideia de vasculhar pela sinistra cidade falsa sozinha a deixava nauseada.

Edwards parou.

— Você *está* com medo?

Eva grunhiu.

— Claro que estou com medo! Por que não estaria? Há quatro semanas, a coisa mais monstruosa que já vi estava me colocando em sua lista de desejos. Agora terei sorte se sobreviver entre os Demoníacos que Caim deixou putos da vida e os outros que estou irritando bem neste momento.

Suspirando, as feições de Edwards se abrandaram. Ele deu um tapinha embaraçado no ombro dela.

— Eu vou na frente.

— Que alguém faça isso — Richens falou, ríspido — antes que algum dos outros nos enfie bem no saco.

— Não é uma corrida — Eva lembrou, pensando em como um narcisista petulante conseguira ser selecionado como Marcado.

— Merda que não é! Estamos falando de nossas *almas* aqui, Hollis. Estou jogando para ganhar. Além do mais, se houvesse um esforço de grupo, não estaríamos todos juntos em vez de ficarmos vagando por aí separados?

Edwards deu de ombros.

— Ele tem certa razão. Muito bem, então vamos vasculhar este prédio, e depois cair fora se não encontrarmos nada.

Dando passos hesitantes, eles começaram pela base da escada e abriram caminho para o alto. Assim que giraram a maçaneta da porta do vão de degraus para a plataforma mais elevada, o cheiro de Demoníacos atingiu suas narinas. Edwards ergueu a mão, fazendo-os dar uma parada. Ele olhou para ambos e pousou um dedo sobre os lábios num pedido de silêncio.

Richens revirou os olhos e disse sem som: "Nós não somos uns malditos idiotas." Em seguida, empurrou Edwards para a porta do corredor.

Edwards emitiu um som estrangulado e brandiu seu revólver com um descuido provocado pelo terror.

Eva ficou assombrada pela dinâmica de ambos, fosse qual fosse. Richens era um garoto. Edwards tinha meia-idade. Por que ele cedia ao homem mais jovem era um ponto que inspirava muita especulação.

Richens perscrutou ao redor do batente, sua cabeça girando para obter uma visão de cento e oitenta graus. Eva pôs a sola da bota em sua bunda e o empurrou para dentro do corredor.

Se é assim que ele acha bom...

— Preste atenção! — Richens gritou, tropeçando em Edwards, cuja arma descarregou um artefato aéreo fluorescente com um estrondo de trovão.

Plástico e vidro choveram sobre os dois. Eles praguejaram numa só voz, erguendo os braços para proteger as cabeças. A detonação ecoou pelo andar antes silencioso, matando qualquer esperança de uma entrada discreta.

— Oopa... — Eva desocupou o vão da escada por trás deles, incapaz de ficar olhando o medo óbvio de Edwards e não se juntar a ele. — Desculpe por isso.

— Você está *louca*? — Richens esbravejou, apontando a arma para ela.

— Não, mas estou começando a achar que vocês estão.

Ele não parecia estar de todo assustado. Estava mais para curioso, vigilante. Como uma aranha.

— *O que está acontecendo aqui?!*

Todos se voltaram para procurar a fonte de onde partia a cortante voz feminina. Encontraram-na no fundo do corredor, erguendo-se à entrada de um escritório. Parecia estar nos seus cinquenta anos, seu cabelo prateado preso num coque, e a boca, um traço inflexível. Usava um paletó executivo cinza — uma saia pouco acima dos joelhos e jaqueta combinando. Fedia a alma decomposta. Seus olhos pousaram sobre as três armas apontadas em sua direção.

— Vou chamar as autoridades. — Ela girou nos calcanhares e bateu a porta com força.

— Que tal darmos um tiro nela? — Richens sugeriu.

— Ela não é quem temos que caçar — Edwards contrapôs. — Minha braçadeira não está machucando.

— Sim, mas ela pode chamar os elfos e as fadas e avisar que estamos chegando.

— Verdade.

Eva esperou que sua braçadeira sinalizasse um aviso de aproximação. Depois de um longo momento, ela desistiu da possibilidade, abriu a porta do vão da escada e saiu. Passos apressados a seguiram... *e* se aproximaram.

— Aonde você vai, Hollis?— Edwards gritou, descendo pelas escadas atrás dela.

Eva diminuiu o ritmo na plataforma do segundo andar e fez um gesto que pedia silêncio.

Edwards ficou ao seu lado, sua mão armada tremendo.

Richens parou a uma distância de dois degraus acima.

— Deixamos uma testemunha para trás.

Eva olhou ferozmente para ele.

— Nós não somos vigilantes. Ela não é o alvo, e isso significa que não a traremos conosco.

Agarrando o corrimão com força de branquear os nós dos dedos, ela lançou um rápido olhar para o centro abaixo da escada em espiral. Um clarão prateado atraiu sua atenção. Eva se aprumou com rapidez.

Izzie.

— Todo o mundo ouviu a arma disparar — ela disse. — Todos virão correndo para cá.

Richens sorriu, dando-se conta.

— Os elfos e as fadas verão que todos estamos distraídos.

— Seria a hora perfeita para darmos no pé — Edwards finalizou.

— Certo. — Eva se virou. — Vamos.

Eles subiram a escadaria no mesmo ritmo. Irromperam no topo do telhado e correram para a borda, suas botas esmagando o cascalho. Sem discussão, dispersaram-se, observando a vista da cidade abaixo deles. Como haviam esperado, os Marcados corriam para o prédio, vindos de todas as direções. Izzie já estava no local. Claire, ainda a alguns quarteirões. Romeu e Laurel apareceram momentos depois, ambos parecendo suspeitosamente amarrotados.

— Malucos... — Edwards resmungou, dando voz aos pensamentos de Eva.

Ela não conseguia imaginar que houvesse um lugar que fosse que estivesse limpo, não assombrado, em Cidade Qualquer, onde se pudesse transar.

— Onde está Callaghan? — Richens perguntou.

— Talvez já esteja no prédio — Eva sugeriu, conservando alguns metros entre a borda do telhado e a ponta de suas botas.

Nenhum deles erguia a voz, a despeito da distância que os permeava. Com sua audição de Marcados, o volume não era necessário.

— Eu esperava que ele fosse o primeiro.

— Ele na certa não viria por último. É a posição de Molenaar.

— Eu o estou vendo — a voz de Edward era um mero sussurro, cheia de curiosidade. — Mas ele não vem nesta direção.

Eva e Richens se juntaram a ele. Observaram o Marcado loiro deslizar furtivamente ao longo de um muro sombreado à distância de duas ruas na descida, depois virar numa esquina e sumir de vista.

— Ele está rastreando — Eva murmurou.

— Teremos que segui-lo sem alertar os demais — Richens afirmou.

As sobrancelhas dela se arquearam. O resto da classe rastejava em direção ao prédio agora.

— E como exatamente devemos fazer isso?

Ele apontou por sobre o ombro.

— Há uma escada de incêndio ali.

Eva gelou.

— Muito engraçado. Que idade tem aquela coisa? Quantos anos ela passou sem manutenção?

— Quantas horas você quer passar neste monte de merda? — ele retrucou. — Podemos celebrar ao meio-dia, se pegarmos os elfos e as fadas agora.

— Sem chance. — Ela recuou para mais longe da borda.

— Por que você está tão...? — Ele abriu a boca quando a compreensão o tomou. — Você tem medo de altura? Merda! Há alguma coisa de que você *não* tenha medo?

— De você. Com você eu lido. Não me pressione.

Edwards riu.

Richens desdenhou:

— Vamos lá, Hollis. Supere isso.

— Não é uma disputa. Vamos até os outros para fazer isso direito.

— O peso do presságio recaía em suas vísceras, uma espécie de sexto sentido que Eva tivera a vida toda. Nesse exato momento estava fazendo soar o alarme, em alto e bom som.

— Nada disso. Eles são idiotas. Nós éramos os únicos inteligentes o bastante para ter um plano executável.

Ela recuou.

— Não vou arriscar minha vida por seu ego.

— Arrisque por sua alma, então.

Eva sorriu, irônica. Francamente, não iria se dependurar numa escada de incêndio velha por aquilo.

Como Eva não arredou pé, Richens fez um gesto impaciente e disparou em direção aos degraus enferrujados. Edwards hesitou por um momento, depois o seguiu. Eva não hesitou. Saiu do telhado e desceu a escada de dentro. Agarrada ao corrimão, arremessou-se pelos três lances abaixo, passando por Claire com um breve aceno. Izzie não podia ser vista em parte alguma.

Eva chegou à calçada numa corrida só, mas, a despeito de sua velocidade, Richens e Edwards estavam a pelo menos um quarteirão à sua frente. Bem quando seu cérebro protestou contra seu impulso competitivo e perguntou: "Por que você está tão empenhada nisso?", a marca se agitou também, bombeando o calor da perseguição através de suas veias e pressionando-a a adotar um passo mais veloz. Não havia respiração entrecortada, nem pulsação latejante. A ausência de pressão física permitia que sensações de euforia e onipotência tivessem precedência, inspirando coragem e confiança falsas.

— Só estou cuidando deles — ela murmurou para si mesma, contornando uma esquina a tempo de ver uma porta de vidro balançar devido a uso recente. — Dando uma de boa samaritana e coisas do gênero.

O prédio era comprido e atarracado, seu exterior, uma reminiscência de prata brilhante de um *trailer* militar Airstream dos anos 1950. Acima da entrada, um aviso torto e apagado dizia "Flo's Five and Diner".

Eva entrou com a arma em punho, e silvou quando a braçadeira queimou sua pele. Cabines de vinil vermelho rachadas e quebradas se enfileiravam na parede sob as muitas janelas encardidas. Comida de plástico em pratos decorados sobre os topos de mesa e o balcão. Dois manequins vestindo uniformes cor-de-rosa e branco se erguiam junto à máquina de café e a caixa registradora, respectivamente. Erguendo-se na ponta dos pés, Eva vasculhou a abertura para a cozinha, mas nada avistou.

Teriam corrido para os fundos?

Eva prosseguiu com cautela, um passo de cada vez. Sua pisada seguinte foi em falso, e ela se desequilibrou, derrapando sobre algo no chão. Agarrando-se por trás de um banquinho de bar, Eva quase caiu quando ele girou sob sua força. Ao olhar para baixo, ela constatou ter escorregado numa braçadeira, e supôs que Richens havia perdido a paciência com a coisa irritante.

Um grito seguido por um estrondo rasgou o ar.

Um vulto escuro passou voando pela janela do serviço de alimentação. Eva se agachou. Uma mão tocou seu bíceps, e ela a agarrou, puxando com força. Claire caiu em seu colo. A francesa guinchou no mesmo momento em que panelas bateram furiosamente umas nas outras. Tapando a boca de Claire, Eva se esforçou para ouvir.

— Solte-o, amorzinho — Richens arrulhou.

— Obrigue-me a fazer isso, querido — ronronou uma doce voz feminina.

Claire ficou tensa.

Com um olhar estreitado de advertência, Eva a empurrou para uma posição de joelhos. "Vá para lá", ela fez com a boca. A francesa assentiu e andou de lado, desajeitada, até a porta da frente. Eva esperou até que ela sumisse, aspirando o cheiro de mofo e poeira, suas emoções flutuando da excitação ao desgosto.

Parte dela estava gostando da caçada.

Você está perdendo o juízo, Eva disse a si mesma, rastejando por toda a extensão do balcão até sua ponta. Observando o canto, ela viu a porta giratória para a cozinha. A superfície acolchoada e a janela redonda de vidro estavam cobertas de fuligem. Através do vão de cinco centímetros na base, Eva procurou sombras que traíssem movimentos do outro lado, mas tudo que viu foi escuridão. Ela se moveu para mais perto.

Poderíamos celebrar ao meio-dia, Richens tinha dito.

Quem a fada fazia de refém? Edwards? Callaghan?

Três Marcados deviam estar ali dentro. Onde estaria o terceiro homem?

— Aproxime-se só um pouquinho — a fada disse — e ele vai ter.
— Ele "vai ter"? — Richens deu risada. — Que bobagem.
— Cale a boca, Richens! — Ken arfou. — Esta faca é bem afiada.

Eva parou um momento, surpresa por descobrir que era Ken o prisioneiro. E ficou mais atônita ao abrir a porta giratória alguns centímetros e testemunhar a situação que se desenrolava, graças às suas membranas nictitantes.

Richens se erguia de costas para ela. A dois metros dele, Ken estava ajoelhado. Por trás de Ken, uma mulher corpulenta, de rosto gentil, com cabelo grisalho, flutuava graciosamente, apoiada por asas minúsculas.

Era umas das fadas madrinhas da Bela Adormecida: bochechas vermelhas como cereja, vestido em tom pastel e chapéu pontudo incluídos.

Incerta entre rir ou surtar, Eva inspecionou o resto da cozinha. Estava montada como se os proprietários houvessem ido lá fora para um curto intervalo. Panelas e frigideiras se achavam dispostas sobre o fogão, facas e tábuas de cortar carne espalhadas desordenadamente pelo balcão. Ela procurou Edwards e o avistou de bruços no piso, inconsciente. Suas sensações de desconforto cresceram. A visão de um corpo imóvel no chão imundo era realística demais para seu gosto.

Até onde ia essa simulação? Qual era o melhor meio de dar um fim nela?

Os olhos de Ken estavam arregalados, seu pescoço, arqueado em recuo à lâmina pressionada contra sua pele.

— O que você quer? — ele falou alto.

— Você vem comigo, querido. — A fada sorriu, e o resultado foi uma expressão tão doce e inofensiva que Eva teve dificuldades para conciliá-la com a realidade da faca na mãozinha gorducha. — Nós vamos sair pelos fundos e bater em retirada.

— Vocês não vão a parte alguma — a entonação de Richens tinha uma fria diversão. — Vou atirar nele antes de deixá-los sair daqui.

Uma nuvem escura passou pelas feições da fada, revelando fugazmente o horror de sua alma diabólica. Demoníacos não podiam nunca ser domados ou merecer confiança. Mas podiam ser compreendidos. Eram parecidos com crianças — autocentrados, impacientes, carentes de atenção e estímulos.

A fada emitiu um ruído de reprovação.

— Você devia ter passado para o lado escuro, doçura. Teria dado um excelente Demoníaco.

Eva mirou e atirou no traseiro de Richens.

Ele gritou como uma garota. A arma caiu de sua mão e bateu no chão, disparando para o alto e atingindo uma frigideira de ferro fundido pendurada numa prateleira de panelas acima do fogão. A bala ricocheteou, guinchando pelo ar e despertando Edwards, que se pôs em pé imediatamente. Sua cabeça, ao erguer-se, bateu na parte de baixo de uma tábua de carne cuja ponta se projetava para além da borda do balcão. O impacto da batida fez com que as as facas que estavam em cima da tábua fossem arremessadas para o ar. Depois caíram desgovernadas na bancada, fazendo enorme barulho, atingindo e derrubando uma vasilha de farinha do outro lado. Ela caiu bem no meio da cabeça de Edwards, despejando seu conteúdo sobre ele antes de rolar pelo chão com um retumbante som de gongo. Uma nuvem de farinha subiu para o lado de fora e foi crescendo... Os xingamentos sufocados de Edwards, é claro, também foram muitos.

Ken arremessou a fada assustada de suas costas, lançando a velhinha no ar, girando como um parafuso. Ela se chocou contra a prateleira dependurada, seu "Oh, merda!" abafado por uma caçarola que caiu e despencou em sua cabeça. Ela foi ao chão com um baque e tanto, ficando imóvel como se estivesse morta.

Richens ainda gritava. Ken se lançou aos seus pés e atingiu-o com um perfeito gancho de direita. O Marcado desmontou no chão ao lado da fada, nocauteado.

— Seu cafetão! — Ken resmungou.

Seu olhar encontrou o de Eva. Ela fitou Edwards, que lembrava Gasparzinho, o Fantasma Camarada, ou uma salsicha crua empanada no espeto, dependendo da virada de sua cabeça. Seus olhos eram dois buracos negros que piscavam num rosto contraditoriamente branco, sua boca um "O" redondo enquanto ele encarava os dois corpos de bruços no chão.

O cérebro de Eva recapitulou a série de acontecimentos.

Os gritos não haviam parado. Tinham apenas se transferido para o lado de fora.

— Claire! — ela ofegou.

137

Eva pulou por sobre os corpos inconscientes e correu à toda a velocidade para a porta de serviço. Por uma fração de segundo, suas membranas nictitantes atrapalharam sua visão, e então ela as recolheu com uma piscadela deliberada.

Claire estava no centro da viela estreita, suas belas feições paralisadas numa máscara de terror, sua boca, arreganhada, e um gemido horrendo saía dela. Seus olhos se mantinham fixos num local além do ombro de Eva. Ela virou a cabeça, seu olhar seguindo a linha de visão da francesa.

Ela sufocou, depois tropeçou, o mundo girando. A forma alta de Ken emergiu da cozinha escura, sua cabeça se virando para se alinhar com as delas.

— Santa Mãe de Deus! — ele deu um grito sufocado.

Preso à parede exterior do refeitório via-se o corpo de Molenaar. Os braços estavam abertos, e as mãos fixadas na fachada de metal com pregos de ferro atravessando as palmas. A urina encharcava sua calça e formava uma poça sobre o asfalto esfarelado. Seus olhos sem visão se erguiam para o céu, a boca pendente e os lábios salpicados de vermelho-escuro. Uma coroa de arame farpado enferrujado circundava sua cabeça, completando a recriação nauseante da Crucificação.

Onde estava o sangue...?

— *Sa tête est...** — Claire se dobrou, mas nenhum vômito saiu, seu corpo perfeito demais para sucumbir às suas emoções.

Foi então que Eva percebeu que a cabeça de Molenaar havia sido decepada e estava posta no lugar sobre o pescoço por pregos enfiados pelas orelhas.

O terror arrepiou sua pele febril.

Eva gritou, os punhos se fechando mesmo quando os joelhos fraquejaram.

Um bando de gaivotas juntou-se a eles, guinchando para o céu e para o Deus que permitia que tais coisas acontecessem com os que o serviam.

---

* Em francês, no original: "Sua cabeça está...". (N.T.)

9

REED CONSEGUIU SAIR DA RODOVIA 1, A LENDÁRIA estrada da Costa do Pacífico, na saída da Fremont Boulevard. Um momento depois, seu Porsche alugado ronronava através do Forte McCroskey.

Ele poderia já estar com Eva se guiasse direto até ela, mas Reed conhecia Raguel bem demais. O arcanjo teria seus estudantes isolados em grupo, sem nenhuma chance de privacidade. Isso era bom para o treinamento. Mas não era bom para lidar com a perturbação causada por seus sentidos voltados para Eva.

Por causa de sua conexão treinador/Marcado, Reed sentia o isolamento dela do resto de sua classe e intuía que Eva estava lidando com isso lançando mão da repressão emocional. Ela vinha funcionando no piloto automático, e isso era perigoso para um Marcado. Reed suspeitava que precisaria afastá-la da tensão de seus colegas de classe antes que Eva ficasse relaxada o suficiente para falar do que a perturbava. Daí a necessidade de um carro.

O fato de que o automóvel era novo em folha e atraente também era um bônus. Eva ficara atraída por Caim e sua Harley. Não era absurdo esperar que ela pudesse achar o 911 Turbo Cabriolet um tesão também. Com um máximo de velocidade chegando aos trezentos quilômetros por hora, Reed esperava reduzir tanto o motor quanto o estresse de Eva.

Usando sua conexão com Eva como um aparelho de rastreamento interior, Reed fez uma manobra para atravessar a base. Raguel iria querer um relato da viagem para a Austrália, e depois o arcanjo tentaria fazer Reed partir, o que não aconteceria. Ele não iria a parte alguma enquanto houvesse algum risco para o bem-estar de Eva.

Embora ele nunca fosse admitir isso, ainda não se recuperara de tê-la perdido na semana anterior. Ver Caim acabado apenas aumentava a característica surreal de seu tormento. Em toda a sua vida, Abel sempre quisera ver seu irmão mais velho destruído por alguma coisa. *Qualquer coisa.* No entanto, descobrira que perder Eva para realizar esse objetivo era um preço elevado demais para pagar.

Ele monitorara incontáveis Marcadas ao longo dos séculos, compartilhando com elas uma ligação tão profunda quanto a que mantinha com Eva e, no entanto, ela era a única com quem Reed se sentira em tamanho conflito.

Eva atribuía sua fascinação à animosidade que reinava entre ele e Caim. Dizia que Reed estava interessado nela apenas porque ela representava uma oportunidade para magoar o irmão. Mas ambos sabiam que não era verdade. Reed até gostaria que fosse. Tudo seria muito mais fácil desse modo.

Contornando uma curva na estrada, ele diminuiu a velocidade ao se aproximar do duplex com a van branca no pátio de estacionamento. Na placa dava para ler "Empresas Gadara". Reed estacionou no lugar vago ao lado da van. Não precisou bater na porta para saber que ninguém estava em casa. Sentiu o vazio escancarado antes de desligar o motor.

Reed saiu do carro e seguiu a pé, no rastro de Eva. Ao passar pela casa, notou o tabique despedaçado junto à entrada do fundo do duplex. O estrago parecia recente, e o fez parar.

A primeira onda de terror o atingiu com força suficiente para atrapalhar seu passo firme. A segunda rolou sobre ele como um trovão, crescendo em tensão até explodir com tal energia que ele começou a correr. As solas de couro de seus mocassins Gucci tinham pouco impulso. Ele despareceu em meio à corrida e se materializou ao lado de Eva.

Ela gritava. Uma rápida olhadela no prédio que Eva encarava lhe revelou o motivo. Reed a agarrou, abriu as asas imediatamente e ganhou o ar. Alado, ele a segurou firme, contendo seu debater.

— Shh... — Os braços dele envolveram por completo seu corpo esbelto. — Estou aqui.

— Reed... — Ela se agarrou a ele, seu rosto enterrado no pescoço, as lágrimas escorrendo por sua pele.

Ele pousou no topo do telhado próximo e retraiu as asas, mas não soltou Eva. O medo, a angústia e o horror que ela sentia pulsaram através dele em batidas rítmicas que o tornaram incapaz de erguer as barreiras que usava com os outros Marcados.

E a sensação dela... o cheiro dela... Fazia semanas que ele não a tocava.

Reed fora *proibido* de tocá-la.

— Vo-você vi-viu? — Ela recuou para erguer os olhos cheios de lágrimas para ele.

— Sim. — Reed não lhe disse que ela inevitavelmente veria coisas piores.

— Não consigo fazer isso...

E naquele momento, Reed não quis que ela o fizesse, o que estragava tudo — suas ambições, metas e sonhos. Todos eles dependiam de mantê-la ali. E ele a quis de novo, amaldiçoado fosse. Todo seu corpo ansiava por ela.

Junto com todas as malditas coisas, ele estava obcecado. Como diabos achara que poderia superar aquilo, se até mesmo um Marcado morto e o terror dela não podiam diminuí-lo?

— Ajude-me a sair daqui — Eva implorou.

Reed pousou a testa na dela, que estava quente e úmida.

Merda. Imensa merda.

Os dedos dela se cravaram nos músculos de sua espinha.

— Diga alguma coisa, cacete!

Inspirando com força, ele recaiu nas experientes e verdadeiras frases que sempre usava para acalmar Marcados ariscos:

— Eu sei que isso é duro para você. Mas pense nas boas ações que fará, nas pessoas que salvará...

— Como ele? — Eva apontou perversamente para a viela lá embaixo. — Não foi isso que lhe disseram também? E como ficaram suas boas ações? E como ficaram as pessoas que ele devia salvar? Elas estão tão desgraçadas quanto ele agora?

— Eva...

Ela o empurrou.

— Duro para mim? É tudo o que você tem a dizer? Uma mentirinha publicitária? Há um homem morto lá embaixo. Sem... a... cabeça!

— Dá um tempo, Eva — ele retrucou, mais furioso consigo mesmo que com ela. — Estou tentando ajudar.

— Esforce-se mais!

Sua pequena forma vibrava com seu tumulto interior. Ela usava jeans, camisa e suéter. Seu cabelo se armara num simples rabo de cavalo que acentuava o pendor exótico de seus olhos. Seu rosto estava desprovido de maquilagem, deixando que a perfeição de porcelana de sua pele asiática tomasse a frente.

Reed lutava contra sua atração por ela, um magnetismo que começava em suas entranhas e transbordava. Após ter estado rodeado de morenas por muitos séculos, sua primeira exposição às loiras detonara uma fascinação por beldades de cabelo claro como Sara. No entanto, ali estava ele, lutando contra um desejo que não se extinguia por uma mulher que não se parecia em nada com seu "tipo".

— Que porra de treinamento é este?! — Eva esfregou os olhos com os punhos. — Ninguém disse que alguém ia *morrer*!

— Acidentes acontecem de vez em quando. E Marcados superexaltados e assustados são imprevisíveis. No entanto, nunca houve nada assim. Nunca houve um crime.

O céu escurecia enquanto as nuvens rolavam tão depressa que pareciam estar em avanço disparado. O vento ficou gelado, açoitando as longas mechas do cabelo de Eva sobre seu rosto. Reed observou seu corpo enrijecer e seus pulsos se apertarem. Ele se deslocou para a borda do telhado e olhou para o cenário que se desenrolava abaixo deles.

Raguel pairava vários metros acima do chão, braços e asas bem abertos. Sua cabeça estava recuada, os olhos dourados brilhando e voltados para o céu. Sua boca escancarada num grito silencioso. Era uma visão hipnótica, tão estranha quanto bela.

Quando Eva se pôs lado a lado com Reed, sua mão se prendeu à dele. Ela se inclinou para baixo cautelosamente, seu equilíbrio mantido por seu apoio mortal nele.

— O que Gadara está fazendo? — ela perguntou, a voz carregada para longe pelo vento furioso.

— Lamentando. Compartilhando sua angústia com Deus.

— Eu tenho uma coisa a compartilhar com Deus — ela resmungou.

— Algumas palavrinhas.

O trovão explodiu, seu barulho ecoando pelo céu cinza-escuro.

— Cuidado — Reed a repreendeu, apertando sua mão como advertência.

— Os elfos e as fadas fizeram isso?

— Elfos e fadas?

Eva puxou de sua boca mechas do cabelo açoitadas pelo vento.

— Os Demoníacos que estávamos caçando nesse exercício.

— *Vocês sempre nos culpam primeiro.*

Reed se virou para encarar quem falava. Eva fez o mesmo.

Uma mulher de rosto austero, com cabelo cinzento que combinava com seu terno cinza, se erguia bem junto à porta do vão da escada. Seus olhos brilhantes como *laser* revelaram que ela era uma Demoníaca um segundo antes de o cheiro de sua alma em decomposição o fazer. Ela olhava fixo para a mão dele, que segurava a de Eva, o que pareceu fazê-la se lembrar da conexão. Ela se soltou dele.

Eva gritou para ser ouvida acima da tempestade.

— Não fique irritada. É uma questão válida.

— Maldita seja você! — A Demoníaca se aproximou com um passo de pés de pombo que contribuiu muito para diminuir a força intimidadora de seu olhar ameaçador. Seus detalhes não eram visíveis, mas seu sotaque e sua aparência sugeriam que era uma gwyllion* galesa, um

---

* No folclore galês, gwyllions podem ser espíritos andarilhos, fantasmas ou almas penadas perturbadoras. (N.T.)

demônio conhecido por sua habilidade de inspirar confiança e segurança ao conduzir os mortais direto para o perigo. — Nós estamos aqui neste depósito de lixo, jogando seus jogos de guerra idiotas, treinando assassinos para matar os de nossa espécie. No entanto, toda vez que algo dá errado, nós somos os primeiros a levar a culpa.

Uma gargalhada brotou de Reed. Ele não conseguiu controlá-la. Uma Demoníaca reivindicando seus direitos? *Agora* ele já vira tudo.

Eva olhou para a gwyllion por um longo momento, depois foi em frente, seus passos deliberados e sem vacilação.

— Isso é uma besteira total. Vocês não estão aqui por causa da bondade de suas almas apodrecidas, mas sim porque não podem estar em nenhum outro lugar onde de fato gostariam de estar. Querem é salvar sua pele amaldiçoada.

A Demoníaca parou e cruzou os braços.

— Isso não significa que você deve nos acusar primeiro!

Apontando em direção à viela, Eva perguntou:

— Aquilo não parece obra de um Demoníaco para você?

A austeridade se desfez num amplo sorriso.

— É brilhante, essa é a verdade. Tão precisamente representado e criativo!

— Tenho uma arma carregada — Eva avisou a Demoníaca. — Será que você não prefere reconsiderar sua admiração?

A euforia da gwyllion desapareceu na hora.

— Muito bem, aquilo foi terrível. Só um psicopata poderia ter feito algo tão abominável.

— Quem?

— Não fui eu.

— Arrisque um palpite.

Reed se forçou a manter-se calado, vendo Eva trabalhar, notando a projeção obstinada de seu queixo e o brilho de determinação em seus olhos. Ela não conhecia suas próprias forças, ao menos não quando elas se aplicavam à sua marca. A parte egoísta dele sorriu, pensando que talvez Eva pudesse conseguir aceitar o chamado sem se tornar insensível. Talvez ela aprendesse a se orgulhar de suas realizações e encontrar alguma coisa digna no que fazia, algo de positivo em meio a toda a negatividade. Talvez ela se tornasse crente e encontrasse sua fé.

Não era raro que milagres acontecessem nesse setor de trabalho.

O vento foi amainando, e as nuvens se dispersaram. Após a tempestade abrupta, reinava o silêncio. O ar estava pesado com umidade pouco usual. Era opressivo, reflexo da confusão, do horror e da dor que permeavam sua vizinhança imediata.

— Há três dos nossos trabalhando nesta sessão de treinamento — a gwyllion disse. — Griselda, Bernard e eu.

— E você é...?

— Aeronwen.

— Isso é... adorável — Eva afirmou, de má vontade.

Reed sorriu.

— Deriva do nome da deusa celta da carnificina e do assassinato.

— Por que será que essas coisas continuam a me surpreender?

— Eu gosto dele. — Aeronwen esboçou um sorriso radiante.

— Naturalmente. Griselda é a encantada?

— Não, é Bernard. Você gostou do encantamento de madrinha? Ele é tão engraçado quanto ela.

— Não consigo parar de rir. Quem é Griselda?

Raguel apareceu na borda do telhado, levitando sobre o beiral e pousando ao lado de Eva. Ele apontou para a saliência em forma de barraco que protegia as escadarias dos elementos. A inspiração profunda de Eva revelou a Reed que ela vira o dragão surgindo do outro lado.

— Ótimo — ela resmungou. — Meu tipo favorito de demônio.

— Olá, Raguel — Reed saudou.

— Ela chamou você? — o arcanjo quis saber.

— Não.

— Então, por que está aqui?

Reed arqueou uma sobrancelha numa expressão que perguntava: "Você realmente quer falar sobre isso aqui e agora?".

Raguel fez que sim.

— Você assustou os outros com a abdução da srta. Hollis.

Um dar de ombros foi a resposta de Reed. Os outros Marcados eram problema de Raguel.

O olhar do arcanjo passou por sobre os dois Demoníacos, depois pousou em Eva. Sulcos profundos emolduraram seus lábios e olhos. Ele podia ocultá-los, se quisesse, mas escolhera não fazê-lo.

— O que está fazendo, srta. Hollis?

Eva sentiu sua boca se curvar, embora não achasse nada nem um pouco engraçado na confusão que era a sua vida.

— Enlouquecendo. Perdendo o juízo. Faça sua escolha. — Por fora ela devia parecer controlada, talvez até serena. Mas os nós dos dedos de sua mão na arma começavam a doer devido à força de seu aperto, e a rigidez de seus ombros estava causando uma cãibra em seu pescoço. Ainda estava gritando, mesmo que ninguém pudesse ouvi-la.

— Você devia estar com os outros.

— Não. Eu devia estar em Orange County. Desenhando o interior de alguma casa de sonhos. Olhando de minha janela e pensando em dar um pulo na praia. Lembrando a mim mesma de apanhar meu carro lavado e ligar para a sra. Basso para ver se ela precisava de alguma coisa do comércio. — Seu pé batia ritmicamente no cascalho. — Mas não posso fazer isso, porque ela está morta. E o poodle está morto. E agora Molenaar está morto. Estou enjoada de gente morrendo em torno de mim, Gadara.

— Deixe-me cuidar disso.

— O que vai fazer? Obrigar-nos a pegar nossos brinquedos e ir para casa? — Ela fez um gesto abrangente com ambos os braços, o que fez com que os dois Demoníacos se agachassem por debaixo do arco da arma. — Isso é um perfeito exercício de treinamento. Temos algo para caçar e matar. Você não poderia tê-lo planejado melhor ainda que tentasse.

Gadara a encarou de forma dura. Eva teve de usar toda a sua energia para sustentar seu olhar dourado. Ele era um homem belo e elegante, mas quando realçado pela força total de seus dons divinos, era ofuscantemente lindo. Sua pele, escura como seda, suas feições, finamente esculpidas por uma mão hábil e amorosa.

— Isso vai muito além de seu treinamento limitado, srta. Hollis.

— Então, aprendemos ao agir.

— É contra o protocolo. Você sabe disso.

— Eu também sei que é "perfeitamente aceitável prosseguir um desvio, assim que ele foi posto em ação". — Ela se livrou de seu suéter sacudindo os ombros, mudando a arma de uma mão para a outra até que o traje caiu de seu corpo superaquecido. — Não foi o que você disse quando me incumbiu de caçar o tengu e viajar para Upland antes que eu fosse treinada?

— Se prosseguir for o único percurso racional — ele acrescentou. — Permanecer aqui está longe de ser isso.

— Concordo com ele, Eva — Reed disse, sua voz suave e melancólica. Confortante, mesmo quando a contradizia.

Eva tentou não olhar para Reed. Sabia que isso apenas faria com que ficasse ainda mais excitada. Mas perdeu a batalha. Ele se erguia com as mãos enfiadas nos bolsos da calça preta sob medida, a camisa amarelo-clara sem gravata e aberta no pescoço. O vento encrespava seu cabelo escuro, deixando seus cachos caírem sobre a testa. Tal como seu irmão, Reed a fitava com um olhar fixo de predador, faminto e determinado.

Eva sustentou seu olhar. Se ele a houvesse tocado, não teria sido mais real. De certo modo, os irmãos eram muito parecidos. De outras formas, não poderiam ser mais diferentes. Um a aquecia com um fogo lento e firme. O outro a incendiava com um fogo abrasador.

Com Alec o mundo se imobilizava, as preocupações externas desapareciam. Eva o apreciava como o faria com um vinho fino, em delicadas bebidinhas e tempo indefinido. Com Reed sua reação era como um trem em fuga, aumentando em velocidade até que ela ficasse sem fôlego e imprudente.

Eva desviou o olhar, rolando os ombros para dissipar o nó que havia neles.

— Nós vamos desocupar a base — Gadara disse.

— E se esse fosse o objetivo do ataque?

— Por quê?

— Não sei, mas é uma possibilidade.

— E de longo alcance — Reed interferiu. — E, independente disso, é perigoso demais para você ficar aqui.

Gadara continuou a observá-la com intensidade.

— Já mandei uma equipe de investigação vir aqui. Eles são muito mais qualificados e, portanto, correm risco menor.

Eva sabia que não podia argumentar contra isso. Sabia também que não fazer absolutamente nada não era uma opção.

— Você nos deixará participar da investigação quando estivermos na segurança da torre? Analisando provas ou o que quer que possa ser feito?

Um esboço de sorriso se formou na boca do arcanjo, mas Eva estava perturbada demais por Molenaar para se impacientar com ficar à mercê dos jogos de Gadara. E se ela estivesse determinada a participar? Isso não significava que estivesse casada com a ideia de ser uma Marcada.

— Estou certo de que alguma coisa pode ser providenciada — Gadara afirmou, magnânimo.

Reed fez um gesto para que Eva caminhasse em direção às escadas.

— Eu levarei de volta para o duplex.

Gadara assentiu.

— Você pode gravar seu relato e transferi-lo para a minha escrivaninha.

— Ficarei por aqui, por enquanto.

— Isso não será necessário.

— Você não ouviu meu relato.

Eva franziu o cenho.

— Você está preocupado com outra coisa?

Reed segurou-a pelo cotovelo quando ela chegou mais perto e começou a escoltá-la para longe do telhado.

— Eu lhe conto depois.

Não havia meio de evitar inalar o cheiro singular da pele dele. Era almiscarado, exótico, sedutor. Fluía através de seus sentidos, criando formigamentos onde ela não precisava deles e dores onde não as queria. O calor de seu toque queimava, passando por sua blusa e indo até a sua carne. O suor pontilhava seu lábio superior. Seu corpo recordava a sensação do corpo dele. Faminto por senti-la de novo.

Reed deu uma olhada para ela. Eva manteve sua linha de visão firmemente cravada no chão. Ele abriu a porta do topo do telhado, e Eva estava prestes a ultrapassá-la quando alguma coisa longa, cinzenta e veloz passou dardejando por suas botas.

Eva gritou. O rato parou no meio da descida da escada e virou a cabeça, encarando-a com seus olhos pequeninos.

— *Está gritando por minha causa?* — ele perguntou.

Um estremecimento mental a percorreu. A visão da cauda comprida e rajada do roedor era nauseante. Eva engoliu em seco sua repugnância e perguntou:

— Você viu alguma coisa quando esteve lá em cima?

Erguendo-se nas patas traseiras, o rato fez um ruído suspeito, parecido com uma risada.

— *Assustei você. Adoro novatos.*

Ela apontou a arma. Reed deu uma risadinha e reclinou-se no corrimão da escada.

— *Relaxa, boneca* — o rato disse de pronto. — *Onde está seu senso de humor?*

— Qual é seu nome?

Um guincho alto foi a resposta dele.

Eva o interrompeu, acenando.

— Certo, vamos chamá-lo de Templeton.

— *Que tipo de nome é esse?*

— O nome de um rato.

— *A teia de Charlotte** — Reed murmurou.

Espantada por ele conhecer algo tão banal, Eva olhou para Reed com um sorriso crescente.

— Estou impressionada.

— *Quem é Charlotte?* — Templeton quis saber.

— Esquece. — Eva fez um gesto displicente. — Você viu alguma coisa no telhado?

— *Nada de nada.*

— Você está mentindo.

— *Prove.*

— Ora, vamos... — Eva sufocava firmemente a voz em sua mente que gritava "Você está conversando com um rato!". — Você tem que ter visto alguma coisa.

— *Não é verdade.*

---

* Citação de um livro infantil homônimo, escrito por E. B. White. (N.T.)

— O que não é verdade? — Ela fitou Reed de soslaio.

Ele deu de ombros e sorriu, e a combinação a distraiu por instantes. Eva amaldiçoou sua libido voraz, que parecia ser abastecida por seu baixo grau de febre.

— *O que dizem dos ratos.* — Os bigodinhos de Templeton se retorceram de uma maneira que parecia... afrontada. — *São os porcos que guincham, os bastardos miseráveis. Eles fazem qualquer coisa por comida.*

— Eu gosto de porcos. Eles são úteis. Eles produzem bacon e presunto. E você, o que você tem a oferecer?

Eva agitou a arma descuidadamente.

— Tenho que ser honesta, as coisas não estão bem para você no momento, Templeton. V o c ê e s t á m e d a n d o a r r e p i o s, n ã o i n f o r m a ç õ e s.

— *Você mataria um rato inocente? Cara, isso é golpe baixo!*

— Então me passe uma informação realmente relevante.

— *Você viu o beiral do telhado? Tem pelo menos um metro de altura. Eu não tinha como ver porcaria nenhuma.*

Eva refletiu sobre aquilo.

— O que você ouviu?

— *Gente se debatendo. Gorgolejos. Marteladas.*

Ela engoliu em seco.

— Isso não ajuda em nada.

Templeton voltou à posição de quatro pés.

— *Eu te falei. Posso ir agora?*

O olhar dela se voltou para Reed. Ele arqueou as sobrancelhas e se aprumou. O ar em torno dele se agitou, fazendo seu cheiro ondular até ela. Eva mudou sua linha de interrogatório.

— Você sentiu algum cheiro?

— *Nenhum.*

— Não acredito em você.

Templeton olhou para Reed.

— *Difícil de agradar, Abel. Tem certeza de que ela vale a pena?*

Reed olhou para Eva, seu olhar muito terno.

— Ela vale sim.

Eva fez por ignorar a resposta física que teve ao seu tom e suas palavras.

— Você é um rato, Templeton...

— *Dedução brilhante.*

— O que significa que tem um olfato ótimo. Pode me revelar que tipo de Demoníaco fez... *aquilo.*

Templeton balançou a cabeça.

— *Não senti cheiro de nada além de Marcados.*

A cabeça dela se inclinou para o lado.

— Eu poderia sentir, talvez, se houvesse sangue por toda parte, mas não há nenhum.

— *Certo, boneca. Não houve sangue nenhum empesteando o ar nem assassino nenhum trabalhando vigorosamente, e tudo que pude farejar foram Marcados. Como isso é possível?*

A mão de Reed veio pousar na parte de baixo das costas de Eva, que engoliu em seco.

— Você está dizendo que não havia Demoníaco nenhum lá embaixo quando Molenaar foi assassinado?

— *É o que parece.*

O arrepio se espalhou pelas entranhas de Eva.

— Então, quem o matou?

Os bigodinhos de Templeton se retorceram.

— *Essa é a questão, não é?*

— QUEM FOI A ÚLTIMA PESSOA QUE VIU MOLENAAR? — Ken perguntou, seu olhar revolvendo os outros Marcados.

Eles esperavam pelo retorno de Gadara de Cidade Qualquer no lado masculino do duplex, e a tensão era forte. Eva estava na passagem aberta entre a sala de jantar e a de visitas. Reed encostara um ombro à parede ao lado dela, uma pose displicente que ela sabia ser apenas fachada. Eva se sentia nervosíssima, com a necessidade de *se movimentar*. A ânsia de partir para ação ofensiva picava sua pele como milhares de formiguinhas.

O cheiro de mofo e podridão na casa estava mais pronunciado agora, de maneira quase opressiva. Os débeis raios de sol que penetravam pelas janelas exibiam todas as imperfeições que a luz da lua ocultava: os pisos de madeira de lei manchados e empenados, as paredes, esfareladas, os rodapés, puídos. O ar se achava sufocante pela proliferação de poeira que girava ao redor deles como gavinhas de fumaça. Eva se deu conta de estar ficando mais agitada a cada momento que passava.

Reed mentalizava palavras que ela não podia entender, num tom tranquilizador. Sua conexão era fraca demais para transmitir algo além de impressões, mas ela captara o âmago do assunto. Reed queria que ela reduzisse um pouco a sua agitação. Eva estava fervendo, irritada, e queria chorar, mas seus olhos se mantinham secos como ossos.

— E então? — Ken parecia estranhamente feroz com seu boné de esquiador, como um delinquente assaltante de bancos. — A última vez que o vi foi quando entramos em Cidade Qualquer. Eu fui pela esquerda. Vi Hollis, Edwards e Richens adentrando o prédio de escritórios. Quem foi pela direita com Molenaar?

Claire ergueu a mão. Ela ficou de pé com as pernas abertas e os braços cruzados, numa posição defensiva que desmentia a projeção agressiva de seu queixo.

— Eu fui, no começo. Nós nos separamos quando entrei numa locadora de vídeos. Ele seguiu em frente sem mim.

— A que horas foi isso?

— Oito e meia? — Ela murmurou alguma coisa em francês. — Talvez oito. O que isso importa?

— E você? — Ken dirigiu a questão a Romeu.

— Eu estava com Laurel.

Ken a encarou por um momento. Laurel parecia envergonhada e poderia ter corado se não fosse uma Marcada.

— Vocês dois me dão nojo — ele deixou escapar.

Laurel estranhou, depois se recobrou.

— Foda-se, Callaghan!

— Não era o que ele estava fazendo? — Ken ergueu o queixo em direção a Romeu. — Enquanto Molenaar tinha a cabeça decepada, vocês dois fodiam numa missão de treinamento!

— Você também não o salvou — Laurel gritou. — O que *você* estava fazendo?

— Onde estava Seiler? — Edwards interferiu.

— Ela estava nos seguindo — Eva disse.

— Não estava! — Izzie protestou.

— Você surgiu em cena depressa demais — Eva falou devagar, alfinetando de propósito.

— Eu sou ágil. Isso é tudo. Não me importo com o que estão fazendo. Você deve ter problemas se pensa que me importo.

— Já que você e Richens continuam contradizendo um ao outro, é óbvio que um de vocês é um mentiroso. Qual?

— Estou confuso. — Romeu franziu o cenho.

Izzie alisou sua espada e disse, com perigosa suavidade:

— Não me chame de mentirosa.

Eva cruzou os braços.

— Não temos tempo para esses jogos que você e Richens estão jogando. Até que um de vocês admita que me contou uma mentira, eu não vou acreditar em nenhum dos dois.

— Cai fora, Hollis! — Richens ordenou. — Minha bunda ainda dói, você sabe. Eu lhe disse para escolher a faca!

— Atirei de propósito em você — Eva foi perversa.

A mão de Reed tocou seu cotovelo. Ela viu seu franzir de cenho e deu de ombros.

Ken chegou mais perto.

— Do que você está falando, Hollis? De que mentiras?

— Eles sabem do que estou falando. Vamos voltar ao que aconteceu com Molenaar. Alguém notou a ausência do cheiro dos Demoníacos em torno do corpo dele?

Um silêncio se fez no grupo, e logo depois surgiu um monte de protestos. Eva os interrompeu com um sinal de mão.

— Entendo que vocês todos ficaram desesperados. Eu estou também, mas precisamos parar de pensar no que sentimos e fazer algo em relação a isso.

— Eu não senti cheiro de nada, exceto sangue de Marcado — Ken afirmou.

Os outros rapidamente concordaram.

— Certo. — O olhar de Eva revolveu a todos, inquiridor. — Então, o que isso significa?

— Que não estávamos prestando atenção? — Edwards sugeriu, mal-humorado.

— Ou talvez que a única coisa que estava cheirando era um Marcado. Talvez um Demoníaco nunca tenha estado lá.

— Você está acusando um de nós?! — Romeu gritou, os olhos escuros arregalados. — *Sei matta?! Come puoi dire una cosa del genere?!**

— Não tenho ideia do que ele disse — Laurel falou, ríspida —, mas eu concordo!

A mão de Reed no braço de Eva se apertou.

— Venha comigo. — Ele a puxou em direção à porta.

— Ela está mentindo — Izzie disse com um sorriso na voz. — Eu acho que foram os elfos e as fadas.

Parando, Reed os encarou.

— Deixem esse assunto para Raguel e sua equipe.

— Se houver um traidor entre nós — Richens disse —, teremos muito com que nos preocupar.

Reed estalou os dedos para dois guardas que faziam vigilância bem do lado de fora da porta.

— Ninguém sai daqui.

Sem esperar pela anuência deles, Reed puxou Eva pelos degraus abaixo e se afastou com ela.

---

* Em italiano, no original: "Está louca?! Como pode dizer uma coisa desse tipo?!". (N.T.)

10

EVA SEGUIU REED TROPEGAMENTE ATÉ A ESQUINA DO estacionamento, e os dois desapareceram de vista. Ele a puxou ao longo das cercas vivas que separavam o estacionamento do duplex do passeio junto à porta e a encarou, com um olhar mal-humorado.

— O que você está fazendo?

— Falando.

— Besteira. Você está instigando hostilidade de propósito.

— Eu tenho uma razão mesmo boa, Reed. Talvez eles despertem e sintam o mau cheiro.

— Você não está em posição de treinar os outros.

— Isso é apenas um jogo para eles. Richens age como se estivéssemos lutando por pontos, e não por vidas. Ken escolhe socos-ingleses como arma. Socos-ingleses, contra Demoníacos?! E Romeu e Laurel estavam *transando*, pelo amor de Deus... Ui! — Eva olhou zangada para o céu e esfregou a marca sob a braçadeira. — Isso não vale!

A boca de Reed se fechou numa expressão desaprovadora.

— Vocês deviam estar trabalhando juntos, não lutando entre si. Você sabe que nenhum deles fez aquilo.

155

— Quem pode afirmar? — ela desafiou, pedindo briga. — Não podemos descartar ninguém. Precisamos observar tudo e todos em torno de nós com muito cuidado. Não podemos admitir nenhum ponto cego.

— Marcados não fazem coisas assim, Eva! Não são capazes disso.

— E demônios não existem. Às vezes o que pensamos ser uma verdade absoluta é falso por completo. — Eva apontou um dedo perversamente na direção da casa. — Eles têm que sair do casulo em que estão vivendo e encarar os fatos. Não devemos confiar em ninguém e, se dermos as costas, não podemos nos surpreender se alguém cravar uma faca nelas.

Ele grunhiu.

— Nada de teoria da conspiração outra vez.

— Gadara tem escutas em meu apartamento, câmeras em cada andar do meu prédio. Você acha que ele não tem a Cidade Qualquer vigiada? — Eva arrancou a braçadeira. — Nós todos estamos usando isto. Elas devem simular um chamado, mas sou capaz de apostar que têm localizadores GPS e talvez microfones.

— Está ouvindo o que diz? Você está maluca, e me deixando maluco também. Gadara não deixaria um Marcado *morrer*, Eva.

— Por quê? Porque ele é um arcanjo?

— Porque perder um Marcado durante treinamento parece ruim — ele afirmou, com suas feições tensas, demonstrando sua frustração. — Ruim, ruim mesmo. Levaria séculos para Raguel recuperar a posição que ele perderia hoje.

As mãos de Eva pousaram na cintura.

— Se é assim, por que ele não impediu o assassinato?

Um músculo do queixo de Reed produziu um espasmo. Ele se ajoelhou para apanhar a braçadeira.

— Você está se precipitando em conclusões baseadas em suposições. Olhe... — Reed se aprumou e quebrou a placa de metal da braçadeira pela metade com um estalo. — Não há nada aqui dentro. É sólido. Raguel está administrando com poder total agora; ele não precisa de recursos eletrônicos seculares. Estes são para benefício de vocês. A pressão em seu braço os mantém focados, e o metal fornece a Raguel uma área concentrada para aquecer.

— Você está me dizendo que não havia meio de Gadara ter sabido sobre o ataque e o impedido?

— Ele é um arcanjo. Não é Deus.

— Não vejo como...

— Você acha que ele é perverso? — Reed enfiou no bolso a faixa destruída. — Acha que tudo se reduz a isso? Acha que Raguel ficou olhando seu colega de classe ser assassinado ao vivo e comendo pipoca?

Eva esfregou a gota de suor que descia pela nuca. Dito dessa maneira, realmente parecia improvável.

— Não.

— Tudo acontece por alguma razão, Eva. Você tem que acreditar nisso.

— Eu *não* acredito, Reed. Sou agnóstica.

— Você é uma chata. — Ele pôs o rosto dela entre suas mãos e ergueu-o. Com os polegares roçando suas bochechas, Reed a examinou. — Merda. Você está ardendo. Por que não disse nada?

— Mas eu disse alguma coisa sim — ela resmungou —, tanto para Gadara quanto para Alec. Um diz que tudo é coisa da minha cabeça, o outro, que é só o meu corpo se ajustando à marca.

Reed rosnou algo numa linguagem desconhecida. Eva quis perguntar o que era, mas foi distraída pela sensação de seu toque, que a refrescou. O cheiro da pele dele preencheu suas narinas, alterando a tensão que a mantinha presa entre a raiva e algo muito mais perigoso.

Eva agarrou os pulsos dele e tentou afastar suas mãos.

— Uh... Talvez você não deva me tocar neste momento.

— Não é de admirar que esteja tão beligerante — ele disse francamente. — O Novium está em você.

— Tem certeza de que é isso? — Sua voz era um sussurro, pois sua garganta fora bloqueada pelas imagens que enchiam sua mente com *ele* sobre ela.

— Oh, sim. Sem dúvida nenhuma. — Reed a soltou de repente. Seu olhar era penetrante... e ardente de um modo assustador. — Você está se arrastando para fora de sua pele. Marcados não atingem esse estágio até muito mais tarde, mas você está provida como uma veterana.

157

A mão dela se ergueu até o rosto, vindo a pousar no lugar onde ele a tocara. A pele formigou e ficou mais fresca.

— Por quê?

— Você foi feita para este trabalho, querida. É simples assim.

— Não é verdade. Você é quem diz; eu não estaria aqui se Alec houvesse contido seu instinto sexual.

— Eu disse isso para transar com você e deixá-la irritada com Caim.

— Essa não sou eu. — Eva não conseguiria encarar os dias até o fim daquele trabalho. Ela perderia a saúde mental. — Lembra? Eu sou aquela que grita com os idiotas nos filmes de horror que pegam uma arma e perseguem o assassino maníaco em vez de fugir à procura de ajuda.

O menear de cabeça dele em negativa deixou-a tão furiosa como se Reed houvesse coberto os ouvidos com as mãos.

— Não cometi um pecado que justificasse ser marcada — ela insistiu.

— Tudo isso é apenas uma armação monumental para punir seu irmão.

— Sabe quantas mulheres mortais transaram com Caim? — O sorriso de Reed estava tingido de maldade. — E de todas, quantas delas acabaram onde você está agora?

O queixo dela se ergueu.

— Ele me ama. Eu posso ser usada para feri-lo. Essa é a diferença.

— Você quer lançar teorias e conjecturas? Vamos então mais longe. E se Caim estiver nessa confusão por sua causa, e não o contrário? Eu a tenho observado, querida. Você tem uma vocação natural. E se vocês dois se conheceram porque você tem um talento inerente capaz de rivalizar com o dele e ninguém mais poderia ser seu mentor tão bem quanto Caim?

— Isso é ri... ridículo.

— Não, isso é uma possibilidade. — A convicção silenciosa dele lançou nela um arrepio espinha abaixo. — Você sobreviveu a demônios a que nenhum Marcado destreinado sobreviveria.

Eva deu um passo à frente. A sugestão de Reed golpeou seu crânio como uma enxaqueca. Sua pele e seus músculos doíam como se ela estivesse gripada. Até as raízes de seu cabelo formigavam com uma coceira que a enlouquecia. "Não mate o mensageiro"; o provérbio dizia algo assim. Mas ela queria matá-lo. A inquietação se infiltrou com sinuosidade pelas suas entranhas, silvando como uma serpente.

— Adoro como você convenientemente esquece que eu estava *morta* poucos dias atrás!

Um tremor visível o percorreu.

Aquele sinal revelador a devastou. Com tudo ao redor desconhecido e hostil, o que Eva desejava era alguma coisa familiar. Alguém que gostasse dela.

Seu braço se ergueu em direção a ele.

— Reed...

Ele se afastou, seus ombros projetados contra ela.

— Posso sentir o calor do Novium se movendo dentro de você. Ele está me deixando... impaciente e agitado.

— Sinto muito.

— Preciso ficar longe de você quando está assim, Eva.

Ela percebeu então que sua sede de sangue se transformava numa forma diferente de sede, o que criava um problema inteiramente novo por cima de todos os outros. Eva podia lutar contra sua fascinação por Reed, mas não contra a fascinação que *ele* sentia por ela.

— Isso significa que você vai embora?

— Não posso — ele disse, irritado. — Ainda não.

Eva teria perguntado por que, mas tinha uma pergunta mais premente:

— O que *é* o Novium, exatamente?

Reed olhou-a com atenção.

— Uma mudança, parecida com aquela pela qual você passou quando foi marcada. Com o passar do tempo, um par mentor/Marcado se torna conectado. Emotiva e mentalmente. Os dois aprendem a pensar e se mover como uma unidade. Quando chega a hora de o Marcado trabalhar sozinho, esse elo tem que ser cortado. Cauterizado. Alguns Marcados preferem chamar isso de "o Calor", devido à febre que acompanha o processo.

— Elo — ela repetiu —, como o que você e eu compartilhamos? Mas eu não posso sentir os pensamentos e as sensações de Alec como sinto os seus.

— Não. É um rito de passagem, parecido com deixar a casa dos pais pela do marido. O link treinador/Marcado cresce durante o Calor, tal como cresce a ligação do Marcado com o líder de sua firma.

— Gadara.

— No seu caso, sim.

— Cara, isso deve ser ótimo para ele, não? — Ela viu a confusão passar pelas belas feições de Reed, sua linha de pensamento a segui-la.

— Não funciona assim. Não é vulnerável à manipulação.

Eva cercou-o de modo a que ficassem cara a cara. A transição foi semelhante a sair de uma casa fria para o calor sufocante de um deserto. Sua temperatura disparou para o alto num grau alarmante, deixando-a zonza.

— Diga-me como funciona.

O olhar dele ficou tão quente quanto ela estava. Porém, quando ele falou, sua voz soou calma e segura:

— Um Marcado é treinado. Depois é exposto a missões. Ele testemunha mortes, e combate vários Demoníacos. Absorve informações de seus mentores. De algum modo, essa combinação dispara o Novium no fim.

— Certo. Vejamos. — Ela começou a contar nos dedos. — Eu fui exposta a missões. Testemunhei mortes e combati vários Demoníacos. E tenho um relacionamento romântico com meu mentor. É bom o bastante?

— Você está esquecendo o tempo.

— Talvez nem seja tanto o tempo quanto a evolução — ela especulou. — Tive tudo jogado sobre mim de uma vez, depois fui morta e ressuscitei; o que deve mexer com uma pessoa, certo?

— Certo, o que exime Raguel.

— Não necessariamente, já que foi ele quem me mandou às missões, só para dar um exemplo. Além do mais, ele tem sido teimoso de um modo suspeito quanto a reconhecer minha atual condição.

— Há muito mais do que isso no problema; por exemplo, como você conheceu Caim e como você foi morta. Raguel não teve participação alguma nisso.

— Não estou dizendo que ele orquestrou a coisa desde o princípio, mas que, assim que percebeu como ela foi armada, ele poderia tê-la manipulado de lá. Se estou mais conectada a ele do que estou a Alec, isso o beneficia exclusivamente.

Grunhindo, Reed passou as duas mãos por seu cabelo espesso.

— O que esses delírios paranoicos têm a ver com a morte de seu colega de classe?

Eva o analisou, notando a fina camada de suor que reluzia na pele de seu pescoço. Ela supunha que não fazia mais que quinze graus em Monterey, mas eles suavam como se fizesse trinta. Se ela se concentrasse bastante, poderia sentir o pântano de pensamentos e emoções se agitando dentro dele.

— Responda, Eva!

Ela balançou a cabeça, tentando dissipar a conexão etérea com ele, que estava tornando difícil raciocinar. Contudo, em vez de consegui isso, perdeu o equilíbrio e caiu sobre ele. Sobressaltada pela colisão com algo tão duro e sólido, Eva soltou um gritinho abafado e se agarrou a Reed. A súbita ânsia de alívio refrescante que sentiu foi tão surpreendente e tão bem-vinda que ela soluçou de gratidão.

— Querida... — Os braços dele envolveram-na, e seus lábios pousaram sobre sua testa viscosa.

Eva gaguejou, com a língua seca:

— Quan... quanto tem... tempo isso dura?

— O Novium normalmente começa durante uma perseguição — ele murmurou — e acabar com a morte do perseguido. Alguns dias, em geral.

— Dias! — Suas unhas se cravaram na pele debaixo da camisa dele. — Não passou nem um dia ainda e já estou farta!

— Isso costuma acontecer no campo, quando de fato ajuda um Marcado a separar a confiança da temeridade. Sem a culminação da morte de um perseguido, não sei quanto tempo irá durar e, já que você está coibida, toda a energia e sede de sangue não têm para onde ir.

Essas coisas certamente tinham um lugar para onde ir: as partes íntimas do corpo de Eva. A sensação familiar e ansiada do abraço dele apenas exacerbava sua condição.

— Tocar você ajuda — ela sussurrou.

— Isso está me matando.

As mãos dela se moveram por vontade própria, e se espalmaram nele.

Reed enrijeceu.

— Não faça isso, Eva. Eu não sou santo.

— Não estou fazendo nada. — Ela mal se movia, presa pela excitação que reinava entre os dois.

161

— Você está pensando em coisas que não deveria pensar. Você é mulher de um homem só.

— Há apenas um como você.

Reed se moveu rápido demais para que ela percebesse, e apanhou seu rabo de cavalo, arqueando-lhe as costas. Eva se flagrou envolvida por ele, encoberta por seu corpo poderosamente excitado. Não havia como negar que Reed estava duro por causa dela, não quando ela podia sentir quase todos os centímetros dele contra sua pele.

Armani e aço. Elegância e paixão brutal.

O desejo irrompeu em meio aos seus sentidos regulados pela marca, explodindo por suas terminações nervosas e deixando-a trêmula. Eva gemeu perto daquela boca tão desejável, os mamilos endurecendo e avançando sobre o peito dele.

— Você está brincando com o irmão errado. — Os lábios de Reed se moveram contra os dela, as palavras ditas tão baixinho que pareceram ameaçadoras.

— Não estou brincando com você — ela sussurrou, repetindo as palavras que ele lhe dissera uma vez.

A língua de Reed seguiu o traçado da maçã do rosto dela, e depois mergulhou em seu ouvido.

— Então, o que está fazendo?

Eva engoliu em seco.

— Eu a-acho que estou... querendo você.

Ele espalmou a mão em seu quadril e apertou sua ereção contra ela. O gesto era tão típico de Reed que fez os joelhos dela enfraquecerem.

— Você não pode querer o que já lhe pertence.

Reed estava sofrendo profundamente pelo reconhecimento, e ela podia sentir sua dor. Isso só tornava seus sentimentos mais preciosos para Eva.

Como era possível que ela amasse Alec e, no entanto, desejasse Reed com tanta força? Por mais que seu afeto houvesse crescido, ele precisava parar. Alec matara Reed — *novamente* — por tocá-la, na última vez. Eva não poderia fazê-los passar por aquilo de novo. Não era justo. Isso feria pessoas que ela amava. Isso a tornava estranha para si mesma. Eva não era uma enganadora; respeitava muito a si mesma e os seus parceiros.

— Lembra-se do que eu lhe disse no princípio? — A voz dele era tão baixa e rouca que as palavras sopravam dentro de sua boca. — Você é uma predadora agora. Predadores gostam de transar. Isso é tudo.

— Não minta. Não sobre isso.

O tumulto dele era palpável e aumentava o dela. Eva se sentia segura com Alec; sentia-se muito longe disso com Reed. O fato de que esse temor a impulsionava a avançar em vez de provocar um recuo a assustava. *E se ele estiver certo a meu respeito? E se matar coisas for aquilo para que fui feita?*

Não, recusava-se a crer que ser uma Marcada era seu destino. Ela *não podia* acreditar nisso, porque, se o fizesse, significaria que todos os seus sonhos e esperanças de infância teriam que morrer. Não haveria casamento de conto de fadas, nenhuma possibilidade de uma família. Tudo e todos que ela amava, os próprios aspectos de sua existência que a tornavam o que era, envelheceriam e sairiam de sua vida. O que ela seria, então? Alguém que não conhecia. Alguém de quem poderia não gostar.

— Não conte comigo para conter as rédeas, Eva. Sou egoísta. Eu não vou dizer "não" para uma mulher de primeira.

Eva não conseguiu conter o sorriso que se formou em seus lábios.

— Não é isso o que está fazendo agora?

Sua boca assumiu um traço de obstinação.

— Eu não quero você desse jeito. Já vi o show, sei bem como termina.

— Foi um bom show.

Muito bom. Reed era rude, impaciente, selvagem de um modo que ela nunca pensara em apreciar, quanto mais em desejar. O fato era que a marca... Novium... o que quer que fosse... não a fazia querê-lo. Apenas reduzia suas inibições o bastante para liberar uma atração já existente.

Reed mordiscou seu lábio inferior, depois lambeu no lugar para aliviar a dor.

— Venha até mim de novo quanto não estiver dominada pelo Calor. Terá uma resposta diferente.

— Reed...

— Basta. — Inclinando a cabeça, a boca dele dirigiu-se obliquamente para a dela, tirando seu fôlego até Eva ficar ainda mais enfraquecida.

A mão dele puxou seu cabelo com mais força, arqueando-a ainda mais para trás, forçando-a a se moldar a ele. Seu couro cabeludo doeu com a pressão, a dor se intensificando até que ela gemeu em protesto e se contorceu. A estocada da arma em sua cintura foi a agressão final que a fez perder a paciência.

Eva pisou firme no pé dele e se livrou com um repelão, caindo a alguma distância.

— Você está me machucando! — ela acusou.

Reed enxugou a boca com as costas da mão, depois ajustou o volume proeminente em sua calça com movimentos bruscos.

— Veja o que você fez comigo. Veja o que você *continua* a fazer comigo, sua maldita provocadora.

Eva fechou os olhos, chocada pela veemência de seu ataque. E pela justificação por trás dele.

— Sinto muito. Eu...

Reed a interrompeu com um olhar feroz.

— Caim é o cara com quem você se deita. Isso significa que é a ele que você tem que recorrer para satisfazer suas necessidades, não a mim. Eu quero transar com você, não carregar sua bagagem.

— Jesus... — Eva suspirou, estremecendo com a queimadura resultante da marca. Um balde de água gelada não poderia ter esfriado seu tesão com mais rapidez. — Você sabe que sinto vontade...

— Você não faz sexo há três semanas? Junte-se ao clube, Eva. Não espere simpatia de minha parte.

Alguém tocou seu cotovelo. Eva saltou de surpresa, a cabeça girando para ver quem se aproximara deles. O olhar de Gadara se voltou em sua direção, detendo-se no penoso arfar de seu peito e em seus punhos cerrados.

— Srta. Hollis — ele murmurou.

A tensão se esvaiu dela como a água por um dreno, saindo do ponto exato de seu corpo que fora tocado pelo arcanjo. Eva ficou de súbito envergonhada e emocionalmente exausta. Ainda dolorida e com as coxas viscosas, mesmo assim ela foi capaz de pensamentos coerentes, racionais.

— Afaste-se, Abel. — A ordem de Gadara ressoou com autoridade divina.

Reed girou nos calcanhares e os deixou, as solas de couro de seus sapatos batendo surda e raivosamente sobre o passeio e a calçada de cimento. Eva teve que usar todas as suas forças para não sair atrás dele. A inclinação de seus ombros revelava muito do estado de espírito de Reed. Ela o encurralara e depois o ferira. Sua frustração revirava em seu íntimo.

— Você devia estar lá dentro com os outros. — As íris de Raguel eram de um dourado furta-cor cercado por um negro de obsidiana. Era tão belo que doía olhar para ele. — Nosso avião chegará dentro das próximas duas horas. Vamos precisar de tudo guardado nas malas até lá.

— Não quero partir.

As sobrancelhas dele se arquearam.

— Preciso ficar aqui — ela continuou. — Não posso ir. Ainda que você não queira admitir, o Novium está dentro de mim.

Gadara ficou em silêncio, sobrenaturalmente sereno em face dos acontecimentos do dia.

— Deve haver algo que eu possa fazer aqui com o qual nós dois possamos conviver — ela persistiu.

— É perigoso demais. Prefiro sua sugestão inicial de assistir das linhas secundárias.

— Não acho que isso seja possível. Não na forma em que estou.

— Podemos retomar o treinamento na próxima semana. Uma caçada conduzida sob condições controladas deve bastar...

— *Próxima semana?!* Eu não posso ficar assim por...

O martelar de um ritmo de baixo se aproximando interrompeu Eva em meio ao seu discurso. Sua cabeça se virou na direção do som, seus olhos captando a visão de um furgão verde-ervilha que dobrava a esquina. Era seguido por um sedã branco, que precedia uma picape vermelha. A procissão foi parando e depois estacionou na entrada do duplex diretamente do outro lado da rua.

— Essa é sua equipe de investigação? — ela perguntou, seu olhar atraído pelos ocupantes que saíam dos veículos.

Eles pareciam desordeiros demais para serem Marcados de longa data. Foram saindo aos berros e com tagarelice excitada.

Raguel deu um passo à frente, assumindo uma posição quase protetora diante dela.

— Não.

— Então, quem são?

— Boa pergunta.

— São rostos diferentes — ela notou. — Talvez um grupo colegial de estudo? Biologia ou química, se todo aquele equipamento que estão descarregando for uma indicação.

— Ninguém devia vir para cá enquanto estivéssemos aqui.

Olhando de esguelha para Gadara, Eva percebeu seu estado de alerta. Sua camiseta não era capaz de atenuá-lo por completo, não com sua postura de vareta e seu porte elegante.

— Você disse a algum responsável que iríamos embora hoje?

— Sim. — Ele voltou a olhar para ela. — Mas os militares raramente se movem depressa quando se trata de pedidos de civis. Começamos as conversações para o treinamento deste ano já faz dois anos. Não consigo entender como eles deram permissão a um novo grupo num tempo tão curto.

Eva disparou pela rua. Cada passo era um alívio. Ela precisava dissipar energias também.

— Srta. Hollis. — O tom do arcanjo era reprovador. — O que vai fazer?

— Dizer olá para nossos vizinhos. — Eva fitou a estrada em direção a Cidade Qualquer, que estava à distância de uma caminhada. Perto demais para conforto dos mortais.

Ao se aproximar dos recém-chegados, Eva atraiu a atenção de uma das garotas — uma morena de aspecto sombrio com óculos de armação escura e laranja por dentro. A jovem deu uma cotovelada no homem magricela perto dela, indicando Eva com o queixo. Ele se virou com uma expressão séria que se dissolveu num sorriso quando a viu. Tinha cabelos castanhos desgrenhados, um cavanhaque penugento como pêssego e olhos sonolentos de avelã, que eram reforçados por sua camiseta cor de oliva.

— Oi — ele falou arrastado, saltitando pelo passeio em direção à calçada.

— Olá. — Ela estendeu a mão. — Evangeline Hollis.

— Roger Norville. — Ele levou a mão dela aos lábios e a beijou. — O que uma gracinha como você faz num lugar destes?

Eva ficou confusa com a frase, achando que era arrogante demais para um sujeito tão informal.

— Estou ensinando numa classe de decoração de interiores. — A resposta brotou de sua língua como se fosse ideia sua, mas ela sabia que não era. Não precisava olhar para trás para saber que Gadara observava e escutava através dela... e forçava seu cérebro a fornecer respostas seguras. Estupro mental; mas tinha suas utilidades.

— Neste depósito de lixo? — As sobrancelhas de Roger se ergueram. — Nenhuma quantidade de decoração daria um jeito nessas casas.

— Decoração de *interiores* — ela corrigiu. — Como os espaços são projetados.

— Oh, entendi. Desculpe.

— Sem problemas. E você?

Ele a soltou e enfiou as mãos nos bolsos da calça de veludo cotelê marrom.

— Vamos filmar o próximo episódio de nosso programa aqui.

Eva franziu o cenho.

— Programa?

— *Escola dos fantasmas*. — Roger ficou imóvel quando ela apenas olhou sem compreender. — No Bonzai. O canal a cabo.

— Lamento. — Eva deu de ombros. — Não conheço isso.

Ele deu um sorriso largo, sua fisionomia vagamente bajuladora mudando para outra mais autêntica.

— Boa notícia!

— É?

Roger deu risada.

— Esqueça a frase piegas de paquera. Eu pensei que você havia nos reconhecido.

Ela sorriu, mas estava confusa.

— Jovens tipo nerds e personalidades de televisão — ele esclareceu —, mas não bandidos.

Eva sorriu mansamente.

— Vá lá que seja...

Ele fez um gesto em direção à morena.

167

— Linda, venha conhecer Evangeline. Ela está ensinando numa classe de decoração de interiores do outro lado da rua.

Linda se aproximou, seus lábios curvados de modo tímido. Era tão baixa que o topo de sua cabeça mal alcançava o ombro de Roger. Seu traje era enganosamente informal à primeira vista, mas uma inspeção mais atenta revelava uma predileção por peças de alto preço de estilistas renomados, e seu cabelo curto fora cortado com precisão dispendiosa.

— Vocês devem fazer parte do grupo de que devemos manter distância.

Roger fez que sim.

— Certo. Evangeline, esta é minha garota, Linda.

— Por favor, me chame de Eva. — Sentia Gadara em sua mente, esquadrinhando seus pensamentos e deixando outros no lugar. Até onde sabia, ele nunca fora capaz de fazer isso. Considerando como o Novium agia sobre ela, parecia apto a entrar no jogo e fazer uso dele sem nenhum problema.

— Então, o que é *Escola dos fantasmas*? — ela perguntou, seu pensamento vindo de Gadara. — Se não se importam que eu pergunte.

— Somos um clube investigativo de paranormalidade baseado no Colégio Tristan em St. George, Utah. Por enquanto, estamos carregando nossos vídeos de investigação no YouTube, mas alguém da rede Bonzai nos descobriu e nos deu um espaço semanal.

— Investigações paranormais? — Ela olhou de volta para Gadara. — Tal como *Os caça-fantasmas*?

— Na verdade, é o contrário — Linda disse. — Nós não entramos numa investigação esperando encontrar alguma coisa. Entramos esperando desmenti-la. Somos céticos.

— Vocês esperam desmentir algo aqui?

— A pedido da comandante — Roger disse. — Ela deu permissão para outro programa, *Território paranormal*, investigar alguns meses atrás, e eles sugeriram que algumas áreas da base são mal-assombradas. Ela aprecia nossa abordagem mais científica. Basicamente, quer uma segunda opinião.

— Isso é fascinante. — De um modo muito alarmante, levando em conta que a tragédia de Molenaar mal acabara de acontecer.

Roger rodeou os ombros de Linda com o braço.

— Você é uma cética, Eva?

Ela balançou a cabeça.

Linda sorriu.

— Encontramos uma crente.

— Eu não me chamaria assim — Eva contrapôs, seca. — Mas há eventos e situações pouco comuns...

— Seres?

— ...que são inexplicáveis.

— Quer vir conosco?

Roger lançou um olhar assustado para sua namorada.

O olhar que Linda lhe devolveu foi travesso.

— Não fique tão surpreso. O conhecimento de decoração interior de Eva pode se provar útil. Além do mais, o contraste entre a crença dela no sobrenatural e nosso ceticismo resultaria num grande programa de televisão. Ela reforçaria a posição do *Território paranormal* quanto às assombrações; nós as desmascararíamos. Delicadamente, é claro.

— Srta. Hollis? — A voz de Gadara se derramou sobre os três como água quente, e afetou Roger e Linda de imediato, provocando uma expressão submissa em seus rostos.

Eva fez a apresentação e recapitulou as informações que o arcanjo já ouvira de modo furtivo.

— Meu irmão é um grande fã seu, sr. Gadara. — Roger apertou a mão do arcanjo. — Ele é o fanático da nossa casa que quer ser como o senhor quando crescer.

O sorriso de Gadara era uma obra-prima de beleza.

— Imóveis podem ser maravilhosamente lucrativos.

— É o que ele diz. Com certeza, ainda precisa aprender a como fazer orçamento. Até aqui meu irmão só conseguiu empatar.

— Diga-lhe para se distanciar do projeto. É negócio. Nem mais, nem menos. Ele não deve se aproximar da tarefa com seus próprios desejos e necessidades em mente. — O arcanjo olhou para Eva, mas ela já entendera que Gadara falava com ela tanto quanto com eles.

— Fico impressionado com o senhor dedicando tempo de sua agenda para uma aula — Roger disse. — A lista de espera para este curso deve cobrir muitos anos. Talvez eu pudesse colocar meu irmão nela... Esqueci o aniversário dele no mês passado.

— É uma aula particular, concedida a empregados selecionados.

— Empregados sortudos. — Linda sorriu. — Então... O senhor estaria interessado em mais ou menos trinta minutos de fama? É um programa de uma hora, mas os comerciais e as configurações engolem o tempo. Adoraríamos contar com o senhor na apresentação. Nunca tivemos um convidado célebre.

— Eu mal sou uma celebridade — Gadara protestou, mas Eva sentiu que ele gostou da ideia.

— O senhor está muito próximo a ser um nome familiar — Roger discordou — Tão famoso quanto Donald Trump.

— Sua presença iria elevar nossas cotações — Linda bajulou. — Além do mais, seria divertido.

Gadara sorriu, jovial.

— O que vocês estão investigando?

— Cidade Qualquer.

Se Eva não estivesse esperando pela surpresa dele poderia não tê-la notado.

— *Arcanjos são atores brilhantes.*

Sobressaltada pela nova voz, o olhar de Eva disparou ao redor para descobrir de onde viera. Um latido profundo chamou a sua atenção para um cão dinamarquês saltando do banco do passageiro da picape vermelha. Uma bela ruiva saiu do lado do motorista e gritou.

— Nada de latir para os vizinhos, Freddy.

Freddy revirou seus olhos, depois baixou sua enorme cabeça numa reverência para Gadara.

— Vocês têm um cachorro — Eva constatou o óbvio.

— Sim. — Roger estalou os dedos, e Freddy veio andando devagar. — Animais têm sentidos mais apurados. Quando os observadores notam que Freddy está entediado, sabem que nada de paranormal está acontecendo.

— *Claro, sou um ator brilhante também.*

Eva piscou para ele.

Gadara tossiu e pareceu adequadamente desapontado.

— Nós estamos usando Cidade Qualquer no momento.
— Sem problemas — Roger assegurou. — Os comandantes nos avisaram. Filmamos à noite, de modo que não os atrapalharemos.

Curiosa de ver como ele conseguiria se sair dessa nova curva, Eva ficou observando o arcanjo com atenção.

— Esperem um pouco. — Linda se afastou de Roger e correu de volta à van. Mexeu numa bagagem de mão que estava na entrada da porta de correr da traseira, e retornou com um estojo de DVD que estendeu a Gadara. — Eis o episódio de *Território paranormal* que foi filmado aqui no Forte McCroskey. Dê uma olhada nele. Não vamos começar a filmar antes da meia-noite. Felizmente, isso lhe dará tempo à vontade para avaliar.

Gadara aceitou o vídeo, depois se afastou. Eva fez um sinal para Freddy antes de começar a caminhar ao lado do arcanjo.

— Não podemos deixá-los sozinhos aqui — ela afirmou.

— A desocupação está indo em frente, como dissemos, e eu vou falar com a tenente-coronel de novo.

— Vai lançar o feitiço persuasivo sobre ela?

— Vou apenas sugerir que ela os retarde até que tenhamos desocupado por completo.

— Não deveríamos capturar quem quer que tenha matado Molenaar antes de dizer que já finalizamos aqui? Podemos desocupar e ir embora, mas isso não significa que o assassino deva ser deixado para trás.

— Não acredita mais que o culpado seja um de seus colegas de classe, srta. Hollis? Ou que seja eu?

Ela também tinha preocupações quanto aos Demoníacos estarem trabalhando para ele, mas guardaria isso em segredo por enquanto.

— Eu nunca afirmei que seria algum de vocês.

— Não de forma direta, mas a implicação... a suspeita está aí.

— Certo. Essa pilhagem da mente é bem sinistra. Se eu tiver uma coisa a lhe dizer, eu a direi. Por favor, não fique escavando meus pensamentos.

— O que me motiva é a preocupação por você.

— É mesmo? E foi por isso que decidiu ignorar o Novium que está me dilacerando?

Parando junto ao Porsche, o arcanjo a encarou com olhos estreitados.

— Diga-me como acha que posso ajudá-la melhor.

Os dedos de Eva tocaram o porta-malas, procurando uma conexão do veículo em lugar de Reed. O carro era elegante, caro e perigosamente veloz. Assim como o homem que o dirigia.

— Roger e Linda nos convidaram a ir com eles. Eu acho que deveríamos. Nós poderíamos protegê-los.

O arcanjo balançou a cabeça e estendeu o DVD para ela.

— Deixe-me falar com a coronel antes de pensarmos nisso. Nesse ínterim, vá para dentro com os demais e ajude-os a fazer as malas. Garanta que estaremos preparados para partir.

Eva pegou o vídeo.

— O lado das garotas está terminado e pronto para carregar.

— Excelente. Agora, concentrem-se nas provisões e no equipamento.

Com dois guardas ainda em Cidade Qualquer e dois sempre acompanhando Gadara, restava aos Marcados apenas resmungar.

— Tudo certo, farei isso — ela disse, desgostosa. — Por enquanto.

— E fique longe de Abel — ele acrescentou. — Ele precisa esfriar um pouco os ânimos, tal como você.

Eva lançou um olhar perverso para ele.

— Então, você enfim reconhece que estou com febre?

A boca de Gadara se cerrou, lembrando-a vagamente do modo como seu pai costumava castigá-la com o silêncio.

Dando de ombros, Eva rumou em direção a casa.

REED SE ENCONTRAVA NA SOMBRA DE UM CARVALHO, E viu quando Eva passou os dedos sobre seu carro como se fosse um amante. A mente dela o imitou, retornando a reflexões sobre ele e sobre a confusão que sua atração provocava nela. Eva amava seu irmão, mas o desejava também. De um modo como nunca desejara outra pessoa.

O maxilar dele se apertou tanto que doeu.

Eu quero você.

As palavras deviam ter sido dele, não dela. E se Eva se ajustasse ao seu destino como Marcada, ele ficaria muitos anos ao seu lado. Uma bênção, se

Reed fosse capaz de liderar uma nova firma e puxá-la para sua equipe. Ou uma maldição, se Eva continuasse apaixonada por Caim mesmo depois que o relacionamento monitorado entre ambos estivesse acabado.

Eu quero transar com você, não carregar sua bagagem.

A verdade misturada com uma mentira. Reed queria tudo, o que o irritava infinitamente. Se seu cérebro não houvesse se misturado ao Calor dela, ele a teria levado para uma casa abandonada e a prendido a uma parede em ruínas. Reed a teria penetrado até que nenhum dos dois pudesse respirar, pensar ou caminhar. Ele teria derramado cada gota de sua luxúria em seu corpo convulsivo, com isso aprofundando a conexão etérea entre os dois. E também teria dado um xeque-mate em Caim, cortando a conexão entre os dois antes que tivesse uma chance de se formar por completo. Eva poderia tê-lo odiado depois disso e odiado a si mesma por ceder ao desejo que ela não entendia, mas ele a teria possuído de todos os modos que quisesse.

Porém, seu cérebro fritou quando ela revelou seus sentimentos. Sem um condutor por trás do volante, seu instinto assumira a frente e estragara tudo.

Eu quero transar com você, não carregar sua bagagem.

Fora tão estúpido! Sentira o quão profundo as palavras a tinham interrompido e aliviado sua dor porque refletiam a dele.

Reed poderia ter possuído seu corpo, mas arrebatá-la sob pressão não era suficiente. Ele a queria sóbria, consciente e inteiramente dona de sua vontade. Sem remorsos, sem arrependimentos.

— Olá.

Arrancado de seus pensamentos pela saudação, Reed estendeu o olhar para longe, para deparar com a bela loira com a maquilagem gótica se aproximando. Seus pulsos e a garganta eram circundados por ferrões e couro, suas palmas, cobertas por luvas sem dedos, e as pernas envolvidas por meias preto e branco até os joelhos.

Ele costumava procurar mulheres iguais a ela — sem juízo, com arestas mais duras que as habituais. Reed as considerava o seu tipo.

Sua cabeça se inclinou ligeiramente em silencioso reconhecimento.

O olhar da loira seguiu sua linha de visão anterior e foi pousar em Eva, que conversava com Raguel.

— Se isto for de algum consolo — a loira disse —, ela não está acessível ao seu irmão tampouco. Ele vem ligando para o celular dela a manhã toda.

— Não é — respondeu, mal-humorado. Outra mentira. Se tivesse que haver um abismo entre ele e Eva, Reed queria que houvesse a mesma distância entre ela e Caim.

Então, por que você a deixou escapar?

— Talvez eu possa ajudá-lo.

Reed se virou, encostando o ombro na árvore.

— De que modo, senhorita...?

— Me chame de Izzie. — Seus lábios manchados se curvaram num sorriso de venha-para-cá. — De qualquer modo.

Reed sabia que o convite tinha tanto a ver com Eva quanto com ele. Rivalidade, talvez. Ou ciúme. Baixaria de garota maliciosa. Ele queria fazê-la calar a boca só por isso, para escolher o lado de Eva. Mas não o fez. Eva não era uma celibatária; por que ele seria?

Seu olhar baixou sobre os lábios da loira.

— Você tem uma bela boca, Izzie.

Ela fez que sim, compreendendo o que ele queria. Izzie se virou e foi em frente. Reed a seguiu. Assim que houvesse lidado com sua ereção devoradora, poderia conseguir se controlar até que Eva estivesse em segurança e ele pudesse colocar de novo uma distância entre ambos. Eles não podiam continuar dando cabeçadas um no outro. Reed apostara muito no sentido de ajudar Caim a ressuscitá-la. Não poderia se dar ao luxo de arruinar todos os seus planos afastando-a irremediavelmente.

Lançando um último olhar por cima do ombro em direção ao estacionamento, Reed descobriu que tanto Eva quanto Raguel tinham sumido. Os Marcados iriam embora logo. Ela seria levada para longe por segurança. A classe terminaria, a loira seria associada a um mentor, e ele nunca mais tornaria a vê-la. Nenhum perigo, nenhuma sujeira, nenhuma complicação.

Mesmo assim, isso não o impedia de sentir-se muito mal.

— NÃO ME DEIXE ASSIM! E SE A EMPREGADA ENTRAR?

Alec sorriu para Giselle, que lutava inutilmente com as algemas que a seguravam ao cano sob a pia do quarto do hotel.

— Eu colocarei o aviso de "Não Perturbe" na porta.

— Caim! Juro que eu vou gritar! Eles chamarão a polícia!

Ele se curvou e puxou o lenço da cabeça dela.

— Não! — ela protestou. — Eu estava só brincando. Eu não... Mmmphfff...!

Ele segurou a mordaça com um puxão e se ergueu, esquivando-se das pernas dela, que tentavam chutá-lo.

— Não se desgaste tanto. Quando eu voltar, precisarei de um pouco do seu sangue, é melhor poupar suas forças.

Os elos de metal das algemas foram abafados pela fita isolante usada para proteger as pernas de hóspedes obrigados a usar cadeiras de rodas. Ainda assim, Alec trancou a porta do banheiro e ligou a televisão como camuflagem extra. Em seguida, pegou sua bolsa de couro e seguiu para o quarto adjacente. Fechou as duas portas de conexão e caminhou para a escrivaninha disposta contra a parede da frente. Retirou os vários componentes de seu videofone por satélite, mas parou para redigitar o celular antes de juntá-los.

A linha tocou várias vezes. Ele estava prestes a desistir quando a voz de Eva, suspirando e cheia de alívio, respondeu:

— Alec!

— Anjo... — Caim aprumou a espinha e cancelou seus planos de castigá-la por não ter atendido às suas outras chamadas. — Está tudo bem?

— Não...

— *Você* está bem?

— Sim, mas...

— Está ferida?

— Não, mas Molenaar... o Drogado... está morto.

— O quê?! Como?

Caim ouviu a explicação de Eva com um senso crescente de urgência.

— Quero você fora daí — ele disse, quando ela terminou. — Imediatamente.

— É o plano de Gadara. Estamos fazendo as malas neste exato momento.

Ele a conhecia bem o bastante para sentir a teimosia subjacente em seu tom de voz.

— Não brigue com ele por isso, anjo; embora eu possa imaginar por que iria querer brigar. Soa exatamente como o tipo de coisa que você queria evitar.

— Não brinque. Onde está meu instinto de autopreservação de gato escaldado quando preciso dele? — Ela suspirou. — Disseram-me que recebi o Novium. Ele está me deixando louca.

Alec ficou paralisado. Era impossível. Estava adiantado anos demais.

— Não creio — ele disse com mau humor. — Raguel não tem experiência suficiente com o Calor para fazer esse diagnóstico.

— Bem, seu irmão concorda com ele.

— Abel está aí? — Sua preocupação pela segurança dela se tornou algo mais básico, uma emoção mais sombria e mais egoísta.

— Sim. Ele tem algum assunto a resolver com Gadara. Não sei o que é.

Alec temia que seu irmão tivesse algum assunto a resolver com Eva. Ela não deveria ser tão suscetível ao Calor ainda. Pelo projeto, o Novium ajudava os Marcados em treinamento a superar seus medos renitentes para que pudessem conquistar uma independência bem-sucedida. Eva não fora marcada havia tempo suficiente para estar afetada e, além disso, eles não tinham atingido o tipo de ligação que ele vira em outros pares mentor/Marcado. Se ela passasse pelo Novium agora, Alec não apenas seria privado da uma parte vital da experiência que esperava que o ajudasse a chegar a líder da firma, mas também perderia a oportunidade de ligar Eva a si mesmo com mais força.

Com um grunhido, ele caminhou para a cama e sentou-se. Era hora de travar outra discussão com Deus sobre o retorno de seus poderes de mal'akh. Eva, que Deus a abençoasse, era uma espécie de ímã para desastres.

— Algum dos outros estudantes está demonstrando sinais?

— Não tenho a menor ideia. — O tom dela era cansado. — Eles são duvidosos, e Romeu e a Princesa estão ainda transando como coelhos, mas fora isso... Eu não sei onde procurar.

— Eles não são importantes. Cuide apenas de si mesma. — Se fosse apenas Eva, Alec teria que refletir se a aclimação dela não estaria sendo manipulada. E, se estivesse, quem seria o responsável.

— Cuidar de mim agora? Eu me sinto péssima, Alec. Como se estivesse gripada. A marca já não era suficientemente ruim? Por que meu processo tem que ser tão fora de sintonia com a norma?

— Anjo...

Maldição, deveria estar com ela agora. Eva não deveria ficar sozinha. E não deveria estar em lugar algum perto de Abel, cuja conexão com Eva iria se fortalecer enquanto a dele iria diminuir.

— Estou achando que a morte do Drogado detonou seu Calor precocemente. Talvez você esteja sendo tão afetada porque já esteve numa caçada.

— Foi o que eu disse a Reed. Isso é horrível. Eu não sou um cão; não deveria me sentir como uma cadela no cio.

— Não é assim.

— Não é você quem está passando por isso, Alec — ela argumentou. — Troque de lugar comigo, depois me diga como é.

Respirando fundo, ele se forçou a permanecer sentado. Não pela primeira vez, amaldiçoou o fato de ser tão destreinado em seu papel quanto ela era no dela.

177

— Odeio ficar sem pistas. — Alec enfiou os dedos com força entre os fios de cabelo. — Esta situação toda é uma merda infernal. Todo o mundo mete a mão na massa, e nós ficamos presos à limpeza da bagunça.

— Ninguém meteu a mão em minha massa — ela afirmou, seca. — E, devo dizer, estou desapontada com isso. O Novium está me deixando cheia de tesão. Quanto de insanidade há nisso?

Alec se acalmou, refletindo. Ele conhecera todos os tipos de pares mentor/Marcado ao longo dos anos. Equipes romanticamente ligadas eram raras, mas aconteciam. Uma Marcada jurara que o melhor sexo de sua vida acontecera durante o Novium. Ela havia perguntado se não seria a tristeza pelo fim do relacionamento com seu mentor que tornara o sexo tão quente ou se fora devido ao Calor propriamente dito. Não importando o caso, a Marcada afirmara que sua ligação emocional se fortalecera durante aquela época, a despeito do fim iminente da ligação do treinamento.

E Abel estava lá com Eva... *Maldição!*

— Eu gostaria que você estivesse aqui — ela disse numa voz apagada. — Não sei o que fazer de mim mesma. Sinto-me uma estranha em minha própria pele.

Havia algo que Alec podia fazer por ela àquela distância, um meio de garantir que Eva não caísse nas mãos gananciosas de Abel como uma maçã madura e suculenta.

— Eu não tenho que estar com você para ajudá-la.

— Conversar ajuda. Mas, francamente, essa é a última coisa que quero fazer com você agora.

— Toda ação. Essa é a minha garota... — Alec empilhou os travesseiros contra a cabeceira da cama e colocou-se mais à vontade. Imaginou Eva sob o domínio da luxúria: os olhos vidrados de carência, os lábios vermelhos e entreabertos em soluços ofegantes enquanto ele bombeava duro, veloz e profundamente dentro dela. — Com sua voz baixa e grossa, perguntou: — Você está sozinha?

As hesitações dela revelaram que tinha percebido a mudança em seu estado de espírito.

— Não. Estou com os outros, ajudando-os a empacotar os equipamentos.

— Pode encontrar algum lugar em que fique dentro de uma distância segura, mas longe o bastante para impedir que alguém a ouça?

A respiração de Eva parou, depois ela exalou de uma vez.

— Acho que sim.

— Então vá para lá. Rápido.

RAGUEL DESCEU DA TRASEIRA DE SEU SUBURBAN À PROVA de balas e pôs seus óculos escuros. Diante dele se erguiam os quartéis-generais onde a comandante da guarnição, coronel Rachel Wells, supervisionava os detalhes do que restava do Forte McCroskey e instalações adjacentes.

Ele ligara antes, e já estava sendo aguardado, mas o tom da voz dela o advertira de que haveria problemas pela frente. Desmascarar os fantasmas era importante para a coronel por uma razão que ele ainda estava por descobrir. Mas sua motivação era discutível. Raguel iria persuadi-la a adiar a filmagem do show de assombrações o suficiente para que sua equipe purificasse a área. Uns poucos dias, no máximo, isso era tudo de que necessitava.

Montevista saiu do banco da frente. Com movimentos experientes, o guarda ajeitou seu *blazer* azul-marinho, ocultando com eficácia o volume de seu coldre e sua arma. Por detrás dos óculos escuros, o Marcado examinou as cercanias com uma olhada abrangente.

— Não suporto me sentir vulnerável.

— Você tem a força de um exército dentro de si.

— Elogios não vão salvá-lo se formos atacados por quem quer que tenha assassinado Molenaar hoje. Você e os estudantes deviam estar de mudança, tal como dissemos, meu caro.

Raguel passou a mão com displicência pela camisa esporte. O tempo de ócio estava acabado, e sua mudança de traje refletia isso.

— Charles Grimshaw vai nos cercar por algum tempo antes de atacar de novo. Ele só quis que soubéssemos que estava aqui, caçando.

Montevista olhou para o arcanjo. Embora as sombras do Marcado fossem escuras o bastante para serem imperceptíves a olhos mortais, a visão ampliada de Raguel viu através delas como se nem estivessem ali. O Marcado ficou obviamente confuso.

— Grimshaw fez isso? Como sabe?

— Molenaar foi caçado por um animal. Foi alvejado porque era o membro mais fraco e mais lento de nosso grupo. E a maneira como o mataram foi uma mensagem fornecida para revelar o mensageiro.

— Qual é a mensagem? — Sydney, delicadamente feminina, minimizava sua fragilidade com um coque severo, calça muito bem recortada e camisa abotoada. Como Montevista, usava tons escuros, e seu ouvido direito trazia enrolado um fone de ouvido que a conectava com o resto de seu destacamento de segurança.

— Ele tenciona separar Deus do povo, daí a decapitação de um homem crucificado, através daqueles que são carentes e vulneráveis.

Os olhos de avelã de Montevista se estreitaram. Era por isso que Raguel confiava a ele sua vida. O Marcado examinava tudo.

— Como é essa assinatura de Grimshaw?

Raguel caminhou até o passeio que levava à entrada dos quartéis-generais. No gramado à esquerda, uma estátua de bronze celebrava uma pessoa ou um evento em vez da mão de Deus, que guiava a todos. Ele desviou o olhar, notando o número de carros no estacionamento e a proliferação de soldados de uniforme correndo para lá e para cá como formigas em torno dos diversos prédios.

— Charles uma vez me contou que os Demoníacos não são um acidente. Afirmou que eles foram criados por desígnio e que nosso tempo aqui na Terra é apenas um teste. Sobrevivência dos mais aptos, ele disse. Um dia, apenas os mais fortes e voluntariosos sobreviverão. É isso que Deus procura, ele afirma. Não os mais fiéis, mas os mais implacáveis.

— O que pensa, senhor? — Sydney quis saber.

— Penso que Charles perdeu a originalidade com os anos. Suas ações não são motivadas pela sobrevivência do mais apto; elas são detonadas por sua própria angústia deslocada e sua autorrecriminação. Quase todos culpam Deus quando perdem um ser amado. Eu esperava coisa melhor da parte dele.

O rosto de Montevista assumiu uma expressão pétrea.

— A perda de um filho é algo que não se pode entender, a menos que aconteça com a pessoa.

Raguel estava bem consciente de que Montevista — um oficial de polícia no início — havia abordado o assassino de sua filha de seis anos e disparado seis tiros de seu revólver de serviço direto no coração do homem. Um para cada ano da vida dela. Era por isso que fora marcado.

— O Senhor deu. — Raguel murmurou. — E o Senhor tomará.

— Jó, 1:20-21 — Sydney acrescentou.

— É um teste brutal em que mesmo o mais devoto falha — a voz de Montevista soou tensa. — Um demônio como Grimshaw não tinha chance alguma.

— Talvez tenha sido essa a questão. — Raguel enfiou a mão no bolso para atender ao celular que tocava. Retirou-o e leu a mensagem de Uriel: "Conferência via satélite às 15h."

Ele verificou a hora e bufou forte, aborrecido. Era pouco mais de meio-dia. Ainda precisava falar com Abel, que explicaria o que acontecera na Austrália. Ir a um encontro com os outros arcanjos às escuras não era uma opção. Havia poucas coisas que o desagradavam mais do que descobrir que sabia menos que seus semelhantes.

Assim que soubesse por Abel tudo que poderia saber, Raguel o mandaria embora. O aparecimento do mal'akh de forma tão rápida nos calcanhares do assassinato de Molenaar criara uma situação instável para a qual Evangeline não estava preparada. Mais tarde, ela serviria ao propósito de Deus. Por enquanto, Raguel não queria que nada interferisse em seu próprio trabalho com ela. Tinha a real intenção de que Eva se alinhasse com ele de modo tão completo que viesse a se reportar a ele mais do que se reportava a Caim e Abel. Gadara poderia manipulá-los através dela. Juntos, ele e os dois irmãos formariam um triunvirato que iria assegurar sua posição na hierarquia celestial. E aproximar os dois irmãos provaria inequivocamente que ele podia realizar qualquer tarefa. A ascensão à categoria dos hashmal não ficaria tão longe.

Os dedos de Raguel envolveram a maçaneta de metal frio da porta. A entrada para os quartéis-generais estava embutida de um lado do edifício, protegida por uma aba do telhado que mantinha a entrada na sombra. Livre do clarão do sol, o vidro era cristalino. Mesmo sem sua visão ampliada, ele podia ver, através das portas gêmeas, o lado dos fundos do longo vestíbulo.

As luzes estavam apagadas. Nada se movia. Ele escutou com atenção e ouviu apenas silêncio.

Montevista correu à sua frente, impedindo-o de abrir a porta. Sydney pressionou as costas contra as costas dele, protegendo-o de um possível ataque pela retaguarda.

— Leve-o de volta para o carro — Montevista ordenou.

— Ainda não. — Olhando por sobre o ombro do Marcado, Raguel notou a luz vermelha piscando na parede. — Alguém disparou o alarme de incêndio.

— Não sinto cheiro de fumaça.

— Nem eu. — Se houvesse incêndio, Raguel poderia senti-lo a um quilômetro e meio de distância. Literalmente. — Um treinamento, talvez.

— Não gosto disso. — Sydney meneou a cabeça. — Alguma coisa está fora de lugar. Posso sentir.

— Senhor, seria melhor esperar no carro com Sydney — Montevista sugeriu. — Eu investigarei e encontrarei a coronel.

— Desta vez não — Raguel contestou. — Sob as circunstâncias, prefiro que permaneçamos juntos.

Uma coisa pesada e fria foi pressionada sobre a palma de sua mão. Raguel deu uma olhada para Sydney, que fez um sinal de assentimento. Em seguida, seu olhar baixou para a arma que segurava. Os lábios de Raguel se entortaram com repugnância. Uma arma tão grosseira e brutal, desprovida de toda elegância e refinamento. Que ele fosse forçado a carregar, e talvez até usar, tal instrumento era insultante. Contra um Demoníaco, Raguel poderia desatar a força total de seu poder concedido por Deus. Mas contra um mortal — um Satanista ou uma alma possuída —, tinha que se restringir a infligir ferimentos que não destruiriam o corpo, ou trair o que ele era.

As restrições a seus dons irritavam-no mais e mais a cada dia. Até onde sabia, os outros arcanjos estavam felizes com seu quinhão. Uriel amava o oceano. Rafael amava o Serengeti. Sara tinha apetites terrenos. Ele, contudo, deixaria a vida de mortal num instante para voltar aos céus. Havia nela pouca coisa que o atraísse. Raguel achava tudo isso muito primitivo. A despeito de séculos de avanços tecnológicos, a natureza humana ainda tinha que amadurecer muito além de seus estágios infantis.

Raguel estendeu a arma de volta.

— Mudei de ideia. Espere aqui.

— Eu não...!

Ele sumiu antes que Montevista pudesse concluir a sentença. Entrou e saiu de cada quarto do edifício. Sinais de que os ocupantes haviam-nos deixado vagos às pressas eram predominantes — caixas de mensagem e monitores abertos, e bebidas frias deixadas em meio a poças de condensação.

Contudo, estava calmo do lado de fora. Qualquer que tivesse sido o alarme detonado ali, não havia alertado ninguém além dessas paredes. Um treinamento explicaria aquilo, mas não explicou o arrepio que percorreu Raguel. Algo estava errado; ele simplesmente tinha que descobrir o que era.

Interrompendo sua inspeção dentro do escritório da coronel, Raguel deu uma olhada para fora das janelas que davam para o campo lá embaixo. Suas sobrancelhas se ergueram à visão da formação na relva, cem metros além do edifício. Cem ou mais soldados se postavam num descanso de desfile em nítidas e precisas fileiras.

— O que vocês estão fazendo? — ele lhes perguntou.

Passos ressoaram escada acima, o ritmo esmagador ecoando pelo corredor e pela área da recepção.

Sydney e Montevista.

— Aqui dentro. — Raguel não precisou falar alto; sabia que a audição ampliada deles iria captá-la. Com as janelas de caixilho entreabertas para deixar a brisa entrar, ele hesitava em perturbar as fileiras lá embaixo.

Os dois guardas correram. Sydney mergulhou no escritório do sargento-mor comandante da guarnição, procurando riscos. Montevista assumiu uma posição junto ao ombro direito de Raguel.

— Tudo certo, senhor?

— Parece que sim.

Gadara examinou a área visível, avistando o time de beisebol tomando lugar no lado dos fundos de uma espessa barreira de pinhos de Monterey. Soldados de folga em recreação. O que começara como uma manhã escura se transformara num dia ensolarado.

— Uh... senhor? — Sydney disse do escritório do sargento-mor.
— Há algo estranho na linha das árvores. Não posso distinguir daqui o que é.

Montevista se inclinou para a frente como se, fazendo assim, fosse melhorar sua visão. Velhos hábitos custam a morrer.

— Onde? Para onde você está olhando?

O olhar de Raguel se fincou no movimento oscilante de um pinheiro de seis metros. Ele apontou.

— Lá.

Ampliando sua visão, o arcanjo olhou através dos troncos e viu uma... *coisa* se debatendo. Uma criatura enorme, pálida o suficiente para brilhar como uma pérola mesmo à sombra das árvores muito altas em torno dela. Uma criatura capaz de balançar um pinheiro maduro até suas raízes.

— O que pelos diabos pode mover uma árvore daquele tamanho? — Montevista perguntou.

A lembrança do que informara Mariel explodiu dentro da mente de Gadara: "Era um animal monstruoso, com não sei quantos metros de altura. Pele, não pelo. Ombros e coxas maciços.".

— Creio que encontramos nosso Demoníaco misterioso.

— Ou ele nos encontrou primeiro — Montevista contrapôs, soturno.

— Se aquilo é a coisa que Mariel e Abel estão procurando, o que faz aqui e como vamos matá-la?

Aquela criatura era muito maior do que Mariel descrevera, mas o tamanho era discutível. A coisa nas árvores era maligna, um ser de alma tão penada que manchava o ar ao seu redor. Seu debater-se e contorcer-se lançava emanações de horror para longe em ondas de choque. Os galhos se retraíam, e seus estalos eram gritos de socorro que reverberavam dentro de Raguel. Abaixo, a formação estremeceu em consequência. Eles sentiram a *deformação*, mas eram incapazes de discernir sua origem.

Raguel suspirou profundamente, inalando o ar fresco que entrava pela janela. Uma insinuação muito sutil de algo doce alertou suas narinas.

Sangue de Marcado!

Com um rugido que só audições ampliadas poderiam perceber, Raguel atravessou depressa o vidro e se atirou para baixo do edifício, deixando o celular girando como um pião no chão do escritório atrás de si. Quando ele estava bem próximo do chão, suas asas se abriram ruflando para o alto como uma bandeira ao vento. Ele aproveitou a corrente e pairou sobre a formação, lançando com sua ascensão uma lufada de ar entre os soldados. Os quepes deles se espalharam, revirando e tombando.

Um grito unânime de aflição se seguiu. Os soldados não podiam ver a forma celestial de Raguel — era como se estivessem cegos, ofuscados por sua mortalidade —, mas podiam sentir a presença dele. Não apenas no vento, mas no senso interior que os ligava aos céus. Um senso atenuado pelo tempo e o desuso, mas ainda assim inerente.

O monstro revidou ao grito de guerra de Raguel com um grunhido horrendo que fez com que todos os animais dentro de boa distância ecoassem com medo, dando voz à realidade oculta da batalha prestes a se iniciar.

Acelerando a uma velocidade maior que o tempo dos mortais, Raguel notou como o mundo ao seu redor foi ficando mais lento. Os quepes instáveis pararam no meio do ar, interrompidos. Pássaros ficaram paralisados em pleno voo. A única coisa que se movia dentro de seu ritmo era o Demoníaco. A criatura se livrou de seu confinamento e saltou por sobre o campo, derrubando duas árvores e deixando um buraco no chão.

Era uma massa cor de carne do tamanho de um ônibus. O monstro disparou em direção à formação inconsciente com uma velocidade espantosa, considerando o seu volume. Ele veio de quatro pés, os punhos socando a Terra com ferocidade ilimitada. Os ombros e as coxas eram desproporcionalmente gigantescos, um contraste grotesco com sua cabeça menor e seu pequeno quadril. Mas a atrocidade suprema era sua boca, uma caverna escancarada marcada por fileiras de dentes amarelados.

— Ele se lançou para dentro de minha Marcada — Mariel relatara. — Ela gritou, e ele entrou em sua boca. Desapareceu em seu interior. Como ele pôde caber em seu corpo? A criatura tinha muitas vezes o seu tamanho...

As árvores caíam ao chão, na visão do arcanjo, em câmera lenta. Colocando os braços nas costas, Raguel bateu as asas, aumentando sua velocidade.

Ele era um dos anjos sagrados. *Ele que inflige punição ao mundo e aos astros.*

Mas não tinha problema algum em dar um pontapé na bunda de *qualquer coisa* vil. Sammael o vinha caçando desde que fora proscrito do Céu. Raguel supôs que era hora de dar ao seu irmão decaído o que ele quisera por longo tempo.

— Dos fundos do Inferno eu gritei — Raguel disse, soturno, fazendo mira, rezando para ter a força e a bênção de Deus. — E Você ouviu minha voz.

Muito tempo se passara desde a última batalha. Tempo desperdiçado. Tempo improdutivo. Ele ficara mais arrogante. Desleixado. E um Marcado inocente, destreinado, pagara o preço. A alma de Jan Molenaar agora estaria esperando no Sheol, o purgatório, pois fora negada ao dono a chance de redimi-la. Raguel rezou para que seu ato seguinte redimisse a ambos.

O Demoníaco se ergueu nas patas traseiras, acrescentando aterrorizadores seis metros à sua altura. Gritou com ódio, de boca escancarada para os céus, batendo no peito numa assustadora demonstração de poder.

Retraindo as asas no último segundo, Raguel mergulhou em sua garganta.

EVA DESCEU CORRENDO PELO CORREDOR ANTES QUE seu cérebro compreendesse por completo a intenção de Alec.

— Vá para lá. Rápido.

Seu corpo dolorido ficou galvanizado pelo som ronronante da voz dele, um timbre sedutor que nem a recepção pelo celular conseguia diminuir. Ela correu pela cozinha e abriu a porta dos fundos. Richens, trajando uma jaqueta arregaçada, estava no degrau mais baixo, sua cabeça se virando para ver quem fora se juntar a ele.

— Hollis? — Seus olhos e expressão eram estranhamente desolados.
— Preciso falar com você.

— Suma com o Sabichão — Alec ordenou.

Por alguma razão tola, significava muito para ela que ele se lembrasse dos apelidos.

— Vou para lá —murmurou.

Eva balançou a cabeça para Richens em negação silenciosa. "Mais tarde", ela fez com a boca, e pulou dos degraus para a relva morta.

— Você acabou de aparecer e vai embora outra vez? — ele resmungou. — Temos que fazer as malas.

Eva não se deu ao trabalho de ressaltar que ele não estava fazendo nada para ajudar.

— Esqueci uma coisa na casa vizinha.

— Foi o que Garza e Hogan disseram... antes que rumassem na direção oposta.

Eva o dispensou com um sinal, sem surpresa. Garza acabaria com calos no pênis se não diminuísse o ritmo logo.

— Você ainda está se movendo? — Alec perguntou.

— Sim. A propósito, esse negócio de Novium é terrivelmente inconveniente. Eu precisava mesmo conversar com Izzie. Ela devia ter alcançado Molenaar ao mesmo tempo que eu. Mas ela não apareceu até dez ou quinze minutos depois. Onde diabos essa garota estava?

— O Novium nunca é conveniente, anjo. E você não pode fazer nada quanto à sua colega de classe, no momento. Raguel ordenou que trabalhasse, e você não pode trabalhar sozinha.

— Então, continuarei me sentindo miserável?

— Seu cérebro está procurando a sensação de matar, de modo que vamos tapeá-lo por enquanto deixando-o acreditar que você o fez.

— Como?

— Sexo por telefone, anjo.

Eva tropeçou num trecho saliente de ervas daninhas mortas.

— Matar demônios proporciona orgasmos?

— Como você se sentiu depois que matou o Nix?

Eufórica. Parecia que estava embriagada.

— Olha... isso é realmente doentio, Alec.

— Ei, eles são os vilões, lembra? O horror da Terra. O Mal encarnado. Não há nada de errado em sentir-se bem por exterminá-los.

Contornando o lado dos fundos do duplex, Eva desviou pela porta da cozinha e foi até a entrada principal do alojamento das garotas. Estava destrancado, e ela entrou depressa. Uma pilha de bagagens de mão e mochilas se erguia na entrada da sala de jantar, incluindo as suas.

— Pode ir para o segundo andar e pedir a Deus para dar uma ajudinha aqui?

— Você sabe que não.

— Não pode tentar?

Ela deveria estar nervosíssima agora. Traumatizada pela vida e assustada até a paralisia. Em vez disso, a lembrança da morte de Molenaar a enchia de uma energia agressiva, desesperada. A necessidade de se mover, de agir, de dilacerar alguma coisa era difícil de combater. No entanto, uma boa e poderosa transa cairia bem. Isso a incomodava mais do que poderia dizer.

— Anjo...

— Por que o sexo é uma parte tão importante em ser um Marcado? — Ela deu um tapa numa gota de suor que lhe escorria pela têmpora. — O sexo nos uniu, em primeiro lugar. Depois, estava envolvido quando Abel pôs a marca em mim, e de novo quando passei pelas mudanças físicas com você. A mim parece que ser Marcada e ser uma ninfomaníaca andam de braços dados.

— É o equilíbrio, Eva. Você é uma matadora agora. Você despertará de manhã para o único propósito de matar algo, e irá para a cama como se nada tivesse acontecido após realizar essa tarefa. O sexo nos liga a alguém. Ele nos força a dar e tomar intimidade. Mantém-nos humanos.

— O equilíbrio seria sexo num dia e matança no outro. — Ela se inclinou contra a parede da sala de estar. — Misturar os dois é... bizarro.

— Sexo não é o motivo pelo qual estamos ligados.

Ela estremeceu com seu tom rouco.

— Mentiroso. — Eva suspirou. — Foi só para isso que tivemos tempo.

— Mentirosa. Bastou a metade de um segundo para que víssemos aonde estávamos indo. O tempo não teve nada a ver com isso, e o sexo foi um bônus.

Eva nunca esqueceria a visão dele em sua Harley do lado de fora da sorveteria onde ela trabalhava após as aulas. Alec a possuíra ao primeiro olhar.

— Você me deu água na boca — ela confessou. — Ainda dá.

— Neste momento, eu poderia dizer-lhe para sossegar o facho com um banho e uma fôrma de gelo. Ou que arranjasse uma briga com alguma loira que tenha divergências com você e aplacar um pouco do estresse desse jeito. Ou sugerir que desse o fora e se virasse sem mim. Mas não a deixarei fazer nada disso, Eva. Porque preciso ser o seu conselheiro. — Ele fez uma pausa. — E preciso que Abel *não o seja*.

Cambaleando junto à parede, Eva percebeu que não poderia sentir-se pior. Reed fugira correndo, mas ela não podia explicar do que ele fugira. E isso não importava mais. Alec era um cara terrivelmente bom, e ela era muito sortuda por tê-lo por perto. Ele não estaria ali para sempre, mas nesse momento era melhor que nada.

— Eva?

— Dê-me um minuto. Você acabou comigo.

Ele riu baixinho.

— Fico feliz por você não precisar de vinho e rosas.

Ela enxugou as faces úmidas com a mão livre.

— Você torna isso tudo suportável, sabe?

— Apenas suportável? Terei que me esforçar mais.

Mais do que suportável. Ele a fazia sentir-se segura e sã. Alec não a punha de lado ou a diminuía. Tratava-a com respeito quando todo o mundo a encurralava em cantos sufocantes.

— Sinto sua falta como louco — ele murmurou. — Você está em minha cabeça mesmo quando durmo.

— Teve um sonho molhado?

— Bem perto disso. Você estava deitada ao meu lado, nua e gostosa como o diabo. Fiquei de pau duro só de vê-la adormecida.

Eva entendia isso. Admirá-lo enquanto Alec dormia era seu passatempo favorito. O sono o acalmava de um modo que nada mais conseguia.

— Eu a puxei para debaixo de mim e a penetrei antes que estivesse completamente acordada. Você fez aqueles barulhinhos sexys que sempre faz quando estou bem no fundo. Quase podia senti-la me agarrando. E o modo como não consegue parar de gozar... Fico maluco por não poder entrar em você daquele jeito.

As imagens que inundavam a cabeça dela concentraram o calor do Novium e fizeram-no baixar até seus quadris. A voz de Alec, roucamente sedutora como veludo, sempre enfraquecia seus joelhos. Ele era incansável, e sua necessidade de fazê-la gozar até que ela não pudesse mais a arruinara para outros homens.

— Queria que você estivesse aqui comigo agora — ele ronronou. — Eu a deixaria nua e lamberia da cabeça aos pés.

Ela soltou um suspiro trêmulo.

— Você tem uma fixação oral.

— Coisa que você adora. — O sorriso em sua voz fez faiscar um tremor dentro dela.

Alec não fazia nada pela metade. Diferente de Reed, que cavalgava uma mulher com força e a punha de lado umedecida, Alec não tinha pressa durante o sexo. Ele usava primeiro a boca, depois as mãos. Da cabeça aos pés, da frente para trás, cada curva e fenda. Sussurrando elogios tão lascivos quanto ternos. Levando horas.

— Está pensando na minha boca sobre você? — ele murmurou.

— Está excitada e úmida?

— Você está sozinho? — Eva trancou a porta da frente. A grande janela panorâmica se achava coberta por um lençol branco que deixava passar uma luz leitosa, mas tornava a visão impossível. Era tão privado quanto Eva poderia obter sem se aventurar em algum lugar bem mais distante. — Tem alguém ouvindo?

— Sou todo seu. Por que está sussurrando? Não está sozinha ainda?

— Sim, mas nós estamos fazendo sexo por telefone, Alec. E eu sou inexperiente. Seria embaraçoso se alguém me entreouvisse. Onde está a sujeitinha?

Ele achou graça.

— Deixei Giselle algemada nos canos do banheiro no quarto ao lado.

— Algemada? Parece perverso.

— Pare com isso. Diga que sente saudade de mim.

Ela suspirou.

— Muito. Você está nu?

— Não completamente. Só o bastante para fazer o serviço. Tenho trabalho a realizar também, mas você vem em primeiro lugar.

— Vamos gozar ao mesmo tempo. — Ela gemeu. — Você está se tocando?

— Sim. E você?

— Ainda não.

— O que está esperando?

Os olhos dela se fecharam contra a dor que crescia em seu peito.

— Você.

Eva o esperara por dez anos. Ficar longe não fora pouco sofrimento, de modo que, quando fora marcada, Alec voltara para permanecer com ela. Mas agora que o tinha, às vezes ela o desprezava e o mandava para casa só para provar a si mesma que ainda podia viver sem ele. Porque algum dia teria que viver sem Alec.

— Estou aqui, anjo. Cheio de tesão e preparado. E pegando fogo também. Pensar em você sempre me deixa assim.

Foi sua completa confiança nele que deu a Eva coragem para dizer:

— Eu queria que você estivesse aqui em minhas mãos.

— Sim, porra. Eu também.

— Quero abraçá-lo. Eu amo a lisura da pele do seu pau. Como são grossas as veias… Elas fazem você parecer tão brutal, quando na verdade é tão terno.

— Trace-as com sua língua.

— O quê?

— As veias. Use sua língua.

A boca de Eva se encheu de água. Alec não era o único a ter uma fixação oral. O que realmente a impressionava era como ele gostava daquilo. Alec ficava tão descontrolado em seu gozo, seus punhos apertando os lençóis ou seu cabelo, a voz áspera quando ele praguejava com ela por reduzi-lo a uma ânsia animal básica.

— Eu adoro aquele ponto sensível bem abaixo da cabeça — ela sussurrou. — Adoro passar a língua sobre ele só para ver você se desmanchar.

Alec gemeu.

— Toque seu corpo enquanto me chupa.

Os dedos de Eva subiram ao primeiro botão do jeans e o abriram.

— Fico louco em saber que você está com tesão por mim!

— Estou mais do que quente. Estou a ponto de explodir em chamas.

Ela se imaginou ajoelhando-se diante dele, abrindo sua braguilha para que nada impedisse sua boca de entrar em ação. A fantasia era tão real que Eva conseguiu ouvir os ruídos viscosos de sucção. Sua mão se enfiou pelo jeans, forçando o prendedor do zíper a escorregar para baixo.

— *Chupe com mais força.*

Eva perdeu o equilíbrio, e afundou num agachamento desajeitado.

Não era a voz de Alec que ela ouvia em sua mente; era a de Reed.

12

OS OLHOS DE EVA ARDERAM COM LÁGRIMAS ABUNDANTES.

Por que a voz de Reed? Por que agora, quando ela estava mergulhada profundamente num momento íntimo com outro homem? Alguém que ela amara por todo o tempo de que podia se lembrar...

A arma às suas costas se mexeu de um modo perigoso, livre de sua posição pelo afrouxamento de sua braguilha. Ela a pegou e a colocou no chão empoeirado ao lado da bagagem, seus dedos apertando-a espasmodicamente.

— Nossa, isso é ótimo. — Alec arfou. — Você chupa um pau como se estivesse morrendo de vontade de fazê-lo.

A mente dela se achava inundada de sensações — o rítmico sugar de uma boca faminta, uma língua tremulando, um punho bombeando a grossa base. Parecia que ela estava no interior do cérebro dele, curtindo a fantasia de ambos através de seus sentidos. O suor pontilhava seu rosto e seu lábio superior. O calor percorria sua pele numa onda irritadiça, o Novium ardendo em dobro dentro dela, e mesmo assim Eva se sentia mais próxima a ele do que nunca.

Um orgasmo pairava fora de alcance. Através de nenhuma manipulação, ela estava prestes a ter um clímax com a sensação do prazer de Alec. Eva gritou baixinho, quase zonza pelo excesso de percepção sensual.

— Por favor...

— Sim, anjo. — A voz dele era áspera como lixa. — Goze comigo. Quero ouvir você gozando.

Um doloroso gemido feminino arrastou Eva de volta à crispação, bloqueando cruelmente sua arremetida em direção ao clímax.

Seus olhos se abriram. *Ela* não emitira aquele som... não poderia nunca ter emitido aquele som com Alec. Ele era delicado demais. A despeito da ferocidade de seu ardor, Alec sempre a tratava como se fosse quebrável.

Eva deslizou de seu agachamento para uma posição sentada no chão. Um ruído desavergonhado e úmido de sucção rasgou o silêncio da casa, seguido por um agudo gemido masculino.

Sons inequívocos com uma causa inequívoca.

Ela não estava sozinha. E pior: ela não estava imune. A consciência de que um ato sexual acontecia em algum lugar por perto aumentou a tensão para uma intensidade dolorosa.

Alec grunhia em seus ouvidos, conhecendo-a bem o suficiente para perceber sua súbita preocupação.

— Não pare! Porra, estou prestes a explodir!

— Faça isso — ela incitou, chacoalhando os pés para tirar as botas.

Ele podia gozar e continuar penetrando. Era uma dádiva.

— Não sem você. Seus dedos estão dentro de você?

— Sim — ela mentiu. Com passos determinados, conseguiu caminhar com cuidado até o corredor sem que suas botas pesadas a denunciassem.

Eva não reconhecia a si mesma. Não era uma voyeur. Em sua vida anterior, teria fugido disso rapidamente, e não salivado por um clímax lascivo. Ainda mais de Romeu e Laurel. Parte de seu cérebro se sentia indignada com a ideia; o resto estava tão inundado pelo orgasmo iminente de Alec que não conseguia sequer formar uma sentença coerente.

— Não posso prender por muito tempo mais — Alec deixou escapar.

— Você está chegando?

— Sim. — Mas sua resposta se referia à sua proximidade, não ao seu estado de excitação.

Os ruídos de felação se derramavam pelo corredor, vindos da porta distante do quarto aberto. Mais dois passos e ela seria capaz de olhar lá dentro.

Eva se amparou na parede da frente. Os ofegos e gemidos cresceram em volume, bem como o som erótico de fortes mamadas.

O casal surgiu à sua vista e ela caiu de susto. A mão livre cobriu sua boca, tapando o surdo gemido de tormento que se ergueu espontaneamente. Seu peito se apertou.

Reed.

Ele ocupava o centro do quarto principal, e se erguia com a cabeça para trás e os olhos fechados. Izzie estava ajoelhada diante dele como uma suplicante, o balanço de sua cabeça com rabo de cavalo traindo o entusiasmo com que chupava seu pau. Os dedos dele se achavam enterrados em seu cabelo refreado com força capaz de branquear os nós, puxando os cachos de um modo que a fazia gemer de dor. Ele a movia como queria, seus quadris arremetendo num ritmo de tirar o fôlego. Seu pescoço estava rígido devido aos músculos tensos, e seu belo rosto se retorcia numa carranca de prazer carnal e feroz concentração.

Eva foi bombardeada por um sombrio e frio desejo, como se as paredes entre eles houvessem estancado uma onda que a porta aberta agora liberava. A luta dele pelo clímax avançou sobre ela como um tsunami tempestuoso, carregando-a para trás, batendo-a contra a parede.

Devastada pelo ciúme e a agressividade do Calor, Eva observava com olhos horrorizados, entendendo que as sensações que ela pensara serem de Alec eram na verdade de Reed. Elas viajaram para ela através de sua conexão emocional, alcançando-a em tempo real com os movimentos de Izzie.

Mas não era Izzie que ele imaginava por trás de suas pálpebras fechadas.

— Anjo? — a voz de Alec soou estrangulada. — Você está me matando. Se estivesse aqui, eu colocaria minha boca entre suas pernas e lamberia seu grelo até que você pirasse por mim.

A intrusão de Alec detonou uma inundação emocional — remorso e saudade, dor e amor. Era tão potente, tão tangível! Os pelos de sua nuca se arrepiaram.

Sua respiração parou.

— Eu posso *sentir* você.

Reed ofegou e se aprumou. Seu olhar a descobriu, seus lábios se movendo sem som: "Eu posso sentir você."

E ela os sentiu. Ambos penetrando-a, inundando-a com seus desejos e suas necessidades cruas, saindo por todos os poros, todas as lembranças, todos os pensamentos ocultos. Eva estava despida de um modo que apenas uma verdadeira... *posse* poderia tornar possível.

Dois homens. Dentro dela ao mesmo tempo.

Eles giravam ao seu redor como fumaça em espirais, lutando dentro dela, empurrando um ao outro como crianças por um brinquedo favorito e inadvertidamente descobrindo o trágico fascínio de Eva pelos dois no processo. Triunfo e dor, alegria e sofrimento, inveja e paixão, amor e ódio — a maneira como eles reagiam à revelação ameaçava destruir todos os três.

As raízes do cabelo dela ficaram mais úmidas de suor. Sua pele ardia como ardera quando o dragão a matara, uma dor a que ela não havia sobrevivido na primeira vez. Alec e Reed a esmagavam, os dois concentrados demais em sua rivalidade interminável para perceberem quanto os séculos de lembranças e brigas a sufocavam.

Sugando o ar, Eva enfiou a mão em sua braguilha aberta e engolfou seu sexo. A chama subsequente de prazer e alívio foi como um raio de luz na escuridão. Os dois homens recuaram um do outro e ela aproveitou a vantagem, empurrou-os para trás, deslizando para dentro deles do mesmo modo como eles haviam deslizado para dentro dela.

Ambos se enrolaram nela, seus abraços mentais tão calorosos e apaixonados quanto os físicos. Mas Eva estava dividida e destreinada, dilacerada pela culpa e pela confusão. Ela era desprovida da pura força e do conhecimento requeridos para ver dentro da alma deles do mesmo modo como eles viam dentro da sua. Ainda assim, tentou sondar as mentes de ambos bem quando seus dedos se aprofundavam entre as coxas. Eva gemeu quando enfiou dois dedos, sentindo-se quente e intumescida, desesperada e carente. Os dois homens grunhiram em uníssono, sentindo o prazer dela enquanto Eva sentia o deles.

Parecia não haver separação entre eles. Ela sentia os dedos fortes de Alec segurando seu pau, bombeando com ferocidade ilimitada. Sentia os lábios e a língua de Izzie em torno de Reed, sentia a sucção rítmica e o calor que o encharcava.

Mas, mentalmente, ela era a fornecedora de ambas as formas de prazer. Os dois homens a viam pelos olhos de sua mente, uma revelação que a deixou cegada pelas lágrimas.

— Eva...

Qual dos dois falou ela não pôde distinguir. A voz era gutural demais, rouca demais devido ao corte de faca do orgasmo. De repente, a mão entre suas pernas não era a dela. Era deles. Dos dois. Juntos. Separando-a, estocando-a, preenchendo-a.

O clímax resultante a devastou, levando um grito aos seus lábios que se perdeu no rugido conjugado dos orgasmos dos dois irmãos. Nesse momento, no auge do prazer, não havia distinção entre eles. Eram um só, um triunvirato de almas. Eva se dissolveu, gemendo tanto por dentro quanto por fora, sua pele tão quente que o suor saía dela em vapor.

Foi só depois que a primeira onda brutal passou que ela percebeu que seus abraços transitórios não eram feitos para acarinhar, mas para restringir. Quando Eva lutou para explorá-los enquanto a conexão singular existisse, eles a prenderam com força. Força demais. Impedindo-a de olhar mais profundamente. A história deles estava atrás dela, um livro aberto. Mas seus futuros — suas esperanças, sonhos e motivações — estavam além, e eles não permitiriam que ela os visse.

— *O que você está escondendo?* — as duas metades dela perguntaram, suas vozes formando um estranho coro que lançou um arrepio pela sua espinha abaixo.

Eva afrouxou o aperto do fone em sua mão. Seus reflexos de Marcada entraram em ação, capacitando-a a retirar a outra mão do jeans e remexer no celular num piscar de olhos. Enquanto lutava para fazer a ligação, deu vários passos trôpegos pelo corredor abaixo, e entrou no quarto de hóspedes onde passara a noite. Eva encostou-se na parede com todo o corpo para não cair, cambaleando devido a um embate que ela poderia comparar apenas a *ménage à trois* mental.

Engolindo ar, ela foi arrastada pelo vórtice de emoções que redemoinhavam entre os três. Alec se sentia doente de ciúme, Reed, atormentado pela culpa, e ela... se encontrava numa confusão totalmente dominadora.

Que diabos acabara de acontecer com eles?

Dentro de Eva, algo se movimentou e se estabilizou. O tempo passou sem que ela percebesse. Foi só após ter ouvido os breves e leves passos de Izzie passando pela porta aberta, seguidos pelos passos mais pesados e arrogantes de Reed, que se deu conta de que eles haviam terminado e estavam indo embora. Em sua mão, seu celular vibrou, impelindo-a a responder. "Sete ligações perdidas", dizia o visor, e ela não havia percebido nenhuma. Eva desligou o aparelho, enfiou-o no bolso e ajeitou seu jeans.

A frouxidão de sua cintura a fez lembrar — deixara sua arma no chão da sala de estar.

Galvanizada, Eva disparou para fora do quarto, e foi bloqueada por uma colisão com um peito de aço.

— Deixe, Reed.

Parte dela extraiu conforto da necessidade de vê-la que ele tinha. Outra parte resistia à mentira em espera. Talvez fosse só isso que ela representava para Reed e Alec: um prêmio a ser conquistado.

Ele a segurou com força.

— É tarde demais para isso agora.

Eva abriu a boca para protestar, mas foi silenciada por um grito de mulher.

— Merda! — Ela suspirou.

— Fique aqui. — E Reed saiu apressado do quarto.

Correndo para a sala de estar, Eva avançou pelas mochilas à procura de sua arma, sentindo falta da segurança que ela transmitia.

Um grito. Esse, masculino, mas não de Reed.

Ela teria que achar a maldita arma depois. Correndo para fora da porta, Eva acabava de chegar ao gramado dos fundos quanto Reed apareceu à sua frente.

— Eu lhe disse para ficar lá — ele resmungou, suas feições endurecidas.

— Eu devo ficar com os outros.

— Danem-se. — Reed bloqueou seu caminho quando ela tentou passar por ele.

Eva empurrou-lhe o tórax com as duas mãos.

— Saia da frente!

Reed hesitou, e depois praguejou numa língua desconhecida. Ele pegou-a pelo cotovelo, e ela acelerou o passo para um trote a fim de conseguir se manter lado a lado com Reed. Podia sentir a conexão física entre eles através de seus sentidos — a sensação de sua carne na mão dele, o cheiro de seu perfume, a crescente irritação pela escancarada ruptura emocional entre os dois.

Eva também sentia Alec. Através dela, ele detectava sua interação com Reed, e ela percebia o modo com que tal interação o afetava. A dor e a frustração. A fúria e a sede de sangue. Eva esperava que suas emoções se alimentassem do Novium, mas ela estava fria e calma. Concentrada em seus problemas externos.

Eles contornaram a casa, e o outro lado do duplex surgiu à vista. Izzie, Ken e Edwards se erguiam encarando a porta dos fundos, seus ombros projetados de um modo que fez Eva cerrar os dentes. Um soluço rompeu a tarde silenciosa e atraiu sua atenção para Claire, que se encolhia no chão. O vento soprou delicadamente, trazendo até Eva o cheiro de sangue de Marcado.

Quando ela alterou seu trajeto para contornar o pequeno grupo, seu ângulo de visão mudou. A porta recuada da cozinha surgiu à sua frente...

...bem como o corpo eviscerado preso ao telhado, pendurado de cabeça para baixo.. Richens.

— Deus! — Ela mal sentiu a dor da marca, que reclamava. Com a cabeça girando, quis vomitar.

— Eu tentei — Reed resmungou. — Você é teimosa demais, Eva. Você precisa...

O olhar desamparado dela silenciou-o no meio da conversa oca.

— E-eu não posso con-continuar a fazer is-isso.

Reed a abraçou. O cheiro dele era mais forte agora, mais viril. Confortante. Alec alcançou-a também, mas Eva o afastou. Ele ficaria preocupado com ela, quando devia se manter concentrado em sua própria segurança.

Eva não entendeu a conexão nem soube quanto tempo duraria. Não importava. Ela precisava daquilo agora, e aquilo estava ali.

— *Mon esprit, c'est perdu, perdu...* — Claire soluçou. — *Je ne peut plus rien faire. J'ai perdu toute raison.**

Eva não precisava entender francês para compreender que Claire estava perdida. A voz rachada e os soluços violentos eram de partir o coração. Deixando Reed, Eva se curvou diante da francesa caída, estendendo a mão para tocar seu ombro.

Claire se atirou em seus braços, expressando-se com palavras incoerentes:

— Você viu? Você viu?! Quem poderia fazer uma coisa dessas com outra pessoa?!

Edwards falou, os lábios embranquecidos:

— Callaghan e eu estávamos carregando o Suburban no estacionamento enquanto Dubois guardava a comida na cozinha. Não ouvimos nada nem vimos nada.

— Onde está o resto de sua classe? — Reed inspecionava as cercanias imediatas.

— Não tenho a menor ideia. Seiler e Hollis partiram...

— Elas estavam comigo.

Um momento de silêncio seguiu-se à afirmação de Reed, durante o qual Eva olhou para Izzie e captou o estreitamento dos olhos da loira sobre ela. Em seguida, Edwards tossiu e disse:

— Garza e Hogan estão transando em algum lugar. É tudo que aqueles dois sabem fazer.

— Onde está Gadara? — Ken berrou. — Não devíamos estar sozinhos neste lugar!

Reed puxou o celular do bolso e ligou-o.

— Você não pode fazer aquela coisa de sumir e aparecer outra vez? — Eva perguntou.

— Não vou deixá-la aqui — ele retrucou, soturno.

Claire ergueu os olhos, num olhar desesperado.

— Nós todos vamos morrer aqui!

---

* Em francês, no original: "Meu espírito está perdido... Eu não pude fazer nada. Perdi toda a razão.". (N.T.)

— Cale a boca! — Edwards a repreendeu. — A última coisa de que precisamos é melodrama.

— Nós não vamos morrer — Eva a acalmou, dando um tapinha em suas costas.

Reed caminhou até uma certa distância, concentrado no celular, que bipou uma chamada perdida ou aviso de chegada de mensagem.

Um som de grunhido atraiu a atenção de Eva de volta para Ken. Ele parecia prestes a ficar louco.

— Que utilidade têm os guardas quando não podem evitar que sejamos mortos?

— Vamos esquecer as bagagens e acertar as contas. — Eva meneou a cabeça. — Não acho que fugir solucionará o problema.

— Sim, nós devemos caçar.

— Pelos diabos! — Edwards resmungou. — Vocês dois são uns malucos!

— Vocês estão loucos! — A postura de Claire se aprumou. — Devemos entrar nos carros e sair deste lugar. Não olhar para trás. Ir para a Torre de Gadara e deixar essas coisas para aqueles que sabem o que estão fazendo!

Edwards concordou.

— Apoio essa ideia. Fugir como o diabo foge da cruz. Isto é o que devemos fazer.

— E quanto aos garotos do outro lado da rua?

— Quanto a eles, Hollis? — Claire disparou em resposta. — Eles são mortais. O Exército os convidou, e pode protegê-los. Nada vai *nos* salvar além do senso comum. Deus ajuda aqueles que ajudam a si mesmos.

Ken se movimentou entre o cadáver e Claire, que ficava mais perturbada a cada minuto.

— Matar o maldito seria a mesma coisa.

— Quem foi a última pessoa a ver Richens vivo? — Izzie quis saber.

— Eu acabei de vê-lo — Eva respondeu —, quase vinte minutos atrás. — Agora ela não saberia o que ele tinha a dizer. Isso a deixou indescritivelmente triste.

Eva mal olhara de relance para o que restava do corpo de Richens, mas não podia esquecer a visão dele. Esticado pelos tornozelos e pulsos como uma estrela do mar de ponta-cabeça. Eviscerado. Suas entranhas arrancadas da agora escancarada cavidade do corpo e enroladas na sua cabeça. Enfiadas em sua boca. O sangue transbordava de suas narinas e encharcava seu cabelo, mas não pingava. Abaixo dele, não havia uma poça. Para onde o sangue teria ido?

Como isso podia ter acontecido bem debaixo de seus narizes? Por que Richens não gritou? Ele conheceria seu atacante? De que outro modo poderia uma encenação tão elaborada ter tido lugar na própria entrada sem que se fizesse um ruído?

Muitas perguntas, e as respostas imediatas eram aterradoras.

— O que ele estava fazendo? — Edwards indagou.

— Estava sentado nos degraus.

— Ele era preguiçoso — Izzie resmungou. — Vivia procurando outra pessoa para fazer seu trabalho por ele.

Eva balançou a cabeça.

— Você não devia falar mal dos mortos. — Ao olhar para Reed, ela o surpreendeu fazendo uma careta ao telefone; na certa ele não gostara das mensagens que ouviu.

A cabeça de Ken se virou, e ele grunhiu para o céu.

— Eu não escutei coisa nenhuma. Nada. Como isso é possível?

O som distante da campainha da porta paralisou o grupo.

— O que é isso? — Edward silvou, mostrando vontade de fugir em disparada.

Eva se pôs em pé.

— Vou verificar.

Ken foi à frente.

— Deixe que eu faça isso.

— Eva? — A voz de Linda flutuou ao redor do quintal ao lado, onde ela estava. — Está tudo bem?

— Merda! — Ela olhou para Ken. — Eu vou distraí-la. Tire-o daqui!

Eva já corria ao redor antes mesmo de acabar de falar, e quase colidiu contra Linda, que estava encostada ao lado da casa, olhando pela janela cortinada.

— Calma aí! — Linda gaguejou.

Eva a pegou pelos antebraços e puxou-a para cima.

201

— De onde você veio? — Linda arfou. — Num segundo você não estava ali, no minuto seguinte quase me derruba.

— Desculpe.

Freddy, agachado ao lado de Linda, dirigia o olhar para a passagem pela qual Eva acabara de atravessar. O cachorro gemeu baixinho.

— Ele estava latindo como um louco agora há pouco — Linda disse —, e parecia prestes a devorar a porta da frente, o que é contra a natureza dele. Depois, ouvimos o grito.

— Papel de parede horrível — Eva improvisou. — Alguns dos decoradores não o retiraram bem.

— *Você é boa mentirosa.* — Freddy a encarou. — *Seja lá o que for, ele veio ao nosso bloco primeiro e cercou pelo lado de fora.*

Se o coração dela pudesse parar, teria parado.

— *Eu acho que meu latido o assustou. Desculpe. Não pude ajudar seu amigo. Eu tentei fugir.*

Eva esfregou atrás das orelhas de Freddy. Teria que interrogá-lo em profundidade mais tarde. O fato de ele ter sentido o cheiro do perigo abria outro vespeiro. Os sentidos de um Marcado eram animalescos em sua acuidade. Por que os Marcados não sentiram a aproximação do assassino?

— Papel de parede? — As íris escuras de Linda faiscaram por trás de seus óculos Bulgari de armação preta. — E eu cá pensando que poderia ser o DVD que emprestamos para você.

Eva sorriu.

— Eu devia colocar para toda a classe assistir. Quem sabe assim eles não se sentiriam mais animados depois de estampas verde-limão e alaranjadas.

— Gosto de alaranjado. — Linda apontou para sua camiseta regata. — Posso examinar o horror?

— Não! — Eva estremeceu por dentro quando os olhos de Linda se arregalaram. — Eles odiaram tanto que o jogaram no fogo.

— É mesmo? Isso é ruim demais. E tendo uma lareira na classe? Estou seguindo a carreira errada. A menos que o sr. Gadara tenha uma vaga para uma psicóloga.

— Como uma psicóloga se põe a caçar fantasmas?

A audição aguda de Eva captou os sons de movimento por trás de si — corda sendo cortada, grunhidos de exercício, o ofego abafado de Claire acompanhado por mais soluços. A consciência do que acontecia a mantinha apreensiva. Ela empurrou Alec e Reed para o fundo de sua mente, bloqueando a vista de Richens, que preenchia a visão de Reed.

— Infelizmente, a parapsicologia não é ainda um campo de estudos aceito com muita abrangência, de modo que eu me estabeleci na área mais próxima.

— *Para*psicologia? Isso não a tornaria uma crente? — Eva fez um gesto para o lado das garotas no duplex. — Venha para dentro.

Por infelicidade, aquele lado era desprovido da comida e dos refrigerantes que teriam ajudado a quebrar o gelo.

Linda começou a caminhar ao lado dela. Com uma rápida olhadela lateral, Eva reconfirmou o que notara antes. O cabelo dela era lindo e seu corte era perfeito. O top era de seda, e as sandálias de couro, da Manolo — idênticas a um par que tinha em casa. A garota era rica, mas frequentava um colégio sem renome em Utah. Eva duvidou que a companhia produtora pagasse a Linda o suficiente para mantê-la na moda, ainda mais levando em conta a falta de uma equipe de câmera profissional. Teria ela nascido em berço de ouro? Se assim fosse, o que a levava a desejar ficar vagando em depósitos de lixo como aquele com outros estudantes muito abaixo de sua classe social?

As perguntas não foram incitadas pela curiosidade. Eva precisava saber quais eram os problemas emocionais de Linda e quais levariam os garotos do colégio a fazer as malas e ir embora.

— Eu adoro o que você fez com o lugar — Linda afirmou, quando elas entraram na casa.

Eva franziu o nariz. Seria ou não uma ilusão da mente que ela ainda sentisse o cheiro de Reed no espaço vazio? Procurou de novo a sua arma, sabendo que sua presença seria difícil de explicar, mas não a encontrou após uma inspeção superficial.

— Posso imaginar como os lares já foram bonitos no passado — ela disse. — Os pisos de madeira de lei, as janelas panorâmicas, até os ladrilhos cor de espuma do mar no banheiro são dignos de serem mantidos. Mas a negligência arruinou uma boa parte deles, lamento dizer.

— E os insetos. — Linda estremeceu. — Estas casas deviam ser condenadas.

— Estou mesmo surpresa que eles a tenham colocado aqui em vez de nos alojamentos de hóspedes.

— Alojamentos para hóspedes ficam num dos anexos; eles não têm nada aqui em McCroskey. E não aceitam animais de estimação.

— Entendi. — Rumando em direção à cozinha, Eva cruzou os dedos e esperou que não houvesse por perto nada estendido que fosse incriminá-los ou despertar suspeitas. Ficou aliviada ao encontrar apenas uma caixa de gelo no lugar onde a geladeira deveria estar.

— Vocês estão indo embora? — Linda perguntou.

Eva se virou e descobriu a morena com os olhos baixados sobre a pilha de mochilas e bagagens de mão.

— Gadara bem que gostaria — ela reconheceu —, mas eu ainda espero dissuadi-lo disso. Acho que ainda temos muito a aprender aqui.

— Bem, eu espero que você fique, e também que venha conosco esta noite.

— O problema é que — Eva comentou com remorso —, se ficarmos por mais tempo, eu não creio que vocês poderão filmar em Cidade Qualquer.

— Nós só teremos que improvisar alguma coisa — Linda soou determinada. — Teremos que partir amanhã para o Winchester Mystery House. Tivemos permissão para filmar algumas tomadas lá, mas só amanhã à noite. Quem sabe quando voltaremos para cá? E, para ser franca, acho que ter o sr. Gadara no programa vai elevar nossa audiência às alturas. Televisão é tudo uma questão de audiência, você sabe. Nós não estamos ficando ricos com a *Escola dos fantasmas*, mas a televisão realmente financia coisas das quais, sem ela, teríamos que abrir mão.

Eva foi até a pia e lavou as mãos usando o sabonete líquido que ela pusera lá na noite anterior. Rasgou uma toalha de papel do rolo na pia, depois encarou o *cooler*. Aproximou-se com cautela dele, incapaz de parar de imaginar partes de um corpo decapitado ali dentro.

— Você parece estar esperando que alguma coisa saia daí — Linda provocou.

Freddy deu um passo tranquilo à frente.

— *Estou preparado. Fiquem tranquilas.*

Eva piscou para ele.

— Este *cooler* não estava aqui antes. Quem sabe se contém algo estragado? O queijo ou a salsicha de bolonha... já imaginou o cheiro?

— *Eu como mesmo assim.*

— A bolonha é boa, afinal? — Linda indagou com um tremor exagerado.

— *Eu acho que é deliciosa.*

— Gosto dela frita. — Eva empurrou para abrir a tampa e verificou lá dentro. Uma variedade de bebidas, tanto enlatadas quanto engarrafadas, estava abrigada numa poça de gelo derretido e semiderretido. Assim também se achava uma pequena sacola de embalagens de isopor: restos da longa viagem da véspera. — Tem soda e água. Você está com sede?

— Água seria ótimo.

— *Idem.*

Pegando três garrafas e a sacola de embalagens, Eva repôs a tampa com o cotovelo e estendeu uma água para Linda. Em seguida, encheu uma embalagem de isopor e colocou-a no chão para Freddy.

— Então, quando vocês saberão se vão ficar? — Linda perguntou.

— Estamos esperando que Gadara volte de uma reunião com a comandante do posto.

Houve uma pausa, quando todos beberam, e depois Linda disse:

— Olha, este lugar me dá arrepios.

— Você disfarça bem.

— *Ela não é um primor? Os outros enlouquecem, mas Linda não. Ela sempre se controla.*

— Sou comandada pelo hemisfério esquerdo do cérebro — Linda explicou. — Minha imaginação não é lá muito afiada, de modo que não penso em zumbis me perseguindo ou criminosos em série surgindo de repente das esquinas escuras. Não acho que os locais possam ser assombrados por aqueles que um dia os ocuparam. Pessoas moraram uma vez aqui, e agora não moram mais. Simples assim. É por isso que a vibração deste lugar me incomoda tanto.

— Você diz isso... — Eva sorriu para aplacar a agressividade de suas palavras. — Mas se não acreditasse em tudo, por que dedicaria tanto tempo a pesquisar e comprovar o que os outros afirmam?

— Eu não acredito, mas pessoas íntimas sim.

— Quer dizer que você quer provar que elas estão erradas?
— Eu quero ajudar.
— Fico intrigada. — E esperançosa de que houvesse um ponto vulnerável emocionalmente para explorar em alguma parte dessa história.

Linda colocou sua garrafa pela metade sobre o balcão.

— Você tem algum irmão?
— Uma irmã.
— Vocês são íntimas?

Eva fez que sim.

— Ela é mais nova, mas se casou antes de mim e tem dois belos filhos. Mora fora do estado, de modo que não a vejo tanto quanto gostaria, porém, conversamos sempre, e ela me manda muitas fotografias.

— Isso é maravilhoso.
— E você?
— Filha única. No entanto, tive uma grande amiga que foi como uma irmã para mim. Fomos inseparáveis até depois do ginásio. Eu fui toda preparada para o colégio; Tiffany entrou no Exército.

— Garota corajosa.
— Prática. Seus pais morreram quando ela era jovem, e seguir a carreira militar era o único meio pelo qual ela obteria dinheiro para estudar.
— Linda suspirou. — Quando chegou a notícia de que Tiffany fora morta em ação, fiquei devastada. Não conseguia mais estudar. Deixei a escola. Meu namorado e eu rompemos. Tudo se despedaçou.

— Lamento.

Linda aceitou as condolências com um sinal triste de assentimento.

— Você já perdeu alguém muito próximo, Eva?
— Recentemente perdi minha vizinha, que era também uma amiga querida.
— Nesse caso, talvez você possa entender como foi difícil saber que Tiffany não estava morta coisa nenhuma.

Eva franziu o cenho.

— Você me confunde.
— Foi tudo uma grande farsa, incluindo uma carta do Departamento de Defesa e um funeral providenciado pelo Exército. — Sua voz se

endureceu. — Eu devia ter sabido que alguma coisa estava errada quando eles não puderam aparecer com o corpo.

— Por que o governo iria mentir sobre a morte dela?

Freddy se moveu de seu lugar junto ao *cooler* para se sentar aos pés de Linda. Ela afagou o topo de sua cabeça com um ritmo distraído.

— Não sei ao certo por que fizeram isso, mas minha suposição é que ela foi exposta a algumas químicas malucas lá no deserto. Algo que realmente mexeu com sua cabeça, e eles não queriam que nós descobríssemos isso por causa do escândalo que iria resultar.

— Mas você descobriu? — Eva de repente teve uma ideia vaga de como devia ter soado para Reed quando afirmou que Gadara era sombrio.

Linda fez que sim.

— Meus pais me levaram para a Europa no inverno, esperando que a mudança de lugar me ajudasse a vencer minha angústia. Não passou uma semana, e avistei Tiffany numa padaria em Münster, Alemanha. Gritei seu nome, mas, quando ela me viu, saiu correndo. Nunca tinha visto ninguém se mover tão rápido daquele jeito até ver você. Hoje.

Eva desviou o olhar para evitar revelar sua inquietação crescente.

— O fato era que Tiff *queria* que acreditássemos que ela estava morta. Se ela estava protegendo sua avó e a mim, ou o governo, ou todos nós... não tenho ideia. Levei uma semana para rastreá-la depois daquele incidente na padaria. Procurei por ela em toda parte, assustando a vizinhança, até que por fim tornei a avistá-la. Tiff não fugiu dessa vez. Ela sabia que eu não a deixaria fugir. Sou teimosa demais.

— Qual foi a explicação?

— Ela jurou que tinha sido escolhida por Deus para salvar os mortais, como a porra da Joana d'Arc ou algo assim. Tiff disse que havia demônios entre nós, caçando-nos, e que sua missão era matá-los.

Eva estendeu a mão sobre o balcão para se firmar.

— Caramba!

— Isso é um eufemismo — Linda resmungou. — Estava completamente delirante, apontando para pessoas normais e dizendo que eram demônios, que ela podia sentir o cheiro putrefato de suas almas. Tiff via marcas e tatuagens em sua pele que não estavam lá, e afirmou que eu não podia vê-las porque não sou um dos escolhidos.

— Sorte sua — Eva disse com sinceridade.
— *Alguém tem que combater o bom combate.*
Eva franziu o nariz para Freddy.
— *Falei por falar.*
— Tiff notou que eu não podia acreditar numa só palavra do que dizia. Implorei para que ela voltasse para casa comigo. Eu lhe contei como a sua avó sentia saudade. Como *eu* sentia sua falta. Prometi ajudá-la a pôr os pés de novo no chão. Mas ela não quis saber. Disse que seria melhor se estivesse morta para nós, porque os demônios iriam nos ferir se pensassem poder chegar a ela desse modo. Tiff garantiu que a única coisa que eu podia fazer era acreditar. "Quando você acreditar", ela disse, "irei até você para ajudá-la".
— Uau...
— Não estou brincando. — Linda se endireitou. — Nunca mais a vi depois disso. Ficamos na Alemanha mais duas semanas, mas ela não me procurou no hotel onde eu e minha família estávamos hospedados. Voltei para os Estados Unidos e contratei um detetive particular para encontrá-la, mas ele nunca a localizou. Às vezes me pergunto se eu não teria sonhado com aquela conversa toda em alguma espécie de delírio causado pela angústia. Aí me lembro de que não tenho imaginação. Eu não poderia inventar isso. Por esse motivo, desde então venho tentando acreditar nela, ou ao menos dar a impressão de que acredito. Tenho um blog que detalha nossas investigações, e espero que ela o descubra e veja que estou tentando. Suponho que o programa de televisão seja outro modo de chegar a Tiff também.
— Você é uma boa amiga.
Eva não pôde deixar de considerar sua própria obrigação com a sra. Basso. Sua amiga e vizinha morrera por causa da sua ligação com ela. O que Eva fizera desde então para justificar aquele sacrifício? Nada, à parte uma lamentável, insignificante tentativa de examinar as ações. Estava envergonhada de perceber quão pouco se dedicou para honrar a memória de uma mulher tão maravilhosa.
Dando de ombros, Linda disse, cansada:
— Eu não iria tão longe. Tiffany sempre fez por mim mais do que fiz por ela, e isso não mudou. Por sua causa eu dei início às investigações paranormais, que foi como conheci Roger. Acho que ele é o amor de minha vida.

E nós recebemos cartas todas as semanas dizendo-nos como a *Escola dos fantasmas* ajudou alguém de um modo ou de outro. É muito compensador.

Eva se perguntava onde Tiffany estaria agora. Ainda estaria viva? Ainda Marcada?

— Qual é o sobrenome dela?

— O de Tiff? Pollack. Tiffany Pollack. — Linda deu fim na sua bebida e fechou a tampa. — Preciso tirar uma soneca ou ficarei inútil hoje à noite. Obrigada pela água.

— Às ordens. — Eva sorriu. — Ou pelo menos enquanto estivermos aqui.

Linda enganchou os polegares nos passadores da bermuda e sorriu. Com a garrafa de água vazia prensada no quadril, ela parecia um xerife do Velho Oeste com uma arma pronta para disparar.

— Ficarei muito desapontada se não se juntar a nós hoje à noite, você sabe.

— Ainda estou esperando Gadara, Linda, mas pode contar comigo, caso você vá mesmo.

Eva não iria embora de McCroskey sem Linda, Roger, Freddy e o resto da turma de oficiais. Não a menos que soubesse — sem sombra de dúvida — que seria seguro deixá-los para trás.

— Oh, a gente vai, sim — Linda insistiu. — Esta é a primeira vez que uma instalação militar requisitou nossos serviços. É tão excitante! — Linda deu um pequeno salto de vitória. Depois, abraçou Eva. — Você não vai se arrepender, e eu ficarei eternamente grata. Com ou sem o sr. Gadara.

— Não sei se servirei para algo além de gritar feito louca — Eva advertiu. — Cidade Qualquer me dá calafrios à luz do sol.

E já era assim antes que Molenaar fosse assassinado lá.

— Eu a protejo do bicho-papão — Linda prometeu com uma piscadela. — Não se preocupe.

— Mantenha-a em segurança por mim, Freddy — Eva pediu, dando ao dinamarquês uma rápida esfregada atrás das orelhas.

Ele arfou em resposta:

— *Cuide de seu rabo também.*

Eva ergueu os polegares para ele. Em seguida, acompanhou-os para a sala de estar, a fim de retomar sua procura pela arma.

13

ALEC SAÍA DO BANHEIRO QUANDO SEU CELULAR TOCOU.
Ele pulou a curta distância para a cama, sobre a qual o arremessara. Dando uma olhada na identidade de quem chamava, estremeceu.

— Merda! — Passou a mão pelo cabelo, que acabara de encharcar na pia numa tentativa ineficaz de esfriar seu ânimo destrutivo. Ele estava preparado para matar. Começando por Abel.

A última pessoa com quem queria lidar era...

— Sarakiel — ele resmungou antes que o telefone chegasse ao seu ouvido.

— Lamento, *mon chéri* — Sara ronronou. Proibida de usar seus dons de arcanjo sob *sugestão* de Deus, ela confiava plenamente no poder de suas astúcias femininas para preencher a lacuna. — Posso ouvir seu desapontamento, e simpatizo mesmo. Seu irmão não tem respondido ao telefone, de modo que eu também tenho esperado para falar com alguém.

Alec não dava a mínima para os problemas de Sara com seu irmão, mas não era algo que ele pudesse dizer a um arcanjo. Não era culpa dela que estivesse furioso pela distância entre ele e Eva, e pela intimidade que sentira entre ela e Abel. Alec estava confuso pela singular conexão entre os três. Seriam comuns essas fusões? Quanto tempo durariam? Quais as ramificações?

— Como posso ajudá-la, Sara?

Ela não ligaria para ele a menos que estivesse querendo alguma coisa.

Sara riu baixinho.

— Você sabe por que há uma convocação de conferência emergencial dentro de algumas horas?

As sobrancelhas dele se ergueram. Considerando os eventos dos últimos dois dias, Alec não imaginava por onde começar, e ele não iria, para seu próprio bem, dar um lance no escuro. Gostava de manter suas cartas na manga.

— Quem fez a convocação?

— Uriel. Quem mais faria algo capaz de aborrecer todos nós?

— Deve ter algo a ver com aquela nova espécie de Demoníaco. — Ele não se deu ao trabalho de responder à pergunta formulada.

Movendo-se para a mesa no canto, Alec começou a conectar os vários fios que iriam ligar seu videofone por satélite. Precisava conversar com Raguel sobre os cães infernais antes que ele falasse com os outros; e já que o arcanjo vinha fazendo seus jogos de poder e se recusando a responder aos seus apelos, Alec era forçado a alcançá-lo pelos meios seculares. Ele também queria interagir com Uriel, que explicaria o que acontecera com ele, Eva e Abel nessa tarde sem omitir informações vitais, como Raguel e Sara sem dúvida fariam.

— Sim. — Ela não pareceu satisfeita. — Isso é o que eu suspeito, mas estava esperando confirmação.

— Bem, imagino que seja a razão pela qual vocês terão uma reunião.

— Não brinque comigo, Caim.

— Claro que não, Sara. Eu nunca faria isso. — A marca em seu braço ardeu em reprimenda pela mentira. — Ouça, tenho meu próprio monte de merdas para resolver neste momento, mas posso lhe revelar que Raguel designou Abel e Mariel para investigar a mais recente visão na Austrália. Isso confirma que eles são os malakim mais bem informados. Se você quer estar um passo à frente, pode querer se aproximar de um deles.

— Isso poderia ser possível, se seu irmão se desse ao trabalho de atender ao telefone. Onde está ele?

Alec sabia que Sara dispensaria fazer contato com Mariel. Ela nunca se dera bem com outras mulheres, nem mesmo as condescendentes.

— Ele está com Eva. — Alec sabia o que a resposta faria com Sara.

O Inferno não tinha fúria semelhante ao de uma mulher desprezada. Conquanto Alec não pudesse aceitar aquela declaração em absoluto, precisava admitir que os dois tinham suas qualidades comparáveis, e ele não seria incapaz de usar o ciúme para tirar o irmão do caminho.

— Considerando o perigo que isso envolve, ele está de olho grudado nela.

— Aposto que está — a voz de Sara soou tensa. — Eu nunca imaginei você como uma alma confiante.

— Eu confio em Eva. — E isso não mudara. Tinha certeza de que ela estava apaixonada por ele, independente de sua paixonite por Abel.

Embora isso não aliviasse a sensação de que ele fora um otário socado no estômago por um demônio rakshasa*, Abel se ferrara completamente por ter mexido com a loira. Seu irmão continuava sem noção alguma do que era pensar nos sentimentos de alguém além dos próprios.

— Onde eles estão?

— No Forte McCroskey.

Sara fez um trejeito de repugnância.

— Lugar pavoroso.

— Sorte sua estar na França. — *Mas não por muito tempo*, ele apostou.

— Na verdade, estou num avião.

O sorriso dele se transformou num arreganhar de dentes.

— Para onde você vai?

— Califórnia.

Beleza.

— Quando chega?

— Faz só meia hora que decolamos. — Sua frustração pela inabilidade de usar seus dons era evidente na entonação desgostosa de Sara.

---

* Espécie de demônio da mitologia hindu capaz de assumir as formas de outras pessoas ou animais. (N.T.)

Ela não estava tão longe quanto Alec gostaria, mas era melhor do que nada. Sara iria manter Abel com os pés no chão e afastado de Eva. Ela teria um contingente de guardas consigo. A segurança não poderia ser mais forte quando dois arcanjos se achavam muito próximos. Eva estaria no lugar mais seguro do mundo.

— Eles planejavam sair do McCroskey — Alec advertiu. — Deverão estar de volta a Anaheim quando você chegar.

— Graças a Deus pelos pequenos favores. Encontro você dentro de poucas horas. Descubra onde eles estarão quando eu aterrissar. E mantenha seu telefone ligado.

— Se isso não me matar... — Alec fechou o celular com um estalo.

Competia a ele ajudá-la, mas ele só obedecia ordens de Deus. No momento, sua última tarefa era matar o Alfa, e isso era mais importante que tudo o mais — incluindo sua necessidade de lidar com seu relacionamento com Eva.

Se Alec pegasse a estrada, estaria na terra de Grimshaw ao cair da noite. De modo algum deixaria seu telefone ligado até lá, embora fosse levá-lo consigo. Charles era o motivo pelo qual ele não estava com Eva, de modo que mandar o Alfa para o Inferno tinha que acontecer o mais breve possível. E não ficaria esperando por uma ligação de Sara para dar início às coisas.

Puxando uma cadeira, Alec sentou-se e usou seu celular para chamar Raguel, maldizendo por dentro aquela inconveniência desnecessária. O aparelho tocou por mais tempo que de costume, e depois, até que:

— Montevista.

Alec fez uma pausa momentânea ante a voz inesperada:

— Onde está Gadara?

— Caim... — O alívio com que seu nome foi verbalizado aumentou sua inquietação.

— Quem fala?

— Sou Diego Montevista, o chefe da equipe de segurança de Gadara.

Alec se inclinou no assento e repetiu, baixinho:

— Onde está Gadara?

— Eu a-acho... — Montevista pigarreou. — Eu acho que Gadara está morto.

— Diga isso de novo.

— Surgiu uma criatura aqui, um monstro. Ele engoliu Gadara.

— Impossível! — Alec se ergueu de um salto, derrubando a cadeira no chão. — Ele é um *arcanjo*!

— Sim, eu sei, Caim. Vivi ao lado dele por muitos anos. Isso não muda o fato de que Gadara foi devorado vivo por uma... uma *coisa* do tamanho de um tanque. Eu testemunhei com meus próprios olhos, e não fui o único. — A convicção do Marcado era inegável.

— O que aconteceu com o Demoníaco?

— A terra se abriu e o sugou. Num momento o monstro estava lá; no seguinte, o chão rachou e ele afundou na fissura. Havia mortais por toda parte. Uma companhia inteira de soldados se achava a poucos metros de distância, mas tudo que eles viram foi a queda de duas árvores.

Alec olhou fixo para a tela branca do vídeo, seu peito se erguendo e baixando ao mesmo ritmo compassado enquanto seu mundo rodopiava aleatoriamente.

Um arcanjo. Morto. Ele não conseguia imaginar isso. Não desse jeito. Sem clarins ou tempestades caindo dos céus. Sem uma onda de choque que reverberasse por todo o planeta.

Foi silencioso demais. Tranquilo demais. Tudo errado.

— Há quanto tempo ele morreu? — Alec quis saber.

— Há menos de trinta minutos. — Montevista expirou asperamente. — Está ficando pior.

— Como é que a merda poderia piorar?

— Acabei de falar com Abel pelo celular. Houve outra fatalidade na classe.

Alec agarrou a borda da mesa. Imagens dos estudantes de Raguel peneiraram através de sua mente. Ele estendeu a mão para Eva, sentiu-a tocá-la em resposta. Fria e recolhida. Controlada. Ela o tinha posto de lado mais cedo. Alec pensava que isso fora porque ela estava furiosa com ele; agora desconfiava de que Eva apenas não queria nublar sua mente com as preocupações dele.

— Chad Richens — ele murmurou, vendo a cena através do olho de sua mente.

— Como é que você sabia disso? — Montevista perguntou. — Eles ligaram para você primeiro?

— Não. Você precisa voltar e ficar com os outros estudantes.

— Estou a caminho neste exato momento. — Ao fundo, a porta de um carro bateu com força e um motor roncou de partida. — Gadara suspeitou de Charles Grimshaw no ataque desta manhã, mas eu não tenho certeza de que essa segunda morte se ajusta ao modo de operar do Alfa. Gadara disse que ele iria nos cercar por algum tempo até atacar novamente...

— Charles acha que é o dono da jogada; mas ele não vai jogar mais com segurança. — E isso apenas iria piorar o que Alec soubera sobre Raguel. — Por que Richens estava sozinho depois do que houve esta manhã?

— Ele não estava. Todos os outros estudantes se encontravam nos arredores.

Contudo, ninguém escutara nada, e Eva *bem* estivera lá. Alec refletiu sobre suas opções. Ele poderia voltar a Monterey em duas horas...

Mas primeiro tinha que entender no que estava entrando. Charles *o queria*. Uma armadilha não era inconcebível.

Montevista grunhiu.

— Eu sei como isso parece ruim, mas minha equipe não é incapaz. Nós fomos emboscados. Perseguidos. É contra as regras.

— Fodam-se as regras! — Se Charles as jogara no fogo, eles o fariam também. — Como conseguiu o telefone de Raguel?

— Ele o deixou para trás.

— O seu confronto com o Demoníaco foi *planejado*?

— Totalmente. Ele vinha se armando para isso.

Os pensamentos de Alec dispararam.

— Você examinou o celular à procura de mensagens?

— Não.

— Então faça isso agora.

Pondo-se em pé, Alec atravessou a porta adjacente para o banheiro. Giselle estava deitada sobre a pilha de toalhas que ele espalhara pelo chão — ainda algemada, amordaçada, e agora profundamente adormecida. Quando Alec a observou, ela fez alguns ruídos resfolegantes de prazer. O olhar dele se voltou para a parede dos fundos. Podia apostar que havia uma pobre alma no quarto ao lado, tirando uma soneca e tendo um pesadelo fora do comum. Alimentando a quimera.

— Força, vamos — ele resmungou para ela. — Você vai precisar.

— O que disse? — Montevista indagou.

Alec fechou a porta sem produzir ruído.

— Nada. Achou alguma coisa?

— Uma mensagem de texto de Uriel sobre uma convocação de conferência às três horas. Daqui a apenas duas horas.

— Certo. Eu estarei aí. Garanta a presença de Abel também. Não deixe nenhum dos Marcados fora de sua vista, especialmente Evangeline Hollis. Não espere que ela coopere, tampouco — ele disse, seco. — Às vezes ela colabora, às vezes não.

— Ela é uma mulher — Montevista comentou, como se isso explicasse tudo. E explicava mesmo.

— Ela é *minha* mulher.

— Entendido.

Alec esfregou a nuca e olhou pela janela para o Mustang estacionado bem do lado de fora da porta. Pule para lá, dê a partida. Tão fácil. Ele bem que desejava que fosse assim.

— Caim?

— Sim?

— Não sei o que fazer. — A inflexão espanhola na voz de Montevista se tornou mais pronunciada, aprofundada pela tristeza e pela confusão. — A quem devo notificar? De quem receberei ordens? De você?

— Sim, de mim. E u c u i d a r e i d a s o u t r a s c o i s a s.

Se Raguel havia mesmo morrido era discutível. Alec conhecia o arcanjo desde sempre, e ele ainda estava por ver Raguel fazer algo em completo sacrifício de si mesmo. Um ataque camicaze não estava de acordo com o que Alec sabia. Mas não fazia sentido ficar se perguntando os *porquês* e *ses* àquela altura. O fato era simples: uma oportunidade única na vida de um imortal surgira. Ele poderia galgar para o ponto mais alto e tomar conta da firma no presente, provando ser capaz de assumir a posição.

Mas... as chances de assegurar as bênçãos necessárias sem manipulação eram exíguas, e devido ao pendor de Eva para se meter em problemas, Alec vinha esgotando seus favores e segredos a explorar.

— O que quer que eu faça? — Montevista perguntou.

— Seu trabalho é manter aqueles estudantes em segurança até que possam ser transladados. O que está sendo feito naquele departamento?

— Hank está voando para lá, junto com uma equipe para investigar o assassinato anterior. Assim que trouxerem o avião particular de Gadara, poderemos sair. Eu tentei arrumar uma partida imediata, mas o aeroporto de Monterey é pequeno, e nenhuma das linhas aéreas tinha espaço para acomodar a classe toda em tempo tão curto. Dividi-la em grupos menores era arriscado demais.

— E se aventurar em público enquanto vocês estivessem à espera colocaria mortais em perigo. Se um ataque é iminente, vocês irão querer estar num lugar onde possam revidar.

— Exato.

E, no entanto, nenhuma grande batalha fora travada pela vida de Raguel, a despeito da proximidade de um literal — muito embora mortal — exército.

— Por que Raguel estava perto de uma companhia de soldados?

— A comandante da base deu permissão para que um programa de televisão fosse filmado em Cidade Qualquer, o lugar onde Jan Molenaar foi morto esta manhã. Gadara esperava convencer a coronel a reagendar.

— Faça Abel prosseguir com isso. — Um programa de televisão. De algum modo ele perdera mais essa.

— Você diz isso como se ele fosse me escutar. Eu sou apenas um Marcado.

— ...que está seguindo minhas ordens. Ele fará isso. E diga a Abel para responder ao telefone quando eu chamar. Ligarei para ele dentro de alguns minutos, e é melhor que atenda.

Alec consultou o relógio na mesinha de cabeceira. Duas horas para a conferência.

A marca em seu braço ardeu com perversa intensidade, repetindo a ordem de Sabrael para acabar com o lobo.

Alec sorriu com desdém para o céu. Como se ele pudesse esquecer. Esperava que matar o Alfa matasse também o problema.

Contudo, primeiro tinha que superar sua aversão a ataques-relâmpago. Alec era um atirador de elite por natureza, que escolhia esperar pelo momento perfeito. Um disparo, uma morte. Ele não dispunha desse luxo agora. Quanto mais Charles vivesse, mais audacioso e mais perigoso ele se tornaria.

— Falarei com você na hora da conferência — Alec disse. — Mas se precisar de mim antes disso, você tem o meu número.

— Gostaria que estivesse aqui. Proteger um arcanjo contra possíveis ameaças é imensamente diferente de proteger de perigos reais uma multidão de Marcados destreinados.

— Prometo chegar aí o quanto antes. — Alec fechou o celular com um estalo, e se pôs a trabalhar no cumprimento da promessa. Virando-se com a intenção de despertar Giselle, quase tropeçou no gigante que ocupava a entrada da porta entre os dois aposentos adjacentes.

— Sabrael — Alec saudou, apenas um pouco surpreso, e piscou, acionando o banho de lágrimas celestiais que protegia seus olhos do brilho ofuscante do ser a sua frente.

Sabrael se erguia em sua pose costumeira — braços cruzados e pernas abertas para ancorar melhor ao chão. Os olhos azuis penetrantes do serafim examinaram-no.

— Você vai prosseguir com sua missão, Caim.

— Soube de Raguel?

— É claro. — Uma expressão sombria passou pelas feições de Sabrael.

— Eu vou administrar a firma na ausência dele. — Alec nunca perguntava pelo que queria, já que a resposta era sempre "não".

— Você está longe de ser qualificado para isso.

— Prove — Alec desafiou com um erguer de queixo. — Diga-me quem viveu com a marca por mais tempo do que eu.

— Soldados rasos não sobem a generais da noite para o dia, independente do que executaram no campo de batalha.

— Eu não chamaria a passagem dos séculos de uma ocorrência da noite para o dia.

A cabeça de Sabrael se inclinou para um lado. Seu cabelo solto cor de ébano caía sobre ombros maciços e o topo de uma asa como seda líquida.

— Talvez Abel seja a melhor escolha — o serafim murmurou. — Ele está completamente envolvido, como dizem.

Alec riu com o estômago apertado.

— Abel não vai querer a responsabilidade. Ele nem sequer mantém seu telefone ligado.

— Mas segue as regras.

— É isso que vocês precisam de imediato? Com um arcanjo fora de serviço, um Alfa bandido com um machado para esmagar, uma epidemia de Marcados assassinados e uma raça desconhecida de Demoníacos à solta? Querem alguém que faz apenas o que é requerido e que segue as regras?

Houve um silêncio prolongado antes que Sabrael falasse:

— Eu não imaginava que você tivesse ambições tão elevadas.

— Há um monte de coisas que não sabe sobre mim.

— Verdade. Tal como, com que intensidade você deseja isso?

Dentro de Alec, a frustração e a fúria vociferavam. Ele já jogara esse jogo; e continuava a dar cartadas sujas.

— O que você quer, Sabrael?

— Tenho que resolver ainda.

— O que para mim torna difícil decidir. Claro, Abel não lhe dará coisa alguma.

Uma sombra assustadora transformou fugazmente as feições do serafim. Seu blefe havia sido proclamado, e ele não gostara disso.

— Falarei com Jeová em seu nome. Como uma solução *provisória*.

Alec riu com desdém.

O sorriso lento de Sabrael gelou o seu sangue.

— Mas você ficará me devendo, Caim da Infâmia.

— Terá que pegar uma senha.

— A minha é número 1.

Apontando um dedo para ele, Alec disse:

— Dê-me o sinal para passar, primeiro. Depois, veremos em que pé nos encontramos.

— O QUE ESTÁ FAZENDO? — REED OLHOU PARA EVA QUANDO ela se ergueu de sua posição agachada.

Raguel morrera, dois Marcados tinham sido assassinados, e ela estava sozinha; uma condição que já produzira duas mortes de Marcados nesse dia. Para piorar tudo, ele podia sentir Caim como um membro fantasma. Adicione-se à mistura sua paciência escassa e seu mau gênio prestes a explodir.

Eva girou, seu longo rabo de cavalo arqueando-se no ar.

— Jesus! Você me assustou!

— O que está fazendo aqui sozinha?! Você devia ter voltado assim que a garota saiu.

— Perdi minha arma.

Reed quis provocá-la:

— Não dou a mínima. Por que tem aversão a uma espada flamejante? Você sabe que pode conseguir uma delas quando quiser.

A linha da boca de Eva se afinou.

— Não sou tão boa com espadas.

— Você matou um dragão com uma delas — ele lembrou. — Esqueça a pistola por enquanto e vá se juntar aos outros. É menos provável que seja atacada num grupo.

— E se um dos membros do grupo for o assassino?

Reed a encarou por um longo momento. Em seguida, expirou, aborrecido.

— Basta, Eva.

— Richens não fez um som que fosse. Talvez seu atacante não tenha sido percebido como ameaça suficiente para provocar um grito ou uma luta.

— Ou o Demoníaco era uma bruxa, um bruxo, mago, feiticeiro, elfo ou fada que prendeu suas cordas vocais.

— Como a fada que participou do exercício hoje? A que estava a uma distância considerável de Molenaar quando o encontramos?

— Sua teoria da conspiração está borrando as coisas em seu cérebro. A fada cheirava mal ou não?

— Fedia até os céus — ela resmungou.

— Os Demoníacos que trabalham para firmas têm uma razão forçosa para se manter nas boas graças dos arcanjos: eles não podem ir para casa. Sabe disso. Você mesma disse isso.

— No entanto, parece ridículo excluí-los.

Reed a repreendeu com um balanço da cabeça.

— Na história dos Marcados, nunca tivemos um que fosse trapaceiro no treinamento. Depois de alguns anos, sim. Mas não calouros. Eles são novos demais para as realidades de Celestiais e Demoníacos para decidir por irem por um lado ou por outro. Apenas flutuam com a maré por um momento até que encontram seus rumos.

— Certo — ela admitiu. — Vamos prosseguir, essa troca de ideias me ajuda a raciocinar. Que tal nos concentrarmos no Demoníaco vilão por enquanto? Eles devem estar usando aquela tal camuflagem para esconder seu mau cheiro, ou Templeton o teria sentido.

— Ou o rato estava mentindo.

Eva o ignorou e prosseguiu:

— Não havia cheiro residual em torno de nenhum dos corpos. Com aquele nível de brutalidade, o assassino deve ter precisado trabalhar muito. Bombeando sangue, a alma apodrecendo...... talvez ele tenha se cortado. Eu vi um programa forense na televisão no qual disseram que a maioria dos esfaqueadores se fere. Em todo o caso, o cenário teria que feder ao menos um pouquinho se o assassino fosse realmente um Demoníaco revelado.

Reed sentiu-se sorrir, a despeito dos eventos do dia.

— Está rindo de mim — ela acusou.

— Não. Estou me congratulando. Você será uma ótima Marcada, querida. Se não for assassinada antes. — Reed apontou para a porta da frente. — Falando nisso, devíamos estar trocando estas ideias com os outros. Só não os deixe tão exasperados de novo.

— Alec diz que às vezes temos que dar uma sacudida na árvore — ela resmungou — para ver o que cai.

— Todos já foram bastante sacudidos. — E isso estava prestes a ficar pior. De algum modo, Reed tinha que lhes contar sobre Raguel sem causar total pandemônio. A francesa em particular parecia frágil.

Eva fez que sim.

— Você está certo. Temos trabalho a fazer também. Garza e Hogan estão sumidos, de modo que deveríamos......

— Ah! Romeu e a Princesa estão de volta, parecendo bem amarrotados...

— Talvez haja alguma coisa na água. Parece estar se espalhando.

— Pode ser. Lance um pouco de afrodisíaco na comida, deixe todos tão excitados a ponto de se manterem ocupados demais transando para revidar, e pronto: acabe com eles. Brilhante estratégia Demoníaca.

Eva riu com desdém.

— Você é um degenerado.

— Foi ideia sua. E de onde você tirou esses apelidos?

— Você não sabe? — Ela o encarou. — Afinal, estava em minha cabeça.

E que experiência fora aquela! Reed nem imaginava como o cérebro de outras mulheres funcionava, mas sabia que gostava do modo como funcionava o dela. Era enrolado e deturpado de leve — tal como ele aprendera a reconhecer como norma feminina —, mas, independente disso, funcionava com o que Reed considerava ser uma perfeita mistura de criatividade e senso comum. Eva também tinha os calores por ele. Não apenas o tipo de calor causado pelo tesão, mas o profundamente enraizado tipo de fascínio que poderia levar a alguma coisa que o deixava morto de medo.

— Eu estava interessado em outras coisas naquele momento.

— Espero que tenha gostado do cenário — ela disse, provocante. — Eu não consegui nada de você, além de um ligeiro pé na bunda.

Reed não tivera escolha. Não podia permitir que ela visse sua ambição de ascender a arcanjo. E o papel que teria nisso.

— Claro que conseguiu. Está tão sintonizada comigo agora que não tem nenhuma defesa. Eu caminhei direto para você e nenhum alarme soou.

— Isso se chama distração. — Mas seu cenho franzido desmentiu suas palavras.

— Você adoraria que fosse só isso.

Ela soprou um cacho de cabelo extraviado para longe do rosto, e pareceu adorável ao fazê-lo.

— Por que ainda posso sentir você e Alec na minha cabeça?

Reed não havia se recobrado da experiência. Tinha uma imagem de Caim em sua mente, construída por uma vida inteira de ligação. No entanto, visto pelos olhos de Eva, ele não era o mesmo.

— Não sei, droga! Nunca ouvi falar de nada parecido com isso.

— Bem, alguém tem que saber o que houve e quanto tempo isso vai durar.

— Sim. E eu tenho intenção de descobrir. Nesse meio-tempo, vamos nos reunir aos demais. Temos um monte de coisas a discutir.

Eva esfregou as mãos no rosto.

— Sinto-me nua sem uma arma.

A declaração teria soado melodramática vinda da maioria das pessoas, mas Eva passara algumas horas de toda semana nos últimos anos praticando sua pontaria numa área de tiro da Huntington Beach. Como mulher solteira, vivendo sozinha, ela sentia que precisava de proteção adicional. Reed era mais inclinado a pensar que os sentidos dela haviam se apurado nas subcorrentes dos Demoníacos, mesmo que seu cérebro não houvesse ainda sido treinado para entender isso. Eva era talhada para aquele trabalho.

Reed apontou para a porta.

— Vamos perguntar aos outros se eles a viram.

— Ugh...... — O nariz de Eva se franziu. — Prefiro pensar que foi em algum lugar por aqui.

Reed cruzou os braços.

— Por quê?

— Eu a guardei antes. Você sabe... *antes*. — Seu olhar se moveu para o corredor, que era claramente visível de onde eles se encontravam. — Não quero imaginar nenhum deles vendo... ouvindo... Prefiro acreditar que não causei vergonha a mim mesma.

— Você prefere acreditar que não aconteceu — ele corrigiu. — Eu não vou deixar.

Eva lançou-lhe um olhar feroz.

— Se você quer se lembrar de seu encontro marcado com uma prostituta, vá em frente. Mas não se meta a tomar essa decisão por mim!

— Um encontro marcado — Reed repetiu deturpadamente, permitindo-se um sorriso secreto. — Com uma prostituta. Nossa... Você é ciumenta!

— Vá se foder!

Irritado por seus próprios sentimentos de culpa, Reed tocou a fivela do cinto.

— Ponha-o pra fora — ela desafiou — e veja o que acontece.

Parando, Reed a avaliou com cautela. Não conseguia ler seus pensamentos.

— O que você pretende agindo assim?

— Izzie fez o serviço completo?

— Não. — As mãos dele foram para os quadris. — Eu disse a ela o que queria. Sua opinião não importava.

— Sim, isso parece ser seu único jeito de apreciar a coisa.

O queixo de Reed endureceu. Eva se referia ao encontro isolado dos dois na escadaria. Ele a penetrara sem perda de tempo — tudo em seu caminho, das roupas à consciência dela, foi desconsiderado na intensidade de seu desejo.

— É o jeito como você gosta também — ele resmungou.

— Tudo de uma vez só. — Sua boca se tornou um fino traço. — Para sua sorte, você encontrou grama mais verde noutra parte.

Não escapou à atenção dele que ela começava a soar como Alec.

— A grama não era mais verde. Ela apenas não tinha um cão de guarda.

— Não culpe Alec por isso. Ele não merecia ser magoado do modo como foi hoje.

— Ele é um homem adulto, Eva.

Ela passou a mão sobre o topo da cabeça e grunhiu baixinho.

— Uma coisa é saber que o que você está fazendo pode magoar alguém. E outra, bem diferente, é sentir a dor dessa pessoa como se fosse sua. Alec gosta de mim de verdade, e eu o recompenso tendo uma estúpida paixonite por *você*.

Reed lutou para evitar palavras cruéis. Maldição, aquilo doeu. Poderia dizer a ela que o que acontecera nesse dia não teria sido possível se eles não nutrissem sentimentos um pelo outro, mas ela já sabia disso. Era simplesmente mais fácil para Eva fingir o contrário. Pior para ela, ele estava enjoado de fingimento.

— A mágoa que você sentiu foi a sua — ele disparou em resposta.

— E você adora isso, não? — O rosto adorável dela assumiu uma expressão endurecida, o que o calou. — Não faz diferença em quem enfiou o seu pau, mas você adora saber que importou para mim.

— Pense em quão pior se sentiria se eu o tivesse enfiado em você. Fiz um favor para nós dois. — E ele fora um babaca por fazê-lo. Mentira a si mesmo ao esconder dela o encontro. A descoberta de Eva fora inevitável, e alguma parte dele quisera chegar a ela daquele modo. Para mostrar-lhe como o afetava saber que Caim podia possuí-la a qualquer hora.

Eva riu, o som desprovido de qualquer alegria ou humor.

— Você foi procurar Izzie por *mim*? Que grande frase. Passar toda a responsabilidade de suas ações para meus ombros.

Reed agarrou-lhe o braço e a puxou.

— Você teria aberto as pernas num instante se eu quisesse — ele afirmou, brutal —, e nós dois sabemos disso. Mas, como eu disse, já vi esse show, e estou esperando o episódio em que você é quem me procura.

Por mais baixa que fosse, Eva se ergueu até ele. Seu queixo se elevou, seus ombros recuaram.

— Você não precisa de mim, Reed. Você *me quer* às vezes, pelo jeito apenas quando Alec está por perto para ficar irritado, mas é só até aí que vai. Eu não desistirei do que tenho por isso.

Reed a afastou.

— Nesse caso, você deveria estar mesmo muito feliz por eu ter bancado o cavalheiro hoje. Deus sabe que não faço isso por mim. — Enfiando a mão no bolso, Reed pegou o celular e o religou, mantendo o olhar na superfície iluminada em vez de encarar o olhar ferido e furioso de Eva.

Devido às chamadas frequentes de Sara, Reed havia programado seu aparelho por tempo suficiente apenas para ligar para Raguel. Ele não tinha ninguém para quem telefonar agora, mas o ato de brincar com a maldita coisa dava tanto a ele quanto a Eva a chance de esfriar os ânimos. Eles precisavam trabalhar juntos nisso, e não ficarem discutindo sobre o que não podia ser mudado.

Seu celular bipou quando despertou para a operação plena, mas não havia mensagem à espera. Isso o incomodou mais do que uma caixa postal cheia. Sara era mais inclinada a aumentar suas tentativas do que a desistir.

Eva agiu como se estivesse concentrada em limpar a poeira sobre si.

— Vamos embora.

— Ouça. — Reed olhou para ela. — Não sei por quanto tempo estas conexões residuais entre nós vão durar.

— Nós não podemos nos livrar delas tão rápido quanto eu gostaria — ela resmungou.

— Você está começando a usar um pouco do fraseado de Caim, e nós concluímos que podemos sentir as emoções uns dos outros. Isso pode ser desastroso para nós todos, se não mantivermos tudo sob controle.

— Como?

— Se Caim ficar entusiasmado em sua caçada a Charles, você poderá sentir a mesma imprudência.

As sobrancelhas de Eva se arquearam.

— E se eu sentir medo, ele sentirá.

— Certo. O que significa que temos que mantê-la estável e concentrada enquanto ele estiver caçando Grimshaw.

Não em consideração ao seu irmão, mas sim a Eva. Se ela fosse inadvertidamente responsável por prejudicar Caim numa batalha, nunca se perdoaria.

— Sendo assim, você deve saber — ela começou com um brilho determinado nos olhos — que se Gadara não conseguir que a comandante da base adie com aqueles garotos do outro lado da rua, eu irei com eles para Cidade Qualquer esta noite.

Reed gelou.

— Você *não* vai voltar para lá.

— Não podemos deixá-los sozinhos aqui!

— Raguel está morto, Eva.

Ela tropeçou para trás como se houvesse sido golpeada. Reed queria dar a notícia com mais tato, mas seu pronunciamento pegou-o de surpresa, despreparado.

Uma soturna voz masculina rompeu o silêncio pesado:

— *Abel*.

Reed não desviou o olhar de Eva, mas ela dirigiu a atenção para a porta, seus olhos arregalados como os de um cervo apanhado pelos faróis.

— Montevista... — Eva suspirou. — Onde está Gadara?

O guarda respondeu sem vacilar:

— Na barriga de um Demoníaco.

Reed analisou o Marcado, observando a constituição robusta e os olhos exaustos do homem. Havia nele uma expressão calma e firme que inspirava confiança. Reed podia entender porque Raguel designara esse Marcado para a sua segurança.

O lábio inferior de Eva tremeu.

— O que houve?

Montevista explicou, e se dirigiu a Reed ao terminar:

— Caim quer que você ligue seu celular para que ele possa chamá-lo.

Reed fitou de soslaio seu telefone, entendendo agora por que o ligara de novo, para começar. Ele continuava conectado ao irmão de algum modo. Olhou de relance para Eva, que pareceu não notar seu desgosto. Eva podia ser o canal, mas, se fosse, não sentia as informações passando por ela.

— Que tipo de Demoníaco era? — Eva se agachou e voltou a vasculhar entre as bagagens de mão.

— Não tenho a menor ideia.

Ela olhou para Reed.

— Era seu demônio misterioso?

— A descrição bate — ele disse.

— Precisamos voltar àquele bosque e ver o que há lá para nos ajudar a ir atrás de Gadara.

Montevista suspirou.

— Não acredita que ele está morto?

— Ela não acredita em nada — Reed afirmou, ainda agressivo.

Eva olhou ferozmente para ele.

— Gadara não me parece o tipo que acabaria com a própria vida. O suicídio não é um pecado?

— O assassinato desafia o comando de Deus — Montevista respondeu. — Suicídio é assassinato de si mesmo.

— Então é de estranhar que Gadara tenha feito isso, certo? Ele devia ter um plano.

— Podemos ter esperanças, mas como ele saberia lidar com uma espécie de Demoníaco da qual nunca ouvimos falar?

— *Nós* não, mas *ele* talvez tenha ouvido. Foi a primeira vez que o viu? Talvez ele o tenha reconhecido.

— Duvido disso. — Reed meneou a cabeça. — Mariel e eu descrevemos a criatura de forma muito clara.

— Estou apenas lançando hipóteses. — Eva por fim desistiu de procurar sua arma e se ergueu. — Nós também temos que considerar a armação em que vocês entraram: alarme de incêndio disparado e o Demoníaco detido lá fora. Se eles quisessem os soldados mortos, os teriam matado antes que vocês chegassem lá.

Montevista olhou para Reed.

— Ela era policial?

— Decoradora de interiores.

— Ela é bem boa nisso para uma novata.

— O suficiente para ser perigosa — Reed concordou.

— Ei! — Eva o empurrou, o que não o moveu de modo algum. — Eu estou bem aqui.

Reed deu de ombros.

— Você está aqui. Se está certa ou não ainda ninguém sabe.

— Concorda que o culpado deve ser Grimshaw? — Montevista perguntou.

— Se Gadara e Alec pensam assim... — Foi a vez de Eva dar de ombros. — ...seguirei a opinião deles.

— É um começo. — O queixo de Reed se projetou. — Mas você não voltará à Cidade Qualquer. Não se discute isso.

— Faz sentido que seja o Alfa — ela continuou, ignorando-o. — Ele é o único demônio que conhecemos que declarou guerra abertamente contra nós.

Montevista ficou tenso.

— Ele declarou?

— Ele já me matou uma vez.

— Matou?! — Passando a enorme mão pelo cabelo cortado rente, Montevista praguejou em espanhol.

— E não queremos que isso se repita — Reed disse, soturno —, o que é a razão pela qual você não vai...

Seu celular tocou, interrompendo suas palavras. Ao retirá-lo do bolso, o tom abafado de seu sinal de chamada ficou claro como cristal. O nome do autor da ligação brilhou na tela.

Caim.

Aborrecido, Reed levou o fone ao ouvido.

— O quê?

— Foda-se também — seu irmão retrucou. — Montevista já está aí com você?

— Sim. E nós estamos ocupados.

— Você deu um jeito de se encontrar com a coronel?

O maxilar de Reed enrijeceu com a impaciência no tom de Caim. Não melhorava as coisas ver Eva e Montevista se juntando em conversação.

— Isso não é nada de sua maldita conta.

— É totalmente de minha conta, já que eu vou chefiar a firma de Raguel nesse ínterim.

— De modo algum.

A ausência de Raguel criou uma vaga na firma. Merda. Ele deveria ter feito o salto mental antes. Seu foco ainda estava em encontrar Raguel, não em substituí-lo. Mais uma vez, Caim estava à sua frente, derrotando-o na corrida antes mesmo que ele tivesse uma chance de entrar.

— De todo modo, irmãozinho.

O tom de Caim era tão presunçoso que Reed desejou que ele estivesse por perto para que o irmão sentisse o peso de suas mãos.

— Se é assim, voe para cá e resolva você mesmo com a coronel!
— Reed desligou, a mente rodopiando.

Os dons de mal'akh de Caim haviam sido reprimidos. Ele não podia mudar de um lugar para outro de nenhum modo celestial. Suas asas tinham sido podadas e descoloridas num preto retinto. Por que *ele* receberia o poder de administrar uma firma quando não possuía os dons de um anjo?

Era tão disparatado que Reed não podia acreditar. Caim era um nômade, um andarilho, um sociopata. À exceção de Eva, Reed não conseguia se lembrar de ninguém cujos sentimentos Caim houvesse colocado antes dos seus. Como ele poderia se responsabilizar pela segurança de milhões de pessoas?

E por que diabos ele parecia tão malditamente satisfeito com isso?

14

ALEC REFLETIU BREVEMENTE SOBRE LIGAR DE NOVO PARA seu irmão, mas pensou melhor. Abel precisava de tempo para digerir o estado das coisas. O choque da mudança era uma reação instintiva. Todos os arcanjos eram privados de seus poderes por sete semanas ao ano. Eles sobreviviam sem isso, então Alec também conseguiria.

Assim, ligou para o escritório da comandante, e foi informado de que a coronel saíra e que só estaria disponível no dia seguinte.

— Merda. — Ele precisava de um plano B. Depois de considerar suas opções, ligou para Hank.

— Caim! — A rudeza da voz que respondeu o fazia lembrar do apresentador de televisão Larry King, embora o verdadeiro gênero de Hank fosse um mistério. Um ocultista especializado nas artes mágicas, ele era um camaleão, que mudava de forma e gênero para se adequar ao cliente. As únicas coisas que nunca mudavam em Hank eram o cabelo vermelho flamejante e o vestuário, preto dos pés à cabeça. Eram artigos de primeira necessidade. — A que devo o prazer de sua ligação?

— Morte e destruição.

— Parece o meu tipo de festa. — Hank fez um som como se engasgasse, então gritou: — Tenha cuidado ao baixar essa caixa! O conteúdo é insubstituível.

— Onde você está agora?

— No Aeroporto Municipal de Monterey, no norte da Califórnia. Raguel me chamou aqui. Tive que trazer meu equipamento, então fui forçado a voar. Não posso esperar que os Marcados entendam o quão importante meu equipamento é. Se eu deixasse com eles, sem dúvida quebrariam tudo no caminho. Até mesmo carregar a van de aluguel parece demais para eles.

Alec considerava Hank seu Demoníaco favorito. Durante aqueles quase doze séculos em que Hank se juntara ao time de Raguel, o demônio se provara extremamente útil.

— Quem está com você?

— Dois investigadores do Departamento de Projetos Excepcionais e dois guardas.

Alec soltou o ar, aliviado, então explicou como a situação estava agora.

— Eu sei — Hank disse. — Senti no momento em que Raguel se foi.

— Como? — Depois de notar a completa falta de reação celestial ao desaparecimento de Raguel, Alec ficou mais do que assustado em ouvir que um Demoníaco sentira o que, pelo visto, ninguém mais tinha sentido.

— Nós trabalhamos juntos um longo tempo. Gadara se conectou comigo assim como com todos os Marcados que trabalham para ele.

Alec se apoiou na parede, preparando-se para o que ele considerava ser uma revelação bombástica.

— Todos os Demoníacos trabalhando para arcanjos se conectam aos seus líderes de empresa?

— Claro. Por que não?

Puta que pariu. Demoníacos se conectando a arcanjos. Compartilhando informação. Vendo como a mente do outro funcionava.

Deixando seu espanto de lado, Alec voltou para a razão original de sua ligação.

— Quando você chegar a McCroskey, preciso que me conte suas descobertas em tempo real. Não espere um relatório oficial.

Houve uma pausa curta, e então:

— Você entrou nas asas de Raguel?

— De certa maneira.

— Você dá ordens como um arcanjo, meu amigo. Mas não soa como um.

Arcanjos tinham uma ressonância única em suas vozes, que inspirava ao mesmo tempo respeito e submissão.

— Entre nessa comigo — Alec pediu.

— Como você quiser. Mal vejo a hora de ver sua linda menina de novo.

— Mantenha-a longe de problemas por mim, sim?

— E longe de Abel? — ronronou Hank. Trabalhar para os caras do bem não diminuía o desejo inato que os Demoníacos tinham por caos e conflito.

— Isso também. Ligue-me quando souber de alguma coisa.

— Ligarei.

Alec desligou e se dirigiu ao quarto adjacente ao banheiro. Parou perto de Giselle e chamou:

— Hora de acordar.

A quimera não saiu do lugar.

Alec se virou para a torneira. Encheu suas palmas em concha com a água corrente e a atirou toda em Giselle. Quando ela cuspiu e cambaleou para se pôr numa posição sentada, ele recuou depressa. A tentativa que fez de enxugar os olhos foi impedida pelas algemas, o que resultou num braço puxado e uma fileira de palavrões abafados.

Ele se agachou ao lado dela e puxou a mordaça para baixo, deixando-a pendurada no pescoço.

— Doces sonhos?

Ela o olhou com ferocidade através de pálpebras molhadas.

— Por que você fez isso? Eu não tinha terminado.

— Tinha sim.

— Você é horrível, Caim — ela resmungou. — Completamente horrível. Tire-me destas algemas.

— Preciso que você me trace um desenho do conjunto residencial de Charles. Vai dar uma de difícil?

A curva petulante dos lábios dela mudou para um sorriso luminoso.

— Isso significa que não tenho que ir junto? Desenharei o melhor dos mapas. Então eu apenas esperarei você terminar aqui e poderemos viajar...

— Preciso de um pouco de sangue também.

— ...para Anaheim e... — Os olhos azuis de Giselle se arregalaram. — Meu *sangue*? Depois de me acorrentar na pia de um banheiro? Você deve estar...

— Muito bem. — Alec se pôs de pé com um suspiro dramático. — Que seja do seu modo.

— Aonde vai?

— Pegar minha faca. Se você não se contorcer, talvez não se machuque muito.

— Espere! — ela gritou atrás dele, as algemas chocalhando sobre os canos. — Vamos falar um pouco mais sobre isso. Você não me deu uma chance para pensar. Não pode fazer uma garota despertar no meio da refeição e esperar que ela seja totalmente coerente.

Ele ficou à soleira, com as costas encostadas na parede, sorrindo.

— Caim! Maldito seja... — Giselle se queixou. — Sua mãe não lhe ensinou boas maneiras? Não é assim que se deve tratar os hóspedes!

Recuando, ele se ajoelhou junto à pia e puxou as chaves das algemas de seu bolso.

— Quando se trata de um hóspede não convidado, todas as garantias ficam de fora. — Alec a libertou e se ergueu.

Giselle esfregou o pulso, depois estendeu a mão para ele para que a ajudasse a colocar-se em pé. Seu cabelo loiro estava desgrenhado do lenço às raízes, mas a aparência era boa.

— Este chão é duro e frio.

— Se você não tivesse se retorcido tanto, poderia ter ficado mais confortável.

— Não se deve prender pessoas a canos!

— Não me faça amordaçá-la outra vez.

— Você realmente não é um cara muito legal.

— Veja só o que diz um demônio que causa pesadelos às pessoas — ele retrucou.

— Eu tenho que comer!

Quando ela saiu do banheiro, Alec foi à sua frente. Seguiu até a mesinha de cabeceira e retirou da gaveta o papel timbrado do hotel. Colocando-o no tampo junto com uma caneta, disse:

— Desenhe. Agora.

— Vá. Pro. Inferno. — Mas ela pulou para a beira da cama e alcançou o bloco. Sua mão começou a passar a caneta pelo papel. — É uma comunidade fechada. Não sei como vai passar pelos guardas. Você cheira mal.

Alec abriu a mochila que tinha colocado na outra cama e retirou uma garrafa de loção corporal. Os conteúdos já haviam sido misturados com um anticoagulante. Ele só precisava de um pouco de sangue de Demoníaco para acrescentar à mistura.

— Você vai corrigir isso. — Ele a encarou.

Os olhos de Giselle se fixaram na seringa na mão dele. Seu queixo caiu.

— Uh... — Ela engoliu em seco. — Tenho medo de agulhas.

— É só uma picadinha.

Ela balançou a cabeça violentamente e se ergueu. O bloco caiu no chão.

— Você não entende. A visão de sangue me faz vomitar.

As sobrancelhas de Alec se arquearam. Era só o que lhe faltava, ter que lidar com um demônio com aversão a sangue.

— Você não vai querer descobrir o que acontecerá se vomitar em mim.

— Então, não me espete com isso! Que tipo de tortura doentia é essa?

— Você sabe muito bem o que estou fazendo. — Ele apontou para a cama com um esticar do queixo. — Sente-se.

— Não podemos fazer sexo em vez disso? — ela sugeriu, pondo a mão no quadril e tentando parecer sedutora. — Você irá cheirar tão bem quanto, e será menos dolorido.

— Para você talvez. Agora, sente-se.

Giselle abriu a boca, mas a expressão no rosto dele certamente a advertiu. Ela caiu de costas na cama e estendeu seu braço delgado, virando o rosto.

Alec se ajoelhou e disse:

— Sou bom nisso. Vou terminar antes que você perceba.

Ela manteve a cabeça virada.

— As pessoas só dizem isso sobre coisas que duram para sempre.

— Conte até vinte. — Ele segurou o torniquete. Como sempre, levou um momento para absorver as similaridades entre os dois: os corações palpitantes, o sangue bombeado, a frágil casca de sua pele.

— *Ett, två...* — ela balbuciou, tremendo quando ele deu uma batidinha na dobra interna de seu cotovelo com as pontas dos dedos. — ...*tre, fyra...*

Alec enfiou a agulha numa veia roliça.

Giselle guinchou e pulou. Seu joelho atingiu-o no queixo, derrubando-o sobre a cama próxima.

Ele começou a rir, depois a dor lancetou seu cérebro como um atiçador de brasas. Agarrando a cabeça, Alec soltou um grito prolongado de agonia.

Ela gritou também, e depois deu um soco no ombro dele.

— Você me assustou! O que está fazendo, gritando desse jeito?!

Tombando de lado, Alec se enrolou na posição fetal.

— Oh, por favor... — ela resmungou. — Deixe de dramas. Eu mal o toquei.

O ácido bombeava nas veias dele, abrindo caminho ao devorar seu organismo de dentro para fora. Lágrimas ardiam em seus olhos, e sua garganta ficou bloqueada.

— Isso é sério? — Giselle cutucou-o com o pé. — Caim? Você está mentindo para mim ou não?

As costas de Alec se arquearam, e seu corpo enrijeceu como um arco. Ele se contorceu de tormento, seus ossos se transformando com tal força que era como se estivesse sendo despedaçado.

— Você não está brincando — ela soltou, esbaforida, aproximando-se dele. — Eu realmente aprontei uma boa com você.

Se ele sobrevivesse, iria matá-la.

— Isso pode salvar minha pele! — Giselle bateu palmas. — Posso dizer a Sammael que não voltei para o Inferno porque marquei um ponto tirando você da jogada! Isso é perfeito. Serei uma heroína. Charles ficará doente de inveja. Uma quimera abatendo Caim da Infâmia. Quem teria pensado nisso?

Ele agarrou o tornozelo dela e apertou. Com força.

— Ui! — Giselle livrou sua perna com um puxão. — Você está me machucando com seus estertores mortais.

O calor se empoçou na barriga dele, abrasador e pesado. Começou a se irradiar para fora, encompridando seus membros e estendendo os dedos de suas mãos e seus pés. Esticado como uma vítima numa tortura medieval,

Alec estava prestes a rezar pedindo a morte quando sentiu Eva se movimentando dentro dele. Tão sólida e tão intensa quanto a dor. Braços fantasmagóricos abraçaram-no, calmantes e refrescantes. Ele se debateu junto a ela, agarrando-se à sensação dela como um homem que estivesse se afogando se agarraria a um salva-vidas, arrastando-a para a angústia com ele.

Alec. A voz dela. Cheia de preocupação e alarme crescente.

Eva começou a entrar em pânico enquanto mergulhava mais profundamente na dor dele, mas Alec não podia soltá-la. Seu instinto de sobrevivência era poderoso demais.

O corpo dele começou a convulsionar, e Giselle gritou. Ela saltou por sobre Alec e correu para a porta.

— Fique. — Foram suas próprias cordas vocais que criaram o som, mas a voz não era dele. O que ele ouvira fora mais profundo, mais sombrio. Retumbante.

Giselle ficou paralisada com a mão na maçaneta.

A insanidade se enrolou em Alec como ondas de água escura e fria. Ele afundou sob a superfície com Eva em seus braços, seu corpo, uma prisão de tormento.

— *Caim!*

Alec se sobressaltou ao som do rugido de Abel — um berro reverberante de fúria na escuridão uniforme de sua mente. Eva retomou suas lutas com vigor renovado, levantando-se com braços que se debatiam e ganhando impulso. Ela foi arrancada de junto dele e se afastou para longe, longe demais para que Alec pudesse alcançá-la, apesar de suas tentativas dilacerantes.

Como um vaga-lume na escuridão, ela esvoaçou para longe. Ele a seguiu para o alto com o padecimento de seu corpo, depois através da dor mais penosa criada pela consciência de que Eva estava ligada ao seu irmão com intensidade suficiente para ser arrebatada.

Foi quando sua desgraça desapareceu tão rapidamente quanto surgira.

A paz o envolveu, acalmou-o, relaxou cada músculo e tendão, afrouxando o punho de sofrimento profundo que apertava seu peito.

Seus olhos se abriram. O teto estava baixando sobre ele.

Não: ele estava se erguendo. Levitando.

O rugido surdo do sangue em seus ouvidos desapareceu ao fundo, e um soluçar misericordioso preencheu a lacuna. Alec se aprumou de sua posição de bruços, seus pés apontando para a terra, sua cabeça apontada em direção aos céus.

Livrando-se da tensão restante com uma revirada de ombros, as asas de Alec se abriram. Suas penas eram escuras como a noite — como sempre tinham sido —, mas agora com pontas de ouro.

— Minha vida é horrível! — Giselle gritou, atraindo sua atenção. Ela sentou-se desmantelada junto à porta, seu belo rosto úmido de lágrimas.

Alec sorriu, celebrando o poder que fluía através dele como uma corrente elétrica. Seus pés tocaram o chão acarpetado, e ele se ergueu por um momento, reforçando a inundação de conhecimento que se derramava em sua consciência. O que era mais agradável, contudo, era a tranquilidade que experimentava. Suas emoções não o governavam mais. Na verdade, ele mal as sentia.

— Sammael nunca me aceitará de volta agora. — Giselle fungava e esfregava o nariz, que escorria. — Transformei Caim da Infâmia num arcanjo.

EVA TEVE UM CHOQUE DE SURPRESA QUANDO A PORTA entre sua mente e a de Alec fechou-se de forma violenta. Esgotada e devastada, seus joelhos cederam, mas ela foi amparada por braços fortes. O cheiro da pele de Reed passou por suas narinas e a trouxe de volta a si mesma.

Suas costas estavam voltadas para a frente dele, os lábios dele em seu ouvido. Eva piscou e reconheceu o interior do lado das garotas no duplex.

— Que diabos foi isso?! — O olhar de Montevista disparou de um para o outro. — Num minuto estamos conversando, e no outro vocês dois saem da realidade, em alguma espécie de transe zumbi!

Eva soltou um grito sufocado, a sua mão se ergueu até a blusa. Ela meio que esperava que estivesse molhada, mas estava inteiramente seca. A sensação de flutuar num mar negro parecera tão real... E aterrorizante de uma forma enlouquecedora.

— Alguma coisa *medonha* acaba de acontecer com Alec. — Ela livrou-se de Reed e o encarou. — Nós temos que encontrá-lo.

O rosto de Reed estava envolto numa máscara insondável, embora ameaçadora. Seus olhos escuros se mostravam frios, seus lábios, contraídos.

— Ele quase matou você.

Ouvir as palavras ditas em voz alta foi um choque para o sistema de Eva. Embora a conexão entre eles fosse um tanto parecida com isso, ela não podia acreditar que essa houvesse sido a intenção consciente de Alec.

— Ele nunca me feriria.

— Alec não é mais a mesma pessoa, Eva.

Ela franziu o cenho, lutando contra a persistente confusão em seu cérebro.

— O que você quer dizer?

O queixo de Reed enrijeceu quando ele disse:

— Ele foi promovido a arcanjo.

— O quê?! — O pavor afundou em suas entranhas como uma pedra pesada. — Como isso é possível?!

— Raguel morreu. Alec foi ajustado para ficar em seu lugar.

— Alec? — Seus braços envolveram seu peito. — Como você sabe...?

— Ele me contou — Reed deixou escapar. — Meu irmão nunca deu a mínima para ninguém em sua vida, e agora é responsável por cuidar de milhares de Marcados.

Eva não tinha ideia de como deveria reagir. O que isso significava? O que aconteceria com ela e Alec agora? Pegou seu celular e ligou para ele.

Sydney gritou de sua posição no alpendre:

— Uma van acabou de estacionar.

Lá fora, uma buzina de automóvel soou duas vezes.

— Reforços? — Eva franziu o cenho quando entrou no correio de voz de Alec.

Um telefone tocou, seu toque de chamada, uma canção de Paul Simon que Eva não conseguiu situar na lembrança. Montevista enfiou a mão no bolso e retirou um smartphone de prata polida.

— É o de Raguel — Reed notou.

— É sim. — O aparelho ficou em silêncio. Contudo, a identidade de quem ligava continuava visível na superfície, porque Montevista disse:

— Hank está aqui.

Eva correu para a porta. Bem quando seu pé deu um passo além do limiar, ela parou, e Montevista se chocou nas suas costas. Ela tropeçou, mas se equilibrou na divisão que cercava a parte de trás do degrau de cimento do pórtico — o geminado que levava àquele em que deparara com Molenaar no lado dos rapazes.

— Você está bem? — o guarda perguntou, franzindo o cenho. — Talvez devesse dar uma relaxada.

— Onde estão os Demoníacos?

Ele piscou.

— Quais?

— Os que Gadara trouxe com ele. A fada, o dragão e a gwyllion. E quem mais possa estar lá.

— São só os três. A fada pode trabalhar a qualquer requisição.

— Onde estão agora?

— Eles ficam numa casa perto da esquina. — Montevista apontou em direção a Cidade Qualquer.

— Por que não os estamos usando?

— Estamos, sim. Eles estão ajudando minha equipe com os corpos.

A menção de "corpos" fez Eva estremecer por dentro.

— O que estão fazendo com eles?

— Autópsias de campo.

— Vocês trouxeram equipamento para isso?

O olhar dele foi oblíquo.

— É por isso que estamos usando os Demoníacos.

— Entendo. Onde isso está acontecendo?

— Em Cidade Qualquer. Muito espaço, nenhum acesso público e perto do cenário do primeiro ataque, que ainda vinha sendo examinado na última verificação.

Reed passou roçando por eles e rumou para o estacionamento.

— Vocês mesmos vasculharam a área? — ela quis saber.

— Uma inspeção superficial, mas meu trabalho é ficar com Gadara. — As feições rudes de Montevista se tornaram sombrias. — Meu trabalho *era* ficar com ele.

Eva tocou seus bíceps com ternura, comunicando um conforto silencioso. Ainda não conhecia a história toda do que acontecera com Gadara, mas ela estaria lá quando fosse explicada a Hank, e poderia ficar a par. Com isso em mente, recomeçou a andar. Montevista se colocou ao seu lado.

— Para onde está indo?

— Imaginava que você fosse rumar logo para lá.

Ele a fitou.

— Não há a menor chance de Caim ou Abel permitirem que você volte para lá.

— Pode realmente me dizer se aqui é mais seguro do que lá? Ainda mais se você estiver lá e não aqui?

A boca dele se curvou.

— Não, na verdade, não.

— Entende? Não se preocupe com eles. Eu vou informá-los — ela assegurou. — Se me deixarem verificar a área agora e mantivermos vigilância depois, não terei problemas em expressar meus remorsos à equipe da *Escola dos fantasmas*.

— Mal posso esperar para ver tal coisa. Pode me dizer por que você está se empenhando tanto nisso? Você sabe que todos nós estamos fazendo o melhor que podemos para descobrir o que está acontecendo.

— Eu apenas sinto que estou perdendo algo, e não posso deixar de lado até que saiba o que é.

Ele bateu no ombro dela com o próprio ombro.

— Bons Marcados sempre seguem seus instintos.

Eles chegaram ao estacionamento onde Ken, Edwards e Romeu ajudavam Hank — cuja única contribuição ao esforço parecia ser dar medonhas advertências — a descarregar uma variedade de caixotes de madeira da traseira da van preta. Izzie, Laurel e Claire estavam sentadas sob a sombra do carvalho à margem do estacionamento. Suas atenções se achavam divididas entre assistir a alguma coisa no laptop de Claire e o aparecimento de Hank — cuja aparência mudava de uma viçosa e bela ruiva ao estilo Jessica Rabbit em um vestido *à la* Mortícia Addams para um alto, bem constituído e ruivo gatão, dependendo do gênero da pessoa com quem falava. As transformações eram fluidas e instantâneas. Uma piscada e já não se poderia mais vê-las.

Quando Eva se aproximou, Hank prestou atenção a ela. Mudando para a forma masculina, o ocultista andou em sua direção com um sorriso amplo e um firme passo satisfeito. Trajava uma camiseta preta e calça preta, a severidade realçando a cor vermelho-groselha de seu cabelo.

Ele estendeu as mãos para ela, analisando-a tanto com deleite quanto com curiosidade.

— Adorável Eva, que prazer revê-la!

Ela pôs suas mãos nas dele. Tinha sempre a impressão de que ele a apreciava como um cientista aprecia experiências.

— Oi, Hank.

O Demoníaco parou, a cabeça se inclinando para um lado a fim de avaliá-la.

— Caim se transformou. Progrediu. Desabrochou. Você não gosta disso.

— Não é verdade — ela protestou, concluindo que de fato odiava como as pessoas vinham entrando e saindo de sua cabeça. — Eu não entendo isso. Espero que você me explique.

Ken praguejou e Hank rodopiou, mudando para a fêmea ruiva gostosa antes de finalizar a rotação e gritando num grunhido masculino:

— Tenha cuidado com esses aí! Por favor.

— O que você tem aqui? — Edwards arfou, arqueando-se sob o peso de uma caixa menor. — Um elefante?

— Devo fazer tudo sozinho? — Hank estalou os dedos, e a caixa caiu das mãos de Edwards.

Sem o peso para equilibrar sua pose contorcida, o inglês tropeçou e foi ao chão.

— Que merda! Se você podia fazer isso o tempo todo, por que não fez?!

Hank tornou a encarar Eva, como um homem.

— Calouros são tão cansativos!

— Eu sou uma caloura.

— Você é excepcional.

Excepcionalmente amaldiçoada pela má sorte. Ela vasculhou a área com o olhar.

— Onde foi parar a caixa?

— Lá dentro da casa. — E Hank partiu em direção ao lado masculino do duplex.

Eva deu uma olhada para Montevista por sobre o ombro.

241

— Não vá embora sem mim.

O guarda respondeu com um polegar em sinal de positivo.

Após ela e Hank passarem pelas garotas, Eva perguntou:

— Você sabe o que elas estão fazendo?

— Vendo um vídeo que encontraram na cozinha.

Eva franziu o cenho.

— Um vídeo?

— Um programa de televisão sobre fantasmas aqui na base.

— Oh... certo.

— Não posso lhe falar muito sobre o progresso de Caim — Hank continuou. — Até onde sei, ninguém foi promovido a arcanjo na história de... bem, na história. Ponto final.

— Ótimo.

— Você está preocupada por achar que o perdeu.

Eva balançou a cabeça.

— O que me aflige é a possibilidade de ele ter perdido a si mesmo. Eu estava com Alec... dentro dele... quando a mudança se deu. Não sei como alguém pode sobreviver a uma dor daquelas e continuar sendo a mesma pessoa. Pude sentir sua... *alma* se separando do corpo.

— Ele não perdeu a alma, Evangeline. Ela simplesmente se conectou de forma mais completa com Deus. Sammael é famoso por sua habilidade para atrair os fracos à veneração, mas ele ainda tem que conquistar o nível de perícia de que Deus desfruta.

— Você quer dizer que Deus está *atraindo* Alec para longe de mim?

Hank sorriu.

— Ele pode fazer Caim mais feliz sem você. Você traz conflito. Deus lhe dará paz.

— Paz.

— É fácil seduzir alguém a fazer sexo, não? Sammael faz isso a todo instante. É muito mais difícil convencer alguém a abandoná-lo *para sempre* e, no entanto, Deus consegue fazer isso constantemente. Com os fortes, não com os fracos.

Eva tentou imaginar Alec — o homem mais viril que ela conhecera, junto com Reed — abandonando o sexo.

— Sabe... eu não acho que...

— ...Raguel está morto? — A faísca nos olhos azul-claros de Hank lhe revelou que ele sabia o que ela tencionara dizer.

— Isso mesmo. Não acho que Raguel está morto.

Eles chegaram à varanda, e Hank inspecionou a divisória danificada. Havia sido feita a melhor arrumação possível nos estragos, mas era visível que as coisas não estavam como deveriam estar.

A porta da frente foi aberta para facilitar o transporte das caixas. Hank entrou primeiro, o que fez Eva se indagar se era uma mulher ou apenas indefinível em matéria de figurino. Movendo-se direto para a maior das caixas, Hank rodeou-a.

— Não é por acaso que o número de arcanjos tem se mantido o mesmo — ele murmurou.

— Não, eu não pensaria assim.

Ele olhou para ela, sorrindo.

— Adoro que não seja ingênua, sabe? Torna-a muito mais interessante.

— Obrigada. Você também é bastante interessante. — Eva apontou para todas as caixas. — Posso ajudá-lo com isso?

Hank apontou para os três pés de cabra apoiados na parede ao lado da porta.

— Tem que haver um equilíbrio. Os figurões do Inferno se encontram tão vivos e bem quanto os arcanjos. Ambos os lados cuidam de se proteger, mas nenhum deles pretende atacar o outro, o que não seria nada bom para nenhum dos dois.

Eva pegou um pé de cabra e foi até a caixa mais próxima, que chegava à altura de seu peito.

— Como no caso das armas nucleares na Guerra Fria? Os Estados Unidos e a União Soviética espionavam um ao outro, mentiam um para o outro e estavam preparados para explodirem-se mutuamente, mas, no fim, ninguém quis fazer pender a balança. O preço seria alto demais.

— Isso mesmo.

— Mas... — Ela deu um puxão no pé de cabra, dando vazão às suas frustrações através do exercício físico. — ...Alec pode continuar sendo um arcanjo, independente do que tenha acontecido a Gadara?

Hank cruzou os braços acima do topo da caixa.

— Talvez. Ele poderia ser rebaixado a mal'akh, o que iria criar novos problemas. É mais fácil ajustar uma melhora nas circunstâncias de alguém do que saborear o sucesso e retroceder ao fracasso.

Pressionando a ferramenta para baixo com toda a sua força, Eva abriu a tampa em meio a uma cacofonia de pregos queixosos.

— Você pode descobrir com este equipamento quem ou o que matou os dois Marcados?

— Eu posso, por meio dele, dar minha melhor tacada, com certeza. Devo entender que você não está querendo mais falar sobre Caim?

— Eu quero falar *com* ele. — Eva conseguiu dar um meio sorriso para abrandar qualquer ressentimento que suas palavras pudessem causar. — Embora eu agradeça pelo que você me revelou até agora.

Ela vasculhou em meio à serragem que enchia a caixa e retirou... um abajur. Um abajur de criança com um tema de desenho animado apresentando estrelas e luas. Suas sobrancelhas se ergueram e ela olhou para Hank.

Corando, Hank explicou:

— Para o sucesso, disposição de espírito é tão importante quanto ferramentas.

— Concordo. — O que a fez lembrar do fato de que sua disposição de espírito havia se alterado diversas vezes aquele dia. Precisava ir mais devagar, tirar algum tempo só para si, e refazer tudo que sabia sobre os acontecimentos com um pente-fino.

Seu celular vibrou no bolso. Esperando que fosse Alec, Eva atendeu com tanta precipitação que quase o deixou cair. Mas o nome exibido era *Mamãe*. Ela considerou enviar a chamada para a caixa postal, mas refletiu melhor. Sentia a necessidade de uma dose robusta de realidade nesse momento. Da antiga, não de sua nova realidade.

— Tenho que atender — ela disse a Hank. — Desculpe.

— Sem problemas. Estarei aqui quando você terminar.

— Oi, mãe — ela saudou, descendo o corredor em busca de privacidade.

— Seu pai acabou de me falar que você telefonou ontem. Está tudo bem?

Eva estremeceu, mas afirmou:

— Até aqui, sim. Estamos ocupados, mas isso era de se imaginar.

— Alec está com você?

— Não, ele está sempre trabalhando. — Não pela primeira vez, ela sentiu como poderia ser viver uma vida normal com Alec. Ansiava com enorme angústia por essa vida imaginária quando se permitia pensar sobre ela.

— E Reed? — Miyoko quis saber. — Ele está aí?

— Sim.

— Estranho. Há alguma coisa errada com Alec por ele permitir isso.

Eva alisou a testa com a ponta dos dedos. Sua pele parecia úmida e quente, o que a preocupou.

— Eu pensaria que há algo de errado com um homem que interferisse no emprego de sua namorada.

— Empregos não duram para sempre, Eva. Casamentos sim.

Sem vontade de cutucar a onça com vara curta, Eva olhou para o primeiro quarto de dormir ao passar por ele. Havia sido completamente esvaziado.

— Há alguma coisa excitante acontecendo com você, mãe?

— Só minhas filhas me deixando de cabelo branco. Sophia fez mais tatuagens. Duas.

— É mesmo?

A irmã de Eva era apreciadora de tatuagens quando solteira, mas não havia se permitido fazer novas desde o seu casamento.

— O que ela tatuou?

— Os nomes de Cody e Annette em torno do tornozelo.

— Acho isso carinhoso, e os filhos podem pensar que a mãe é muito legal por fazer algo assim. — Eva entrou no dormitório seguinte.

O quarto principal tinha apenas dois sacos de dormir e mochilas deixados para trás, testemunhando a interrupção dos esforços de Ken e Edwards para carregar os veículos. O estojo do laptop de Richens se achava disposto jeitosamente sobre sua bagagem, e um conjunto de barbear que lembrava um estojo de máquina fotográfica fora colocado em seu topo.

Máquina fotográfica.

— Não fico muito feliz por isso — Miyoko se queixou. — Espero que você nunca faça uma.

Eva lembrou a conversa que as duas tiveram dias atrás, quando ela pensara que sua mãe notara a Marca de Caim em seu braço. Na verdade, Eva aprendera que a marca não era visível aos olhos dos mortais.

— Eu não planejo isso, mas nunca diga "nunca".

— Evinha... — sua mãe disse em seu melhor tom de advertência.

— Tenho que desligar, mãe.

— Para que você ligou ontem à noite?

— Eu estava sozinha. — Eva girou e saiu do quarto. — Agora estou ocupada, por isso tenho que correr.

— Certo. Você me liga mais tarde, então.

— Tentarei. Amo você. — Eva desligou e consultou as horas no celular. Eram quase duas. Pouco tempo suficiente para conseguir o que queria.

Correndo pelo corredor abaixo, fez um aceno para Hank ao passar por ele. E quase tropeçou em Ken enquanto este arrastava nos degraus uma caixa que fora desviada por Montevista na outra ponta. Eva saltou para longe da varanda e contornou os fundos da casa em direção ao lado das garotas, de onde Claire e Sydney acabavam de sair.

— Preciso de sua câmera — Eva disse para a sobressaltada francesa.

Claire pareceu confusa por um momento, depois seu rosto se iluminou.

— *Bien sûr*... é claro.

Eva esperou do lado de fora enquanto Claire apanhava a câmera.

— Você terá que se apressar para tirar qualquer foto que quiser — Sydney afirmou. — Caim está inflexível para que partamos imediatamente.

— Ele ligou? — Eva olhou para o celular em sua mão. Nenhuma chamada perdida.

— Está no estacionamento conversando com Abel.

Eva olhou para a passagem em direção ao estacionamento, mas o ângulo era ruim, e ela não pôde ver mais que o lado do motorista da van branca.

Claire saiu para a varanda com a câmera na mão.

— Há muito espaço sobrando na memória.

— Isso é ótimo. Obrigada! — Agarrando a câmara, Eva partiu em disparada em direção a Alec.

15

REED SE PERGUNTAVA SE DAR UM SOCO EM SEU IRMÃO como arcanjo teria consequências diferentes das que *enfrentaria* se o nocauteasse como um mal'akh quando Eva contornou o canto do duplex numa corrida a todo vapor. Seu punho continuou cerrado, mas seus bíceps relaxaram. A expressão no rosto dela foi suficiente para detê-lo. Ela poderia atacar Caim mais efetivamente do que ele.

Hank estava na casa com o restante da malfadada classe, usando seus esforços físicos para arrumar seu equipamento antes que partissem para o aeroporto. Reed desejava que o ocultista estivesse presente para essa visita improvisada de Caim, só para ver se sua reação à nova encarnação de seu irmão seria singular. Montevista era o único Marcado, à exceção de Eva, que se encontrava com eles, e ele parecia apenas aliviado. Era um Marcado, afinal, e eles achavam que Caim era a melhor coisa do mundo desde a invenção do pão fatiado. A artilharia pesada estava ali, e tudo ficaria bem.

— Alec!

Seu irmão se virou e sorriu para a saudação entusiástica de Eva.

— Olá, anjo.

Ela deu uma parada a poucos metros de distância, seu lindo rosto contraído por um trejeito de incerteza. Alec a saudou como quem saudaria um amigo, não uma amante por quem ansiara profundamente durante uma década de separação.

— Como vai você? — ela perguntou, vendo-o aproximar-se com olhar preocupado.

— Ficarei melhor quando você for colocada em segurança. — Caim não soava como ele mesmo. Suas palavras solenes eram verbalizadas num tempo mais lento e ligeiramente contraído. Ele também não se parecia consigo mesmo, com seus olhos cercados de dourado, sua pele cor de caramelo luminescente. Em seu jeans e na camiseta regata, Caim levava a posição de arcanjo a outro nível.

Reed sabia que esse nível estava agora fora do alcance de Eva.

— Você está bem? — ela persistiu. — Como se sente?

— Estou bem. — Ao afastar do rosto dela mechas extraviadas de seu cabelo, o sorriso de Caim era gentil. — Você já fez as malas?

Reed se encostou na frente do Suburban e cruzou os braços, observando com ávido interesse. No passado, os dois ficavam juntos a ponto de queimar. Agora, ele os chamaria no máximo de mornos.

— Sim, fiz as malas — Eva respondeu —, mas não estou pronta para partir.

— Por causa da turma do outro lado da rua?

Ela fez que sim.

— Providenciei para que pernoitem em Alcatraz, mas a proposta é só para hoje à noite. A balsa parte às dez para as sete, de modo que precisarei que partam rapidamente, se quiserem ir.

— Maravilha — ela afirmou, mas seu tom era vazio. A expressão em seus olhos era confusa, cautelosa. Seus dedos se apertavam e soltavam sobre sua coxa. — Eles já foram informados?

— Eu estava esperando que você se encarregasse disso.

— Certo. — Ela recuou, depois parou. —- O Alfa...?

— Ainda não. Depois disso.

— Não vá embora antes de eu voltar. Por favor.

Reed sabia o quanto custava a ela dizer isso — Eva não era o tipo de mulher a ficar pendurada num homem —, porém, com o alheamento que seu irmão vinha exibindo, era uma preocupação válida.

Montevista se levantou e se aprumou para segui-la. Caim se moveu primeiro, fechando o pequeno vão que ela criara entre os dois. Ele a agarrou pelos ombros e encarou seu rosto erguido.

— A conferência será em menos de uma hora, e eu ainda tenho que lidar com Charles.

— O que há de errado? — ela sussurrou. — Não posso mais sentir você.

Os lábios dele pousaram na testa dela.

— As coisas... *mudaram*, anjo. Quando tudo aqui estiver resolvido, falaremos disso. Há muito que não sei, nem entendo. Terei que encontrar respostas antes que possa fornecê-las a você. Preciso de um pouco de tempo para fazer isso. Pode me dar esse tempo?

Eva assentiu com um sinal trêmulo da cabeça.

Reed estava razoavelmente seguro de que ela fora posta para escanteio. Pela expressão magoada em suas feições, Eva pensava assim também.

Os ombros dela se arquearam e seu queixo se ergueu.

— Tenha cuidado.

— Não se preocupe comigo. — Caim a soltou e deu alguns passos para trás. — Cuide bem de você.

Reconhecendo uma oportunidade de ouro quando a via, Reed se endireitou e disse:

— Eu irei com ela.

— Eu irei — Montevista se ofereceu. — Você é necessário aqui.

— Completamente o oposto, na verdade. — Reed sorriu. — Meu motivo todo para estar aqui é Eva.

— Você não tem algo para me contar sobre sua viagem à Austrália? — Caim perguntou com olhos estreitados; o único sinal de que fora afetado pela partida de Eva e a oferta de acompanhamento de Reed.

Reed observou Eva chegando ao outro lado da rua, depois dando uma olhada ao redor para garantir privacidade.

— Achamos que o Demoníaco cresce a cada ataque — ele informou. — O da Austrália era consideravelmente maior que aquele que Mariel viu primeiro, e esse que atacou Raguel era ainda maior que ele.

— Você não acha que pode ser mais de um?

— Talvez, mas Les... o treinador australiano... viu a criatura aumentar de tamanho depois de destruir sua Marcada.

— Tudo certo. Obrigado. — Caim desviou o olhar, dispensando Reed totalmente.

O choque deixou Reed atônito por alguns momentos. Ele quase contou a Caim sobre a suspeita da habilidade do Demoníaco de absorver o fio de consciência e conexão do alvo com seu treinador. Mas, no fim, ele quis ir se juntar a Eva mais do que dar ao seu irmão qualquer vantagem na conferência iminente com os demais arcanjos.

Rumando para o outro lado da rua, Reed chegou à porta da frente do duplex da *Escola dos fantasmas* e bateu. Um latido de cachorro e um minuto depois, a porta se abriu e revelou uma bela ruiva num vestido de verão cor-de-rosa e roxo.

— Oi. — Ela sorriu, examinando-o.

— Oi, estou procurando Eva.

— Ele está comigo — Eva gritou.

A ruiva estendeu a mão.

— Sou Michelle.

— Michelle. — Reed levou a mão dela até os lábios. — Reed Abel.

Ela deu um passo para trás e fez sinal para que entrasse. Ele viu-se num espaço parecido com um dormitório ocupado por um sofá inflável, umas poucas cadeiras dobráveis, montes de caixas de papelão e dois colchões de encher. O ar rescendia a inseticida e nachos.

Reed fez um sinal abrangente e tomou nota dos vários ocupantes na sala de estar — uma morena de óculos dividia o sofá com um sujeito de cavanhaque trajando calça de veludo cotelê. Outro, com jeans e camiseta, roncava de seu canto numa cama próxima. Um cão dinamarquês marrom zanzava pelo perímetro do quarto, enquanto Michelle armava uma cadeira dobrável e a oferecia para ele. Reed declinou da hospitalidade com um balançar de cabeça e um sorriso agradecido.

Eva fez as apresentações, depois continuou com sua conversa interrompida.

— Então, é isso. Nós lamentamos de verdade pela inconveniência.

— Ei! — Roger sorriu. Nós não vamos ficar irritados por dar um pulo a Alcatraz à noite. Estamos arriscando a sorte lá há quase dois anos, mas nunca conseguimos nada. E mesmo que conseguíssemos, não existe garantia de que seria permitido filmarmos naquele lugar.

— Não sei, não. — Linda deu de ombros. — Pediram-nos que viéssemos especificamente para o Forte McCroskey. Eu odeio queimar esta etapa.

— Garanto que o convite será reestendido — Reed assegurou com suavidade, a persuasão *celestial* ressoando em seu tom. — Gadara quer oferecer alguma compensação por impor isso a vocês. Ele não havia contado com que usássemos a área à noite também.

— É muito simpático da parte dele — Michelle disse, com o olhar deslumbrado.

As sobrancelhas de Reed se arquearam. A morena pareceu indiferente.

— Que diabos vocês podem fazer a noite toda, afinal? — Linda perguntou.

— Iluminação. — Eva improvisou. — Exterior e interior.

— Linda não gosta de espontaneidade — Roger explicou —, mas eu fico excitado. Alcatraz à noite não é uma inconveniência.

Linda franziu o cenho.

— Teremos que discutir isso e informaremos depois.

Reed fitou Eva.

— *Osso duro de roer* — ele lhe disse telepaticamente.

A boca de Eva se curvou.

— *Eu gosto dela.* — E falou em voz alta: — Bem, me informem o que decidirem. Mas não esperem demais. É uma viagem de duas horas, sem contar o trânsito.

— Eu quero muito mesmo que você participe numa investigação.

Reed ficou surpreso pelo fervor com que Linda fez seu pronunciamento. Ele supusera que Eva estava se forçando a ir junto com eles. Não tinha se dado conta de que ela vinha enfrentando a pressão dos "caçadores de fantasmas".

— Fica para outra ocasião. — Eva sorriu. — Prometo.

Minutos depois, Reed estava na calçada perto de Eva, e ambos fitavam o duplex dos Marcados do outro lado da rua. Da visão do lado de fora, o lugar se mostrava tranquilo e silencioso. Todos estavam lá dentro, todas as portas dos carros, fechadas, todo o equipamento, transportado.

— Vou para Cidade Qualquer — Eva disse. — Vem comigo?

Ele olhou para ela, notando seu queixo obstinado e olhar desafiador.

— Eu posso detê-la.

Os lábios dela se cerraram.

— Por quê?

— Segurança?

— Neste momento, há três dos Demoníacos de Gadara, dois guardas e dois investigadores trabalhando em Cidade Qualquer. Terei um anjo da guarda também. Um verdadeiro exército.

Reed aproveitou a oportunidade.

— Você ficará me devendo.

Eva fez uma pausa, depois cruzou os braços.

— Devendo o quê?

Reed olhou para suas mãos com seus dedos finos. Certo de que ela levava uma câmera quando partira em direção à casa da *Escola dos fantasmas*, ele perguntou:

— Onde está a máquina fotográfica?

— Deixei lá dentro.

— Quer voltar e pegá-la?

— Quer parar de mudar de assunto? O que eu vou lhe dever? Não pode ser sexo.

— Por que não? Talvez seja exatamente isso o que eu queira. — Podia muito bem explicar tudo ali mesmo. Ele não queria que ela dissesse mais tarde que não tinha ideia alguma daquilo em que estava entrando.

Eva riu com desdém.

— Você não quis isso de mim há bem pouco tempo.

— E você não hesitou em consegui-lo pelo telefone com Caim — ele retrucou. — Ambos encontramos substituições para o que realmente queríamos.

— Você não pode sequer comparar os dois. Não estão nem no mesmo plano. Eu gosto de Alec. Você...

— E isso a torna melhor que eu? — ele provocou, interrompendo-a.

— Sou um babaca por gastar minhas energias com alguém que não liga a mínima para o que eu faço, mas você está num plano superior por usar um cara que gosta de você?

— Eu não estava usando o Alec!

— Mentira. — Reed esfregou a mão no rosto. — Tudo isso é mentira por ciúme.

Rindo com desprezo, Eva disse:

— Ciúme? Quanta pretensão...

Mas sua mente se encheu de imagens dele com a loira — algumas eram lembranças e outras foram inventadas por sua cabeça. Ela se torturava por imaginá-lo fazendo coisas que ele não havia feito. Reed não podia reconhecer que ela era possessiva porque isso a estava levando à loucura. Algumas mulheres podem conviver bem dividindo seus homens com outras. Eva não era uma delas. O remorso deslizou por dentro dele, e depois veio a fúria.

O braço de Reed se lançou e agarrou-lhe a nuca, puxando-a para mais perto. Com seu nariz tocando o dela, ele sussurrou:

— Seu ciúme não é menor que o meu. Eu o sinto toda vez que você vem. *Toda* vez. Pense nisso por um minuto.

Reed umedeceu os lábios, depois a soltou.

— Então talvez eu vá querer que você lave meu carro usando biquíni, ou me faça um jantar. Talvez eu vá querer que você atenda ao meu telefone por uma semana, ou que vista um figurino específico. Ou talvez eu queira transar com você sem motivo algum. Não tenho certeza. Mas, seja lá o que for, você terá que fazê-lo de boa vontade.

Os ombros dela recuaram.

— Você é um cretino.

Ele sorriu como um lobo.

— Você adora isso. E Caim acaba de jogá-la para escanteio, de modo que não deve explicações a ele.

— Ele não fez isso!

— Certo, se ele não fez... nada de sexual. Se o fizesse, todas as apostas estariam furadas. — Sua segurança a desconcertou mais ainda, ele percebeu. Mas conhecia muito bem uma conversa mole e não tinha dificuldade alguma em usar uma delas para transar com Eva.

— Você está pedindo coisas demais por uma rápida olhadela numa cidade abandonada — Eva se queixou.

Reed deu um passo em direção à rua como se fosse atravessá-la.

— É pegar ou largar.

— E se eu largar e cair fora, de qualquer modo?

— Tente. Desafio você.

Uma luz perversa se acendeu em seus olhos castanhos.

— Ótimo. Mas eu quero mais.

— Querida — ele falou arrastado —, você mal pôde controlar o que eu lhe dei na última vez.

— Preciso que você rastreie um Marcado europeu para mim.

— Quem?

— Não importa quem. Você rastreará?

Reed estendeu a mão.

— Combinado.

Eva a apertou, e em seguida se afastou sem ele.

— Venha, então.

Reed se pôs a andar do lado dela.

— Você sabe o que está procurando?

— Na verdade, não. — Eva deu uma olhadela de esguelha para ele. — Mas vou saber quando encontrar.

Reed pegou a mão dela, entrelaçando os dedos.

— Eu quero que você diga o que pensa sobre o novo Caim.

A mão de Eva apertou mais forte.

— Eu gostava mais do velho Caim.

— Só isso?

— Tenho coisas maiores em mente no momento, Reed.

Ele esquadrinhou os pensamentos dela, tentando ver se havia algo que Eva não estava lhe revelando. Não havia. No entanto, ele continuou pressionando, esperando extrair da situação tudo que pudesse:

— Você pode amar de verdade apenas uma coisa, Eva. Caim está tão focado em Jeová que não tem mais espaço para você agora, e veja como ele parece estar mais feliz.

Reed não disse a ela que ele ansiava ainda mais por uma ascensão, era sedento dela como um vampiro era sedento de sangue. Que alívio seria perder seu fascínio por Eva! Como sua vida seria mais fácil se ele não ficasse pensando nela o tempo todo! Mas Reed se preocupava com as ramificações no tocante a Caim, não a si mesmo. Se Eva estivesse em sua cabeça, ela não entenderia seus pensamentos sobre o assunto.

— Isso é uma mentira — ela afirmou, o olhar voltado para frente.

— O quê? — *Ela não pode ser tão boa assim em ler minha mente.*

— A parte referente a amar uma coisa só. E Alec não parece feliz, ele parece é ter sido exposto a uma lavagem cerebral. Está sem vida.

Reed quase perguntou a ela se amara duas pessoas ao mesmo tempo, mas reprimiu seu desejo. Não iria ficar malditamente esperançoso de algo que era temporário por necessidade.

— Como você está se sentindo fisicamente? — Reed reparou que ela estava ainda sem o moletom que descartara antes. Na certa aquele era um dia agradável para os nativos, mas para uma garota do sul da Califórnia devia ser frio. O ar se movia com vivacidade em torno deles, cheirando a sal e mar.

— Venho tentando não pensar em mim também.

— Como está funcionando para você?

— Não tão bem quanto eu esperava. — Eva olhou para ele com um sorriso pesaroso. — E para você?

Embora Reed quisesse muito fazer perguntas sobre os problemas *dela*, aceitaria falar primeiro... e vasculhar-lhe o cérebro através da conexão deles nesse ínterim.

— Estou preocupado com Raguel. É mais fácil para nós acreditar que ele sabia o que estava fazendo ao enfrentar o Demoníaco, mas trata-se de mera suposição. Se ele realmente morreu, estamos na maior encrenca.

— Você não acha que seu irmão será um bom líder da firma?

— Eu... duvido disso. Alec sempre foi um solitário, e se manteve desligado do sistema de marcas desde a sua concepção.

— Você vinha prevendo a criação de um novo arcanjo por uns tempos — ela comentou, revirando a mente dele num momento de fraqueza. — Você queria o cargo.

— Não — Reed mentiu, treinando seus pensamentos a se ajustarem como se estivesse falando a verdade. — Acho que um novo arcanjo devia conhecer todos os aspectos do sistema, como eu conheço. Você me interpretou mal.

— Hum... mas acha mesmo que deviam existir mais de sete arcanjos? Entendi direito essa parte?

— O mundo explodiu de uma população de duas pessoas para uma população de bilhões e, no entanto, o número de arcanjos não aumentou.

— Faz sentido. Então, mesmo que Raguel retorne, Alec poderá permanecer como está.

— Sim.

— Eu precisaria de um novo mentor, então.

— Sim. Você poderia também ser recontratada para uma firma diferente.

Eva não disse nada a respeito disso, mas nem precisava. Reed sentiu a aflição dela como se fosse a sua. Apertou firme sua mão.

Ao chegarem a Cidade Qualquer, Reed observou a vista em que não havia reparado na sua primeira visita à área de treinamento. Os manequins em variados estados de ruína eram especialmente eficazes em criar uma atmosfera que deixasse os novatos impacientes.

— Cidade Qualquer foi uma comunidade cobiçada no passado — ele imitava a voz de um locutor —, mas sofreu um firme declínio nos anos recentes, e hoje em dia se encontra em desesperada necessidade de revitalização.

— Totalmente. — O nariz dela se franziu. — Este lugar me dá arrepios.

— Essa é a questão. Toda vez que venho aqui, está mais deteriorada, mas sempre foi uma ruína desde que a conhecemos.

Eva diminuiu a marcha, depois parou. Encarando-o, disse:

— McCroskey não é considerado uma atração turística internacional, não é mesmo?

Reed deu risada.

— Não. Diferente de Alcatraz, que tem excursões quase diárias, a excursão a Forte McCroskey é anual.

— Quer dizer que você não acha estranho que um estrangeiro tenha visitado McCroskey?

— Depende. Porém, na maior parte, sim. Eu acharia isso digno de nota.

Eva fez que sim e recomeçou a andar, mas num ritmo mais lento e contemplativo.

— Edwards falou que já esteve aqui.

— Algum detalhe?

— Não, mas ele comentou até que havia muitos insetos neste lugar. Ele chamou o lugar de "depósito de lixo", creio. Disse que estava cheio de mato e pululando de animais nocivos.

As sobrancelhas de Reed se arquearam.

— Não é nada bom encontrar isso nas áreas públicas.

— Pois é. Lembro que, quando chegamos aqui, eu me espantei, pois não era o que eu esperava. Estava limpo, com manutenção bem-feita. Falei para Alec que as tropas deviam sentir falta desta base. — Ela deu uma olhadela para Reed. — Então, como um britânico iria conhecer seu estado de ruína?

— Uma pesquisa no Google provavelmente revelaria isso.

— Mas não explica por que ele esteve aqui um dia.

— Certo.

Eles dobraram uma esquina no fim da rua principal, e Reed viu o restaurante no alto à frente.

— Izzie também esteve na Califórnia uma vez — Eva prosseguiu. — E ela surgiu no treinamento com um revólver, contra as ordens de Raguel.

— Izzie?

Ela o encarou. Uma imagem da loira que o chupara explodiu na mente dela.

— Oh... — Reed estremeceu. — Isso não parece bom.

— Não parece mesmo.

Reed logo mudou de assunto:

— Você acha que Edwards está envolvido de algum modo?

— Com sinceridade, não imagino como ele poderia estar envolvido. Treinei ao seu lado por três semanas, e não há nele nada remotamente parecido com um Demoníaco.

— E lembre-se de que o agente mascarante se desvanece. Num momento ou noutro, um Demoníaco em sua classe deve ter cheirado mal.

— Izzie, muito embora... Há algo errado com ela. Não consigo definir. Ela me lança muitos olhares malignos.

Reed sorriu sem graça.

— Ela deve ter ciúme. Você rescende a sexo. Fico duro só de sentir seu cheiro.

— Credo! — Eva deu-lhe um soco. — Não seja grosseiro.

Eles pararam no fim da viela onde Molenaar fora morto. O Marcado morrera há um tempo. Já que seu sangue fora drenado antes de ele ser pregado no muro, havia pouquíssima coisa que revelasse que um soldado de Deus perecera ali. Dois buracos no muro, e só. Quatro pessoas ocupavam o espaço estreito. Duas vestidas de preto — guardas de Raguel — e duas com macacões azul-marinho trazendo as iniciais DPE nas costas — os investigadores do Departamento de Projetos Excepcionais.

Uma das mulheres, da guarda, os viu primeiro.

— Abel.

— Chegaram a alguma conclusão? — ele perguntou, levando Eva para mais perto com uma das mãos em suas costas.

O investigador mais próximo deu uma olhada para o alto. Tinha uma constituição magricela, cabelo cinzento e inteligentes olhos verdes.

— Todos estamos colhendo provas, mas o recorte das bordas do ferimento sugere que a cabeça foi cortada com uma lâmina.

— Porque a magia teria deixado uma incisão limpa, como um *laser*, certo? — Eva sugeriu.

— Certo. Também há contusões nos pulsos e tornozelos. Nosso agressor esteve com a mão na massa nesse assassinato. Mas testes preliminares não mostram nenhum vestígio de sangue de Demoníaco. É comum, em ataques a faca, que os agressores se cortem. O cabo fica viscoso com sangue, e suas mãos escorregam.

Reed sorriu, lembrando que Eva dissera coisa parecida antes.

— Como vocês fazem teste para detectar sangue de Demoníaco? — ela quis saber.

— Aspergindo a área com água benta. Mesmo o menor dos rastros irá chiar e soltar vapor. Não tem o fator fluorescente do luminol — ele disse, seco —, mas funciona do mesmo modo.

— Eu tenho uma pergunta. — Eva pendeu a cabeça para o lado. — Quando descobrimos sobre o agente mascarante, soubemos que foram parentes por afinidade de Charles... um mago e uma bruxa... que lançaram o feitiço que ajudava a criar a camuflagem do Demoníaco. Hank disse que foi a combinação de mago e bruxa, homem e mulher, que permitiu à camuflagem funcionar em todos os Demoníacos, independente de classificação ou sexo.

— Certo.

Ela apontou para Reed.

— Ele matou o mago, mas nunca encontramos a bruxa. Ela poderia ter encontrado um novo parceiro, alguém que pudesse alterar o feitiço o suficiente para fazê-lo durar mais tempo?

O investigador coçou a cabeça.

— Duvido. Acho que é mais provável que a relação íntima entre os pares originais tenha tornado o feitiço potente, para começar. A menos que ela tenha se apaixonado loucamente por outro mago ou feiticeiro, nenhuma outra combinação teria a energia adequada.

— *Eu concordo.*

A voz veio de trás de Reed, o que o forçou a virar a cabeça para ver quem falara. Pairando ao nível dos olhos estava um pequenino duende loiro num minúsculo traje verde. Bernard, encantado por Fada Sininho.

Reed lançou-lhe um olhar mal-humorado.

Eva se inclinou para a frente para olhá-lo.

— Oi, Bernard.

— Oi, franguinha. Que dia, hein?

— Foi só um dia? — ela perguntou, o cansaço evidente em seu tom. — Parece uma eternidade.

— Vamos dar uma olhada mais de perto — Reed disse, dispensando o Demoníaco.

Eva balançou sua cabeça.

— Não, obrigada. Já vi o suficiente. Só vou sair um pouco com Bernard.

— Eu achei que a razão toda de termos vindo a Cidade Qualquer tinha sido investigarmos as coisas.

— Eu queria avaliar mais ou menos o tempo que levaria para sair da loja de vídeos, onde Claire viu Molenaar pela última vez, e vir até aqui. Quando vocês terminarem, poderemos caminhar pelas diversas rotas e ver se conseguimos chegar a uma estimativa média.

— Nós agradeceríamos por isso — os investigadores disseram.
— Quando fomos chamados para cá, foi para uma cena de crime, não duas. Estamos com poucos funcionários.

Reed olhou para Eva.

— Dê-me um segundo, depois iremos.

Ela piscou para ele, um gesto brincalhão que o fez recuar de surpresa. Eva suspirava, mas mantinha firmeza. Essa característica o fazia admirá-la, e essa admiração estava levando ambos a entrar num território perigoso. Sobretudo agora que Caim, pelo jeito, saíra de cena.

Reed tinha atravessado metade da distância entre Eva e o local do crime quando seu celular vibrou. Ele o puxou do bolso e verificou o identificador de chamadas.

Indisponível.

Reed desligou e o enfiou de volta no bolso.

A EXPOSIÇÃO PROLONGADA À ESCURIDÃO DESTRUÍA mentes. Prisioneiros que foram enviados à solitária nas prisões costumavam sair dela desorientados e confusos. Até *Ele Que Inflige Punições ao Mundo e Seus Luminares* sentia a demência claustrofóbica flertando com as bordas de sua consciência, e estivera na barriga do monstro por umas poucas horas no máximo. Mesmo assim, uma solitária teria sido preferível à sangueira em que se achava ensopado.

Se fosse forçado a lutar agora, Raguel estaria numa inegável desvantagem. Ele ficara preso na posição fetal por horas, encasulado em suas asas para proteger sua carne do ácido, da falta de água e da posição que o envolvia numa poça de sangue de Marcados até a cintura. O monstro ronronava e cabriolava, inundando-o de ruídos e solavancos nauseantes. Raguel com certeza não estava no auge de sua forma, e isso iria piorar com a passagem do tempo.

Mas Sammael o faria sofrer por quanto tempo fosse possível. Não realmente por propósitos de retaliação, mas porque sua liberdade teria que vir a um preço exorbitante.

Quando o veículo dentro do qual ele esperara por fim gritou em agonia e desfaleceu, Raguel estava preparado para sair agarrando-se onde podia. A luz penetrou a escuridão de obsidiana como uma lâmina de espada. Ela foi se infiltrando enquanto o sangue vazava, troca de cortesia da parte de baixo com o torso do monstro.

Raguel foi transportado para as profundezas do Inferno numa rajada de vermelho escuro, seu corpo emergindo através do vão que se abrira na barriga estripada do Demoníaco. Ele derrapou pelo solo de pedra, até que a poça de sangue ficou rasa demais para transportá-lo até mais além.

— Irmão! — Sammael bradou, sua voz profundamente provocante entrelaçada com maldade e ira. — Você fica me devendo um cão.

Raguel rolou de barriga para baixo, depois se ergueu com as mãos e os joelhos. Seu irmão veio até ele num borrão de asas vermelhas e veludo negro, chutando-o no estômago e arrancando um grito de dor de seus lábios. Raguel voltou a recuar, arfando, mas quando o ataque seguinte veio, ele estava preparado: virou seu corpo para o lado quando o pé fendido de Sammael pisou com força em seu rosto. As asas de Raguel se abriram, espirrando sangue e lançando-o para o alto. Ele não alcançou altura suficiente para voar, mas recuperou o equilíbrio.

Encarando seu irmão com plumas manchadas de sangue, Raguel lutava para ficar em pé sem oscilar. O ar era sufocante, o fedor de almas decaídas, nauseante quando misturado com o sangue de Marcados vazando do Demoníaco recém-morto.

Eles pareciam estar sozinhos numa vasta sala de recepção. O ambiente era impressionante — o teto abobadado com uma réplica de A *Queda do Homem* de Michelangelo, o chão de mosaico de pedra, as paredes de mármore branco, colunas coríntias, e o trono monumental posicionado sob um candelabro que levitava e se movia com Sammael. Estátuas de várias figuras históricas — tais como Marquês de Sade, Hitler e Stálin — decoravam alcovas simetricamente dispostas que se enfileiravam junto às paredes. A sala era do tamanho de um campo de futebol e, no entanto, o Príncipe do Inferno não parecia diminuído por ela. Em contraste, Raguel sentia-se pequeno e desamparado.

Ele analisou Sammael com cuidado, procurando algum sinal do irmão que ele um dia conhecera. Possuidor de uma beleza inspiradora de assombro, Sammael tinha o cabelo escuro como tinta, pele dourada, olhos de um verde brilhante, e uma boca feita para atrair os fiéis ao pecado. O Anjo da Morte. Ele um dia fora o arcanjo favorito, a quem eram confiadas a avaliação das punições e a supervisão dos mal'akhs. Raguel uma vez admirara e invejara Sammael. Como Caim e Abel, Sammael fizera tudo errado, enquanto Raguel fizera tudo certo e, no entanto, Sammael fora amado de um modo como nenhum outro arcanjo.

— Um modo inteligente de conseguir o que você queria. — Sammael apontou para o cão infernal caído com um aceno elegante de sua mão.

— "Desesperado" é mais apropriado.

— Como você sabia que Destruição podia morrer apenas pela mão de um Demoníaco?

— Eu não sabia.

O sorriso de Sammael foi enregelante.

— Você se arriscou esperando que eu o salvasse em vez de deixá-lo morrer e detonar a guerra. A paciência não é uma das minhas virtudes. Talvez eu esteja preparado para o Armagedon.

— Eu não tinha nenhuma escolha. Seu monstro estava às soltas matando centenas de mortais. — Raguel ampliou sua posição para melhor equilíbrio e sacudiu as asas.

Sammael sorriu... e cercou-o.

— Com suas asas encharcadas de sangue você se parece comigo agora, irmão. Considere a possibilidade de ficar. Eu amaria possuí-lo.

Raguel riu sem humor, dando um passo de lado para manter o espaço entre os dois. Ele mantinha seu olhar sobre o oponente, mas mantinha-se o tempo todo completamente alerta de suas cercanias. Demônios nunca jogavam de forma leal; eles não viam motivo para isso. Vencer era tudo, de modo que uma emboscada não era apenas provável, como esperada. Uma aparição súbita ou um alçapão.

— Talvez *você* venha para casa comigo.

— Impossível. Papai e eu temos diferenças fundamentais em nossos pontos de vista.

— Criação *versus* destruição — Raguel murmurou.

— Tutela *versus* confronto.

— Generosidade *versus* egoísmo.

Sammael riu com desdém.

— Arrogância *versus* aceitação. Nós completamos um ao outro. *Yin* e *yang*.

— Alto e baixo.

— Não é tão ruim aqui, não? — Uma calorosa, sedutora risada saiu retumbante do peito de Sammael. — Você parece tão desapontado! Achou que eu ansiasse pelas boas graças Dele? Você acredita que a mera oportunidade de implorar, de me humilhar e desistir de toda a autonomia me faria gritar de alívio?

— Eu sou autônomo. — Raguel tossiu, sufocando com o ar aquecido.

— Dentro dos limites de um sistema que eu criei aqui na Terra. Onde você estaria sem mim?

Era uma prova do carisma e dos poderes de persuasão de Sammael que Raguel pudesse quase acreditar que seu irmão estava feliz naquele lamaçal que ele criara para si mesmo. Mas Raguel não podia expulsar da lembrança o homem que Sammael fora um dia. Um homem como Caim — capaz de atos sombrios, mas por uma causa justa.

— Tenho certeza de que estou ainda por ver o melhor de sua hospitalidade.

— Verdade. Mas podemos retificar isso — seu irmão sussurrou, seus olhos faiscando de malevolência.

Raguel cuidadosamente estendeu as garras das pontas de seus dedos, mantendo as mãos enfiadas entre as coxas. Não podia matar seu irmão. Não porque estivesse impedido por razões sentimentais, mas porque Sammael tinha poderes que o aterrorizavam. Ainda assim, ele não iria cair sem luta.

— Por que preparar a armadilha que você fez hoje?

Sammael fez um esgar baixinho, duas vezes mais horrível porque seu magnetismo era suficiente para atrair até a mais apavorada das almas como uma chama atrairia as mariposas. Nem mesmo uma morte dolorosa seria impedimento.

— Isso parece do meu feitio para você, Raguel? Você se lembra tão pouco de mim?

— Nada continua o mesmo. A mudança é inevitável.

— Não para Papai. Ele nunca aprende. Ele nunca cresce.

Eles cercavam um ao outro, cada movimento calculado com perfeição. Sammael podia ser totalmente humano em aparência, mas escolhera usar cascos para causar efeito. Cada som de casco que ele dava era como um tiro no silêncio. Não havia dúvida de que ele era o predador, e Raguel, a presa.

— Por quê? — Raguel perguntou de novo, indagando-se por que seu irmão parecia indiferente à morte de seu monstro de estimação.

O fato era que Destruição fora um grande sucesso, e se era verdade que era vulnerável apenas à mão de um Demoníaco, então sua perda teria que ser lamentável para ele.

— Foi uma transgressão, um show de arrogância de um demônio de baixo nível embriagado por seus primeiros sucessos.

— Você está perdendo controle de seus domínios?

— Nunca! — A palavra foi dita com tal veemência que reverberou por toda a sala ao redor deles.

A porta na outra ponta da câmara se abriu, e Azazel entrou. O arquidemônio era tenente-coronel de Sammael desde sempre. Ele fez uma mesura diante de seu senhor e esperou que ele tomasse consciência de sua presença.

— Você verá por si mesmo — Sammael disse, seu foco ainda voltado sobre Raguel —, já que não irá embora. Não posso matar você... *ainda*, meu irmão, mas posso mantê-lo comigo. E é o que vou fazer.

— Meu senhor — murmurou Azazel —, perdão pela intromissão. Trago notícias importantes.

O grunhido de Sammael ecoou pelo vasto espaço. Ele deu as costas para Raguel e afastou-se com pressa, sua forma se transformando, conforme se movia, num homem finalizado da era Tudor com completa indumentária. Seu cabelo era comprido, descendo pelos ombros, e ele se movia como uma entidade em separado. Erguendo-se e ondulando como que afagado por uma brisa. Mas o ar estava sulfuroso e estagnado ali. Opressivo.

O Príncipe do Inferno ocupou seu trono, com pernas compridas estendidas e cotovelos dobrados sobre os braços de madeira do trono densamente entalhado. Ele estava majestoso, e tão elegante quanto um felino.

— O que é?

Azazel se aproximou. À parte a constituição e estatura similares, ele era tão o oposto de Sammael quanto um oposto poderia ser. Seu cabelo e seus olhos eram brancos, sua pele de marfim. Vestido de calções amarrados abaixo dos joelhos e gibão prateado e azul, ele parecia tão frio quanto a neve... num lugar tão quente como o Inferno.

— Caim foi promovido a arcanjo e posto à frente da firma norte-americana.

Raguel tropeçou, a sala de repente girando ao seu redor. Ele desaparecera havia apenas algumas horas...

Seu olhar se movia com desespero, o cérebro lutando para dar conta das ramificações. Raguel viu o monstro morto no chão; seu corpo gigantesco virado de lado, a barriga aberta ainda vazando sangue. Suas pernas estavam escarrapachadas, sua genitália masculina claramente visível.

Ele gelou.

Por que ter órgãos reprodutores? *A menos que tivesse uma parceira...*

— Viu como você foi substituído rapidinho? — Sammael gozou, maldoso, com um sorriso triunfante iluminando seu rosto soturnamente belo. — Descartado e esquecido. Dispensável. Onde está o amor e a lealdade que Papai lhe prometeu para toda a sua vida?

Raguel abriu as asas para se equilibrar quando a sala começou a girar. Será que ninguém encontrou e reconheceu as pistas que ele deixara para trás? Será que pensaram que ele estava morto para eles... perdido para sempre?

Por que Caim, dentre todos os Marcados? Mais uma vez, Jeová favorecera um que era muito menos que perfeito. Raguel não o teria escolhido como seu sucessor.

— Quais são suas ordens? — Azazel perguntou.

— Ordens? — Sammael fez um gesto negligente com um movimento rápido de seu pulso. — Não tenho nenhuma.

— Nenhuma? — O arquidemônio deu uma olhada de relance para Raguel.

— A presença de meu irmão não prende minha língua. Isso é motivo para festa, não para apreensão. Caim foi removido de campo. Raguel aprendeu quão pouco significa no grande esquema das coisas. — Sammael afagou seu queixo, pensativo. — Contudo, é pouco interessante para mim manter Raguel, se acreditam que ele está morto. A notícia de sua captura pode se espalhar, é claro.

— E rapidamente — Azazel acrescentou.

— Sim. Mas acho que poderia ser mais eficaz devolvê-lo a um mundo no qual ele perdeu a importância. Terei que refletir sobre esse assunto com mais profundidade. — O sorriso cheio de crueldade de Sammael era hipnótico. — Você pode sempre escolher ficar por vontade própria, irmão. Eu o acolho de braços abertos.

— Nunca — Raguel cuspiu.

Sammael estalou os dedos, e Raguel se descobriu fechado numa gaiola suspensa acima dos poços flamejantes do Inferno. Fumaça, cinzas e calor subiam em ondas e o envolviam num casulo de tormento. Mas o pior era o espaço morto dentro de Raguel que ele não havia notado, enquanto era consumido pelo medo.

Por toda a sua vida, sua mente e seu coração haviam sido preenchidos pelo firme influxo de ordens dos serafins, relatórios de treinadores e mentores, e o comentário ocasional do próprio Jeová em pessoa — novas incumbências para seus Marcados, informes e recomendações, comentários e encorajamentos. Soava como o surdo alvoroço de centenas de moscas, um zumbir constante que era o ritmo de sua existência. O ritmo sob o qual ele marchava, o andamento de seu coração, a cadência de sua vida. O súbito silêncio medonho em seu íntimo era como um buraco negro escancarado.

Descartado. Esquecido. Dispensável.

Raguel caiu de joelhos e chorou.

AZAZEL SE APROXIMOU DE SEU PRÍNCIPE. TREINADO QUE era para manter a impassibilidade, suas feições não revelavam sua surpresa. Ele não teria esperado que seu senhor agisse com tamanha audácia com o arcanjo Raguel. Terror e tentação eram esperados. Tortura e aprisionamento não.

Ele olhou para o cão infernal caído e balançou a cabeça com a perda.

— O garoto é imprevisível. É um perigo para todos nós.

Sammael sorriu.

— Ele pensa que é invencível; e quem pode culpá-lo? Estava no ponto de partida de uma explosão que destruiu um quarteirão inteiro de uma cidade e, no entanto, sobreviveu para causar mais problemas.

— Peço permissão para matá-lo.

— Matá-lo? Ele caminha entre os Marcados como um deles. O encantamento que usa é tão perfeito que ninguém suspeita dele. Se ele tirá-lo, vai provar que estamos sendo prudentes demais.

— Ele é uma abominação — Azazel disse. — Eu celebraria esse fato, se ele não fosse também um idiota.

— Quando chegar a hora dele, você poderá fazê-lo. — O príncipe se levantou. — Nesse meio-tempo, temos muitos sucessos a comemorar. Há tempos nossa posição não era tão favorável como agora.

Azazel se mexeu, inquieto.

— Você vai manter Raguel então?

— Não, eu vou segurá-lo apenas pelo tempo suficiente para deixá-lo desesperado e duvidar de sua fé. O resto ele fará sozinho, por causa do ciúme e do ressentimento. É mais divertido desse modo. — Sammael riu.

— A promoção de Caim seria um estratagema para você. Pode considerar dizer-lhe a verdade.

— Ainda estou esperando pela mãe dele para fazer as honras.

— Depois de todos esses séculos? Duvido que ela tenha a intenção.

— A hora virá. — O olhar sonhador de Sammael e seus pensamentos estavam em algum futuro que Azazel não podia ver. — Quando ela vier, todo o Inferno se libertará. Que dia será, meu amigo. Que dia!

16

ALEC NÃO SE ENCAMINHOU DIRETAMENTE PARA O conjunto residencial de Grimshaw. Preferiu parar na loja de conveniência do outro lado da rua e estudar a entrada principal a uma distância segura. Ele respirava com firmeza concentrada, desejando que seu organismo se acostumasse ao seu poder de mal'akh reprimido para mudar de um lugar para outro.

Do exterior, a comunidade residencial fechada Propriedades Charleston se parecia com muitas outras. Uma fonte ocupava o centro do passeio circular. Um posto de guarda se erguia à entrada. Uma alta cerca de estuque contornava o perímetro inteiro, proporcionando privacidade para os donos da casa lá dentro. Árvores maduras pontilhavam as ruas sinuosas, oferecendo sombra e uma aparência exterior de tranquilidade. Embora o folheto de promoção listasse algumas amenidades de alta escala — quadras de tênis, um heliporto e uma casa de zelador —, não havia nada que a proclamasse como domínio do Grupo Diamante Negro. Mas cada um dos moradores era um lobo sob comando de Charles.

Era engenhoso, na verdade. Um modo ideal de não perder seus subordinados de vista... e de garantir que os segredos permanecessem ocultos.

Como o programa Lebensborn-2.

Graças a Giselle, Alec tinha em sua mente um mapa bastante completo da comunidade. A quimera estava assustada por sua transformação em arcanjo e igualmente consciente do que aconteceria se ele fosse capturado com a chave do quarto de motel em sua posse. Ela não iria passar bem se Charles a descobrisse sob domínio de Caim, o Arcanjo. Não era um risco que Giselle estava desejosa de assumir, de modo que Alec confiava que o mapa que ela desenhara para ele era o mais correto que a quimera pudera fazer.

A questão agora era se ele devia ir ao canil primeiro e matar os filhotes de cães infernais, ou se seria mais sensato capturar Charles e depois lidar com o estrago do Alfa. Ele deu uma olhada em seu relógio de pulso. Eram duas e quinze. Quarenta e cinco minutos até a reunião de conferência. Aquela teria que ser uma missão de reconhecimento. Estabelecer o diagrama do terreno. Cair fora. Voltar mais tarde.

Mas Alec preferia atacar durante o dia, quando os lobos menos esperassem, quando estivessem com maior preguiça e mais vulneráveis. Talvez ele faltasse à conferência. Os outros arcanjos não o esperavam. Poderia ser melhor dar-lhes tempo para se ajustar ao seu novo papel.

Quanto mais depressa ele finalizasse essa tarefa, mais rápido poderia retornar a Eva. Essa ainda era a sua motivação, embora fosse uma decisão consciente em vez de uma compulsão emocional.

Alec a sentia. Tangivelmente. Como se ela estivesse ao seu lado com as mãos entrelaçadas. Mas na realidade não era sua mão que Eva segurava, mas a de Abel. Ele não experimentava uma resposta pessoal a isso, uma falta de reação que o fazia sentir-se um estranho em sua própria pele. Pior ainda, em lugar de seus próprios sentimentos, sentia os de Abel — um desejo brutal, cobiçoso, consumidor por Eva que alimentava a conexão de Alec às centenas de Demoníacos sob comando de Raguel. Os laços com os demônios eram pegajosos, mas o que ele absorvia era frio, sombrio e muito sedutor.

Alec pôde concluir apenas que tal como o Novium encontrara uma lacuna em torno da falta de resposta física, seu cérebro estava se enganando com a falta de reação emocional. Dizia-lhe que os sentimentos de Abel por Eva eram *seus*, não de seu irmão.

Em resumo, ele estava ferrado.

Em vez da pacífica dissociação de que os arcanjos desfrutavam, Alec sentiu a frustração e a lascívia que eram de Abel. Misturadas com a confusão e a mágoa que Eva vivenciava, Alec estava sofrendo como um adolescente com uma megadose de hormônios da puberdade.

Não devia ser assim; arcanjos eram serenos. Mas o Novium de Eva lançava um deslocamento em tudo, junto com o laço fraternal entre ele e Abel, sua afeição por ambos, o desejo tenso deles por ela e o triunvirato de mentor/Marcado/treinador. O pântano todo era completamente singular, e criava um ambiente que promovia uma conexão anômala que tinha que ser direcionada o mais breve possível. Com o influxo esmagador de informações se derramando dentro dele tanto do serafim quanto dos Demoníacos de Raguel, Alec não tinha energia de sobra para... se angustiar. Ele se sentia como suspeitava que os esquizofrênicos se sentissem, com centenas de vozes em sua cabeça dizendo-lhe o que fazer e quando fazê-lo, ao passo que sua própria mente lhe dizia que Eva ainda era importante para ele, sem sombra de dúvida.

Arcanjos não deviam experimentar o amor romântico. Com tudo o mais com que tinham que lidar, não eram equipados para isso. Eram alheados pela mão de Deus, razão pela qual eram desencorajados a usar seus poderes. A restrição era o meio mais eficiente de cultivar a simpatia pelos mortais e Marcados que, de outra forma, seriam incapazes de sentir. Mas eles tinham uma vantagem de que Alec estava desprovido: não sabiam o que estavam perdendo. É fácil desistir de algo quando você nunca o teve. Muito mais difícil é resistir a algo em que você está apegado. Conquanto não sentisse a ânsia de mais nenhuma ligação, Alec se lembrava de como era estar cheio de tesão, e as sensações que eram filtradas por Abel e Eva mantinham as lembranças poderosas.

— Eva.

Alec queria chegar a ela, mas tinha medo disso. A conexão com os Demoníacos havia... despertado alguma coisa. Como uma serpente enroscada às ocultas saindo de seu esconderijo e tornando sua presença conhecida. Ele era forçado a sentir a perturbação de Eva sem a habilidade para confortar e explicar.

Até que houvesse concluído sua tarefa ali.

Alec supunha que podia incumbir um Marcado de matar Charles, agora que não era mais um deles, mas não podia. Charles matara Eva por sua causa. Seria ele, portanto, aquele que a vingaria.

O canil foi por onde decidiu começar. Poderia usar a morte dos filhotes como uma arma de guerra psicológica. O medo da retaliação de Sammael iria tirar Charles de seu jogo e dar a Alec outra vantagem. Com sorte, isso acrescentaria uma camada de inquietação aos últimos dias de Charles na Terra e agregaria tormento quando ele retornasse ao Inferno.

Alec correu para o outro lado do edifício, que era construído nos limites do centro comunitário de telhado vermelho no próprio coração do conjunto residencial. Crianças brincavam na piscina olímpica nas proximidades. Adultos se aqueciam ao sol em espreguiçadeiras de plástico branco. Era um paraíso de demônios, e sua existência era uma das razões pelas quais os lobos de Charles eram tão leais a ele. Era também uma advertência para Alec — todo ser que respirava dentro de um raio de dois quilômetros o queria morto por vingança.

Ao chegar às portas duplas dos fundos, que eram feitas de aço reforçado, Alec tentou entrar e foi impedido por um alarme. Teria que adentrar a casa do jeito antigo.

Ao baixar a maçaneta, ele constatou que a porta estava destrancada. Ficou um tanto surpreso, a despeito do quão difícil seria para qualquer pessoa com um propósito nefasto chegar até ali sem ser detectada. Uma câmera se achava apontada para a soleira, mas ela não o registraria. A tecnologia secular era boa, mas incapaz de registrar seres que funcionavam num plano diferente, tais como arcanjos usando seus poderes totais. O que significava que estava ali para captar Marcados e mortais. A questão era: ela os captaria entrando, ou fugindo?

Um pressentimento o fez enrijecer o queixo. Alec empurrou a porta, sem fazer ruído, olhou para dentro e foi imediatamente invadido pelo cheiro doce dos Marcados e a cacofonia de múltiplas criaturas que proclamavam seu confinamento.

O edifício era à prova de som.

Espiando pela estreita fenda entre as duas portas, Alec observou um longo corredor que formava uma linha ininterrupta para o outro lado do prédio. Um lobo robusto em forma humana se erguia à distância de um braço, dando as costas para ele. Alec esperou até que o guarda sentisse seu cheiro. Quando o lobo girou e atacou em meia-forma com garras e caninos projetados, Alec escancarou a porta e se arremessou sobre a sua garganta. Seus dedos se cravaram na carne, atravessando-a. Segurando a traqueia, Alec a dilacerou. O lobo caiu, paralisado e incapaz de emitir um som, o sangue vital jorrando de sua carótida em grossas, poderosas pulsações.

Se ele estivesse em forma total de lobo, teria sido reduzido a cinzas, na hora. *Pois foste feito de pó, e ao pó retornarás.* Em meia-forma, o processo levava mais tempo, e era às vezes incompleto, produzindo corpos semiqueimados que os mortais atribuíam à combustão espontânea.

Alec esperou que a bem-vinda e familiar torrente de sede de sangue viesse aquecer suas veias e engrossar seus músculos. Ela não veio. A ausência era excruciante, como preliminares de êxtase no ato sexual sem o orgasmo consequente. Fazer amor com Eva e matar Demoníacos eram as únicas coisas de sua existência que lhe proporcionavam prazer, e ambas haviam sido tiradas dele. Entendia agora por que os arcanjos eram tão ambiciosos. Para que mais eles viveriam?

Deixando cair os restos da garganta sobre o peito do homem, Alec se desviou do cadáver, e encontrou um pouco de alívio em transmitir sua frustração aos Demoníacos conectados a ele.

Jaulas se enfileiravam dos dois lados do corredor. As paredes eram sem janelas, blocos de cimento caiado, e o piso, de concreto polido arranhado pelas marcas de garras. Pequenos fossos haviam sido escavados na juntura das paredes externas e o chão, com constante fluxo de água corrente percorrendo sua extensão como um rio.

Levadas a um frenesi pelo cheiro do sangue, as bestas rosnavam e saltavam sobre as barras sem consideração pela própria segurança. Uma rápida contagem revelou a Alec que havia uma dúzia das criaturas, cada uma delas com pelo menos três metros de altura. Carnudas e desprovidas de pelos, tinham ombros e coxas grossos e musculosos, e troncos pequenos. Arfavam como cães, mas corriam como macacos, seus punhos cerrados socando o chão de concreto. Quanto mais excitados ficavam, mais doce seu cheiro se tornava. Como os Marcados.

Alec abriu com um puxão uma porta de vidro que protegia um expositor de espingardas de caça montado na parede. Ele preferia não usar seus recém-adquiridos poderes de arcanjo, se pudesse evitar. A força exigida para matar um Demoníaco lançaria uma ondulação que seria facilmente detectada pelos lobos adultos que se aqueciam ao sol bem ali perto da porta.

Alertada pela comoção, outra loba em forma humana saiu de um quarto ao fundo do corredor. Ela investiu sobre Alec, grunhindo com uma fúria que provocou uma agitação ainda maior nas bestas enjauladas. A vadia mudou para a forma canina no meio do passo e saltou. Alec se pôs em posição por trás dela e fez fogo, partindo sua espinha na altura da nuca. Reduzida a cinzas que explodiram por todo lado, os restos da cadela polvilharam as criaturas nas celas mais próximas. Elas se tornaram furiosas em sua histeria crescente, batendo nas barras com tal força que chacoalharam os ferros e encheram o ar com nuvens de detritos.

Pondo outra carga na câmara da espingarda, Alec começou a vasculhar os quartos do edifício, procurando ameaças maiores. No fim, não encontrou mais ninguém, o que não foi uma grande surpresa. Giselle dissera que os filhotes levavam décadas para amadurecer, tempo mais que suficiente para a segurança se tornar relaxada. Já que os Demoníacos não haviam ainda sido capturados, não existia motivo para que acreditassem que o seriam agora.

O que Alec encontrou de interesse foi um carrinho de metal saindo do cômodo do qual o segundo lobo viera. Suas prateleiras estavam cobertas por uma dúzia de gamelas de alumínio de cinco galões cheias de um líquido putrefato. Giselle informara que ela ficava com dez por cento de suas refeições; o resto ia alimentar os filhotes. O que significava que o conteúdo daquelas gamelas — e os estômagos dos filhotes — era um amálgama maligno de uma variedade de Demoníacos.

Ele olhou de novo para as bestas que criavam uma algazarra capaz de despedaçar tímpanos humanos. Aquelas que se achavam próximas ao lobo morto na porta dos fundos estendiam suas compridas línguas para lamber a poça de sangue que só aumentava. As que estavam longe demais continuavam a debater-se contra as barras de suas celas.

Alec ergueu a espingarda até o ombro, enfiou o cano entre as barras da cela mais próxima e disparou, acertando a têmpora do ser à sua frente. E viu a bala cravar-se na parede do outro lado. A besta sentou-se e grunhiu, a imagem da docilidade forçada, olhando para Alec com um ar malévolo. Não havia ferimento visível.

— Merda! — Adicionando uma prece ao xingamento, ele tornou a atirar no Demoníaco, desta vez entre os olhos.

A besta ficou ainda mais acomodada, deslizando para uma posição de bruços. O mesmo resultado — nenhum ferimento e uma bala cravada no bloco de cimento.

As armas eram ferramentas comportamentais.

— Como diabos posso matá-lo se não consigo sequer feri-lo?

Um dos outros cães infernais estava deitado de barriga, lambendo o sangue do lobo que rastejava por entre as barras. Sua cauda se projetava da jaula no corredor. Agachando-se, Alec usou um truque que Eva lhe ensinara e invocou um punhal coberto de chamas. Ele o pressionou contra o rabo do animal. Era como pressionar pedra sólida. Não houve penetração, nem queimadura. A criatura rosnou e olhou com ferocidade para ele, mas de resto não foi afetada.

— Extremamente foda! — Alec murmurou, puxando a faca de volta com um movimento rápido de seu pulso. Havia séculos que não deparava com um Demoníaco que ele não sabia como derrotar.

Achava-se prestes a abandonar o canil e fazer Charles lhe revelar como eliminar as malditas coisas quando reparou que a cauda que ele tocara estava danificada, sua ponta mascada e mal curada. Girando, olhou para os cães infernais e notou que alguns tinham orelhas rasgadas, enquanto outros mostravam cicatrizes em seus membros.

Então... não eram imunes por completo a ferimentos.

Estavam enjaulados em celas individuais. Eram alimentados separadamente. Mas num certo ponto eles não haviam sido preservados. Seriam vulneráveis uns aos outros? Ou eram apenas protegidos contra Marcados?

Alec caminhou até o lobo morto, cujo cadáver começava a fumegar. Um braço em particular fora quase seccionado, e a área do cotovelo se desfez numa poça sangrenta. Agarrando-lhe o pulso, ele puxou-o para cima e carregou-o de volta para o cão infernal distraído. Alec se agachou e martelou a mão seccionada para baixo, primeiro as garras. Elas se cravaram com profundidade na cauda, fazendo a besta saltar para longe com um rugido furioso.

— Entendi. — Alec sorriu. Não poderia matar a dúzia toda com a mão de garras, mas tinha uma ideia melhor.

Retornou ao escritório que vasculhara antes e, pesquisando no computador, logo se familiarizou com a configuração do canil. Cada piso de jaula era hidráulico, baixando para um cercado subterrâneo para cães em forma de labirinto, com cada filhote segregado de seus irmãos por paredes colocadas de modo estratégico. Uma série de esquemas traçados presos a um painel de cortiça acima da escrivaninha mostrava que uma isca viva era ocasionalmente trazida para caça e treino. As portas do canil podiam ser abertas por sistema remoto para a limpeza enquanto os filhotes permaneciam lá embaixo.

Alec tornou a sorrir.

— Adoro quando um plano começa a se formar.

Ele saiu do escritório. Movendo-se para o carrinho de metal, puxou-o para fora da porta da qual se projetava e empurrou-o corredor abaixo. As bestas enlouqueceram. Alec parou na primeira jaula e ergueu uma gamela.

— *Requietum* — sua voz ressoou com firmeza.

Todos os Demoníacos imediatamente se aquietaram e ficaram à espera. Havia outras ordens listadas no escritório, mas o resto delas era útil apenas caso se quisesse alguma coisa caçada. Os filhotes olharam para Alec com maldade óbvia, obedecendo-o apenas porque eram criaturas instintivas que não queriam outra coisa senão comer.

Mexendo-se com a velocidade de um relâmpago, Alec entrou na primeira jaula. Despejou os conteúdos sobre a cabeça do Demoníaco e se afastou rápido. E o processo se repetiu por toda a fileira de jaulas. Os dois últimos eram os mais difíceis, já que os primeiros gritavam em protesto quando ele chegou ao fim.

Salpicado com a refeição nociva, Alec voltou o mais depressa possível para o escritório e trancou a porta. Em seguida, teclou a abertura para as trancas das jaulas. A colisão subsequente dos corpos poderosos foi como ouvir dezoito veículos colidindo numa rodovia em velocidade máxima. Alec sorriu e mandou uma mensagem de texto para Abel: "Não participarei da conferência.". Fez cópia para o telefone de Raguel também, já que seu irmão não era confiável no uso do seu.

Do lado de fora da porta do escritório, os gritos eram ensurdecedores.

— DEZ MINUTOS. — EVA OLHOU PARA REED, QUE ESTAVA esfregando a nuca. — Se... e é um grande "se"... Molenaar estava caminhando a passo de lesma, e Claire estiver certa sobre tê-lo visto pela última vez às oito e trinta.

Eles se achavam do lado de fora da locadora de vídeo onde Claire vira Molenaar vivo pela última vez. Ocuparam o mesmo lugar quase doze vezes no transcurso dos últimos quarenta e cinco minutos, e a conclusão foi inegável.

— Não é tempo suficiente — Reed concluiu — para cruzar a distância da loja à viela, prendê-lo, depois mutilar seu corpo... Não usando as mãos livres. Magia... talvez.

— Sendo assim, como o assassino ganhou tempo?

Reed lançou a Eva um olhar confuso.

— Boa pergunta. Ela realmente disse que a hora poderia ser perto das oito.

Eva balançou a cabeça.

— Não é possível. Nós entramos em Cidade Qualquer às oito.

O que fez Eva se lembrar de consultar seu relógio de pulso.

— Temos que voltar. Faltam cinco para as três.

— Você conseguiu o que precisava aqui? — Os dedos dele cercaram o pulso dela.

— Sim, estou toda preparada. — Ela ficou pensando se ele percebia o quanto estendia a mão para tocá-la, tanto mental quanto fisicamente. Ainda bem que sua conexão física parecia apagar a mental, o que lhe permitia alguma privacidade, mas ela não teria reclamado mesmo se houvesse sido inconveniente. Nesse momento, precisava ser tocada.

Dizer que estava sofrendo com a transformação da personalidade de Alec seria o maior mal-entendido de todos os tempos. Eva contava com poucas certezas em sua vida — seus pais seriam sempre casados, sua irmã seria sempre louca, Janice seria sempre sua melhor amiga e Alec sempre morreria de desejo por ela. A perda de uma delas a levaria a duvidar das outras, o que por sua vez a fazia se perguntar se haveria alguma coisa com que ela podia contar com certeza. Tolice confiar tanto nas afeições de um único homem, mas era assim.

— Você tem certeza? — Reed insistiu. — Nada de voltar?

— Isso mesmo.

Eles não haviam examinado toda rachadura e fenda de Cidade Qualquer, mas uma busca exaustiva era necessária. Eva não tinha as mesmas sensações de pavor que tivera no início do exercício, uma nuvem familiar de presságio que pairara sobre ela desde o próprio início do treinamento. Por todo esse tempo, ela acreditara que o sentimento de ser depreciada e marginalizada em sua classe fora gerado externamente. Agora entendia que o desassossego vinha de dentro dela.

— A menos que a equipe da *Casa dos fantasmas* decida que quer ficar — ela tergiversou. — Nesse caso, teremos que revisitar.

Ele fez que sim, parecendo satisfeito com isso.

— Eles acham que o lugar será iluminado como a Times Square. Duvido que chegarão à conclusão de que isso poderá ser útil para uma filmagem de aspecto sobrenatural à noite.

— Não sei. Linda não está fazendo isso por diversão. — Ela relatou o que a jovem lhe contara.

— Essa tal Tiffany — ele começou quando ela terminou — é o tal Marcado europeu que você me pediu para investigar?

— Sim. — Ela ergueu os olhos ligeiramente para ele e sentiu o estômago apertar.

Reed mostrava uma beleza quase infantil quando sorria, mas, quando sombrio, era devastador.

— Por quê? Elas não podem se reunir, querida. Não ao menos até que Linda seja marcada.

— Não diga isso — Eva o repreendeu. — Não espero que Linda venha a saber o que aconteceu com sua amiga, mas ela ficará bem. Tem Roger em quem se apoiar quando precisar, e uma vocação que lhe confere propósito. É com Tiffany que me preocupo. Acho que se souber sobre o blog de Linda e sobre o programa de televisão, talvez encontre algum consolo em perceber o quanto sua amiga ainda a ama.

— Há um motivo para que os Marcados rompam com sua vida antiga.

— Você prometeu.

Reed balançou a cabeça.

— Isso foi antes de saber para o que você queria as informações. Regras são regras.

— Ei, eu não sei o que você quer de mim. Há um monte de terreno a cobrir entre o sexo de gorila selvagem e lavar um carro.

O sorriso lento de Reed fez os dedões de Eva se enroscarem, uma coisa não muito conveniente quando se anda com botas de combate.

— Verdade.

Eva na verdade não acreditava que o sexo seria a penalidade ou nunca teria aceitado. Reed queria que ela fosse até ele por sua própria vontade. Já que ele não a aceitaria durante o Novium, era lógico que não a tivesse como uma aposta certa.

— Não é que as ações de Linda sejam secretas — ela argumentou. — Seu blog, episódios do programa, o website da rede... Tudo é domínio público.

— Nesse caso, deixe a Marcada encontrar isso, ou não, por si mesma. Se você está afirmando a descoberta como inevitável, permita que ela a descubra inevitavelmente.

— Se você deixar de cumprir nosso acordo, ficarei livre para fazer o mesmo.

Reed grunhiu, parecendo tão desconcertado que ela não conseguiu deixar de achar graça naquilo, a despeito de sua preocupação por Alec.

— Ei! — Eva bateu seu ombro no dele. — Diga apenas que o trato acabou e ficará livre.

— Para que você meta outra pobre alma nessa encrenca?

— Está afirmando uma motivação altruísta? — Ela riu. — Isso poderia ter mais impacto se não estivesse me chantageando.

— Você começou isso me arrastando para cá.

— Você teria vindo de qualquer modo — ela objetou. — Só convidei a mim mesma.

Eva estava bem certa de que poderia ter atraído Montevista, se necessitasse. Na pior hipótese, poderia ter prosseguido sem ele, o que o teria forçado a ir junto em consideração à segurança. Mas estava muito mais feliz em ter Reed a seu lado. A despeito de suas duras arestas, Eva gostava de sua companhia e, embora ele fosse um risco para ela sob muitos aspectos, era também protetor. Às vezes.

Eles passaram dos limites de Cidade Qualquer, depois alcançaram a rua. Virando à esquerda, rumaram em direção ao duplex.

— Você sai atropelando tudo — ele resmungou — e as regras que se fodam.

— Rompa o trato. — Sua voz era baixa e zombeteira — Eu o desafio.

Reed a encarou com olhos estreitados.

— Não se atreva. — Seu olhar prometia toda espécie de consequência perversa, e uma fissura de atração a percorreu.

Eva a repeliu por necessidade.

— Não entendo por que você e seu irmão estão brigando. — Ou por que ela tinha que estar enfiada no meio.

— O que Caim tem a ver com tudo isso? — ele indagou, ríspido.

Tornando-se cautelosa com a aspereza dele, ela respondeu com todo o cuidado:

— Você é quem deve me dizer.

Reed parou e a encarou, de costas para a destinação deles. Bloqueando seu caminho.

— Explique para mim seu enrolado processo de pensamento feminino.

— Você não pode ler minha mente?

— Não sem danificar a minha.

— Se vou ser a corda no cabo de guerra de vocês, não deveria saber o porquê da guerra?

Ele lançou-lhe um olhar exasperado.

— O que Caim tem a ver com procurar essa tal Tiffany?

— É óbvio que você não quer encontrá-la para mim — ela explicou —, mas quer um pouco mais de nosso trato. Eu tenho que concluir que isso tem alguma coisa a ver com Caim. Você não parece o tipo de cara que quebra as regras arbitrariamente.

E uma aposta com ela era arbitrária, sem dúvida.

Os lábios de Reed se cerraram, e uma visão dela curvada sobre seu joelho explodiu em sua cabeça.

— Quando eu fizer alguma coisa com você por causa de Caim, eu a informarei.

— Espancamento não é meu forte, homem das cavernas. — Ela cruzou os braços. — E não estou falando sobre você e mim. Estou falando sobre você e Caim.

— Não pode dizer que não é seu forte até que tenha sido espancada de modo apropriado. — Ele agarrou o cotovelo dela e puxou-a em direção ao duplex.

— Estamos tendo uma discussão — ela protestou.

— Não, você estava forçando a barra.

— Alec disse que isso tinha a ver com uma mulher.

Reed olhou direto para a frente.

— Na periferia.

— E o fato de que vocês dois estão interessados na mesma mulher agora não significa nada?

— Não mais. Agora há apenas um interessado. — Ele deu uma olhada para ela. — Repare que a deserção de Caim não me afetou de todo. O que isso lhe diz?

— Que você não pensa que ele me superou assim tão depressa.

— Ele é um arcanjo, querida. Arcanjos não sentem o amor do modo como você o conhece.

— São celibatários?

Ele sorriu.

— Diabos, não. Eles podem até sentir afeição por uma amante, como um dono pelo animal de estimação. Mas amor... isso é reservado para Deus.

Eva suspirou. Até que falasse com Alec, e em particular, não iria tirar nenhuma conclusão precipitada.

— Então, voltemos às origens de sua briga com seu irmão.

— Deixe isso pra lá, Eva.

— Vocês foram amigos íntimos algum dia?

Dando de ombros, ele disse:

— Minha mãe diz que sim, mas não lembro.

— Sua mãe *diz*? — Tempo verbal no presente, não no pretérito.

O sorriso sem graça que Reed lhe lançou enfraqueceu seus joelhos.

— Ela lhe falará tudo sobre isso quando você a conhecer. Como a maioria das mães, adora contar histórias embaraçosas da infância dos filhos.

Eva ficou atônita demais para responder. Alec e Reed... com sua mãe. A singularidade de conhecer a Pecadora Original não era nada comparada a ver os dois homens mais viris que ela conhecera com sua mãe.

Quando se aproximaram da casa, avistaram Linda e Roger do lado de fora com Freddy. Linda acenou, e depois atravessou a rua.

— Ei! — ela cumprimentou, sorrindo. — Nós todos discutimos o assunto e resolvemos que vamos ficar por aqui. Tentamos falar com a comandante, mas ela foi embora por hoje. Se tivéssemos falado com ela e recebido autorização para voltar, teríamos rumado para Alcatraz. Mas já que não pudemos alcançá-la, sentimos que é melhor permanecer aqui. Tudo que temos é nossa reputação. Precisamos protegê-la.

As mãos de Reed pousaram na parte inferior das costas de Eva, intensificando a torrente de pensamentos na mente dela. Ele não estava nem um pouco feliz com a virada dos acontecimentos.

— Completamente compreensível — ele afirmou. — E admirável. Mas Eva foi convocada para longe, e não poderá juntar-se a vocês esta noite.

Pisando com a bota no dedão do pé dele, ela mudou de posição.

— *Você é um babaca. Podia ao menos ter falado primeiro comigo sobre isso.*

— *Você esteve lá, acabe com isso.* — Ele a empurrou para longe de seu pé com a mão firme, mas delicada. — *Chega.*

— *Por que não? Se é seguro o bastante para eles, é seguro o bastante para mim.*

— *Não tão seguro quanto a Torre de Gadara.*

— *Não vou discutir isso, mas posso falar por mim mesma.*

— Eu ainda não decidi, Linda — ela disse, sorrindo —, se vou embora ou não.

Os dedos de Reed fizeram cócegas em sua espinha.

— Ela é necessária em Anaheim.

— Hoje à noite? — Linda franziu o cenho.

— Não — Eva falou.

— Sim— Reed interferiu.

Eva lançou a ele um olhar de advertência.

— Teremos que discutir isso.

— Muito bem. — Linda olhou cautelosamente de um para outro.
— Vamos conferir. Nós iremos para lá em torno da meia-noite. Vocês devem ter terminado com o que tiverem de fazer quase nessa hora, certo?

— É claro. — Eva meneou a cabeça.

— Duvido muito — Reed contrapôs.

Linda retornou a Roger e Freddy, que saltavam no passeio vazio. Freddy em particular estava agitado de um modo estranho ao seu comportamento até ali. O olhar de Eva se estreitou sobre ele. O cão captou o olhar e se acalmou.

Reed conduziu Eva de volta a casa. Eles foram para o lado dos homens, onde Hank se estabelecera. Encontraram o ocultista sentado a uma mesa de jogo que servia como escrivaninha improvisada. Encantado como homem, o olhar de Hank caiu sobre o de Eva.

— Sua amiga do outro lado da rua deixou...

— ...uma coisa para mim aqui? — ela perguntou, interrompendo-o.

Ele a olhou analiticamente por um momento, depois fez um sinal com a cabeça.

— Sim.

Eva aceitou o CD que ele lhe estendeu. Seus dedos se tocaram, e Hank a leu, vendo mais do que Eva queria que ele visse. Mas também o que ela precisava que ele visse.

— Interessante — Hank murmurou. — Informe-me o que você encontrar.

Ela fitou seu cabelo vermelho, pensando na última pessoa ruiva com quem conversara. Quando Hank fez menção de se afastar, Eva agarrou seu pulso.

Suas sobrancelhas se arquearam.

— Garota inteligente.

— Você fará isso?

Hank sorriu.

— Sim.

Reed entrou na cozinha, onde Montevista instalara um videofone por satélite. Eva se perguntou por que eles não usavam simplesmente uma webcam, mas essa pergunta teria que esperar até mais tarde.

Descendo pelo corredor, ela retornou ao quarto onde antes vira o laptop de Richens. Ainda estava lá, bem como o resto das bagagens dos homens. Eva fechou a porta e sentou-se de pernas cruzadas no chão. Ligou o computador, introduziu o CD no *drive* e esperou que as fotos carregassem.

Sua irmã lhe dissera uma vez que pirateara uma câmera digital descartável e a usara muitas vezes nas férias. Eva não perguntara a Sophia como isso fora feito, mas indagou ao pessoal da *Escola dos fantasmas* se eles sabiam. Michelle conhecia o processo, de modo que Eva deixara a câmera de Claire com eles.

As fotos começaram a aparecer na tela, reduzidas com algum tipo de software de edição de imagens. Eva pulou as duas da Torre de Gadara, e também as que haviam sido tiradas na baía de Monterey e na placa de entrada do McCroskey. Clicou direto sobre a última imagem conhecida de Molenaar e Richens, aquela tirada na manhã antes que eles começassem sua excursão a Cidade Qualquer. Com olhos brilhantes e grandes sorrisos, o grupo estava formado como numa foto de classe de escola primária, com duas fileiras de estudantes — homens em pé, mulheres agachadas. Raguel se erguia todo majestoso ao lado, sua elegância em nada diminuída por seu moletom cinza. Os estudantes haviam todos arregaçado as mangas, exibindo suas braçadeiras para a posteridade.

Eva ampliou a foto e examinou cada estudante com todo o cuidado.

— Bingo! — ela sussurrou.

Sua mãe não fora capaz de ver a marca em seu braço porque era indetectável por olhos humanos. A tecnologia secular também era incapaz de registrá-las. Portanto, quando os olhos de Eva descobriram as bordas da marca apontando em torno da placa de prata da braçadeira de um estudante, ela compreendeu que encontrara aquilo que no fundo esperava não encontrar — um falso Marcado, escondido à vista de todos. Apenas não era quem ela suspeitara. Era pior.

Tudo se encaixou.

— Sorrateiro. Mas eu peguei você.

Ela ouviu passos ressoando com força no chão de madeira de lei do corredor. Apertando o botão de ejetar no *drive* do disco, Eva fechou a janela para o software de imagens e dobrou o laptop, fechando-o. Pôs-se de pé de forma atrapalhada bem no instante em que a porta se abriu e ele entrou.

— Hollis. O que faz aqui?

Eva tentou parecer natural.

— Apenas verificando meus e-mails. — Mas imagens mentais dos cadáveres de Molenaar e Richens lampejaram sem cessar, e alguma coisa devia ter aparecido em seu rosto.

A fisionomia amigável dele mudou. Seus lábios se retorceram e ele rosnou como um lobo. Outro Marcado apareceu a suas costas.

Eva fingiu ir para a direita, depois disparou para a esquerda, gritando por socorro. Ele arremeteu, atracando-se com ela no chão.

O crânio de Eva bateu na madeira do piso, e as luzes se apagaram.

REED OLHOU FIXAMENTE PARA A TELA DO SMARTPHONE de Raguel e sentiu o estômago dar um nó: "KIEL, SARA — 13h08 —1K. Estou a caminho. Chegarei ao aeroporto de Los Angeles amanhã cedo. Peça a Abel para manter o celular ligado."

Reed blasfemou. Havia tantos problemas empilhados sobre ele agora que mal podia respirar. Caim passava pela periferia de sua mente, usando sua experiência para lidar com o fluxo de informações do serafim e dos treinadores. Isso deixava Reed impaciente e furioso. Por que ele não fora selecionado para a promoção, quando era óbvio que Caim não era capaz de funcionar sem sua ajuda?

— Montevista, eu acho...

Um grito de Eva vindo do fundo da casa enrijeceu sua espinha a ponto de doer. Reed fez um giro e, no meio dele, um dilúvio de informações se derramou em sua mente, um confuso pântano de dissociações que o fez tropeçar.

Ele se pôs em movimento antes que seu cérebro entendesse inteiramente o porquê, contornou a mesa de jantar improvisada e disparou em direção ao corredor. Seu ombro bateu no de Hank, que também começava a reagir. Montevista o seguia em seus calcanhares. Estavam se aproximando de uma aglomeração quando Eva saiu de um dos quartos para o corredor. Vendo o estouro de boiada, ela estremeceu e pareceu intimidada.

— Você está bem? — Reed gritou, odiando o medo que o dominava.
— Estou bem.
— Por que estava gritando, então?
— Uh... — Ela se mexeu, nervosa. — Uma aranha grande. Enorme.

Montevista suspirou e encostou-se na parede.
— Você me assustou demais, Hollis.

A voz de Hank soou baixa e sombria:
— Algo que eu deva saber?

Eva franziu o cenho para ele por um momento, depois seu rosto se iluminou. Ela sorriu.
— Não. Nada.

Ele fez um sinal de assentimento e se afastou.
— Você matou um dragão — Reed disse, curioso o suficiente para sondar os pensamentos dela, mas achando-a tão calma como se estivesse tirando um cochilo —, no entanto fica desesperada por causa de uma *aranha*?
— Eu lhe falei que era grande — ela afirmou, na defensiva.

Reed relaxou a tensão com um suspiro frustrado e agarrou o cotovelo dela.
— Vamos lá, então. Mostre-me onde ela está e eu vou tirá-la daí. — Ele estendeu a mão para a maçaneta.
— Não! — Eva o deteve com um aperto de torno em seu pulso. — Já passou. Esqueça. Mesmo.

Reed a encarou por um longo momento.
— Tem certeza?

Ela assentiu com a cabeça.
— Sim, tenho.

Isso bastava para ele. Reed tinha o suficiente com que se preocupar sem ter que acrescentar aranhas — grandes ou não — à sua lista. Como por exemplo preparar tanto Eva quanto ele mesmo para Sara... Se fosse possível fazer qualquer coisa além de se prepararem para o impacto.
— A conferência já vai começar. Você vem?
— Eu não a perderia por nada — ela afirmou, sorrindo.

Eles rumaram de volta para a sala de jantar.

17

PASSARAM-SE HORAS ATÉ QUE O CANIL FICASSE, ENFIM, silencioso. Alec se levantou da cadeira giratória de couro preto do escritório e entrou no corredor. A destruição na área principal era total. Sangue e peles cobriam a superfície toda. Pouquíssimos dos filhotes permaneciam em forma reconhecível. A maioria se reduzira a pedaços. Apenas dois eram capazes de movimento — um débil retorcer da cauda e de uma orelha. Estariam mortos dentro de minutos devido à perda copiosa de sangue.

Alec tentou passar para o cercado subterrâneo dos cães, mas foi impedido por mais um alarme. Ele poderia se deslocar livremente apenas se estivesse dentro, do mesmo modo como fora capaz de se mover no interior do canil. Era a parte de ganhar acesso que causava problema.

Retornando ao escritório, ativou os elevadores hidráulicos nas jaulas e pulou para o mais próximo. Foi baixado até o labirinto, suas narinas ardendo com o cheiro de morte e decomposição que permeava o espaço. Moveu-se com cuidado através do vasto complexo subterrâneo, que se achava mal iluminado e mais frio que o canil acima. As paredes ali eram de metal, o forro coberto de canos era baixo, e o chão era de concreto mais polido. Alec praguejou ao encontrar um tanque de nitrogênio líquido onde embriões vinham sendo armazenados.

— Nem quero saber como Charles conseguiu os ingredientes para fazer essas coisas — resmungou para si mesmo.

Ele vasculhou o aposento que parecia um laboratório e encontrou um componente de aquecimento. Cinco minutos depois, as várias latas que continham as fibras dos embriões foram dispostas em uma bandeja de metal depositada sobre a placa quente. Alec não iria correr o risco de que pudessem ser resgatadas. A última coisa de que o mundo precisava era de uma legião de agressivos e devoradores cães infernais, que os Marcados não podiam destruir, vagando por toda parte. Ele preferia incendiar o lugar, mas, até que matasse Charles, não pretendia arriscar a provocar nenhum sinal de fumaça. Literalmente falando.

Satisfeito por ter sabotado a operação de procriação, Alec tomou o túnel subterrâneo que levava à garagem da residência de Charles. Por causa da estrutura construída acima de uma pequena elevação no centro da comunidade, o Alfa se mantinha protegido contra seus inimigos e capacitado a visualizar a extensão de seu domínio.

De fora, a casa era majestosa e linda. Tijolos cinzentos cobriam o exterior, que se distinguia por duas escadas de canto formando pequenas torres que ligavam os três andares. Um amplo gramado verde artificial e imitações de lampiões de gás que se enfileiravam no passeio de entrada davam ao imóvel uma qualidade romanesca. Um escudo de armas com um diamante negro decorava o espaço acima das portas duplas da frente. Não havia nada que revelasse aos mortais que um demônio governava dali, ocupando seu tempo em silêncio até que pudesse tentar destruir o mundo.

Detendo-se por um momento, Alec avaliou sua situação. Embora houvesse muitos mortais que passavam pela comunidade fechada — carteiros, jardineiros, limpadores de piscina, babás e uma ocasional patrulha policial —, não teria sido fácil chegar ali como um Marcado. E chegar aos filhotes, então? Isso teria sido impossível. No entanto, Jeová lhe dera essa missão — uma missão para cuja execução ele precisava dos dons de um arcanjo.

O Senhor trabalhava de maneiras misteriosas...

Alec entrou no banheiro de hóspedes do primeiro andar. O fedor de almas apodrecidas era esmagador na casa, como era de esperar. Cada membro do grupo atravessava regularmente esses corredores, e Charles — um lobo sem companheira — era conhecido por seu insaciável apetite sexual, o que mantinha uma grande quantidade de mulheres à disposição.

Foi por isso que Alec começou pelo quarto principal.

O domínio privado do Alfa do Grupo Diamante Negro era apropriado a um lobo. Paredes revestidas de madeira, carpetes de couro curtido e cortinas verde-floresta davam a impressão de grandes espaços ao ar livre. Como Alec esperava, duas mulheres se espreguiçavam ali, nuas e decoradas com detalhes que revelavam uma como bruxa e a outra como uma loba. Um console aos pés da cama estava erguido, revelando uma televisão oculta. Elas se mantinham ocupadas demais dando risadinhas com um programa de entrevistas para perceberem-no parado nas sombras da sala de estar às escuras. Charles estava ausente.

Alec continuou se movendo, indo de quarto em quarto, ficando mais inquieto a cada instante. A não ser pelos empregados, a mansão parecia vazia. Onde diabos estariam todos? Quando um Alfa estava na residência, seu lar costumava se manter lotado.

Parando no escritório, Alec vasculhou a escrivaninha, mas não encontrou nada digno de nota. Apenas listas, planilhas, registros de acasalamento e nascimento — os instrumentos de um pacote de saúde. Portanto, retornou ao quarto de dormir, adotando uma posição sentada no topo da televisão do console com as pernas balançando em frente à tela. Abriu suas asas de ébano com pontas de ouro para as mulheres nuas.

Elas gritaram.

Ele derrubou a loira de cabelo espetado com um simples raio de luz que partiu da ponta de seus dedos até o peito dela. Saltou sobre a morena e cobriu-lhe a boca com a mão. Ela ergueu para ele os olhos de avelã cheios de horror, arregalados. Qualquer Demoníaco com o mais básico dos treinamentos saberia o que esperar.

— Solte um uivo — ele advertiu, soturno — e eu esfaqueio seu coração com uma espada coberta de chama prateada. Faça que sim, se você entende.

Ela moveu a cabeça na afirmativa, seus cachos desgrenhados se espalhando num belo rosto.

— Onde está Charles? — ele retirou a mão.

— Saiu.

— Você devia tentar me dizer alguma coisa útil — ele murmurou. — Tal como para onde ele foi.

— Não sei, Caim. Juro. Ele saiu correndo.

— Por quê?

— Seja qual for a razão, tinha que ser importante. Quando Charles está em pleno cio, ninguém pode detê-lo.

— O que foi dito para atrair sua atenção?

— Devon, nosso Beta, falou que ele tinha uma ligação importante. Algo sobre Timothy.

— Quem é Timothy?

— O filho dele. — Ela engoliu em seco. — Aquele que você matou.

O olhar de Alec se estreitou.

— Você entreouviu a ligação?

Ela apontou para a sala de estar.

— Ele a recebeu ali. Não pude ouvi-lo, mas Charles anotou alguma coisa. Depois se vestiu e pegou uma muda de roupas. É tudo que eu sei, juro.

Uma jura de Demoníaco valia tanto quanto papel higiênico usado, mas o cheiro de medo da loba era potente. Se houvesse alguma coisa que se assemelhasse à verdade com os Demoníacos era que eles fariam qualquer coisa para salvar a própria pele.

— Há quanto tempo?

— Vinte minutos, talvez.

Tocando o pescoço dela, ele lançou uma onda de poder que a deixou inconsciente. Saltou da cama e foi para a sala contígua. Havia ali uma pequena escrivaninha com um telefone fixo fora da moda. Um bloco de papel em branco e um lápis esperavam pela próxima anotação ou mensagem, enquanto uma lâmpada de escrivaninha permanecia desligada e posicionada de modo bizarro, como se houvesse sido posta de lado às pressas.

Ele pegou o bloco e o lápis. Esfregando a ponta do grafite ligeiramente sobre a página, Alec revelou a impressão das mensagens anteriores: "À direita do comissário"; "À direita do soldado Mitchell"; "À esquerda do caminho da guarnição; "Van branca, Suburban preto".

Direções para o duplex onde Eva ficava. Por quê? O consenso era que Charles era o responsável por aterrorizar a classe de Raguel. Se isso fosse verdade, por que ele vinha anotando a localização de Eva como se não soubesse? E por que aquela informação, que ele já deveria ter, o fizera deixar na cama duas mulheres ansiosas por sexo?

Alec voltou ao motel, e libertou Giselle, que ele havia algemado na pia outra vez.

— Vamos lá.

Ela ficou em pé desordenadamente e arrancou a mordaça da boca.

— Ele está morto?

— Ainda não. Mas os filhotes, sim.

— Todos? — Seu tom era ao mesmo tempo assombrado e horrorizado.

— Sim.

— Oh, cara...

Um toque de alarme o atingiu, uma onda rolante de emoção que vinha de Eva que o interrompeu em meio aos passos firmes. Alec procurou por ela, mas a sensação foi embora tão depressa quanto viera, deixando atrás de si uma silenciosa e pacífica tranquilidade.

— Vamos logo — ele ordenou, pressionado pela impaciência do mistério.

— Para onde iremos?

— Monterey. — Ele retornou ao quarto.

— Oba! — Giselle bateu palmas. — Isso é no sul. Finalmente vamos para algum lugar.

— Não fique alegre demais. — Ele a tocou e tentou ir para o outro quarto, só para ver se tinha o poder de mover os dois juntos.

Alec fez a viagem. Ela, não, e ele voltou ao quarto, praguejando.

Os olhos de Giselle estavam acesos de diversão.

— Não funciona com Demoníacos. Nossos piolhos não viajam bem com anjos.

— Terei que deixá-la aqui, então. — Ele deu uma olhada para o relógio. Passava um pouco das quatro. — Do modo como as coisas vão indo, poderemos estar mortos logo. Você devia sair para fazer alguma coisa que sempre quis antes de pifar.

— Ah! Arcanjos não podem morrer. E você não se livrará de mim. Caim da Infâmia se tornou Caim, o Arcanjo, e calhou de eu estar por perto quando isso aconteceu. Já estou metade morta. Ao menos ao seu lado tenho uma chance de salvar a outra metade.

Alec retirou do bolso as chaves do carro e colocou-as na cômoda.

— Arcanjos não são invencíveis.

— Bem que poderiam ser — ela zombou.

Depois um silêncio atônito permeou o espaço entre os dois.

— Espere um minuto... Alguma coisa aconteceu com um deles, não foi? Com qual?

— Você pode ir a Anaheim. Eu os informarei que está indo.

— É por isso que você é um arcanjo agora, não é?

Alec separou um pouco de dinheiro e o colocou junto às chaves.

— Pegue tudo que está aqui e leve com você. Não quero voltar para cá, se puder evitar.

— Caim, maldição! Conte para mim!

Ele se moveu para o quarto adjacente e deu uma última olhada ao redor, rezando para que não estivesse esquecendo nada. Com a enormidade de informações a percorrê-lo — dos treinadores abaixo e dos serafins acima —, ele mal conseguia manter os pensamentos em ordem.

— Você é uma *máquina*? — ela gritou. — Não se importa nem um pouco com o que isso significa? Não estou preparada ainda para o fim do mundo.

— E alguém pode lá estar preparado para isso? — ele retrucou, irritado pelo desabafo da quimera.

Giselle contornou-o e olhou em seu rosto. Mãos nos quadris delgados, ela perguntou:

— Que me diz daquela mulher com quem conversava ao telefone na noite passada? Eu ouvi o tom de sua voz. Ela é especial para você. Você se importa com o que o fim do mundo significa para *ela*?

Alec parou e suspirou, aborrecido. Examinar seus sentimentos por Eva era como tentar ver através de vidro enevoado. Sabia que eles estavam ali, podia ver as sombras e os vultos, mas os detalhes estavam perdidos para ele. Era como ganhar sua sobremesa favorita e descobrir que estava sem apetite.

— Bem — Alec foi sincero —, eu me importo com o que acontece para ela. — Havia mais do que sexo e amor envolvidos em seus sentimentos por Eva: respeito e admiração, afeto e nostalgia. Os melhores dias de sua vida foram passados ao lado dela. Ser um arcanjo não mudava tudo.

Giselle fez que sim.

— Muito bem, então. Diga-me o que está acontecendo para que eu possa ajudar.

Alec relatou o mínimo exigido para colocá-la a par, enquanto ao mesmo tempo tentava chegar até Eva. Ela parecia estar... cochilando. Era agora uma lousa vazia, pairando no espaço entre a consciência e o sono REM. Alec franziu o cenho, pensando se o pânico que sentira vir dela um momento atrás não haveria sido parte de um sonho. Como nunca antes dividira uma conexão como essa com ninguém, não estava certo de como funcionava. Ele tentou chegar a seu irmão e o descobriu despreocupado com Eva muito além do que Alec esperaria.

Abel o expeliu com força.

— *Fique fora de minha cabeça, Caim, antes que eu o encontre e o mate.*

Alec lhe enviou o equivalente mental de um dedo erguido.

— Uau! — Giselle afundou na cama. — Não posso garantir que serei de alguma ajuda, mas com certeza tentarei.

As sobrancelhas dele se arquearam.

— O que aconteceu com a quimera que achou que estávamos numa missão suicida?

— Envolveu-se amorosamente com um arcanjo. Isso muda um pouco as coisas, você sabe.

— Faça as malas. Vamos partir às cinco horas.

A REUNIÃO DE CONFERÊNCIA FOI ANTICLIMÁTICA. RAGUEL, lógico, esteve ausente. Sua substituição foi um fracasso. A conexão de Sara era precária. Ficou resolvido o adiamento da maior parte da conversa até que todas as sete firmas pudessem ser representadas.

Reed deixou o interior lotado do duplex para ir ao estacionamento. Tentava descobrir um meio de manter Eva fora de Cidade Qualquer que não fosse amarrá-la, quando uma voz feminina surda atraiu sua atenção:

— Ei...

Ele voltou a cabeça e viu a loira — Izzie, a Garota Gótica — se aproximar. Os dedos dela estavam enfiados nos bolsos de sua saia preta, os olhos meio encobertos.

— Ei pra você também.

— Soube que Caim esteve aqui mais cedo.

— Você não perdeu nada.

Ela deu de ombros.

— Eu já o conhecia.

— Lamento.

Um sorriso se ergueu no canto de sua bela boca. O olhar dele pousou ali, seus pensamentos retornando ao que aquela boca fizera por ele uma vez. A lembrança teve tanto impacto quanto lembrar-se de cortar o cabelo — conveniente e boa para a vaidade, mas não necessária. Bem que Reed gostaria de dizer o mesmo sobre Eva.

— Não foi tão ruim — ela disse, seu olhar fixo no dele. — Na verdade, foi muito bom.

Reed gelou, absorvendo a insinuação com desconforto crescente. O sotaque dela era alemão.

— Você é da...?

— Alemanha.

— Sarakiel — ele grunhiu.

— Fui marcada por uma de seu grupo, sim.

— Quando?

— Há poucas semanas. Cheguei à Califórnia no dia em que a classe começou.

— E a que firma você estará ligada quando a classe terminar?

O sorriso dela se ampliou.

— A esta.

Reed esfregou a nuca. Na ordem normal das coisas, Izzie teria tido entre uma a sete semanas para se estabelecer em seu novo país e sua nova firma. Teria sido designada para um abrigo, recebido um veículo e uma conta bancária, levada para conhecer a cidade e tido uma excursão na Torre de Gadara antes de começar a treinar. Em alguns casos, os Marcados eram transferidos para suas novas firmas, depois mandados de volta aos seus países para treinamento, se fosse assim que o programa estabelecesse. Porém, seguir esse tantinho de protocolo não teria colocado Izzie na mesma classe que Eva.

Nada era coincidência. Sara sabia do passado de Izzie e a pusera no lugar contra Eva. A seleção da garota era a mão de Deus, mas usá-la como um fator de irritação... era puramente coisa de Sara.

— Você não está feliz com isso — Izzie murmurou.

— Por que me importaria?

— Sara acreditou que você ficaria feliz. Mas, também, eu não acho que ela sabe o que você sente pela namorada de seu irmão.

Reed manteve-se impassível, a despeito da alfinetada dela.

— Você chamou o nome de Eva quando veio. — Ela apertava o cerco ao fazer rodeios; ele não tinha tempo para isso.

— O que você quer?

— O mesmo que você. Caim distante de Hollis.

Ele deu risada.

— Ninguém lhe contou que Caim foi promovido a arcanjo? Ele é incapaz de dar a mínima que seja para qualquer uma de vocês.

— Não preciso que ele me ame. Só preciso que me dê um orgasmo. — Suas pálpebras bateram, coquetes. — Você e eu podemos ajudar um ao outro.

Vendo as semelhanças entre Izzie e Sara, Reed se enfureceu. Com as asas bem abertas, arremeteu na distância entre os dois, seu rosto contorcido pela ira dos anjos. Ele a pegou pela garganta e ergueu-a do chão. Os olhos dela se arregalaram em seu rosto pálido, seus lábios borrados se abriram num esforço por respirar.

Numa voz terrível ele advertiu:

— Você esqueceu o seu lugar. Nós não somos iguais.

— E-eu não qui-quis dizer...

— Mantenha distância de Eva. Você não fará nada contra ela. Nada! — Sua mão livre se ergueu e empalmou o rosto dela, o polegar pressionando seus lábios e borrando sua bochecha com o roxo do batom. — Ou terá que se ver comigo.

As mãos dela envolveram os pulsos dele.

— Ta-talvez você terá de responder a Sara...

O aperto em torno do pescoço dela se intensificou.

— Abel! — O tom agudo de Montevista chamou-lhe a atenção. — O que você está fazendo?

Reed jogou Izzie na grama que cercava o passeio. Ela se esborrachou, mas ele sabia que a garota não ficaria humilhada por muito tempo. Ele encarou o guarda, forçando-se a assumir uma fisionomia menos assustadora.

— Parece que é a senhorita...

— Seiler — Montevista disse, soturno.

— Parece que a srta. Seiler tem muito tempo livre. Você teria alguma coisa com que ocupá-la?

Montevista fez que sim.

— Venha comigo, Seiler.

Izzie se levantou e arrumou a saia. Seu sorriso lento com o batom todo borrado foi macabro e serviu como advertência para Reed. Como para Sara, a vida era apenas um jogo para a Garota Gótica — a manobra, o planejamento, a vitória. Caim não passava de um prêmio a ganhar; assim como Reed, seria apenas mais um em sua lista.

Contraindo as asas, ele se afastou. Merda. A presença de Sara apenas aumentava a tensão. Caim estava fora de ação, mas os obstáculos no caminho de Reed não haviam diminuído; apenas mudado. E as mulheres eram muito mais dissimuladas que os homens.

Ele olhou para a casa do outro lado da rua e voltou a atenção para o problema mais premente. A ruiva — Michelle — saíra com uma filmadora. O cão dinamarquês e o Marcado escocês — Callaghan, o boneco Ken — estavam ali por perto. Michelle parecia estar filmando o bairro, ou para o programa ou para diversão. Contudo, o que preocupava Reed era Callaghan. A classe devia estar dentro da casa, ajudando Hank com a preparação de provas. Observar os muitos deveres do Departamento de Projetos Excepcionais era parte do treinamento. Por que Callaghan não estava participando?

Ele deixou de lado aquele pensamento. A paranoia de Eva o enchia de suspeitas também. O fato era que Callaghan era um homem, e Michelle era bonita e possivelmente disponível. No lugar do Marcado, Reed também decidiria que transar com uma ruiva gostosa era mais divertido que ficar com Hank e suas poções.

Sentindo o olhar fixo de Reed, Callaghan o fitou e acenou. Ele disse algo a Michelle e caminhou em sua direção.

— Montevista me pediu para ficar de olho neles — Callaghan explicou quando chegou perto de Reed. — Para que não se extraviem por aí.

— Ela é bonita.

Callaghan sorriu.

— É mesmo. Ela queria ver Cidade Qualquer agora para alguma filmagem à luz do dia, mas eu acho que a dissuadi.

— Onde estão os outros?

— Dentro da casa.

Reed fez um som exasperado.

— Essa coisa toda está totalmente bagunçada. Nós não temos o tempo ou os recursos para ficar dando uma de babá para eles.

Os sons inconfundíveis de vômito precederam o súbito aparecimento da Marcada francesa — Claire, a figurinista — cambaleando de uma esquina.

Ela parou ao vê-los e engoliu em seco.

— Nunca pensei que eu desejaria ter a capacidade de vomitar — ela disse.

— O que houve? — O olhar de Reed se ergueu para o lado da casa de onde ela emergira.

— Os investigadores do DPE estão analisando o corpo de Ri-Richens. — Claire se curvou e agarrou os joelhos, inalando e exalando com cuidado.

A ânsia de vômito era toda mental, mas, como com o Novium, conhecer a causa não fazia a sensação-fantasma parecer nem um pouco menos real. Reed sentiu simpatia por ela. Ele não era apreciador de cadáveres tampouco, sobretudo os horríveis.

— Tenho que ir embora — ela disse. — Odeio este lugar.

— Estamos tentando — ele murmurou, também simpatizando com qualquer que fosse o treinador que ficara com ela.

Claire iria precisar de muita ajuda para se aclimatar à marca.

— Eu o odiava também — ela disse.

— Quem?

— Richens. Ele era um babaca.

— Era mesmo — Callaghan concordou.

— E agora me sinto péssima por ter pensado assim dele — Claire resmungou.

Reed sorriu.

— Quanto mais teremos que ficar? — ela quis saber.

— Assim que eles se forem... — Reed apontou para o outro lado da rua com uma sacudida de queixo. — ...poderemos ir.

— O que eles querem?

— Provar ou desmentir que há atividade paranormal em Cidade Qualquer.

— Onde está o tengu quando a gente precisa de um? — ela se queixou.

Uma sensação de *déjà-vu* inundou Reed, como ele estivesse predestinado a pensar naquilo que explodiu em sua cabeça.

— Boa ideia.

— Como?

— Por que esperar que descubram por si mesmos? — Ele olhou para Callaghan. — Vamos com eles agora. Nós armaremos alguma coisa para lhes dar a prova de que precisam, e então não haverá razão nenhuma para que permaneçam.

— Eles não querem provar — Callaghan disse. — Estão aqui para desmentir.

— Eu vi o vídeo que deram para Hollis — Claire afirmou. — Não tinha nada, mais ou menos até a primeira metade. Então eles foram à locadora, e havia uma sombra que parecia um estojo de DVD flutuando no meio do ar.

— Perfeito. Nesse caso, nós lhes daremos uma explicação racional para o que a outra equipe viu, e eles terminam com o serviço aqui.

— Posso acompanhá-los? — Claire indagou. — Não posso voltar para dentro da casa. Não agora.

— Onde está Hollis?

— Ajudando Edwards. Ele está pior do que eu. Gostava de Richens.

— E Hogan e Garza?

— Hogan lida bem com o cadáver. Melhor que o resto de nós. Garza acompanhou Hank de volta a Cidade Qualquer. Ele tinha que carregar o equipamento.

— Vamos manter Hollis fora disso.

Eva estava mais segura cercada pela classe, os guardas e os investigadores do DPE do que estaria em qualquer outra parte.

— Callaghan? — Reed olhou para o escocês. — Ofereça-se para acompanhar os caçadores de fantasmas a Cidade Qualquer, depois os conduza até a locadora. Claire e eu iremos à frente, e armaremos tudo.

— Combinado. — Callaghan disparou para o outro lado da rua.

Reed voltou sua atenção para Claire.

— Está preparada para ir?

Ela fez que sim.

— Estou.

— Ótimo. Vamos pegar...

Um lobo uivou. Um longo, prolongado som seguido por latidos agudos.

O rápido zunido das hélices de um helicóptero que se aproximava não devia ter perturbado Reed; não se fosse levar em conta o número de instalações militares na área. Mas o lobo — longe de ser nativo da região — soara quase... *alegre* ao ouvir seu ruído. Dando boas-vindas. Seu tom causava apreensões. Reed escutou-os.

— Callaghan?

O Marcado se virou.

— Sim?

— Vá com a ruiva para a casa, e mantenha o resto do pessoal lá.

A urgência no seu tom fez cintilar alguma coisa nos olhos de Callaghan. O Marcado assentiu sombriamente e apressou o passo.

— Eu irei com ele — Claire propôs. — Ao menos não há cadáveres na casa deles.

— Sim, vá. Ninguém entra ou sai até que eu diga o contrário.

Ela deu um passo à frente, depois olhou para ele com seus olhos azuis arregalados por trás de seus óculos de armação preta inclinados.

— Estou assustada — ela sussurrou.

Reed estendeu a mão para Claire, tocando seu ombro numa oferta silenciosa de conforto.

— Você pode fazer o que quer que seja necessário. Deus não a teria escolhido se não fosse assim.

Aparentemente reconfortada, ela trotou atrás de Callaghan.

Reed girou nos calcanhares e caminhou a passos firmes em direção a casa.

18

EVA DESPERTOU COM UM LATEJAR SURDO NA NUCA E UM tremor-fantasma percorrendo sua espinha. O uivo de um lobo a acordara. Fora sonho ou realidade?

Ela se revirou, tentando encontrar uma posição mais confortável. Em vez disso, percebeu que estava amarrada numa cadeira de metal vacilante com os pulsos atados atrás de si. Uma mordaça estava em sua boca, com um nó que pressionava com força até formar um ponto dolorido por trás do crânio. Ela devia ter tido a cabeça quase esmagada durante o ataque, ou a marca já a teria curado a essa altura.

Gemendo, fez um esforço para que sua mente se inteirasse das circunstâncias. Sentou-se na semiescuridão, a luz se infiltrando por duas fendas verticais de cada lado dela. Estendeu uma perna, tentando avaliar a quantidade de espaço ao redor de si, que terminava na madeira oca que oscilava para fora, o que permitiu fugazmente que mais luz entrasse. Tentou balançar para trás, mas descobriu uma parede às suas costas.

Eva se encontrava num armário com portas de trilhos deslizantes. O tipo de móvel que havia nos duplex do McCroskey.

Estaria ainda na casa que Raguel havia arranjado para eles? Ou fora removida para uma casa vazia? Onde estariam todos os outros?

Eva se concentrou na sua superaudição, mas registrou apenas sua própria respiração. Então soou outra vez, inconfundível e arrepiante — um lobo uivando no que parecia uma vitória.

Um zunido na periferia de sua consciência cresceu em volume, e ela o reconheceu como um helicóptero que se aproximava. Não havia nenhuma razão para ligar o barulho ao uivo, exceto sua crença instintiva de que estavam conectados.

Siga seu instinto, Alec dissera.

Usando os pés, Eva forçou a porta do armário em intervalos pequenos, mas regulares. Sua mente estava funcionando bem, como sempre, ligando-se a Reed e Alec, depois se encolhendo quando a dor lancetava através de seu crânio. Ela gemeu dentro da mordaça, desejando que as mãos estivessem livres para que pudesse examinar a nuca à procura da estaca que na certa fora enfiada nela.

Como diabos iria sair dali? Tentou mais uma vez se comunicar com os irmãos. O mesmo resultado. Dor intensa o suficiente para que temesse a inconsciência.

Precisava de uma faca. E de um novo cérebro, porque o único que tinha a estava matando.

Eva fechou os olhos e pediu — tão graciosamente quanto podia, dadas as circunstâncias — uma espada. Tão melhor seria que essas coisas fossem providenciadas sem a necessidade de implorar — ou que ela pudesse conseguir uma pistola ao invés de uma espada —, mas ela conhecia o treinamento. O Todo-poderoso preferia a espada biblicamente coberta de chamas para ter um lance dramático. Intimidação vistosa era um de seus fortes.

Eva não dissera a Reed antes, quando ele perguntara, mas a verdade era que ela sempre ficava surpresa quando o pedido de sua arma era atendido. Acreditava que um dia o Todo-poderoso iria empinar o nariz para ela e dizer que sua falta de fé havia testado a paciência Dele mais de uma vez. A possibilidade não inspirava confiança.

Para sua sorte, essa vez *não era* como aquela em que Deus a deixara entregue aos lobos. A espada se materializou em sua mão. Na verdade, era mais como um abridor de envelope. Eva quase a deixou cair, mas a reteve com um agarro desajeitado e um grito abafado. Mesmo queimando a corda em torno dos pulsos, ela chamuscou e causou bolhas em sua carne. O cheiro a fez lembrar a agonia que passara no banheiro masculino no Estádio Qualcomm e fortaleceu sua resolução.

Maldita fosse se deixasse que aqueles putos a matassem de novo.

A corda cedeu, e Eva soltou a faca cravada em sua nuca. Puxou suas mãos crepitantes para dentro do colo e sentiu o sangue correr para as extremidades com picadas agudas. A ferida se reparou sob seu olhar, a carne arruinada desaparecendo como luvas rasgadas, deixando a pele lisa em seu lugar. A dor sumiu num ritmo mais lento, mas Eva a pôs de lado. Não tinha tempo para se concentrar em si mesma. Precisava saber onde estavam os demais da classe, e tinha também que matar um Demoníaco.

Arrancando a mordaça da boca, Eva sorveu uma grande porção de oxigênio. Ergueu-se e bateu a cabeça sob a parte de baixo de uma prateleira. Praguejando, ela gelou, temendo que alguém a tivesse ouvido. Pensando se isso importava.

O punhal continuou a queimar no chão. Ela poderia deter o processo mandando a espada embora, mas não o fez. Havia mais de um modo de pedir ajuda, e ela usaria o antiquado sinal de fumaça tão bem quanto os meios sobrenaturais. Quando o verniz se derreteu e expôs a madeira vulnerável por debaixo, a fumaça começou a subir em aros. Empurrando de lado uma das portas do armário, Eva correu para fora e descobriu-se no quarto de dormir onde fora derrubada. Também achou o corpo marretado e sem vida de outro colega de classe.

Um grito ficou preso em sua garganta apertada.

Atrás dela, a parede de gesso pegou fogo e explodiu em chamas.

A PROJEÇÃO ETÉREA NUNCA ERA FÁCIL. A CONCENTRAÇÃO exigida para estar em dois lugares ao mesmo tempo era sempre estafante. Felizmente, a velocidade inerente à caçada e a execução subsequente energizavam. Sem isso, não teria sido possível manter a duplicidade por tanto tempo.

Em menos de uma hora, estarão todos mortos.

Que golpe! Poucas semanas atrás, tudo parecera perdido. Tudo *havia* sido perdido — morto, destruído, arruinado. Depois, assim como uma fênix emergindo das cinzas, as esperanças e os sonhos de todo Demoníaco se ergueram dos remanescentes da construção de Upland.

Desde aquela noite, eles conquistaram mais do que qualquer demônio teria sequer sonhado. Conviveram com um arcanjo, falaram cara a cara com Caim e Abel, se misturando aos mais traiçoeiros de sua própria espécie, e se mantiveram não detectados em meio a isso tudo.

Todo o equilíbrio de poder mudara agora. Eles podiam fazer qualquer coisa, ir a qualquer parte. Logo, Abel estaria no Inferno. Ele matara Malachai na construção. Merecia padecer os tormentos dos danados. Merecia ver Evangeline Hollis morrer para saber o que era perder alguém que se amava.

No entanto, isso não era para ser... ainda. Sammael planejava usá-la. Um dia, no entanto, ela seria dispensável também. E da próxima vez que Eva morresse, eles teriam certeza de que era irreversível. Eles cortariam sua bela cabeça e a empalariam no portão do palácio de Sammael para que todos vissem. Seriam heróis, reverenciados e temidos em todos os cantos do Inferno.

Em menos de uma hora, eles teriam tudo isso.

Do ponto de vista singularmente privilegiado obtido ao pairar sobre o grupo de caçadores de fantasmas, ficava fácil ver que Callaghan estava destinado à grandeza. Ele analisava a sala de estar quase vazia com olhos estreitados, seus sentidos ampliados detectando o corpo etéreo anômalo pairando acima dele e dos outros. Era o único a perceber; mesmo o cão agitado parecia ignorar a malevolência que aguardava para atacar.

A ruiva de saia rosa e roxa analisava fotos de Cidade Qualquer.

— Estes ignorantes têm aparência sinistra.

— Guerra psicológica — a morena de alaranjado dizia de sua posição sentada no topo de uma caixa de gelo. — Eles poderiam facilmente substituir esses manequins, se quisessem. Mas aí perderiam o fator desesperador inerente a tê-los deteriorados e cheios de insetos nocivos.

— Adoro quando você faz críticas — o homem de cavanhaque aos seus pés falou arrastado. — Isso me excita.

— Roger... — A morena cutucou sua coxa com o dedão, brincando.

— Só posso imaginar como este lugar deve parecer ainda pior à noite, com sombras lançadas na mistura. Consigo entender por que os caras do

Território paranormal ficaram sugestionados o suficiente para pensar que viram alguma coisa aqui. Mas pesquisei a área toda. Embora seja um terreno de treinamento tanto para militares quanto para a força policial local, não houve nenhuma morte ou acidente fatal aqui.

— Devíamos ter ido para Alcatraz — Roger resmungou.

— Pediram que viéssemos para cá — a morena soou exasperada.

— Teria sido muito feio se partíssemos só porque tivemos uma melhor oferta.

O som de um helicóptero se aproximando cresceu em volume de modo incomum e atraiu a atenção de todos na sala. Callaghan, em particular, ampliou sua posição como se preparando para uma batalha.

— Por que ele dá a impressão de que voa direto sobre nós? — A ruiva arfava, seus braços envolvendo o tronco.

— Tenho certeza de que isso é comum numa base militar. — Mas o tremor na voz de Claire arruinou qualquer chance de suas palavras serem tranquilizadoras.

Eles estavam completamente perplexos. Era tudo divertido demais.

A morena se ergueu e caminhou até a janela panorâmica da frente.

— Soa terrivelmente próximo. Quase como se fosse aterrissar.

Por estarem distraídos demais, não notaram quando as portas e janelas foram seladas, tanto com travas seculares quanto com feitiços de contenção/aprisionamento. Ninguém podia entrar, e ninguém podia sair. Não haveria escapatória.

Dentro de uma hora, todos eles estarão mortos...

O LADO MASCULINO DO DUPLEX ZUMBIA DE ATIVIDADE.

O cadáver pálido de Richens jazia estendido numa maca desmontável. Dois investigadores do DPE se curvavam sobre seus restos, sondando nos ferimentos abertos para recolher provas e tentar chegar a algumas conclusões proveitosas.

Havia muito a apreciar em Richens— egoísmo, arrogância, falta de remorso, o modo com que seus intestinos haviam jorrado de seu corpo como gordas e escorregadias salsichas. Uma vergonha ele haver sido marcado. Com seu apreço por meias-verdades, Richens teria dado um divertido bobo da corte.

— Ei. — Um dos investigadores olhou para o alto com um sorriso, que desapareceu quando viu as manchas de sangue em suas roupas. — O que aconteceu com você?

Laurel se virou para fitá-lo, seu belo rosto brilhante mudando de acolhedor para preocupado.

— Oh, não! Você está ferido?

Com Destruição em casa com Sammael, não havia mais nenhuma necessidade de guardar o sangue do Marcado para alimentá-lo com ele. E com a iminente morte dos Marcados, não havia mais motivo para esconder quem ele era. Assim, iria saudar o Alfa conservando sua pintura de guerra — a prova de seus assassinatos pingando de seu focinho e suas garras.

Ele examinou os ocupantes da sala com uma olhada abrangente. Dois investigadores e duas Marcadas estagiárias — Seiler e Hogan. Três guardas e Montevista se encontravam fechados do lado de fora. Callaghan e Dubois estavam do outro lado da rua. Hank — a única possível mosca na sopa — se ocupava em Cidade Qualquer, junto com mais dois guardas. Todos esperavam que a ameaça viesse do lado de fora, e não do lado de dentro.

Ele fez uma encenação fingindo tropeçar, como se estivesse ferido, e foi amparado pelos braços macios e pálidos de Laurel. Ela era sexy, suscetível a manipulação e abençoada com uma suculenta xoxota devoradora. Bem do jeito que ele gostava de suas mulheres. Ela abria as pernas toda vez que ele estalava os dedos e, ao fazer isso, espalhara todo o seu cheiro de Marcada sobre ele.

— Solte-a, Garza.

A voz de Hollis o deixou confuso por segundos, depois um sorriso lento recurvou sua boca. As poucas armas que eles haviam trazido tinham sido guardadas em malas no Suburban, e a habilidade de Hollis com uma espada era medíocre, na melhor hipótese. Ele tinha toda confiança em poder vencê-la.

Mantendo-se de costas para ela deliberadamente porque sabia que a displicência iria irritar uma Marcada novata, ele disse:

— Vamos lá, *bella*...

— Cai fora! — Laurel explodiu. — Procure seu próprio homem.

— Você não pode ter todos os homens, Hollis — Seiler se intrometeu.

Mulheres... Elas eram seu próprio pior inimigo.

— Ele não é um homem — Hollis retrucou.

Laurel jogou seu cabelo por sobre o ombro.

— Ora, eu saberia se ele não fosse.

— Você devia parar com isso, Evangeline — ele afirmou, olhando por sobre o ombro. — O Alfa está chegando. Dentro de poucos minutos, tudo isso estará acabado.

— Estará acabado *para você* — ela corrigiu.

Eva se ergueu na entrada do corredor, seus olhos escuros duros e cheios de ira, os punhos cerrados. Mas sua carranca a denunciou. Ela sabia que ele não era um Marcado, mas não quem ele era; nem se lembrava de sua história juntos. Eva não podia reconhecê-lo sob o encantamento.

— De que diabos vocês estão falando? — Laurel quis saber. — Por que você está com tanto sangue sobre si, Antonio? E por que me aperta com tanta força? Não posso respirar.

O sorriso dele se ampliou num arreganhar de dentes.

— É para matá-la melhor, minha querida — ele sussurrou apenas para os ouvidos dela.

Segurando Laurel com força junto a si, Garza pôs as mãos nos dois lados de sua espinha e estendeu suas garras, dilacerando profundamente seu fígado e os rins. Ela teria gritado se ele não houvesse sufocado seu peito. Laurel olhou para ele com seus olhos azuis cheios de horror, seus lábios maravilhosos se escancarando para expelir seu último suspiro. Garza o inalou fundo em seus pulmões como se fosse o beijo de uma amante.

Seus sentidos animais distinguiram o silvo de uma espada, e ele saltou de lado para evitar por um triz a lâmina coberta de chamas lançada sobre sua cabeça.

— Você é péssima —escarneceu dela.

Uma rápida saraivada de lâminas flamejantes disparou na direção dele. Garza deixou cair o cadáver de Laurel e se agachou.

Vomitando uma torrente de palavras em alemão, Seiler atracou-se com Hollis.

Recuperando equilíbrio, Garza assumiu sua forma de lobo e arremeteu sobre o investigador mais próximo. Seus dentes perfuraram a jugular antes de os dois atingirem o chão de madeira. O sangue doce, melado, jorrou por sua garganta abaixo, e ele grunhiu com um triunfo absoluto.

Batidas soaram na porta, e os guardas gritaram para entrar. A cacofonia criou um réquiem singular e provocativo. O que lhe causou o desejo de uivar com alegria; o que fez logo a seguir.

Seiler e Hollis continuavam a lutar como duas gatas bravas. A investigadora, que até então apenas observava tudo, tirou uma pistola de sua capa de laboratório e apontou. As balas disparadas penetraram excruciantemente através dos pelos e da carne, mas a camuflagem abrandou a prata que de outro modo o teria paralisado. Por fim, a pistola clicou várias vezes, sem nenhuma resposta. Percebendo que o pente estava vazio, a investigadora gritou.

Garza saltou para a frente e derrubou-a para matá-la.

NA CASA DOS "CAÇADORES DE FANTASMAS", O SOM DE gritos de pânico na vizinhança atraiu todos para a janela. O grupo ficou ombro a ombro como uma unidade, expondo as costas ao observar os guardas atravessarem as ruas correndo como formigas.

— Por que eles não podem entrar? — a morena indagou. — Olhe para eles. Estão batendo nas portas e janelas.

— Eu devia estar lá — Callaghan disse, a tensão dominando sua constituição vigorosa.

— Vá — a ruiva pediu. — Eles precisam de você.

Ele balançou a cabeça.

— Dei minha palavra de que ficaria aqui.

— Estamos bem — a morena insistiu. — Nós só... Uau!

— Que diabos! — O tom de Roger era estupefato. — Há no mínimo meia dúzia deles!

Lobos. Enormes. Vinham correndo na direção de Cidade Qualquer num grupo coeso. Um grande lobo com uma incrustação de diamante branco na testa liderava o grupo.

O Alfa estava ali. Após três semanas, a hora por fim chegara. Ela o odiara um dia. Detestara-o por criar seu neto como um lobo em vez do mago que ele era. Sua filha única morrera dando à luz seu filho, e Charles recompensara sua memória ignorando o direito de mago de Timothy por nascimento. Ela fizera tudo que estivera ao alcance do seu poder para fazer Timothy se voltar contra o pai, mas agora ela olhava para Charles como o executor de sua vingança.

— Prontos para morrer? — ela perguntou com doçura.

Eles se viraram e a encararam. Callaghan riu com desdém.

— O quê?

Ela sorriu e matou primeiro o cão, lançando uma bola de pura, gélida maldade que a tola criatura perseguiu e engoliu. O dinamarquês uivou e rolou de costas, estendendo as pernas para o alto e se agitando dramaticamente.

— Jesus, Claire! — a morena gritou. — Que diabo você jogou no...?

Desfazendo o encantamento de francesa, Kenise revelou sua verdadeira forma. E partiu atrás de Callaghan.

Ela o atingiu com força suficiente para erguê-lo do chão e bateu-o com força contra a superfície mais próxima, embutindo-o na parede de gesso. Ele ficou pendurado como uma estrela do mar, sua gola rolê preta ardendo a fogo lento bem no meio de seu peitoral. Um golpe direto.

Isso a deixava só com os mortais agora, que estavam paralisados de horror. Ela sorriu e esfregou as mãos.

Primeiro golpeou Roger, derrubando os garotos em ordem de nível de ameaça. Os homens primeiro, depois as garotas. Mas quando ela se virou para a morena, a ruiva sorriu-lhe, derrubando-a no chão.

Aturdida pelo ataque inesperado, Kenise começou a rir. Uma mortal assumindo papel de bruxa? Era cômico. Depois, a ruiva se ergueu e esboçou um sorriso tão satisfeito que fez Kenise se arrepiar e ficar em silêncio.

O traje rosa e roxo mudou, tornando-se negro como se afetado por uma mancha de tinta que ia se espalhando. A cor foi dominando braços e pernas, transformando tudo em longas mangas e saias até os pés. As tranças loiro-avermelhadas se encompridaram, a coloração se aprofundando num matiz mais escuro e vivo de vermelho. As belas feições juvenis se metamorfosearam numa beleza assombrosa — uma feiticeira.

— Evangeline estava certa — ela murmurou numa voz masculina rouca muito em contraste com a aparência tão feminina. — Ela garantiu que o traidor viria atrás dos garotos do colégio se lhes fosse dada a oportunidade.

Kenise soltou um grito sufocado, seu cérebro paralisado em meio aos pensamentos pela total surpresa.

O rápido estalar de garras caninas desviou sua atenção e sua cabeça. Seus olhos se arregalaram com a visão do dinamarquês, que crescera em altura para tornar-se um pesado dragão.

— A mulher de Caim é uma gatinha esperta — ele rosnou.

Roger levantou-se do chão, tirando a poeira da roupa. Ele suspirou pelo enorme buraco que se abrira de um lado a outro de seu corpo, depois se transformou num elfo de tão ofuscante beleza que Kenise se apaixonou na hora. Alto e enxuto, com um cabelo loiro muito claro, orelhas pontudas, olhos azuis e um sorriso cativante, o príncipe era a mais maravilhosa criatura como ela jamais vira.

— Eu tinha certeza de que a casa e o estacionamento vazios nos denunciariam — ele comentou. — Você é mais estúpida do que parece.

A gravidade da situação dela afundou em seu cérebro atônito com o horror penetrando no próprio âmago de seus ossos. Três Demoníacos. Não havia meio de ela repelir os três. Teria que apelar para seu lado sombrio e rezar para Sammael a fim de que pudessem ser atraídos para a casa.

Um gemido escapou da parede e Callaghan despertou devagar.

— Que inferno foi isso na minha cabeça?!

— Como...? — Kenise arfou, sentindo suas esperanças morrerem. Ela poderia ter tido uma chance se apenas Demoníacos estivessem presentes, mas com um Marcado por perto seria uma tentativa com pouca chance de sucesso convencê-los a retornar ao rebanho.

— Nós o protegemos com um feitiço. Não podíamos deixá-lo pendurado ali para secar — o dragão explicou com sua voz gutural. — Nós gostamos dele.

— O que devemos fazer com isso, Aeronwen? — a ruiva perguntou, olhando para a morena enquanto apontava para Kenise.

— Vamos treinar a Marcada em derrotar bruxas. — O encantamento da morena se desfez como um manto escorregando dos ombros, revelando uma mulher grisalha num paletó cinzento. Uma gwyllion. Como era incapaz de criar seu próprio feitiço, isso significava que um dos outros o criara para ela enquanto usava o seu próprio.

Quatro poderosos Demoníacos e um Marcado. Kenise não tinha chance. Nenhuma.

O elfo adotou a forma da Fada Azul de Pinóquio.

— Concordo. Não é preciso desperdiçá-la.

— Eu não sinto seus cheiros — Kenise conseguiu dizer através dos lábios secos. — De nenhum de vocês.

O sorriso da ruiva era desprovido de um único esboço de calor ou humor sequer.

— Você pensava que era a única que podia criar a camuflagem? Assim que obtive os materiais, o resto foi simples. Naturalmente, admiro seu espírito pioneiro. A camuflagem foi muito inteligente.

— Vocês são traidores de sua própria espécie!

— Minha espécie? — A gwyllion deu um passo à frente. — Minha espécie são aqueles que querem me manter viva.

— Sammael vai levá-los de volta — Kenise murmurou. — Vocês têm conhecimento de infiltrados que ele deseja.

— Você supõe que fala por Sammael? — a fada perguntou baixinho.

— Você *é* estúpida.

A ruiva se levantou, removendo seu peso considerável, mas quando Kenise tentou recuperar sua posição, foi impedida. Com um simples estalo dos dedos da bruxa, seus braços foram esticados e as palmas da mão fincadas na madeira do chão à semelhança de uma crucificação. Gritando, ela lutou contra a mágica e se livrou, só para ser reposicionada tão depressa quanto na primeira vez. Ela continuou a lutar até que a exaustão se instalou.

Assassinato calculado. Havia muitos deles. Demoníacos que tinham usado sua própria criação contra ela. O plano fora perfeito. Brilhante. Eles teriam fugido, se não fosse pela intrometida Evangeline.

— Podemos fazer isso o dia todo — a fada afirmou arrastadamente — ou acabar com a brincadeira para que você possa ir se reunir outra vez com seu querido Malachai, no Inferno.

Malachai. Seu marido, amante, parceiro no crime. A contribuição dele ao seu feitiço tornara a camuflagem possível... e lhes custara a vida de Malachai pelas mãos vingativas de Abel.

— Vá ajudar os outros — a ruiva ordenou ao dragão. Seu olhar se moveu para a gwyllion. — Bernard e eu vamos começar o treinamento.

Callaghan se adiantou, limpando de si os detritos da parede de gesso.

— Pedirei explicações depois. Por enquanto, eu só quero saber como matar essa escrota.

Kenise fechou os olhos e pensou em Malachai.

19

— QUE DIABOS HÁ COM VOCÊ? — EVA GRITOU, PUXANDO o cabelo de Izzie.

A fumaça turvava o corredor, se agitando pelo ar como um maremoto, e ardendo em seus pulmões. Em algum lugar da casa, uma janela se despedaçou.

— Qual é... — Izzie ofegou, buscando ar respirável — ...o problema com você? Atacando Garza...

Ajoelhando-se, Eva puxou a loira para cima e apontou para o lobo que devorava a garganta da investigadora naquele momento.

— Isso aí se parece com Garza para você?!

Izzie ficou paralisada. Eva a pôs no chão e socou-a direto no queixo, nocauteando-a. Deixou-a no solo e lutou para ficar em pé, gritando quando foi erguida e agarrada para se ver diante de uma constituição de aço.

— Você tinha que golpeá-la? — Reed perguntou, os lábios no ouvido dela. Ele estava quente a ponto de chamuscar, como se estivesse concedendo uma grande quantidade de energia.

— Sim; na verdade, eu tinha.

A mão dele se apertou entre os seios dela, e alguma coisa que estava em torno de seu pescoço se soltou. Imediatamente, um excesso de emoção se derramou dentro dela — emoções dele e de Alec. Assim que eles se reconectaram, Alec se encaixou, mas a mente de Reed se fechou dentro da de Eva com algo próximo ao desespero.

Eva baixou os olhos para a mão dele, e em sua palma viu o amuleto do Selo de Baphomet — a insígnia oficial da Igreja de Satã, um símbolo adotado pelo próprio Sammael porque ele achava que seu desenho era inteligente. Reed o deixou cair, revelando uma queimadura acesa em sua palma.

O olhar dela se voltou para o lobo, que ergueu a cabeça e a fitou de soslaio com seu papo sangrento, escancarado. As batidas na porta cessaram. Um momento depois os sons de uma batalha ecoaram no pátio — grunhidos e latidos, gritos e praguejamentos. Berros.

— Tire Izzie daqui — Eva disse, preparando-se para sua própria luta.

— Não vou deixá-la aqui com ele.

— E eu não vou deixar Izzie com o lobo, mesmo que ela seja uma cretina e mereça isso.

— Merda! — Ele a soltou. — Dois segundos.

Eva sentiu-o recolhendo Izzie por trás dela, seguido pela brisa suave que acompanhava seu voo.

— Você pode me enfrentar na forma de um mortal? — ela incitou o lobo. — Ou precisa ficar em forma de animal para vencer?

O lobo se movimentou diante dela, tomando a forma de um fantasma que ela reconheceu. Ao menos devia ser um fantasma, visto que Eva já o matara uma vez. O reconhecimento a atingiu com força, seguido por um imediato calafrio pela sua espinha abaixo.

— Você... — ela disse.

— Eu. — Ele sorriu.

O coração de Eva foi parar na barriga. Como poderia matar uma coisa que não morria?

— VOCÊ VAI QUEBRAR O VOLANTE SE NÃO RELAXAR! — Giselle gritou para ser ouvida por sobre o rugido do poderoso motor do Mustang e do tráfego da estrada ao redor.

Alec deu uma olhada nos nós de seus dedos enbranquecidos, e sobressaltou-se por constatar um sinal visível de tensão que ele não sentia. Forçou-se a relaxar as mãos.

Eles passaram voando por Gilroy, trançando pelo meio dos carros tão audaciosamente quanto possível.

Quarenta e cinco minutos até Monterey. Mas de qualquer modo devia ter sido uma hora e meia até Gilroy. Alec cortara o tempo de viagem quase pela metade.

Ele mudava de pistas entre dois carros quando Eva golpeou seu cérebro como uma tonelada de tijolos, escurecendo sua visão e lançando sua cabeça para trás, contra o recosto. Guinando, Alec perdeu o controle do Mustang, o carro balançando a traseira para cá e para lá e derrapando de modo imprudente.

Giselle soltou um grito. Buzinas bramiram. Pneus guincharam.

Puxando o volante, Alec lutou para manter o veículo esportivo na estrada. Os demais automóveis passavam voando por volta dele. Foi apenas pela graça de Deus que alcançaram o acostamento da rodovia sem bater em outro carro. Puxando o freio de mão, ele conseguiu parar o Mustang com uma manobra abrupta, violenta, a centímetros de uma grade de proteção.

— Meu Jesus Cristo! — Giselle arfou. — Que diabo foi isso?!

Ele soltou seu cinto de segurança.

— Eu tenho que ir.

— O quê?! — A mão dela se estendeu e agarrou a dele. — Ir para onde?

— Para o McCroskey. — O olhar dele se fixou no dela. — Ele já está lá. Ele fugiu.

Ela ficou imóvel.

— Oh, merda...

Alec abriu a porta e pulou para fora.

— Continue dirigindo só para o sul e siga os sinais.

— Para onde?

— Para onde der. Anaheim. México. Inferno. Você pode chegar lá de qualquer modo dentro de uma ou duas horas.

O queixo dela endureceu, e Giselle se arrastou até o banco do motorista.

— Vejo você lá. Não se deixe matar.

Alec já tinha desaparecido.

EVA OLHOU FIXO PARA O FILHO ADOLESCENTE DO ALFA e se perguntou como ele poderia parecer o mesmo e, no entanto, estar diferente. Ela arriscaria o palpite de que Timothy teria uns dezesseis anos. Dezessete, no máximo. Seu cabelo ainda era um emaranhado de ondas escuras que caía até seus ombros. Ele ainda tinha um queixo débil, e uma boca de beicinho, mal-humorada. Mas seus olhos cor de avelã eram mais frios, mais secos do que antes. Sem alma, e afundados na maldade e na sede de sangue.

Ele também estava nu em pelo, o que lhe despertou desejos. Garotos na puberdade nunca foram seu forte. Ela mantivera sua virgindade até quase os dezoito anos, depois a entregara a Alec. Um *homem* viril, potente... vários séculos mais velho que ela.

As batidas na porta recomeçaram. Reed gritava palavras que ela não conseguia entender. Seu quase pânico, contudo, era palpável, e deu coragem a Eva. O lobo usava sua magia para manter Reed do lado de fora.

— *Eu vou entrar* — Reed afirmou por telepatia. — *Fique viva até que eu consiga.*

— Sem problemas — ela disse por pura bravata. Na verdade, estava assustada a ponto de se sentir estupidificada.

Um lobo com magia. Bem aquilo que ela sempre quisera.

Em resposta, Reed apoiou-a do melhor jeito que pôde. A marca no braço de Eva começou a formigar e arder, bombeando adrenalina celestialmente ampliada através de seu organismo. Seus sentidos se afiaram, seus músculos ficaram mais robustos. Permissão garantida para dar um pontapé na bunda de algum demônio.

— Ele não pode voltar para você, como sabe — o lobo murmurou, circundando o cadáver de Richens. — Eu nos fechei num feitiço de aprisionamento.

— Ótimo. Ninguém irá interferir enquanto eu o mato.

— Por anos — ele continuou — eu não pude controlar meu lobo e minha magia. Agora, graças a ser alimentado com papa de ossos e sangue de Marcados, consigo controlar os dois.

Quando compreendeu o significado daquilo, Eva expeliu o ar com força. Timothy estava trancado no forno em Upland quando ele explodiu — um forno que fora preenchido com todos os ingredientes para fabricar a camuflagem dos Demoníacos, incluindo papa de sangue e ossos de Marcado, que era famosa por suas propriedades regeneradoras.

— É assim que eles fazem os cães infernais — Alec informou.

— Cães infernais?

— Eu explico assim que chegar aí.

Alec estava do lado de fora com Reed. Seus heróis. Por azar, parecia que ela iria se manter presa tentando se salvar. Contra um lobo com magia. Sem uma arma que pudesse ser eficaz.

Eva deu um passo de lado diante dele, mantendo-o diretamente na sua outra ponta. Pelo menos a maca mantinha a metade inferior do corpo dele fora de vista, embora mantivesse o cadáver mutilado de Richens perto demais para não ser desconfortável. Ela tentava não o lhar.

— Eu não dou a mínima para a sua angústia existencial ou sua infância de merda — Eva retrucou. — Tudo que me importa é saber como matá-lo para que você fique morto.

A fumaça caía pelo teto, preta e cinzenta, como espectros em caça. No fundo da casa, o incêndio devorava a madeira e as paredes de gesso com alegres cacarejos. Para piorar tudo, Eva encarava um híbrido que tinha muito mais experiência que ela, a despeito de sua juventude.

— Ah, dá um tempo... — ele provocou, como se eles fossem amigos ou pessoas que gostassem uma da outra. — Eu não quero matar você. Quero convertê-la para ganhar um presente. Você não é uma crente, de qualquer modo. Que importa de que lado fique?

Eva sufocou com fumaça.

— Você está brin-brincando.

— Vou ganhar um carro do meu pai por isso. — Seus olhos mortos brilharam com a ideia. — Um Porsche como aquele no estacionamento. As cadelas vão adorá-lo.

Ela gostaria de atropelar o pequeno desgraçado com ele. Lançou um punhal flamejante para o seu lado direito só para ver no que dava, depois repetiu com outro lançado para o lado esquerdo. Quando ele se desviou do primeiro, o segundo se entalhou no seu ombro. Depois caiu numa jarra sobre uma caixa de papelão por trás dele que explodiu em chamas. O líquido incendiado se espalhou sobre o lobo, e ele praguejou, tentando apagar o fogo com tapas.

Eva ergueu os braços em triunfo, curtindo a energia selvagemente agressiva que a marca bombeava pelas suas veias.

— É isso aí!

— Puta estúpida! — Os lábios dele se ergueram, deixando as presas à mostra.

— Babaca! — ela revidou.

Ele deu uma finta para a esquerda, depois para a direita, tentando confundi-la. Eva preferiu rir. Foi um som trêmulo, não muito convincente, mas ainda era um choque ouvi-lo, o que era a intenção dela. Às vezes blefar era tudo que um Marcado tinha que fazer para manter a tensão nivelada.

O lobo grunhiu e empurrou uma mesa sobre ela, o que a fez saltar de pronto para trás. O corpo de Richens caiu aos seus pés.

Então ela percebeu que possuía uma arma, afinal: o temperamento dele. Eva já o vira em ação, na última vez em que se encontraram. Quando ela o provocava, Timothy se tornava descuidado e violento. Ele iria correr direto para ela desferindo chutes até ser derrubado de bunda no chão.

— *A casa está pegando fogo* — Alec disse.

— *Não é uma merda? Pensei que estava cheirando a churrasco.*

— *Você é que vai virar churrasco* — Reed retrucou, zangado — *se não sair correndo daí.*

Pela algazarra do lado de fora, ela supôs que eles estivessem brigando. Esperava que fosse com os Demoníacos, e não um com o outro.

— *Que saco* — ela disse —, *eu esperava ficar um pouquinho por aqui. É tão agradável e...*

— *Eva!* — eles gritaram em uníssono.

— Você devia ter desfeito o encantamento antes de matar Laurel — ela disse ao lobo —, para deixá-la ver com quem esteve transando nas últimas três semanas. Ou ficou com medo?

— Não tenho medo de nada! Eu fiz o que nenhum Demoníaco jamais fez.

A fumaça começou a engrossar e baixar do teto, espiralando em torno de suas cabeças e agredindo suas vias respiratórias.

— Ela falou que você era horrível na cama — ela prosseguiu. — Nenhum refinamento. Mas o disfarce de Antonio era sexy o bastante para tornar a coisa suportável. Fico pensando no que ela teria pensado se tivesse visto que você era apenas um garotinho.

— Não sou um maldito garotinho!

Eva abriu a boca para continuar, mas ele arremessou uma bola azulada brilhante direto sobre seu esterno. O impacto tirou seus pés do chão e a fez bater num caixote do tamanho de uma geladeira. Eva se chocou contra a madeira compensada e afundou na serragem, e o quarto girou devido à força do golpe.

— É tudo de que você é capaz? — Ela falava com dificuldade. — Não admira que Laurel ficasse entediada.

Timothy saltou sobre a maca revirada e aterrissou agachado.

— Você devia tê-la ouvindo me pedindo para fodê-la. — Ele rosnou. — A cadela não queria parar nunca.

Eva se espremeu, se livrou da caixa e caiu de joelhos, sorvendo o ar cheio de cinzas para dentro de seus pulmões doloridos. A marca a ajudava a se curar depressa, mas não a tornava invencível. Ao menos havia menos fumaça perto do chão.

— É o que você diz... mas não foi o que ela me contou.

Os dedos das mãos e dos pés dele se encompridaram, tornando-se garras. A pele em suas costas ondulou com pelos, depois retornou a ser pele.

— Eu vou lhe mostrar — ele grunhiu, avançando. — Eu vou foder você até que você grite.

O chão desapareceu. Eva se flagrou levitando um pé acima do piso de madeira de lei, depois bateu de volta com força contra ele, caindo escarrapachada. A magia a paralisou. Ela não podia mover mais que a cabeça e os dedos das mãos e dos pés. O medo serpeou insidiosamente em suas entranhas, a despeito do firme bombeamento de adrenalina e sede de sangue em suas veias.

O lobo foi se aproximando, metade garoto e metade besta. Ele a olhava de soslaio, os olhos triunfantes, seu pau duro.

Eva riu com suavidade, sabendo que ela iria ou se sair maravilhosamente bem ou falhar miseravelmente.

— Faça o que achar pior — ela provocou. — Com um pau tão pequeno assim, não vou nem sentir.

Timothy pulou, transformando-se em lobo no meio do salto.

Ela esperou, aguentando até o último momento possível, tremendo como uma folha e grata por não poder vomitar.

Como em câmera lenta, ele foi até Eva e pairou acima dela. Sua boca era ampla, seus dentes estavam arreganhados.

— Agora — ela sussurrou, cruzando os dedos para que desse certo. Uma espada de prata recoberta de chamas apareceu em sua mão, apontando para o alto e preparada.

Timothy se espetou diretamente — a lâmina deslizou para dentro dos pelos e da carne como uma faca quente derretendo manteiga. Um uivo horrendo se transformou num gorgolejo doentio. Quando o domínio mágico que ele tinha sobre ela se afrouxou. Eva rolou para o lado, assumindo o topo. Ela guinou e se pôs de pé, livrando a espada e enfiando-a mais fundo com toda a sua força. No momento em que a ponta atingiu a madeira de lei, tanto a cabeça cortada quanto o corpo se desintegraram em cinzas.

— Eva!

— Anjo.

Ela girou para encarar os dois homens que investiram sobre a casa. Livre da necessidade de vigiar o lobo, Eva se deu conta do estado da construção. O fogo lambia as paredes do corredor, indo em direção ao ar livre trazido pela porta da frente. A chama a que ela dera início na sala de estar se espalhara até a cozinha. A casa inteira crepitava em protesto, estremecendo ao sentir seu colapso iminente.

Alec a pegou primeiro, puxando-a para cima e jogando-a sobre seu ombro. A espada caiu com estrépito no piso.

— Hora de dar o fora — ele murmurou.

No instante seguinte, ela se descobriu junto ao Porsche, desorientada e mal conseguindo respirar. Pilhas dobradas de cinza pontilhavam o gramado, bem como os corpos de dois guardas Marcados. Dois lobos lutavam com aqueles que permaneciam resistindo. O dragão agia como cobertura para os Marcados, vomitando fogo segundo as direções bradadas pela gwyllion, que estava no topo do teto da van.

— Ele está mor-morto? — Eva arfou, pendurando-se em Alec enquanto o céu girava loucamente acima dela. — O lobo está morto mesmo desta vez?

A voz de Reed soou contida e furiosa:

— Eu diria que sim.

— Tem certeza? — ela insistiu. — Nós o queimamos aquela vez e o filho da puta voltou.

Alec apertou os lábios na testa dela e a soltou.

— Cinza é cinza, não há como voltar dela. Você pode tirar Montevista daqui?

Eva piscou.

— O quê?

Ele apontou para o banco de passageiros onde o guarda jazia dilacerado, sua camisa preta cintilando umidamente, a garganta estraçalhada e jorrando sangue. Se ele fosse mortal, estaria morto havia muito tempo. Como Marcado, estava muito perto disso. Sem defesa e vulnerável.

Reed pôs as chaves com força na palma da mão dela.

— Vá!

Um uivo penetrante cortou o ar. Ao virar as cabeças eles viram um lobo monumental nos degraus da frente. Ele os encarou com dentes arreganhados e olhos vermelhos brilhantes. O diamante branco em sua testa revelou a Eva sua identidade, mas ela perguntou mesmo assim:

— Aquele é o Papai?

— Caia fora daqui, porra! — Alec gritou, suas asas batendo livres com tanta força que Eva ficou grudada à capota.

Reed se juntou à briga, os dois irmãos se lançando para a frente, interceptando o lobo, que investiu sobre Eva, acompanhado de ambos os lados por dois lobos.

Asas negras e brancas, poderosos corpos masculinos, bestas ferozes... Eva ficou hipnotizada pela visão. O eterno conflito entre anjos e demônios. Os gritos de guerra e uivos de dor. O cheiro de fogo e cinza, de sangue e urina.

— Hollis... — A voz débil de Montevista trouxe-a de volta à realidade num estalo.

Eva abriu a capota do carro, saltou para a porta do lado do motorista do conversível aberto e pulou sobre o banco. Girou a chave na ignição e o motor poderoso rugiu como um sonho. Ela saiu guinchando em ré do estacionamento, atropelando um lobo que a atacava, no processo.

Agarrando o câmbio com força, Eva pôs a transmissão em funcionamento e acelerou. Ajustou o espelho retrovisor, tentando ver o tumulto atrás de si. Montevista gritou de terror. O olhar de Eva disparou para frente, e ela gritou também. Acionou o breque. A traseira do Porsche deu rabadas furiosas, o carro derrapando primeiro pelo lado do passageiro abaixo...

...e direto sobre a besta do tamanho de uma casa, cor de carne, que vinha como um foguete em sua direção.

O carro sacudiu e parou.

— Estou ferrada! — Ela suspirou, depois tossiu quando seus pulmões arderam. Aquele era o cão infernal?

— *Vire e fuja* — Alec ordenou. — *Somente os Demoníacos podem matá-lo.*

Isso não era mesmo uma maldita inconveniência?

Eva olhou para a casa em chamas lá atrás e os dois homens alados que circulavam baixo sobre ela, combatendo os lobos que jorravam de um amplo buraco no chão. Satã enviava reforços. Eles não poderiam lidar com a criatura gigantesca do Inferno ainda por cima. Não havia solução.

Um lobo se soltou da refrega e correu em direção a ela, babando, a espuma escorrendo sobre a garganta. O Alfa.

Eva deu partida de novo no carro parado e fez um rodopio, se arremessando sobre o lobo com a mesma intenção imprudente que ele exibia. Se era apenas um jogo de brincadeira entre um canino e um carro, ela saberia quem iria vencer. Mas contra um lobisomem... Eva agarrou o volante com mais força e mudou de marcha em sucessão rápida.

A um passo distante do impacto, o lobo saltou sobre o capô, suas garras enormes penetrando o metal. Ele rugiu para ela através do para-brisa, seus olhos vermelhos furiosos e cheios de maldade. Ele mergulhou de cabeça no vidro de segurança, despedaçando-o.

Era o máximo em maldição.

Reduzindo a marcha, Eva puxou o volante com força para a esquerda e girou o carro, derrapando pela rua vazia e atingindo o meio-fio. A batida deslocou o lobo, que deslizou sobre o capô e quase caiu antes de recuperar o equilíbrio.

Ela acelerou, colocando o Porsche à prova ao correr em direção ao descomunal Demoníaco que se aproximava. De zero a cem em menos de quatro segundos.

— Isso pode não funcionar! — ela gritou para Montevista.
— Mergulhe nas chamas da glória — ele respondeu.
— Dê-me sua pistola.

Montevista tirou a arma do coldre em sua coxa, destravou-a e a estendeu. Eva mirou e disparou no lobo, a Glock se autocarregando e descarregando sem parar. A sexta bala ampliou o buraco no ombro do Alfa e penetrou do outro lado, atingindo o cão infernal. Coberta de sangue de lobisomem, a bala entrou na carne do cão. Eva continuou a fazer fogo, atirando nas costas do lobo para ferir o cão com quase todos os tiros.

O cão infernal urrou de fúria e arremeteu. Eva acelerou. Com o Alfa como um ornamento da capota, ela atingiu a cabeça da besta seguidamente. A cabeça do lobo afundou pelo focinho até a barriga do cão infernal antes que ele se desintegrasse em cinzas. O Demoníaco berrou, em seguida explodiu, espirrando um dilúvio de sangue sobre Eva e Montevista.

Incapaz de enxergar, ela passou com o Porsche sobre o meio-fio e colidiu com um carvalho. Os *air bags* inflaram, e sua cabeça bateu com força na almofada, para depois voltar para o encosto do banco.

O mundo deu uma parada abrupta.

Eva gemeu e olhou para Montevista. Ele tombara sobre o para-lama, os olhos abertos e sem visão. Chorando, ela tentou abrir a porta do lado do motorista, mas não conseguiu.

Braços fortes puxaram-na para fora. Eva caiu no abraço de Reed com um soluço de alívio.

— Ele está morto. Montevista está morto.

Os braços que a apertaram tremiam.

— Vocês são uns malditos malucos, sabe? Completos insanos. Que diabos estavam pensando?!

Pensando? O cérebro dela parara de funcionar quando Alec a arrancara da casa.

— Eu...

Uma enorme explosão sacudiu o chão sob eles. Olhando por cima do ombro de Reed, ela viu chamas do duplex se erguerem em direção aos céus. Outro enorme *boom!* fez com que Eva enfiasse a cabeça no peito largo.

Foi quando seus pés deixaram o chão e se moveram.

— O quê...?

— Gasolina. — Reed a jogou sobre o ombro, como Alec fizera.

Eva sentiu o cheiro, então. Ergueu a cabeça para olhar e descobriu Alec correndo na direção deles. Eles mal chegaram ao lado da rua quando o Porsche imitou a casa, explodindo num inferno de chamas.

Reed a pôs no chão e fitou a destruição com um braço em torno dos ombros de Eva. Alec os alcançou e se pôs do outro lado dela. A luz das labaredas gêmeas deixou-o iluminado, clareando-o de um modo que fez com que Eva olhasse duas vezes.

— Você está bem? — ele quis saber.

Eva deu batidinhas em si mesma, procurando quaisquer pontos de dor ou ossos grotescamente ressaltados.

— Acho que sim.

Uma loira desconhecida de short e regata veio correndo até eles.

— Totalmente inacreditável! — ela gritou.

— Nós conhecemos essa pessoa? — Reed perguntou.

— Conhecem agora — Alec afirmou, soando resignado. — Apresento-lhes Giselle, a quimera.

— Ela foi pra cima do cão de Sammael! — Giselle gritou, agarrando a cabeça.

Um aro de volante cromado em chamas rolou na direção deles e fez uma trêmula parada no meio-fio.

— E destruiu mais um carro caro. — Alec meneou a cabeça.

— E explodiu outro edifício — Reed acrescentou.

— Que é que isso importa numa hora dessas? — Eva lutava para se manter aprumada. Tudo em torno dela girava como um pião, e sangue e pele escorriam de seu cabelo e de suas roupas.

— Se eu pensar em como este lugar ficou deste jeito — Reed murmurou —, posso me tornar um louco furioso total.

O Porsche desabou com um gemido ruidoso. A porta do passageiro estourou e se abriu, e o corpo carbonizado de Montevista caiu livre.

Eva achou que ia desmaiar. Depois o corpo se levantou e caminhou em sua direção, e ela realmente desmaiou.

20

— ESTOU IMPRESSIONADA COM SUA PERFORMANCE, Evangeline.

Eva olhou fixo para a loira estonteante à ponta da mesa de conferência e sentiu-se pouco à vontade. O modo como Sarakiel dissera seu nome fora... sinistro, assim como era sinistra a intensidade com que ela a observara.

Elas estavam em uma das salas de conferência da Torre de Gadara. Além de Eva e Sara, Reed e também Alec se achavam presentes, além de Montevista e Hank. Em uma das paredes, um painel de telas de vídeo transmitia matérias dos escritórios dos demais arcanjos. Cinco rostos absurdamente belos a encaravam, observando-a com a mesma intensidade de Sara. Manter-se imóvel e não se contorcer com nervosismo exigia cada migalha de autocontrole que Eva possuía.

Dois dias atrás parecia que o Armagedon havia chegado. Hoje eles tomavam chá num atendimento ao estilo vitoriano, recapitulando os eventos que constituíram o pior desastre de treinamento na história dos Marcados.

— O que fez você pensar nas fotografias? — Sara perguntou a Eva.

— Eu precisava de provas. Suspeitei que houvesse um traidor no grupo depois que Reed e eu estabelecemos uma cronologia para o assassinato de Molenaar. Uma vez que Claire fora aquela que fornecera uma referência e ela não tinha um álibi, pensei nela a princípio. Só quando vi a fotografia e percebi que Romeu... *Garza* tinha uma marca visível também, foi que me ocorreu: ele fora o único que se apresentara como voluntário para colocar as braçadeiras em todos. Na certa porque não queria correr o risco de ele ou sua avó serem apanhados.

— Você não viu isso quando a leu, Hank? — Miguel perguntou, sua voz tão calma quanto uma harpa.

Eva se manteve cabisbaixa, incapaz de olhar para ele sem estremecer. Por mais lindo que Miguel fosse com seu cabelo negro e seus olhos azuis brilhantes, também era aterrorizante. Havia alguma coisa de... letal nele. Uma escuridão em seus olhos que sugeria profundezas voláteis, assustadoras. Se alguém lhe dissesse que Miguel era Satã, ela acreditaria. Por mais terríveis que Raguel e Sara fossem, eles pareciam quase amigáveis em comparação a ele.

— A última vez que a li foi antes de ela ver as fotos. — No momento sob o disfarce de um homem, Hank se reclinava com estudada despreocupação e oferecia o ocasional sorriso de apoio a Eva. — Eu sabia que ela suspeitava de alguém, e segui seu plano de adotar o disfarce dos caçadores de fantasmas, mas estava sem pistas quanto à identidade dos Demoníacos até depois que eles atacaram.

Eva esperava que alguém perguntasse por que Alec e Reed não sabiam, levando em conta a intimidade deles com sua mente, mas ninguém perguntou.

— *Eles não sabem que somos conectados* — Alec informou.

Ela olhou para ele. Estava sentado no extremo oposto de Sarakiel à mesa. Enquanto Sara se vestia de maneira impecável num terno com pantalona vermelho-sangue, Alec usava seu próprio traje clássico de jeans surrado e camiseta justa. Seu cabelo precisava de um corte, e profundos sulcos cercavam os lados de sua boca, mas nada depreciava sua aparência. Ele estava ainda mais infernalmente sexy.

Seus olhos escuros se estreitaram com suavidade.

— *Estamos mantendo as informações escondidas deles... por enquanto. Mas vamos ter que descobrir como você escondeu as informações de nós.*

Eva encobriu seus pensamentos de propósito. Eles acreditavam com tanta certeza que o sistema de marca era impenetrável pelos Demoníacos que se recusaram a ouvi-la. Mas... ela não deveria ser incapaz de encobrir seus pensamentos deles?

— Foi o pendor de Hank por cabelos ruivos em todos os seus disfarces que me deu a ideia — Eva insinuou, ganhando uma piscadela dele.

— Como os Demoníacos entraram na classe, para começar? — Uriel parecia o mais descontraído dos arcanjos, mas isso não o tornava menos intimidador.

— Até onde percebemos — Alec disse —, eles estavam vigiando a firma de Sara. Quando o verdadeiro Antonio Garza e Claire Dubois se tornaram Marcados, Timothy e Kenise se apossaram de suas identidades. Assim que entraram em treinamento, as atividades sexuais de Timothy com Hogan o mantiveram cheirando como um Marcado. Kenise usava óculos que tinham armações porosas encharcadas num concentrado de proteínas sanguíneas de Marcado. Seus cosméticos também estavam embebidos nele. O agente mascante era ministrado com regularidade por seus relógios de pulso, que tinham reservatórios em contato com a pele.

— Há algo mais que a mera aparência e o cheiro numa identidade — Sara afirmou, na defensiva.

— Se assumirmos que a teoria de Les Goodman é verdadeira, é provável que eles usavam os cães infernais. Os cães absorviam as memórias de Garza e Dubois, que repassavam para Timothy e Kenise. Porque os dois Marcados tinham ainda que ser indicados a um treinador, eles não tinham a habilidade de enviar um sinal. Não havia meio de ninguém saber que eles estavam mortos.

— Refresque minha memória — Rafael pediu. — Por que esperamos até depois do treinamento para designar os Marcados para seus treinadores?

— Porque o contrário disso é uma chatice. — Reed, vestindo um terno Versace de três peças, punha na obscuridade todos os demais na sala; exceto Sara, que o olhava analiticamente com óbvia cobiça.

Eva tentava não pensar sobre como isso a incomodava.

— Os aprendizes ficavam mandando sinais durante os exercícios, distraindo os treinadores sem necessidade e pondo os outros Marcados em perigo.

— Podia haver mais impostores — Eva sugeriu.

Todos olharam para ela.

Sara balançou a cabeça.

— Assim que se formassem e estabelecessem uma conexão com o treinador, eles seriam descobertos.

— Mas quantos danos poderiam ser causados nesse ínterim? — Gabriel, com sua conduta inabalável, fez Eva lembrar-se de Raguel. Ambos os arcanjos projetavam a aparência de terem um âmago tão sólido que isso os tornava imperturbáveis. Os outros pareciam mais volúveis.

— Nós devíamos testar todo Marcado destreinado para termos certeza.

— Montevista? — A voz de Remiel fluiu através da sala. — Como você se sente?

O guarda se endireitou.

— Melhor que sempre, na verdade.

O arcanjo voltou o olhar para Hank.

— Pode explicar o que aconteceu? Por que Montevista está conosco hoje?

— O mesmo que aconteceu com o filho de Grimshaw — Hank afirmou. — Em resumo: calor elevado combinado com o agente mascarante. Há outros fatores envolvidos: DNA animal, um feitiço ou dois... mas este é o ponto principal. Os cães infernais foram viabilizados usando-se uma mistura sangue/ossos semelhante à da camuflagem de Demoníaco, e assim quando o sangue do cão respingou em Montevista e o carro explodiu, isso criou uma situação não diferente do incidente do forno.

— Só Jeová deve ter o poder de preservar a vida — Miguel disse numa entonação que fez Eva querer se esconder debaixo da mesa.

— Temos alguma ideia de quantos cães infernais existem? — Sara indagou.

— Um. Um macho. Eva matou a fêmea. Eu dei um jeito nos filhotes. Isso deixa apenas o reprodutor.

— Soubemos alguma coisa sobre Raguel?

— Não, Uriel. — Reed meneou a cabeça. — Nada.

— Talvez ele esteja morto.

— Jeová nos teria dito se isso fosse verdade — Alec objetou.

Honestamente, Eva pensou que era bem foda que Deus não dissesse a eles como resgatar Raguel, mas essa não era uma discussão que ela iria travar na presença daqueles seres.

— Eu tenho uma coisa... — Eva estendeu a mão para o celular que Montevista, prestativo, colocou à sua disposição. Ela deu uns piparotes no menu até chegar aos toques de discagem, depois tocou no que queria. — Quando ouvi a canção da primeira vez, eu a reconheci como sendo de Paul Simon... minha mãe é uma grande fã... mas não consegui localizar o nome. Agora, eu sei que é *Jonas*.

O grupo a encarou.

— "Dizem que Jonas foi engolido por uma baleia" — ela cantou baixinho —, "mas eu digo que isso não foi verdade...".

Mais silêncio.

— Jonas não sobreviveu na barriga da baleia e saiu ileso? Não pode ser uma coincidência, certo? Sempre me disseram que não existem coincidências.

Montevista fez que sim.

— Me impressiona a forma como você captou isso.

— Obrigado, srta. Hollis — Gabriel disse. — Nós vamos partir daí.

Partir de onde? Eles iriam até o Inferno?!

Rafael se moveu para a frente.

— Quantos dos aprendizes de Raguel restaram?

— Três. — Os dedos de Alec tamborilaram no topo da mesa. — Hollis, Callaghan e Seiler.

— Eles terão que se juntar à próxima classe. — Rafael curvou sua cabeça escura... apenas Sara e Uriel eram loiros... para ler alguma coisa em sua escrivaninha. — Que será a de Miguel.

Eva engoliu em seco.

— Eu posso começar de onde Raguel terminou — Sara sugeriu —, já que estou aqui agora.

— *Merda*.

O palavrão veio de Reed e Alec ao mesmo tempo, o que deixou Eva confusa. Mas os demais arcanjos de pronto concordaram.

— Obrigado por seu estímulo. — Sara olhava tanto para Eva quanto para Montevista. — Vocês dois estão dispensados.

Eles se levantaram e deixaram a sala. Eva não olhou para trás. Não tinha que olhar. Se Alec e Reed tinham algo a dizer, eles o fariam dentro de sua mente, não com suas bocas.

— Vamos viver para seguir na luta. — Montevista piscou para ela.
Eva estendeu a mão e apertou a dele.
— Estou feliz.
Por mais estranho que parecesse, ela estava de verdade.

CAPELO E BECA. EVA NUNCA IMAGINOU QUE IRIA USÁ-LOS de novo. No entanto, ali estava ela, caminhando num palco com um diploma na mão e uma multidão de Marcados formados aplaudindo furiosamente. O dia estava claro, na cálida perfeição do extremo sul da Califórnia. Os raios do sol que se punha pareciam uma bênção vinda através do céu da Torre de Gadara e caindo sobre a multidão no átrio lá embaixo. Era o começo da noite de domingo, e o escritório estava fechado para o público.

Eva desceu do palco, e uma figura alta e escura a interceptou.
— Parabéns. — A voz de Reed era um ronronar sedutor. Ele estava sempre trajado com primor, mas hoje parecia vestir-se de um modo ainda mais especial. Seu terno cinza-grafite era completado por uma camisa de um branco imaculado e uma gravata azul ovo de tordo. Seu cabelo estava perfeito tanto no comprimento quanto no penteado. Seu cheiro era sutil, mas absorvente a ponto de atrair uma mulher a se aproximar mais para dar uma inalada mais profunda. As armadilhas externas civilizadas eram muito enganadoras. Debaixo delas havia um homem primitivo com arestas muito duras.

Mas ela ainda o preferia assim.
Eva tirou o capelo da cabeça.
— Obrigada.
— Tem algum plano para esta noite?
No fundo de seu coração, Eva esperara que Alec entrasse em contato, ao menos nesse dia. Mas ela não o vira nem ouvira falar dele desde a reunião com os arcanjos havia mais de um mês. Levando em conta que eles moravam vizinhos um do outro e que seus apartamentos compartilhavam uma parede, ela podia apenas concluir que ele a estava evitando. Os pais dela supunham que eles tinham rompido. Eva deduzira que sua ausência na formatura era prova disso.

— Não. Plano nenhum.
— Que tal sair para jantar?
— Eu adoraria.

Reed se mantivera a distância também, embora mentalmente estivesse presente. Havia boatos de que rolava um caso entre ele e Sara, o que o mantinha ao longe. Aqueles cochichos mantiveram Eva totalmente focada pelos últimos meses de aula, o que na verdade não fora difícil, levando em conta quão intensivo o treinamento era. Embora não fosse dito de forma explícita, havia uma percepção de que eles estavam sendo preparados para algo mais que apenas a caça normal de Demoníacos. Eva esperava que estivessem sendo treinados para ir atrás de Gadara. Ela ainda acreditava que ele estava vivo em algum lugar, esperando que fossem resgatá-lo.

— Dê-me um minuto — ela pediu — para eu me trocar.

Meio que esperando uma grosseira oferta de ajuda, ela ficou surpresa quando Reed apenas assentiu com a cabeça.

— Meu carro está ali na frente. A gente se encontra lá?

— Certo... — Ela sentiu que algo estava diferente nele hoje. Estava mais sombrio, talvez. Mais sério.

Eva tirou com pressa a beca numa antessala. Retocou o batom e ajustou as alças de seu vestido de cetim preto. Dando uma pausa, avaliou sua aparência — os saltos de tira que ela não usara por tanto tempo causavam dor em seus pés; o vestido que ficara um tanto largo, agora que ela vinha se exercitando muito; os brincos de argola de prata que seriam um risco numa luta. Ela se autorizaria uma margem de segurança, deduzindo que ganhara o direito de se vestir com formalidade e ser normal. Ainda mais na segurança da Torre de Gadara. Agora ela se sentia grata por parecer apetitosa — de seu próprio ponto de vista — porque, ao menos por uma vez, se harmonizaria com Reed em vez de parecer um caso de caridade ao lado dele.

Eva o encontrou no passeio circular, encostado à porta do passageiro de um Lamborghini Gallardo Spyder prateado. A capota estava baixada, seus vidros também. Juntos, o mal'akh e a máquina formavam uma combinação letal. Sua respiração parou ao vê-los.

Reed a encarou por um momento longo e tenso em que ela teve certeza de que ele a despira mentalmente. Eva quase pôde sentir isso através da ligação entre os dois — o caminho de seus dedos sobre sua pele quando ele tirava suas alças, a pressão de seus lábios sobre seu pescoço, o gemido surdo do desejo.

No entanto, ele não agiria assim de modo algum. Isso era mais o estilo de Alec. Reed era duro e desordenado.

— Um cara pode mudar — Reed murmurou, abrindo a porta para ela.

Eva sorriu quando ele deslizou para o assento.

— Quem disse que eu quero que você mude?

Ele a levou ao Savannah na Praia, na Pacific Coast Highway, não muito longe de onde ela morava. Os dois se sentaram junto a uma janela, mas Eva não apreciou a vista para o oceano. Estava ocupada demais analisando Reed e tentando descobrir o que estava pensando. Ele parecia melancólico, o que não combinava com um jantar comemorativo.

— Então — ela começou, quebrando o silêncio —, você sempre leva Marcadas diplomadas para jantar?

Os lábios de Reed se cerraram, depois ele balançou a cabeça.

— Elas não são designadas para um treinador antes de passar uma semana da formatura.

— Então, a que devo esta honra?

Houve uma pausa arrastada antes de ele dizer, ríspido:

— Hoje foi o dia em que você finalmente concluiu que está solteira.

Uau. Ok.

— Isto é um encontro romântico?

— Sim... Estou fazendo errado?

Levou um momento para Eva perceber que ele falava sério. Um tremor interno a percorreu. Ela não devia estar surpresa que um encontro romântico real não fizesse parte do repertório dele. Reed era o tipo de homem que conquistava uma mulher só por lhe lançar "aquele olhar". Diabos, fora assim que *a conquistara*. E então ela viu-se na escada da Torre de Gadara tendo a transa de sua vida.

Eva se recostou no espaldar.

— Você está um pouco tenso. — Ela o aconselharia a beber um pouco, mas substâncias alteradoras da mente não faziam efeito sobre seres celestialmente realçados. O corpo é um templo e toda aquela conversa.

— Relaxe-me, então.

Ali estava ele, o homem das cavernas de Reed.

— Devo cantar ou dançar?

— Eu já ouvi você cantando, então não, obrigado. Mas dançar? Depende. Será uma dança exótica?

— Cretino.

Ele estendeu a mão e pegou-lhe os dedos.

— Mostre-me como não ser desse jeito, estou querendo aprender.

— Para onde isso vai levar?

— Para um banheiro, se você continuar tentando se gabar. Além daí... — Ele deu de ombros. — Diabos se eu sei...

— Não estou preparada — ela foi franca.

Os olhos escuros dele exprimiram diversão.

— Nem eu. Mas continuarei saindo com você, você continuará se vestindo desse jeito, e nós vamos curtir a viagem. Aonde quer que ela nos leve.

Eva tomou um fôlego profundo e topou.

— Muito bem. Combinado.

FOI COM GRANDE ALÍVIO QUE EVA SE LIVROU DE SEUS saltos no elevador. A imagem de Reed encostado no carro dele na garagem subterrânea do seu condomínio ficou indelevelmente gravada em sua mente. Ela desconfiou de que a seguiria em seus sonhos. Alec uma vez a olhara com um apetite semelhante. Era difícil deixar de querer ser desejada daquele modo.

O elevador chegou ao andar do topo e as portas se abriram com um *ding* suave. Andando sem ruído para o corredor, ela estacou. Alec estava sentado no chão com jeans preto e jaqueta de couro de motociclista. Com as costas contra a parede entre os dois apartamentos e as pernas compridas estendidas à sua frente.

Ele se levantou ao vê-la.

— Oi.

Ela apenas o encarou.

— Você parece... fabulosa — Alec murmurou.

— Você parece diferente.

Mais escuro, mais magro, seu cabelo uma juba de seda negra que caía sobre seus ombros largos. Mas ainda havia o brilho dourado de um arcanjo. E a distância entre os dois se abriu ainda mais ampla que antes.

Alec fez que sim, esperando.

— Por que você está aqui fora? — ela perguntou, apontando para a extensão do corredor.

— Estava esperando por você.

— Podia fazer isso em seu apartamento.

— Não quero distrações que me impeçam de pensar em você.

Argumento enrolado, mas também... quando ela o entendera de fato? O homem era um mistério.

Eva não quis soar ressentida ao dizer:

— Eu me formei hoje.

— Eu estava lá. Parabéns. Estou orgulhoso.

— Eu não o vi.

— Eu a vi. — Seus lábios se cerraram. — Saindo com Abel.

— Não tenho notícias suas há um mês.

Alec se aproximou dela.

— Eu tenho viajado, pesquisando o que aconteceu com a gente.

— Podia ter ligado. Mandado um e-mail. Escrito uma carta.

— Sim. — Ele se aproximou dela. Sua mão se ergueu para colocar o cabelo de Eva para trás da orelha. — A princípio, eu pensei que o melhor era ficar longe de você.

— Não é mais o meu mentor?

— Não enquanto você estava no treinamento.

— E agora?

Alec suspirou, pesaroso.

— Há uma coisa... em mim, anjo. Eu não sabia que ela existia até que me tornei um arcanjo.

Ela franziu o cenho.

— Alguma coisa *em* você?

— Não posso explicar, a não ser que quero mantê-la longe de você.
Eva suspirou.
— O que quer me dizer com isso, Alec?
— Quero que diga que me deixará tentar consertar.
— Consertar o quê?
— Eu e você.
Contornando-o, ela rumou para seu apartamento.
— Eva? — Alec a seguiu.
Ela destrancou as múltiplas fechaduras que uma vez tinham lhe dado uma sensação de segurança. Pondo seus sapatos sob o console junto à porta e sua bolsa no topo dele, Eva olhou para Alec em pé à soleira.
— Como você se sente em relação a mim?
Ele não se fez de desentendido:
— Confuso. Distanciado.
— Não me ama mais?
— Eu *quero* amar você. — Sua voz profunda era baixa e ardente. — Lembro como era amar você.
A cabeça dela doía.
— Eu acho que você precisa descobrir o que está fazendo de sua vida, antes de tentar me amar.
Alec entrou e fechou a porta.
— O que é mais importante? Que alguém queira você porque não pode evitar, por causa dos hormônios e da reação química de seu cérebro? Ou que alguém a queira porque escolheu querer você? Porque tomou a decisão consciente de querer você?
Eva gemeu.
— Você está complicado demais.
— Começaremos devagar — ele sugeriu, aproximando-se e movendo-se com decisão.
— Como assim? — ela perguntou, desconfiada.
O sorriso dele fez os dedões dela se enroscarem.
— Uma viagem em minha moto ao longo da costa. Lento o suficiente para você?

O olhar de Eva se estreitou. Longe de inocente, uma viagem em sua Harley iria colocá-lo nos braços dela e entre suas pernas. O brilho nos olhos dele revelou que Alec estava sentindo a mesma coisa.

— Só se eu dirigir— ela disse.

Ele hesitou, bem consciente de que ela falava sobre mais do que a moto.

— Do contrário, não haverá negócio — ela pressionou.

— Ótimo. Combinado.

Um frio na barriga. Onde ela já ouvira aquilo?

Por um segundo Eva pensou em como isso iria funcionar. Mesmo agora, ela podia sentir os dois homens hostis entre si em sua cabeça, de costas viradas um para o outro. Então, deu de ombros mentalmente. Todos sabiam o que acontecia. Todos eram adultos. E ela era mulher de um homem só. Eles se manteriam a uma distância segura por uns tempos.

No momento em que pensou nisso, Eva sentiu como a coisa daria certo.

Sorrindo, rumou para o corredor para trocar de roupa.

Nota da autora

PARA ALGUNS DEVERÁ FICAR CLARO QUE O FORTE McCroskey foi baseado no original Ford Ord, uma base do Exército na baía de Monterey, Califórnia. Eu o romanceei por liberdade de criação. O Instituto de Defesa da Linguagem e Escola de Pós-Graduação Naval, contudo, são muito reais. O IDL não apenas treina alguns dos melhores e mais brilhantes oficiais militares do mundo como também me conduz a uma das mais vívidas lembranças de minha existência. Meu padrasto o frequentava para aprender vietnamita com os Fuzileiros Navais. Anos mais tarde, eu o frequentei para aprender russo a serviço do Exército. E em anos posteriores, minha irmã o frequentou para aprender árabe para a Força Aérea. Como os tempos mudam!

Muitas línguas são ensinadas no IDL, todas na missão contínua de manter o Exército dos Estados Unidos como o mais poderoso do mundo.

Deus abençoe nossas tropas.

EM BREVE, O TERCEIRO LIVRO DA SÉRIE:
MARCA DO CAOS

ASSINE NOSSA NEWSLETTER E RECEBA
INFORMAÇÕES DE TODOS OS LANÇAMENTOS

www.faroeditorial.com.br

ESTA OBRA FOI IMPRESSA PELA
LIS GRÁFICA EM JANEIRO DE 2016